suhrkamp taschenbuch 4481

In der Nähe von Tromsø wird während der Polarnacht in einem Kuhstall ein Mann ermordet aufgefunden. Er wurde auf dem Heuboden an den Armen aufgehängt, Spuren am Tatort deuten darauf hin, dass er gefoltert wurde.

Der Afghanistan-Veteran Alexander Winther, der als Journalist bei der Zeitung *Nordlys* arbeitet, wird auf den Fall angesetzt. Sehr schnell sieht er Verbindungen zu Grausamkeiten, die sich vor sechzig Jahren am selben Ort abgespielt haben. An dem Ort, an dem die Deutschen 1942 ein Lager für jugoslawische Kriegsgefangene aufgebaut hatten, in dem die Häftlinge auf brutale Art und Weise gefoltert und getötet wurden. Ein später Racheakt? Die Spuren führen ihn nach und nach auch zu den Jugoslawienkriegen der 1990er Jahre, an den Internationalen Gerichtshof in Den Haag – und zu der für Kriegsverbrecher zuständigen Anklägerin, die alle Fäden in der Hand zu halten scheint.

Asbjørn Jaklin stammt aus Tromsø, er ist Journalist bei *Nordlys*, Historiker und Autor zahlreicher Sachbücher. Für *Nordfronten – Hitlers skjebneomrade* (Nordfront – Hitlers Schicksalsgebiet) wurde Jaklin 2006 für den renommierten Brage-Preis nominiert. *Tödlicher Frost*, der erste Band einer Serie, ist sein erster Kriminalroman.

Asbjørn Jaklin

TÖDLICHER FROST

Kriminalroman

Aus dem Norwegischen von
Ulrich Sonnenberg

Suhrkamp

Titel der Originalausgabe: *Svart Frost*

Umschlagfoto: FinePic®, München

Erste Auflage 2014
suhrkamp taschenbuch 4481
Deutsche Erstausgabe

Druck: CPI – Ebner & Spiegel, Ulm
Umschlag: ZERO Werbeagentur, München
Printed in Germany
ISBN 978-3-518-46481-6

TÖDLICHER FROST

PROLOG

Die Bestrafung sollte in zwei Phasen erfolgen. Zuerst eine Schmerzsequenz durch Aufhängen an den auf dem Rücken gefesselten Händen. Danach eine ordinäre Hinrichtung mit dem Sturz von der Kiste.

Warum auch nicht? Die Vorgehensweise könnte die Moral unter den Häftlingen stärken. Er hatte angeordnet, die erste Sequenz nicht allzu lange hinauszuzögern.

Der Gefangene konnte kaum laufen und musste auf dem Weg zum Galgen gestützt werden. Das Seil wurde an dem Strick befestigt, mit dem seine Hände auf dem Rücken gefesselt waren, doch der Gefangene stöhnte nur leise, als angezogen wurde, er den Boden unter den Füßen verlor und sich das Körpergewicht auf die Schultergelenke verlagerte.

War es überhaupt eine gute Idee gewesen? Der Gefangene wog nur vierzig bis fünfundvierzig Kilo, der Effekt seines Körpergewichts war mäßig. Weiter, weiter!

Die Hände wurden losgebunden. Der Häftling hatte sich auf die Kiste zu stellen, man legte ihm die Schlinge um den Hals. Das Seil wurde straff gezogen, die Kiste weggetreten. Doch das Genick brach nicht, er wurde erdrosselt.

Aber die Hände des Gefangenen waren frei! Er griff nach dem Seil und zog sich hoch.

Unter Schlägen und Tritten wurde einem Mitgefangenen aus der ersten Reihe befohlen, sich an die Füße zu hängen, trotzdem gelang es dem Gefangenen, sich in der Luft zu halten. Woher nahm er diese Kraft?

Unter den Häftlingen war ein Schrei zu hören. Der Name des Gehängten wurde gerufen, aufmunternde Zurufe. Es entwickelte sich zu einem Skandal! Die Bestrafung sollte doch Schmerzen und Furcht des Gefangenen in etwas Wertvolles transformieren, in eine bessere Moral im Lager. Gelang dies nicht, war der ganze Aufwand vergeblich oder konnte sich ins Gegenteil verkehren.

Ein weiterer Mitgefangener wurde an den Galgen befohlen. Er brachte die peinliche Situation zu einem Ende. Langsam glitten die Hände das Seil hinab.

Der Kommandant trat hastig vor, zog die Dienstpistole und schoss dem Gefangenen in die Schläfe. Danach befahl er alle in die Baracken und verdoppelte die Nachtwachen. Er fürchtete Unruhen.

1 *E6, zwischen Setermoen und Bjerkvik, Donnerstag, 26. November 2009*

Durch Alexander Winthers Wagen ging ein Ruck. Irgendetwas stimmte hier nicht. Die Heckpartie brach nach links aus, wie in einer Rechtskurve. Er trat den linken Fuß hart durch, eine alte Reflexbewegung, doch die Kupplung reagierte nicht. Gleichzeitig kurbelte er das Lenkrad nach links. Er registrierte, dass das ABS-System auf der einen Seite griff; allerdings hatte er das Bremspedal nicht berührt – das Antischleudersystem reagierte automatisch. Der Wagen stabilisierte sich dank seines Eingreifens oder der Automatik, durch das Schleudermanöver war er jedoch fast auf der Gegenfahrbahn gelandet.

»Scheiße!«, brüllte er in einer Mischung aus Angst und Erleichterung. Gleichzeitig verfluchte er sich, dass er vor der Abfahrt seine Spikereifen nicht aufgezogen hatte. Als er in Tromsø losgefahren war, hatte er die Farbe des Asphalts zu interpretieren versucht; es war lange gutgegangen, die Straße blieb trocken. Aber hier oben in den Bergen, in den Kurven zwischen zwei Seen, hatte er das Eis auf der Fahrbahn nicht bemerkt. Vielleicht war das Wasser vom Wind auf die Straße gespritzt worden? Glücklicherweise war er allein in der Dunkelheit, ihm kam kein anderes Fahrzeug entgegen.

Er fuhr noch langsamer, schaltete den CD-Spieler aus und würgte Leonard Cohen, seinen melancholischen Helden aus Teenagerzeiten, mitten in einer Strophe ab. *Once again, once again, love calls you by your name.* Mit einem Mal kam ihm seine Lieblingsmusik aufdringlich und laut vor.

Es wäre lächerlich, als Verkehrsopfer an der Kühlerhaube eines Lastwagens oder eines BMW voller Jugendlicher zu enden, nur weil er zu lange mit dem Reifenwechsel gewartet hatte. Alexander Winther, Volontär bei der Tageszeitung *Nordlys,* fuhr vorsichtig weiter und spielte mit möglichen Schlagzeilen für die Geschichte seines eigenen dämlichen Todes: ›Überlebte Afghanistan – starb wegen Sommerreifen‹. ›Bei Berichterstattung über Mordfall selbst getötet‹.

Die Winterreifen mit den Spikes lagen im Kofferraum. Sollte er anhalten und die Reifen wechseln? Es kamen noch zwei Bergpassagen bis Fauske, wo er die Fotografin aus Bodø treffen sollte. Ein unaufgeklärter Mord hatte die Neugierde der Nachrichtenredaktion geweckt. *Nordlys* und *Avisa Nordland* wollten zusammenarbeiten. Rätselhafte Morde sind ein Spitzenstoff, der viel Raum für hübsche Spekulationen lässt, hatte der Chef vom Dienst erklärt.

Er traf mit sich selbst eine Vereinbarung: Noch eine Rutschpartie, und er würde mit der lästigen Arbeit, mitten in der Wildnis den Wagen umzurüsten, beginnen. Es könnte auch anfangen zu schneien, aber das schien wenig wahrscheinlich. Soweit er sehen konnte, war der dunkle Himmel wolkenfrei.

Die nächsten Kilometer fuhr er auf trockenem Asphalt. Er schaltete den CD-Spieler wieder ein. *It's four in the morning, the end of December.* Leonard Cohen füllte den Wagen wieder mit präzisen Zwischentönen, scharfem Diskant und tiefem Bass. Er würde es niemals einer lebenden Seele gegenüber zugeben, aber die Stereoanlage war der wichtigste Grund, warum er gerade dieses Auto gekauft hatte. Einen schwarzen Volvo XC-70 mit sechzehn Lautsprechern und einem vom Hersteller eingebauten Subwoofer unter dem Kofferraum. Wenn er wollte, konnte er es mit jeder von Jugendlichen aufgemotzten Karre aufnehmen, wenn es um das Hämmern der Bässe ging. So etwas gehörte sich eigentlich nicht für einen Mann, der auf die vierzig zuging, aber hier oben in den Bergen war es egal.

Alexander Winther sang aus vollem Hals *Closing Time*, als er sich Bjerkvik näherte, der Stadt, die bei der Offensive der Alliierten gegen die Deutschen im Frühjahr 1940 völlig zerstört worden war. Ärgerlich, dass es kaum noch Tageslicht gab. Er konnte den Fjord nicht sehen, auf dem die deutschen Kriegsschiffe gekommen waren und ihre Truppen abgesetzt hatten, die dann die Garnisonen von Elvegårdsmosen und Narvik einnahmen, ohne einen einzigen Schuss abzufeuern. Wie viele ehemalige Berufssoldaten faszinierte ihn Militärgeschichte. Und nun fuhr er durch das interessanteste Gebiet von ganz Nordnorwegen und sah nichts anderes als erbärmliche Wegweiser, die diese Orte von besonderem historischem Interesse markierten.

Auf der Insel Kvaløya vor Tromsø zeichneten sich die Berge wie schwarze, unregelmäßige Pyramiden vor dem lilafarbenen Himmel ab. Eine dünne Mondsichel hing im Osten. Es war ruhig und klar, nicht hell, aber auch nicht dunkel.

Vom Rettungshubschrauber aus sah die Anästhesieschwester Vivi Frederiksen, wie das schwindende Tageslicht von den eisüberzogenen Berghängen reflektiert wurde. Die Berge führten direkt ins Meer oder in Täler mit Felsgeröll, Steinbrocken und einer dünnen Schicht Erde. Der erste Bodenfrost hatte sich festgesetzt und ließ das unwegsame Gelände am Ufer von Kvaløya besonders gefährlich werden. Die Eisschicht lag wie eine kaum sichtbare Glasur auf den Gebirgsflächen und an den Flussbetten.

Typisch, dachte Vivi, einen Tag nach dem ersten Nachtfrost mussten sie ausrücken. Im Sommer kamen die Leute zu Schaden, weil sie sich im Straßenverkehr unvorsichtig verhielten, im Winter, weil sie unbedingt in die Natur wollten. Aber wie dämlich musste man eigentlich sein, um in dieser Jahreszeit in die Berge zu gehen?

Als der Pilot in den engen Grøtfjord einschwebte, sah Vivi unter sich einen Strand weiß aufleuchten. Sie wusste, wo sie waren. Im Sommer hatten sie sich mit den Kindern dort unten gesonnt, sie hatten Würstchen gegrillt und bei vielleicht vierzehn, fünfzehn Grad Wassertemperatur gebadet.

Sie sehnte sich nach dem Sommer. Den ganzen Tag Sonne, schrille Möwenschreie, Krebse, Weißwein, Braunwerden. Für die Mitternachtssonne und den Sommer wurden sie nun bestraft. Zwei Monate mit kontinuierlicher Sonne und hellen Nächten mussten nun mit Dunkelheit und Kälte zurückgezahlt werden. Niemand bekommt etwas umsonst, ohne dass es auf der anderen Seite wieder abgezogen wird, seufzte sie vor sich hin.

Vivi hatte sich nie entscheiden können, ob sie die dunkle Jahreszeit hasste oder liebte. An solchen klaren Tagen war das schwache Licht unsagbar schön, in Schattierungen von hellem Rosa über dem Meer bis hin zu einem tiefen Blau am Himmel. Aber der Gedanke, dass die Sonne unter den Horizont gekrochen war und dort bis zum 20. Januar bleiben würde, ließ sich nur schwer ertragen. Morgens gab es kein Tageslicht, von dem sie sich langsam wecken lassen konnte; sie musste sich aus dem Schlaf kämpfen, als wäre es mitten in der Nacht. Tagsüber war sie müde und abends, wenn sie eigentlich schlafen sollte, hellwach. So wurde der Schlafrhythmus aus Mangel an Licht und Melatonin zerstört – dem Hormon, das der Körper nur produzieren kann, wenn kräftiges Tageslicht auf die Netzhaut fällt. Als Krankenschwester wusste sie, dass es hier um die Chemie des menschlichen Körpers ging, nicht um die Vorstellung, ob die Sonne irgendwann *wirklich* zurückkehren würde, um in allen Kindergärten Tromsøs mit Krapfen und Festen gefeiert zu werden. Sie musste daran denken, Jørgen zu bitten, von seinem Kongress in den USA Melatonin-Tabletten mitzubringen. So viel konnte er schon für sie tun, auch wenn sie nicht mehr zusammenlebten.

»Ich gehe auf der Landesstraße oder auf dem Grasstück am Strand runter, je nach Verkehr«, teilte der Pilot über das Intercom des Helikopters mit. Der Flug vom Universitätskrankenhaus hatte weniger als zehn Minuten gedauert. Vivi schaute hinaus, zwei schmale Gletscherstreifen, durch eine Felsklippe voneinander getrennt, leuchteten weiß aus der Dunkelheit.

Sie richtete den Blick auf den Anästhesiearzt. Sie nickten sich mit einem bestimmten Zug um den Mund zu, ein Dialog ohne Worte: Wir sind bereit und tun, was wir können, egal was uns nach der Landung erwartet.

Vivi mochte die Arbeit mit Stein Engum, er strahlte Sicherheit aus, gab stets klare Anweisungen und wurde nie hektisch oder laut, selbst wenn ihnen in seltenen Fällen mal ein Patient unter den Händen starb. Engum war ein erfahrener Praktiker, der die Aufgaben zu verteilen verstand – Atmung, Kreislauf, Medikation. Außerdem war er nett und amüsant, er scherzte mit den Krankenschwestern und erkundigte sich ständig, ob denn die *jungen Damen* bereit wären für neue Aufgaben zum Wohle der Menschheit.

Atmung, Kreislauf, Blutdruck, intravenöse Injektionen. Vivi repetierte das Abc der Notfallmedizin, während der Pilot den Hubschrauber auf der Grasfläche hinter dem Strand landete. Hoffentlich war der Patient nicht so schwer verletzt, dass sie Schwierigkeiten hatte, eine gute Vene zu finden.

Mit einem Ruck setzte der Helikopter auf. Vivi nahm den Helm ab, öffnete die Hubschraubertür und spürte, wie ihr die Kälte entgegenschlug. Sie zog den Reißverschluss ihres Thermoanzugs hoch, griff nach dem Einsatzrucksack, sprang aus dem Hubschrauber und lief gebückt durch das Gras, bis sie außer Reichweite der Rotoren war.

Im Halbdunkel sah sie vor sich das Licht einer Lampe, die in einer Entfernung von drei-, vierhundert Metern blinkte, dort musste der Patient liegen. Laut Bericht der notfallmedizinischen Kommunikationszentrale war der verunglückte Jäger ungefähr hundertfünfzig Meter gestürzt, zum Glück nicht senkrecht; er war durch die Felsen gerutscht und im Geröll gelandet. Ein vorbeifahrender Autofahrer hatte ihn oder besser gesagt das Licht seiner Stirnlampe entdeckt.

Der Patient lag mit einer Daunenjacke bekleidet zwischen den Felsen. Er war bei Bewusstsein, hatte sich bei dem Sturz aber schwer verletzt. Er atmete, sie sorgten für freie Atemwege, er klagte über Schmerzen. Vivi bemerkte große Blutergüsse an der rechten Gesichtshälfte.

Der Anästhesiearzt hockte sich neben den Kopf des Patienten: »Ich bin Arzt und werde Ihnen helfen. Hören Sie mich?«

Keine Antwort, der Arzt konzentrierte sich auf die Atmung. »Die Gesichtsfraktur bedroht die Respiration«, hörte Vivi ihn sagen. Sie brauchte keine Anweisung, sie wusste, was jetzt höchste Priorität hatte. Der Patient benötigte sofort eine Infusion, um den Blutdruck zu stabilisieren. Sie nahm eine Venenkanüle aus dem Rucksack, riss die Plastikverpackung ab, entfernte die Schutzhülle, suchte eine deutliche Ader auf dem Handrücken und drückte die Spitze hinein. Kräftig, aber nicht zu tief – gut, sie saß beim ersten Versuch! Wenige Dinge waren stressiger, als eine Venenkanüle bei einem Patienten in kritischem Zustand falsch zu setzen. Sie schloss den Beutel mit der Infusionsflüssigkeit an und legte ihn auf einen Felsen.

Dann versuchte sie, das Blutdruckmessgerät am rechten Arm des Patienten zu befestigen. Sie gab auf, als sie den offenen Bruch und die Blutung sah. Die Blutung war nicht stark, sie konnte warten, erst musste sie den Blutdruck messen. Sie schnallte den Blutdruckmesser um den linken Oberarm.

Viel zu niedrig. »Blutdruck 80 zu 60«, rief sie Stein Engum zu. Kurz darauf musste sie sich korrigieren: »70 zu 50, fallend.«

Der Verletzte stöhnte. Der Anästhesiearzt setzte eine Spritze mit zehn Milligramm Morphium. Der Blutdruck fiel noch immer. Innere Blutungen? Ruptur der Leber oder Milz? Wenn große, blutreiche Organe verletzt waren, konnten sie hier draußen wenig ausrichten; sie mussten den Patienten in die Chirurgie bringen.

»Kein messbarer Blutdruck mehr. Beschleunigter Puls. Wir können ihn verlieren«, rief Vivi dem Arzt zu.

Sie hatte so etwas schon einmal erlebt. Wenn der Patient in einen Schockzustand verfiel, versuchte das Herz, den fallenden Blutdruck mit einer erhöhten Pulsfrequenz zu kompensieren, der Effekt war allerdings nicht anhaltend.

Als der letzte Rest des Tageslichts schwand, trat der Tod ein, am 26. November 2009 um 14:38 Uhr.

Stein sagte ein paar tröstende Worte zu Vivi. Sie hatten alles richtig und auch schnell genug gemacht. Alles deutete darauf hin, dass der Patient an schweren inneren Blutungen gestorben war. »Wir hätten ihn nie stabilisieren können«, sagte Vivi.
»Manchmal ist jede Mühe umsonst«, bestätigte der Arzt.

Vivi packte ihre Ausrüstung zusammen. Sie hatte sich vollkommen auf ihre Aufgabe konzentriert, auf die Handgriffe und präzisen Informationen, auf die genaue Befolgung der Anweisungen. Erst jetzt betrachtete sie das Gesicht des Verstorbenen genauer – von der Seite, die nicht so mitgenommen war. Sie zuckte zusammen, ihr Magen verknotete sich. Der Tote auf der Bahre war Hallvard!

Als Alexander Winther an der Touristenstation von Øse bergauf beschleunigte, wurde Cohen mitten im Titelsong unterbrochen. Das im Armaturenbrett integrierte Mobiltelefon stellte automatisch die Musik ab und ersetzte sie durch einen hektischen Klingelton. Eine Nummer leuchtete auf dem Display auf, der Anruf kam von Vivi Frederiksen. Er drückte am Lenkrad auf die Taste mit dem grünen Telefon.

»Hej, Alex, hier ist Vivi. Gut, dass ich dich erwische. Wo steckst du?«

Er würde in wenigen Minuten in Bjerkvik sein. Kein Wort über die glatten Straßen und sein Schleudern.

»Könntest du bitte mal anhalten, ich muss mit dir reden.«

»Nicht nötig. Ich habe die Hände frei, ich kann mit dir sprechen, während ich fahre.«

»Ich möchte trotzdem, dass du hältst. Gibt's irgendwo eine Parkbucht?«

Sie bestand darauf. Ihre Stimme klang ungewohnt angespannt und überdeutlich, beinahe streng. Was war los, wollte sie ihn verlassen und zurück zu ihrem Chirurgen mit dem gut gefüllten Weinkeller? Aus Rücksicht auf die Kinder natürlich ... zwei Kinder sollten mit Vater aufwachsen.

Er bremste und bog in eine Seitenstraße, die nach ›Vassøse‹ führte. Das Fernlicht beleuchtete einen schmalen Schotterweg, an dem man die Schneepfosten mit ihren reflektierenden Plastikmarkierungen bereits gesetzt hatte. Sie bildeten eine lange Lichterkette.

»Okay. Ich habe jetzt angehalten. Und erwarte nun das Urteil. Du verlässt mich, nicht wahr?«

»Lass den Quatsch, Alex. Ich habe eine sehr traurige Nachricht.«

Verdammt, sie meinte es ernst.

»Hallvard ist tot. Hallvard Larsen.«

»Was sagst du da? Hallvard?«

»Alex, es tut mir so leid, aber ich wollte es dir so schnell wie möglich erzählen. Wir sind an der Unfallstelle gerade fertig geworden.«

»Vivi, kannst du mir erklären ...«

»Ach, Herrgott, ja, entschuldige. Er ist gestürzt, er war auf der Jagd, auf Kvaløya, im Grøtfjord. Wir hatten keine Chance, ihn zu retten.«

»Ich verstehe nicht, wie er ...«

»Stein, Stein Engum und ich hatten Wache, aber er war so schwer verletzt, dass wir unmöglich etwas für ihn tun konnten, er starb dort draußen, bevor wir ihn in die Notaufnahme bringen konnten. Es ist furchtbar, aber er hatte keine Schmerzen, das weiß ich.«

Alexander Winther, von seinen Freunden Alex genannt, starrte vor sich hin, auf den schmalen Schotterweg, die roten Schneepfosten mit ihren leuchtenden reflektierenden Markierungen, doch sein Gehirn registrierte die Sinneseindrücke nicht. Er hörte, wie Vivi redete und Details erklärte, über seinen Blutdruck und dass Hallvard etwas Schmerzstillendes bekommen hätte. Aber es war ihm nicht möglich, ihr zu folgen.

Ein immer lauter werdenden Klopfen in seinem eigenen Kopf übertönte alles. Es war sein Puls, der ihm bis zum Hals schlug und raste wie beim Intervalltraining. Er versuchte zu zählen, gab es aber auf. 180, 200? Er spürte, dass er sofort auf eine Toilette musste.

»Alex, bist du noch da?«

Alexander Winther antwortete nicht, im Augenblick hatte er genug damit zu tun, die Reaktionen seines eigenen Körpers unter Kontrolle zu bekommen. Jetzt sterbe ich, jetzt sterbe ich auch, dachte er.

2 *Oslo, Dienstag, 5. Juli 1949*

Er trat aus dem Schatten des Parlamentsgebäudes in die Sonne. Es mussten annähernd dreißig Grad sein. Er blieb stehen, stellte den Koffer auf den Boden, nahm den Hut ab und trocknete den Schweiß an der Krempe. Dann zog er ein paar Mal an seinem Zweireiher, griff wieder nach seinem Koffer, überquerte den Wessels plass und stand in der Nedre Vollgate wieder im Schatten.

Er freute sich, dass er gehen konnte, ohne zu hinken, aber der Befehl, nach Oslo zu reisen, hatte ihm gar nicht gefallen. Man wusste nie, ob man wiedererkannt wurde.

Das Hotel sollte in Nummer 18 liegen, gleich westlich vom Storting. Auf der linken Seite sah er das Schild, Hotel Terminus. Er schob eine schwere Eichentür mit Glasfeldern auf und stand in einem geräumigen Vorraum. Eine junge Frau mit hellen, hochgesteckten Haaren erwartete ihn hinter dem Empfangstresen. Sie sah nicht aus, als hätte sie viel zu tun.

»A reservation for Andreas Nielsen, please.« Englisch klang gut, er wollte nicht Deutsch sprechen. Sie lächelte zurückhaltend, entschuldigte sich und drehte sich um. Während sie irgendwelche Unterlagen durchblätterte, ließ er den Blick über sie gleiten. Die wenig elegante Hoteluniform konnte eine schmale Taille, sonnengebräunte Waden und einen gutgebauten Körper nicht verbergen. War sie neunzehn oder zwanzig? Mit ein wenig Einsatz könnte er vielleicht die Bekanntschaft dieses jungen Fräuleins machen, immerhin sollte er hier drei bis vier Wochen wohnen, vielleicht sogar länger. Er stellte sich vor, wie er hinter ihr kniete und mit festem Griff ihren Rock hochschob. Dann nahm er den Hut ab, strich sich übers Haar und setzte seine charmanteste Miene auf.

Der Rock drehte sich wieder um, hastig hob er den Kopf. »Room 314«, sagte sie und gab ihm den Schlüssel. Nichts in ihren Augen deutete auf einen Flirt hin. Frühstück zwischen 06:30 und 08:30 Uhr im großen Speisesaal in der ersten Etage, Mittagessen ab 12:00 Uhr, Abendessen ab 17:00 Uhr. Sie reichte ihm das Anmeldebuch des Hotels, bat ihn, sich einzutragen, und verschwand in einem Hinterzimmer, um ans Telefon zu gehen. Es ärgerte ihn, dass sie ihm nichts zu schreiben gegeben hatte, in dem Buch steckte kein Stift.

Er öffnete die Aktenmappe, die er auf den Koffer gestellt hatte, holte seinen eigenen Füllhalter heraus und trug den Decknamen und die vereinbarten Angaben zur Person ein. Er hatte sich die Information auf der Zugfahrt nach Norden noch einmal eingeprägt. Nielsen, Andreas, geboren am 3. August 1913 in Hamburg, gelernter Diplomkaufmann, Nationalität Deutsch, Ankunft in Oslo am 5. Juli 1949.

Oberstleutnant Reinhardt Stuckmann grübelte über seine neue Identität, während er schrieb. Nielsen, Andreas – Andreas Nielsen. Diplomkaufmann, Hamburg. Die Norweger hatten sich für sein tatsächliches Geburtsdatum entschieden.

Er drehte die Kappe auf den Füllfederhalter und sah nach, welche anderen Ausländer an diesem Tag bereits angereist waren. Drei Personen, alle deutscher Nationalität: Bernd Rosen, Ingenieur, geboren am 26.7.1899 in Schashagen bei Neustadt in Holstein, Egon Rathgeber, Textilkaufmann, geboren am 8.4.1898 in Heidenheim an der Brenz, und Oscar Carls, Ingenieur, geboren am 30.10.1891 in Scharbeutz bei Lübeck.

Sie sind alle älter als ich, stellte Stuckmann fest, griff nach seinem Koffer und der Aktenmappe und ging zur Treppe. Er nahm zwei Stufen auf einmal, als er die beiden Stockwerke hinaufstieg. Raum 314 lag glücklicherweise auf der Schattenseite. Er warf den Hut aufs Bett, hängte das Jackett über eine Stuhllehne, zog sich das Hemd aus und wusch sich am Waschtisch neben dem Fenster.

Es wäre praktisch gewesen, wenn er einer jungen Angestellten des Hotels den Hof hätte machen können. War er den Jüngeren inzwischen zu alt? Konnte er keine willige Jungfrau mit festen, nicht hängenden Brüsten mehr verführen?

Oberstleutnant Stuckmann betrachtete sich in dem kleinen, ovalen Spiegel über dem Waschtisch, er spannte die Muskeln des Oberkörpers an und beugte sich vor, um den Rest seines Körpers zu begutachten. Kein überflüssiges Fett, ein durchtrainierter Mann von fünfunddreißig Jahren. Er blickte wieder auf, in ein ebenmäßiges Gesicht mit schmalen Augen und dünnen Lippen. Ein strenges und straffes Gesicht, aber warum auch nicht? Schlimmer wären ja wohl volle Lippen, wie bei so einem verdammten Negersänger!

Stuckmann drehte sich ins Halbprofil und studierte sein Gesicht von der Seite. So sah er sich sonst nie. Würden hübsche Frauen ihn wegen seiner kräftigen Nase verschmähen? Bisher hatten sie es nicht getan. Das krumme und scharfe Profil ließ ihn eigentlich nur männlicher aussehen. Beruhigt klopfte er sich auf den flachen Bauch, holte ein frisches Hemd aus dem Koffer und zog es an. Er pinkelte auf der Toilette im Flur und wusch sich den Penis und die Hände am Waschtisch, bevor er das Zimmer verließ und in der norwegischen Hauptstadt auf Jagd ging.

Am folgenden Tag war es ebenso heiß. Das Thermometer vor der Hotelrezeption zeigte bereits um 07:30 Uhr einundzwanzig Grad, als Reinhardt Stuckmann auf ein Taxi wartete. Die Konferenz sollte um 08:00 Uhr am Drammensveien 111 B beginnen, eine Adresse, die er sich gemerkt hatte. Er war schon häufig in Oslo gewesen, dennoch hatte er Schwierigkeiten mit den Entfernungen und den Himmelsrichtungen. Er nahm an, dass er in Richtung Fornebu musste.

Das schwarz lackierte Taxi, das vor dem Hotel Terminus hielt, hatte einen Holzgasgenerator auf dem Heck. Stuckmann erinnerte sich an derartige Konstruktionen aus den Kriegsjahren. Aber vier Jahre nach der Kapitulation überraschte es ihn, noch immer ein Auto mit einem so großen Zylinder zu sehen.

Er stieg ein, nannte die Adresse und fragte: »Bekommen Sie kein Benzin?«

Der Taxifahrer versuchte sich in einem unbeholfenen Englisch. Yes, Benzin okay, aber Preis! Dreißig Øre, Ruin für alle! Der Fahrer breitete die Arme aus.

An einem kleinen Hang am Slottsparken blieb das Taxi beinahe stehen. Die Fahrt dauerte irritierend lange. Stuckmann sah auf die Uhr, er hasste Leute, die unpünktlich waren – und nun kam er selbst zu spät. Speed up, speed up!

In der Einfahrt zum Drammensveien 111 B stand ein schwarzer Humber, der die Zufahrt zur Hälfte versperrte. Ein Zivilist stieg aus dem Wagen und hob die Hand. Das Taxi hielt mit einem seufzenden Geräusch. Stuckmann bezahlte, stieg aus und stellte sich vor: »Diplomkaufmann Andreas Nielsen.«

Der Zivilist nickte, murmelte einen Willkommensgruß und ging zur Villa voraus, einem schönen, dreistöckigen Gebäude, das von einer großen Rasenfläche umgeben war. Hinter einer der beiden Schmalseiten tauchte der Drammensveien auf. Stuckmann wurde über eine breite Steintreppe in eine Halle geführt, dann über die weitere Treppe bis in die erste Etage. Am Ende des Flurs blieb der Zivilist vor einer Doppeltür stehen. »Bitte sehr«, sagte er und öffnete eine der Türen.

Stuckmann betrat eine Art Festsaal mit hoher Decke und Spiegeln an den Wänden. An der linken Seite hing neben einem großen Fenster eine Landkarte von Skandinavien. Rechts vom Fenster hatte jemand eine Europakarte aufgehängt.

An dem hufeisenförmigen Konferenztisch drehten sich neun Gesichter gleichzeitig zu ihm um. Ein Stuhlbein schrammte über den Boden, als sieben Männer und zwei Frauen, die an einem kleineren Tisch in der Mitte saßen, sich erhoben, um ihn zu begrüßen. Ein Norweger, der der Tür am nächsten saß, sah aus, als hätte er das Kommando. »Willkommen, dann können wir ja beginnen. Begrüßen Sie bitte Ihre norwegischen, schwedischen und deutschen Kollegen.« Er nahm Stuckmann bei der Hand.

Stuckmann ging einmal rund um den Tisch, ignorierte die Sekretärinnen und begrüßte die Männer mit Handschlag. Er kannte ihre Namen aus dem Meldebuch des Hotels: Rathgeber, Carls und Rosen. Zwei Norweger, mit langen und unverständlichen Namen, standen an der Seite des Tisches, die zur Tür zeigte. Stuckmann wurde ein Platz an der Ecke des Konferenztisches zugewiesen.

Der Norweger ergriff das Wort und stellte sich vor – mit seinem wirklichen Namen, wie er sagte. »Aus Sicherheits- und Diskretionsgründen haben wir Sie im Hotel unter falschen Namen untergebracht. Aber ich sehe keinen Grund, dass wir hier nicht mit unseren tatsächlichen Namen operieren. Es sind mehrere bekannte Gesichter unter uns, die kaum anonym bleiben, Personen, die sich bereits in die Militärgeschichte eingeschrieben haben«, schmeichelte er.

Ein älterer Mann, der Stuckmann schräg gegenübersaß, nickte amüsiert und lächelte. Es dauerte ein paar Sekunden, bevor Stuckmann ihn wiedererkannte. Es war ungewohnt, Admiral Otto Ciliax ohne Uniform zu sehen.

Sich in die Militärgeschichte eingeschrieben? Stuckmann lächelte. Gab es etwas Leichteres, als umgeben von mehreren tausend Tonnen Panzerstahl auf dem Meer herumzufahren und aus mehreren Kilometern Entfernung schwere Geschosse aus Drillingstürmen auf den Feind zu feuern? Die Kriegsmarine bestand für ihn aus pompösen Uniformen und allzu vielen warmen Mahlzeiten, die nicht im Freien eingenommen werden mussten.

»Heute sind hier ganz besondere Kompetenzen versammelt«, fuhr der Norweger fort und hieß sie im Namen des Militärischen Abschirmdienstes in Oslo und Norwegen willkommen. Er stellte fest, dass um den Tisch die Repräsentanten der Streitkräfte dreier Länder saßen. Das sei etwas Besonderes, aber auch die Weltsituation sei schließlich besonders. Nur wenige Jahre nach Ende des großen Krieges müsse Europa sich auf eine neue Auseinandersetzung vorbereiten.

Stuckmann fummelte ungeduldig an seinem Füllfederhalter. Wenige Dinge langweilten ihn mehr als naive Reden über die Weltlage. Es klang nach Politik. Als Offizier hielt er sich in der Regel von derartigem Unfug fern. Die Herausforderungen lagen ganz woanders, sie waren konkret und handfest: Logistik, Topographie, Auswahl von Stützpunkten, Konzentration der Feuerkraft, Bewegungen im Feld, Gleichgewicht zwischen Vorrücken und der Sicherung des eigenen Nachschubs.

»Drei Kollegen haben diese Versammlung möglich werden lassen«, predigte der Norweger weiter. Als Kontaktmann auf der deutschen Seite stand Oberstleutnant von Hagen zur Verfügung, ein ehemaliger Beamter des deutschen Reichskommissariats Norwegen. Er zeigte auf einen Mann, der rechts von Stuckmann saß. Der Mann hob die rechte Hand und nickte.

Dann wies der Norweger auf seinen norwegischen Nebenmann links von ihm und stellte ihn als Gründer des norwegischen Nachrichtendienstes vor, Oberstleutnant Alfred Roscher Lund, militärischer Berater von Trygve Lie, dem norwegischen Generalsekretär der Vereinten Nationen. »Norwegen ist ein kleines Land, aber wir führen die Welt«, scherzte er.

Stuckmann verzog das Gesicht zu einer höflichen Grimasse, eine Reaktion auf den Umstand, dass sein deutscher Kollege links von ihm das Gleiche tat. »Der Oberstleutnant übernimmt die fachliche Verantwortung für unsere Arbeit, ich werde das Ganze rein operativ leiten. Wenn irgendetwas ist, dann bin ich es, den Sie damit behelligen müssen«, lächelte der Norweger und wandte sich dann dem Mann an seiner rechten Seite zu.

»Und zum Schluss heißen wir Kapitän Fredrik Löwenhielm von dem mit uns kooperierenden schwedischen Nachrichtendienst herzlich willkommen. Der Kapitän wird uns später darüber informieren, natürlich nur in groben Zügen, auf welche schwedischen Verteidigungsansätze die Russen stoßen werden. Wir sind gespannt.«

»Gut«, sagte er dann, klatschte in die Hände und machte eine Kunstpause. »Nun aber an die konkrete Arbeit. Wie Sie bereits wissen, wollen wir uns mit der Frage beschäftigen, wie Nordnorwegen im Falle eines Angriffs der Sowjetunion verteidigt werden kann. Wir sind sehr dankbar, dass unsere deutschen Kollegen ihre Erfahrungen über Angriffs- und Verteidigungsplanung im Norden mit uns teilen werden, nicht zuletzt ihre Erfahrungen aus der sowjetischen Petsamo-Kirkenes-Operation im Herbst 1944.«

Er zeigte auf die beiden großen Wandkarten und versicherte, dass sie gute Detailkarten im Maßstab 1:50 000 hätten beziehungsweise beschaffen könnten, außerdem präzise militärgeographische Beschreibungen über jedes Gebiet der Nordkalotte.

»Wir haben nach wie vor ausgezeichnetes Kartenmaterial, obwohl uns unsere Kollegen 1945 so überstürzt verlassen mussten«, sage er. Der Witz des Norwegers kam diesmal besser an, rund um den Tisch war lautes Gelächter zu hören.

»Nicht zuletzt werden unsere beiden ausgezeichneten Sekretärinnen, Fräulein Dysthe und Fräulein Jahren, Ihnen jederzeit behilflich sein.« Die Männer am Tisch lachten auch diesmal dröhnend. Stuckmann versuchte zu erkennen, ob die Frauen erröteten, aber da sie im Gegenlicht vor den Fenstern saßen, konnte er sie nicht richtig sehen. Weder ihre Gesichter noch ihre Figuren. Dass beide aber noch Fräulein waren, klang vielversprechend, er würde schon herausfinden, welche fraulichen Qualitäten sie hatten.

3 *Fauske, Freitag, 27. November 2009*

Die Spikereifen hackten sich in die dünne Eisschicht auf dem Parkplatz. Alex stoppte den Volvo ein paar Minuten vor neun vor dem Einkaufszentrum an der Storgata von Fauske. Man hatte versucht, das Einkaufszentrum mit Dacherkern und einer gelben Wandverkleidung so ansehnlich wie möglich zu gestalten, allerdings hatte es wenig geholfen. Das Gebäude konkurrierte mit der Tankstelle um den hässlichsten Anblick im Zentrum des Orts.

Alex gönnte Leonard Cohen eine Pause, stellte den Motor ab und öffnete die Wagentür. Als er seinen Fuß auf den Boden setzte, rutschte er weg, fast wäre er aus dem Auto gefallen. Die nächtliche Kälte hatte den Boden spiegelglatt werden lassen, obwohl es nicht einmal geschneit hatte. Eisregen? Alex war froh, dass er am Vortag doch noch auf dem Berg gehalten und die Spikereifen montiert hatte.

Die Fahrt hatte ihn erschöpft, der Anruf von Vivi, der Anfall, das Wechseln von vier Reifen in der Dunkelheit. Im Hotel hatte er erst spät in der Nacht Schlaf gefunden – der Karaokegesang aus der Bar und das Johlen nach jeder Nummer ließen sich unmöglich ignorieren. Und als er sich im Bett hin und her wälzte, hatte er immer wieder Hallvards Sturz vor sich gesehen.

Das hässliche Logo von *Avisa Nordland* leuchtete ihm blau von der gelben Wand entgegen, daneben die Schilder eines Anwalts, einer Baufirma und einer Unternehmensberatung. Alex war neugierig, wie er mit der Fotografin Tora Elvevoll aus der Zentralredaktion in Bodø zusammenarbeiten würde. Es ging um ein Kooperationsprojekt der zwei Zeitungen, ein Rationalisierungsprojekt, wie der Betriebsratsvorsitzende von *Nordlys* befürchtete. Ein Angestellter von jeder Zeitung, und am Samstag würden beide Zeitungen dieselbe Reportage drucken.

Offenbar war die Kollegin noch nicht gekommen. Alex ging zurück zum Parkplatz. Er sah auf die Uhr, fünf nach, es wurde langsam hell. Sie hatten sich um neun treffen wollen, eigentlich hätte sie längst da sein müssen.

Ein roter Golf fuhr etwas zu schnell aus dem Kreisverkehr in die Storgata, der Fahrer verlor auf dem Eis die Kontrolle über die Vorderreifen, konnte den Wagen durch Gegensteuern aber noch rechtzeitig abfangen. Das Auto bog auf den Parkplatz und hielt neben dem Volvo. Die Tür ging auf und ein kreisrundes, weiches Gesicht zeigte sich über einer großen roten Daunenjacke.

»Winther?«

Er nickte. Sie zog einen Handschuh aus, sie gaben sich die Hand. Er erinnerte sich an sie von den Pressekonferenzen in Bodø, als er noch in der Ausbildung war, sie erkannte ihn aber offenbar nicht wieder.

»Entschuldige bitte die Verspätung.« Sie nickte in Richtung Auto. »Glatt und schlechte Reifen. Wieso ist es so glatt, obwohl es nicht einmal geschneit hat?« Sie wartete die Antwort nicht ab. »Außerdem eine schlechte Heizung. Ist das deiner?«

Alex fuhr lieber selbst, als sein Leben in einem eiskalten Golf mit abgefahrenen Reifen zu riskieren. Und nach dem Erlebnis im Kreisel war die Fotografin vielleicht auch gar nicht scharf darauf zu fahren. Sie holte eine Kameratasche, eine Kamera und eine Reisetasche vom Rücksitz des Golfs. Er entriegelte den Volvo mit der Fernbedienung.

»Willst du nicht reingehen?« Alex wies auf die gelbe Wand.

»Ich habe, was ich brauche, das ist doch nur ein Regionalbüro«, erwiderte sie, öffnete eine Hintertür des Volvo und warf ihre Ausrüstung auf den Rücksitz.

Sie stiegen ein, Alex ließ den Wagen an und rollte vorsichtig über den mit Eis überzogenen Parkplatz. Er bog rechts in den Kreisel und fuhr aus Fauske heraus - eins der vielen Käffer in Nordnorwegen, die so gern eine Stadt wären. Auf der E6 ging es südlich in Richtung Saltfjellet. Aus dem Augenwinkel registrierte er, dass sie ihre Handschuhe, die Strickmütze mit den langen geflochtenen Bändern und ihre Daunenjacke auszog. Er sah auf zwei volle Brüste unter einem Pullover. Sie entschuldigte sich mit einem Lächeln. Kräftig, aber nicht zu üppig, das dunkle Haar im Pagenschnitt ließ ihr rundes Gesicht noch runder erscheinen. Alex wusste nicht recht, ob die Frisur ihr stand.

Gefiel es ihr bei der Zeitung in Bodø? Ja, sicher, der übliche Stress, vier, fünf Foto-Jobs am Tag, sie müsse wie ein Flummi in der Stadt herumschießen, aber die Kollegen seien nett. Und das Wichtigste: Nach vielen Jahren als Freelancer endlich eine feste Stelle. Obwohl den meisten Redakteuren ihr Abschluss in Foto und Design auf der Staffordshire University nicht gefallen hatte.

Sie fragte zurück. In diesem Moment klingelte allerdings ihr Handy, sicher ein Anruf der Zeitung. Er hatte Zeit, über ihre Frage nachzudenken. Gefiel es ihm? Ja, schon - sie testeten ihn noch ein bisschen, außerdem durfte er sechs Monate nichts über militärische Dinge schreiben. Er fand es ein bisschen eigenartig, zumal er der Einzige in der Redaktion war, der sich mit der Landesverteidigung auskannte. Aber der Chefredakteur war Gott und sein Wort Gesetz. Genau wie bei einem kommandierenden Offizier im Feld, dachte Alex.

Sie steckte ihr Mobiltelefon wieder ein. »Du hast gefragt ... Es läuft gut, aber ich bin ja noch Anfänger«, erklärte er.

Sie lachte, alle hätten irgendwann mal angefangen, es würde bestimmt gutgehen! »Das hier ist irgendwie ungewohnt«, fuhr sie fort und drehte sich zu ihm um. »Normalerweise fahren wir Fotografen, immer. Ein Kollege behauptet, ihr würdet uns nur mitnehmen, damit wir den Chauffeur für euch spielen!«

Wieder lachte sie und holte vom Rücksitz einen Notizblock aus der Tasche ihrer Daunenjacke.

»Wir haben um zehn eine Verabredung mit dem Nachbarn.« Sie schaute auf die Uhr des Armaturenbretts. »Wir sind pünktlich, es sind nur noch drei Meilen bis dahin. Er hat die Leiche gefunden. Jonny Hansen aus Botn, gleich neben Rognan.«

»Müssen Fotografen eigentlich auch recherchieren?« Eigentlich war es nicht seine Art, wildfremde Personen zu provozieren, aber sie lud ganz einfach dazu ein.

»Nein, bist du verrückt geworden? Wir Fotografen haben still zu sein, wie alle Frauen, wir sollen Auto fahren und Bilder knipsen. Ich bedaure, dass ich vermessenerweise eine Quelle gefunden habe.« Die dunkle Pagenfrisur schüttelte sich vor Lachen.

Alex fühlte sich in Gegenwart dieser direkten und munteren Person wohl. Sie lachte leise vor sich hin und schaute über den Saltdalsfjord. Es entstand eine Pause, wie so oft nach den ersten Sätzen zwischen zwei Menschen, die sich noch nicht lange kennen.

Alex sah einen Berg vor sich. Hallvard, allein im Berg. Etwas in ihm kollabierte, er spürte, wie der Puls in der Halsgrube klopfte. Er musste diese Panikattacken unter Kontrolle bekommen, er wollte nicht, dass diese Anfälle Macht über ihn bekamen, sie machten ihn passiv und deprimiert. Er wusste eine Menge über diese Dinge, der Dienst hatte es ihn gelehrt: Lass die Gefühle zu - nach einem schweren Scharmützel, nach Verlusten, einer verdammten Landmine –, aber lass sie nie die Oberhand über dich gewinnen. Akzeptier sie, lauf nicht vor ihnen davon, aber nutze die Vernunft, um die Sturzseen aus Wut, Schuld und Reue zu überstehen. Er musste einsatzfähig bleiben, das war das A und O des Kampfes.

»Gibt's was Neues in der Sache?« Er wollte an etwas anderes denken.

»Nein, wie es aussieht, hat die Polizei alles im Griff«, antwortete Tora. Sie war am Vortag auf der Pressekonferenz in Bodø gewesen. Der Polizeibevollmächtigte von Saltdal und Beiarn hatte den Fall an die Staatsanwaltschaft von Bodø abgegeben. Ein möglicher Hinweis, dass es sich um einen wichtigen Fall mit einer großen Medienaufmerksamkeit handelte, aber noch war das nicht klar. Die Polizei hielt sich bedeckt.

»Entweder lassen sie aus irgendeinem Grund ganz bewusst nur wenig Informationen heraus, oder sie wissen tatsächlich nichts. Drei Tage sind vergangen. Wir, *Saltdalsposten* und das Fernsehen haben die Suppe am Köcheln gehalten. Sie haben noch keinen Täter, ja, sie haben bisher nicht einmal das Opfer identifiziert.«

In Rognan wollte Alex das GPS einsetzen und deutete auf das Armaturenbrett.

»Das geht auch so«, sagte sie, »halt Ausschau nach Baggern und Räumfahrzeugen, er ist Bauunternehmer. Vor dem Fluss müssen wir rechts. Da vorn ist eine Brücke.«

Alex fuhr langsamer und bog von der E6 auf eine Nebenstraße, die zu einer Häusergruppe führte; dahinter lag ein bewaldeter Höhenzug. Das dritte Anwesen verfügte über eine gewaltige Doppelgarage, auf dem Hof standen eine Reihe von Fahrzeugen: zwei Lastwagen, einer mit einem Schneepflug, ein gelber Traktor mit einem Greifarm für Baumstämme, ein roter Toyota. Die Leute auf dem Land fuhren alle Toyota.

»Hier muss es sein«, sagte Tora. Alex bog auf den Hof und hielt. Ein grauer Elchhund kam kläffend angerannt und hüpfte am Seitenfenster hoch. Ein Mann in einem orangefarbenen Thermoanzug trat aus dem Haus und schrie dem Köter etwas zu. Der zog sich zurück, hörte aber nicht auf zu bellen.

»Wenn er euch ein bisschen beschnuppert hat, beruhigt er

sich schon wieder«, rief der Mann. Alex stieg aus und blieb stehen, eine Hundeschnauze bohrte sich hart in seinen Schritt. Der Bauunternehmer Hansen hing offenbar einer Art antiautoritären Hundeerziehung an. Sie begrüßten sich, während die Töle fiepte und knurrte.

»Guter Wagen«, stellte Hansen fest und betrachtete den Volvo. »Verbraucht aber 'ne ganze Menge, oder?« Alex lachte und sagte 0,8. Eigentlich schluckte der Turbomotor mehr als einen Liter pro Meile. Kaffee? »Nicht nötig«, erwiderte Tora, wichtiger war, sich den Tatort anzusehen, je eher, desto besser.

»Den Tatort? Ach so, du meinst den Kuhstall. Der ist auf dem Nachbarhof. Ganz sicher, dass ihr keinen Kaffee wollt?«

»Vielleicht später«, versprach Tora. Hansen nahm den Hund am Halsband und legte ihn an die Kette. »Ich fahr vor, ist nicht weit.«

Er sprang in seinen Toyota und fuhr vom Hof, Alex und Tora folgten ihm durch eine Kurve in den Tannenwald. Nach fünfhundert Metern kamen sie an eine Lichtung, auf der ein kleines Bauernhaus mit grünen Eternitplatten stand; es sah aus, als stünde es leer. Vor dem Stall hatte die Polizei mit rotweißem Band eine Absperrung markiert. Der Toyota bog auf den Hof und hielt.

»Keine Fotos von mir, es hat schon genug Spektakel gegeben«, erklärte der Bauunternehmer, als sie vor dem Stall standen. Tora hielt den Kopf schief und flirtete drauflos, um ihn umzustimmen. »Nur eins, bitte, nur ein winzig kleines?«

»Streng genommen ist hier ja alles abgesperrt, aber ich glaube, die Polizei ist fertig. Seit gestern Vormittag habe ich niemanden mehr gesehen.«

Hansen wollte die Absperrung dennoch unberührt lassen. Er führte sie die Auffahrt zur Dachluke des Stalls hinauf, hob den Balken hoch, der die doppelte Tür versperrte, und ging hinein. »Aufpassen, es geht hier ziemlich tief runter, und es gibt kein Geländer«, warnte er.

Im Halbdunkel des Stalls erkannte Alex einen uralten Volkswagen, das Modell mit den kleinen Doppelheckfenstern. Hansen blieb stehen.

»Eigentlich war's ja der Hund, der ihn gefunden hat; der Bursche sah wirklich übel aus.«

»Hat er lange hier gelegen?« Alex zog seinen Notizblock und einen Stift heraus. Er war froh, dass die Unterhaltung so problemlos verlief, er musste dem Mann die Worte nicht aus der Nase ziehen.

»Er hat nicht gelegen, er hat gehangen.«

Alex verstand nicht.

»Er hat da oben an einem Balken gehangen.« Hansen zeigte auf die Balken unter dem Dach. Alex schaute nach oben, und Tora hatte die Automatik der Kamera eingestellt, während die beiden zum Dach zeigten und diskutierten. Hansen hatte offensichtlich nichts mehr dagegen, dass man ihn fotografierte.

»Er hing so, an den Händen.« Der Nachbar streckte die Arme nach hinten, beugte sich vor und hob die Arme hinter dem Rücken. Er richtete sich rasch wieder auf, es war keine sonderlich angenehme Stellung. Das Klack-klack-klack der Kamera war zu hören.

»Geh mal ein Stück beiseite, Alexander!« Alex bewegte sich auf die Öffnung zu und blickte hinunter. Im Stall lag kein Heu, und bis zu dem mit Holzplanken belegten Boden mochten es vier, fünf Meter sein. Tora legte sich in die Auffahrt, um Hansen mitsamt dem Dachbalken aufs Bild zu kriegen.

»Die Hände auf den Rücken gebunden und daran aufgehängt! Welches Teufelspack macht denn so etwas?«

Alex blieb die Antwort schuldig. Der Mann fischte eine Packung Rød Mix aus der Brusttasche seines Thermoanzugs und zog die Blättchen unter der Lasche hervor. Er nahm das Papier in die linke Hand, riss einen Brocken Tabak ab, legte ihn auf das Blättchen, rollte, leckte und verschloss die Packung wieder. Dann knipste er ein paar Tabakreste ab und zündete sich die Zigarette mit einem Zippo-Feuerzeug an. Er tat einen tiefen Zug.

»Der Teufel war los an dem Tag, an dem der Hund ihn fand. Er kläffte und tobte vor dem Stall herum, es wurde immer schlimmer. Ich dachte, es sei wegen 'nem Tier.«

Tora wollte, dass er sich ein bisschen mehr nach links stellte. Alex wedelte abwehrend mit der Hand, er fand es taktlos, den Mann gerade jetzt zu behelligen. Hansen war offensichtlich erschüttert über seinen Fund im Kuhstall. Und Alex wunderte sich über die neuen Informationen über den Zustand, in dem das Opfer gefunden wurde. Wieso hatte man das nicht veröffentlicht? Aus ermittlungstaktischen Erwägungen?

»Das muss schlimm gewesen sein«, sagte er. »Ich meine, ihn so zu finden, aber ... Wieso ist denn das nicht veröffentlicht worden?« Er schaute Tora an. »Wusstest du davon?« Sie schüttelte den Kopf.

»Tja, ich weiß nicht«, sagte der Mann. »Sie sind die Ersten, also mal abgesehen von der Polizei, die fragen.«

Er zog noch einmal an seiner Zigarette.

»Und an seinen Beinen hatten sie einen Stein befestigt.«

Alex wartete auf die Erklärung.

»Mit einem Strick haben sie einen schweren Stein an seine Füße gebunden. Als ich ihn fand, hing er ganz ruhig, vom eigenen Gewicht heruntergezogen. Wahrscheinlich, um den armen Teufel noch mehr zu quälen. Der Hund sprang auf den Stein und bellte! Ein Anblick, den ich nicht so schnell vergessen werde.«

Alex sah sich um. Er sah ein paar eingestaubte Milcheimer, eine Egge und einen Schleifstein.

»War das der Schleifstein?«

»Nein, nein, es war ein Stein vom Soldatenfriedhof, eigentlich ein Steinkreuz. Der Polizeibeauftragte hat ihn mitgenommen, er stammt vom deutschen Teil. Sie liegen hier in Botn ja Seite an Seite, die Jugoslawen und die Deutschen.«

Der Rauch kam stoßweise aus Mund und Nase, während er redete.

Tora machte noch einige Bilder von Hansen auf der Scheunenauffahrt, vor dem Kuhstall und auf dem Hof zwischen dem Stall und dem eternitverkleideten kleinen Wohnhaus, während dieser Alex den Weg zum Soldatenfriedhof erklärte.

»Und wann erscheint das in der Zeitung?«

»Sobald wir fertig sind.«

»In der Zeitung von Bodø?«

»In *Avisa Nordland* und in *Nordlys* in Tromsø.«

»Schreibt was Nettes über Botn. Gewöhnlich ist es hier nämlich ganz okay. Und schreibt, dass wir 'ne bessere Netzabdeckung für unsere Handys brauchen!«

Tora und Alex murmelten irgendetwas Zustimmendes, winkten und stiegen in den Volvo.

Auf dem Weg zum Friedhof sagten beide kein Wort. Als sie an einem Wohnhaus vorbeikamen, einem dunkelgestrichenen Standardfertighaus aus den siebziger Jahren, hielt ein Passat und zwei Männer stiegen aus.

»Stopp!«, rief Tora. »Halt hinter dem Wagen. Das ist Markussen.«

Alex bremste und fuhr an den Straßenrand.

»Denkst du, wir haben Zeit, um …«

»Markussen gehört zur Polizei.«

Ein mit einer blauen Jeans und einer Art Pilotenjacke bekleideter Mann kam auf den Volvo zu. Tora ließ das Seitenfenster hinunter, lächelte und grüßte.

»Sucht ihr jetzt in sämtlichen Häusern? Völlig verzweifelt?«

Der Polizist lächelte. »Pass bloß auf, sonst durchsuchen wir auch dein Auto. Und verhaften deinen Chauffeur.«

»Irgendetwas Neues?«

»Eigentlich nicht. Die Techniker sind fertig. Wir klappern jetzt jedes Haus in der Umgebung ab.«

»Dann müsst ihr wirklich verzweifelt sein!«

Der Polizist tat so, als wolle er zuschlagen. Tora lachte und fuhr das Fenster wieder hoch. »Markussen ist okay«, erklärte sie.

Neben einer Hängebirke, die so gut wie sämtliche Blätter verloren hatte, stand ein drei Meter hohes, massives Steinkreuz mit einem deutschen Text auf dem Sockel: ›2732 Soldaten liegen hier begraben‹.

»Sieht aus wie die Kreuze zu Kriegszeiten.« Tora kannte die Form aus Filmen und Büchern.

»Es ist das Eiserne Kreuz der Deutschen, aber aus Stein.« Alex umrundete eine große, gefrorene Rasenfläche, auf der mehrere kleinere Steinkreuze standen. Eins fehlte, die Symmetrie war zerstört.

»Von hier haben sich die reizenden Burschen den Stein für den Kuhstall besorgt.« Alex zeigte auf die Stelle. Tora kam zu ihm und schoss zehn bis fünfzehn Fotos aus verschiedenen Winkeln. Warum machten Fotografen immer so viele Bilder?

Sie gingen hinüber in den jugoslawischen Teil. ›Jugoslovensko ratno Groblje 1941-1945‹, jugoslawischer Kriegsgefangenenfriedhof 1941-1945, stand auf einem Schild am Tor. Es gab auch einen Plan für das Gelände: Eingang, rechtes Feld, linkes Feld, die Anzahl unbekannter und namentlich bekannter Personen in den einzelnen Feldern.

»Die meisten sind unbekannt«, stellte Tora fest und wies auf den Plan. Tausendachtzehn Unbekannte und sechshundertneununddreißig namentlich Genannte, insgesamt tausendsechshundertsiebenundfünfzig Tote.

»Tausendachtzehn Unbekannte, man kann sich vorstellen, unter welchen Umständen sie ermordet wurden. Massaker. Willkürliche Erschießungen.«

»Weißt du mehr darüber?«

»Nicht über das Lager hier in Botn, aber es ist bekannt, das die Jugoslawen während des Krieges fürchterlich gefoltert und gepeinigt wurden. Mamma Karasjok, weißt du.«

»Was hat denn Karasjok in Lappland damit zu tun?«

»Dort war ein Lager für Jugoslawen. Mamma Karasjok, eine samische Frau, wurde nach dem Krieg von Tito hoch dekoriert, weil sie den Häftlingen geholfen hat.«

Sie gingen aufs Friedhofsgelände. Ein Plattenweg führte zu einem Denkmal neben einer großen Traubenkirsche. Außerhalb der gefrorenen Rasenfläche war eine Metallplatte mit jugoslawischen Namen in die Erde eingelassen, die Buchstaben waren erhaben gegossen: Svetczar Kostiç, Vodislav Krstic, Sreten Manciç, Nedeljko Markoviç - insgesamt sechzehn Namen.

Tora holte ihr iPhone heraus. »Das müssten wir googeln können, wenn diese trüben Tassen bei Telenor hier für ein ordentliches Netz gesorgt haben.«

Sie suchte nach *Jugoslawischer Kriegsgefangenenfriedhof Botn*. Es dauerte, das Handy musste die Daten durch ein überlastetes Mobilnetz drücken. Mehrere Treffer. Ein Eintrag stammte von der norwegischen Regierung, dem norwegischen Kriegsgräberdienst. Sie las ihn vor: »›Die jugoslawische Delegation begrüßte den Plan, die Jugoslawen, die während der deutschen Gefangenschaft in Norwegen umgekommen sind, zusammenzulegen. Die norwegischen Behörden erwarben den notwendigen Boden und legten einen jugoslawischen Kriegsgefangenenfriedhof in Botn im Saltdal an. Die gefallenen Jugoslawen, die in Nordnorwegen gefunden wurden, sind dorthin überführt worden. Botns jugoslawischer Kriegsgefangenenfriedhof wurde am 26. September 1954 in Anwesenheit führender Repräsentanten der jugoslawischen und der norwegischen Behörden eingeweiht.‹«

»Gibt's auch etwas über das Gefangenenlager?«

Tora gab statt *Kriegsgefangenenfriedhof Kriegsgefangene* ein. Sie fand einen Eintrag in einem Netzlexikon: »›1942 errichteten die Deutschen ein Vernichtungslager für serbische Gefangene in Botn, das Botn-Lager. Später wurden auch russische Gefangene hierher gebracht. Die Gefangenen wurden zum Straßenbau eingesetzt. Das Straßenstück, das auf diese Weise entstanden ist, wurde später als Blutstraße bezeichnet.‹

Hier ist noch mehr«, fuhr Tora fort, die einen ellenlangen Artikel in *Aftenposten* gefunden hatte. Sie überflog den Text und las das Wichtigste vor. Fünf Lager, alle in Nordnorwegen – eins in Karasjok, die anderen in Nordland –, in erster Linie politische Gefangene, Kinder ab dreizehn, vierzehn Jahren waren dabei, durch Hunger, Misshandlungen und harte Arbeit wurde die Gesundheit der Gefangenen planmäßig zerstört, rund zweitausendfünfhundert Gefangene kamen 1942 in die Lager, viele wurden erschossen, tausendsiebenhundertsiebenundvierzig starben allein im ersten Jahr.

Tora blickte auf. »Tausendsiebenhundert Tote bei zweieinhalbtausend Gefangenen! Wieso weiß ich davon nichts, ich wurde doch immerhin hier geboren!« Sie zeigte auf die Straße, auf der sie gekommen waren.

»Ich glaube, das wurde nach dem Krieg alles vergessen. Die Jugoslawen verschwanden ja hinter dem Eisernen Vorhang«, versuchte Alex es mit einer Erklärung.

»Vergessen!« Sie breitete die Arme aus. »Vernichtungslager in Nordnorwegen, und wir haben es vergessen?!«

Sie blieben schweigend stehen. Ein Windstoß riss ein wenig widerspenstiges Laub von der Traubenkirsche neben dem Mahnmal.

»Rätselhafter Mord am Todeslager«, murmelte Alex.

»Was sagst du?«

»›Rätselhafter MORD AM TODESLAGER‹.«

»Ah ja? Bleib ruhig, Winther, es kann sich um einen ganz hundsordinären Eifersuchtsmord handeln. Dem Typen vom Balken gefiel die Frau des Nachbarn, ihr Ehemann kam früher nach Hause, packte den Liebhaber am Schlafittchen, zog ihn in den Stall und ließ ihn dort baumeln. Es ist oft ein naher Bekannter, einer aus der Familie. Gewalt gegen Frauen, da haben immer der Ehemann, ein Liebhaber oder der Onkel ihre Hand im Spiel. Wir Frauen fürchten um unser Leben, wenn wir allein in dunklen Straßen herumlaufen«, sie breitete die Arme aus. »Nur dort passiert nie etwas.«

»O doch.«

»Doch?«

Alex war mit seinen Gedanken ganz woanders, nicht in den dunklen Straßen von Bodø. »Findest du es nicht auffällig, dass sich jemand einen Stein *von hier* besorgt, um die Schmerzen des armen Teufels zu erhöhen, der am Balken hängt? Von einem Kriegsgefangenenfriedhof?«

»Verrückte sind und bleiben Verrückte.«

»Ja, aber weshalb von hier?«

»Zufall?«

Alex blickte auf die schroffen, dunklen Höhenzüge rund um den Friedhof. Das Tageslicht verschwand allmählich, Tora hatte kein Fotolicht mehr, und er verlor sich einen Moment in Gedanken.

4 *Oslo, Mittwoch, 6. Juli 1949*

Endlich ein Windstoß! Auf der Veranda des ersten Stocks der Villa spürte Reinhardt Stuckmann eine Luftbewegung, er roch den Geruch von warmer Erde und sah, dass die Espen im Garten zum Drammensveien anfingen zu zittern. Am liebsten hätte er sein Sakko ausgezogen, aber er wollte auf keinen Fall auffallen. Der Admiral und die übrigen Offiziere benahmen sich, als steckten sie mit ihren Anzügen in einer Uniform.

Aus der Halle hörte er, dass mit einer Glocke geklingelt wurde, die Pause war vorüber. Stuckmann drückte sein Zigarillo am Verandageländer aus und steckte den Stumpen in einen Blumentopf. Er schob die weiße Gardine, die sich an der Tür sanft bewegte, zur Seite und ging hinein.

Admiral Ciliax, Generalmajor Theilacker und Generalmajor von Lossberg standen mit ihren Zigarren noch immer in der Halle. Er nickte ihnen zu, sie waren freundlich, hielten aber Distanz, sie kannten ihn nicht. Auf der Schwelle des Speisesaals klingelte die Sekretärin erneut. Stuckmann bemerkte, wie ihr Kleid über den hochansetzenden Brüsten spannte. Dreiundzwanzig, fünfundzwanzig Jahre alt? Fräulein Jahren war interessant.

Am zweiten Tag der Konferenz wurde bis zum Mittagessen hauptsächlich über Admiral Ciliax' Einschätzung von Norwegens Rolle in einem Krieg zwischen Ost und West geredet. Der Konferenzleiter hatte erklärt, der Admiral würde zunächst seine wesentlichen Argumente darlegen, dann könnten die übrigen Offiziere sie kommentieren.

Naiv, dachte Stuckmann, wer von den jüngeren Offizieren würde es wagen, einen Veteran herauszufordern, der seit 1910 Offizier war? Ciliax hatte zwei Weltkriege erlebt, war Kommandant der Schlachtschiffe ›Admiral Scheer‹ und ›Scharnhorst‹ gewesen, Oberbefehlshaber der baltischen Flotte und des Marineoberkommandos in Norwegen bis 1945.

Stuckmann studierte einen Matrizenabzug mit Ciliax' Lebenslauf, der auf den Plätzen auslag. Die Auszeichnungen des Admirals waren ganz unten auf der Seite aufgelistet. Obwohl Stuckmann wenig Verständnis für die Marine aufbrachte, musste er zugeben, dass die Zahl der Auszeichnungen beeindruckend war: Das Spanienkreuz in Gold mit Schwertern, das Deutsche Kreuz in Gold, die Spange zum Eisernen Kreuz II. und I. Klasse und das Ritterkreuz des Eisernen Kreuzes, das ihm nach dem ›Unternehmen Cerberus‹ im Februar 1942 verliehen worden war, als er die deutschen Seestreitkräfte durch den englischen Kanal ins offene Meer führte, so dass sie weiter zu den Basen in Norwegen gelangen konnten.

Ciliax stand aufrecht, Manuskript und Lesebrille in der Hand. Er war ein distinguierter Mann mit buschigen Augenbrauen, zurückgekämmtem Haar und moderaten Geheimratsecken. Stuckmann schaute auf das Geburtsdatum: 30. Oktober 1891. Der Admiral wurde bald achtundfünfzig. Die Marineleute hielten sich gut.

»Bei einem Konflikt zwischen Ost und West spielt es keine Rolle, *ob* ein Krieg ausbricht, sondern *wann*«, begann Ciliax. Es sei schwierig, exakt vorherzusagen, wann die Kriegshandlungen beginnen würden, aber alle Länder müssten ihre Vorsichtsmaßnahmen treffen.

Wenn also der Krieg eine Tatsache ist, fuhr der Admiral fort, dann ist der nördliche Teil Skandinaviens, und vor allem Nordnorwegen, von höchstem strategischem Wert für beide kriegsführenden Parteien. In russischen Händen diente das Gebiet gut zur Flankensicherung: Mit der Kontrolle über Nordnorwegen und Spitzbergen würde die Ein- und Ausfahrt von U-Booten und anderen Wasserfahrzeugen von den Basen auf der Kola-Halbinsel gesichert. Für die Westmächte war Nordnorwegen ein guter Ausgangspunkt für einen Flankenangriff gegen das russische Territorium.

Stuckmann bemerkte, wie Ciliax über seine Lesebrille auf die kleine Versammlung blickte. Niemand schien dazu Stellung nehmen zu wollen, auch die norwegischen Offiziere nicht.

»Finnland wird vor Kriegsausbruch als Thermometer dienen«, fuhr der Admiral fort. »Im Augenblick verhalten sich die Russen noch zurückhaltend, aber in einer angespannten Situation werden sie Finnland besetzen. Wenn die Rote Armee in Norwegens Nachbarland einrückt und Sicherungstruppen an die Grenze des neutralen Schwedens verlegt, ist das ein sicheres Zeichen für den Kriegsanfang.«

Ciliax verließ seinen Platz am Ende des Konferenztisches, ging an den beiden Sekretärinnen vorbei und trat vor die Skandinavienkarte.

»Bei Kriegsausbruch muss sich Stalin zwischen einer kleinen und einer großen Lösung entscheiden.« Ciliax wies mit der Lesebrille auf die Karte. »Die kleine Lösung wäre ein begrenzter Angriff auf Finnland, Spitzbergen und Finnmark westlich von Banak bis Lakselv.« Die Brille zeigte auf den tiefen Porsangerfjord nahe dem Nordkap. Sekretärin Jahren eilte hinzu und überreichte dem Admiral einen Zeigestock.

»Die große Lösung wäre ein Angriff auf ganz Skandinavien, auch auf Schweden. Die Sowjetunion wird ganz sicher auch Dänemark besetzen, um dadurch die Ausfahrt aus der Ostsee zu kontrollieren.« Ciliax ließ den Zeigestock über die gesamte skandinavische Halbinsel kreisen. Die strategischen Überlegungen müssten daher ganz Skandinavien mit einbeziehen, nicht nur Norwegen, fasste er zusammen, bevor er wieder an seinen Platz am Tisch ging.

Wie Stuckmann es vorausgesehen hatte, widersprach keiner der deutschen Offiziere Ciliax. Schließlich hatte der Admiral auch keinerlei kontroverse Gesichtspunkte vorgebracht. Im Grunde war es das militärstrategische kleine Einmaleins. Nordnorwegen und alle anderen Landgebiete, die in der Nähe von strategisch wichtigen Meeren lagen, würden in einen neuen großen Krieg mit einbezogen – ob die jeweiligen Landesregierungen es wollten oder nicht.

»Wir sind dem Herrn Admiral zu großem Dank verpflichtet für seine sehr perspektivenreiche Analyse«, schmeichelte der norwegische Konferenzleiter. »Die Perspektive auf ganz Skandinavien auszudehnen dürfte wohl kein Problem sein?« Der Norweger sah Kapitän Löwenhielm, den schwedischen Gesandten, an. Der nickte zustimmend.

Der nächste Redner, der vierundfünfzig Jahre alte Generalmajor Bernhard von Lossberg, hatte sich gut vorbereitet. Sein Lebenslauf zeigte, dass er vom Herbst 1939 an Stabsoffizier beim Oberkommando der Wehrmacht gewesen war, bevor man ihn im Januar 1942 nach Norwegen abkommandiert hatte. Dort war er in den Stab des Oberkommandierenden Nikolaus von Falkenhorst eingetreten.

Von Lossberg legte eine schriftliche Ausarbeitung mit dem Titel ›Skandinavien zwischen Ost und West‹ vor. Er erklärte, die Russen seien überzeugt, dass die USA einen Präventivschlag vorbereiteten. Stalins Antwort wäre ein Blitzangriff nach Westen, um den größten Teil Europas zu treffen. Die militärische Schlagkraft in Westeuropa sei so schwach, dass die Rote Armee den westlichen Armeen auf dem Schlachtfeld überlegen wäre, trotz der großen Verluste während des letzten Krieges.

Die Rote Armee musste ernst genommen werden, vor der russischen Flotte hatte von Lossberg allerdings keinen großen

Respekt. Die Russen seien schlechte Seeleute, die sowjetische Marine wenig effektiv. »Daher ist es ganz unwahrscheinlich, dass es zu einem größeren Angriff von See auf Südnorwegen oder die schwedische Ostseeküste kommt. Der Angriff wird über Land erfolgen – und zwar im Norden«, insistierte er.

Ineffektive Marine, ja, dachte Stuckmann, dasselbe kann man auch von der deutschen Marine behaupten. Wie viele Zerstörer hatte die Kriegsmarine im Frühjahr 1940 bei Narvik verloren? Neun, nein zehn waren es. Die Briten waren so entgegenkommend gewesen und hatten das Schlachtschiff ›Warspite‹ in Richtung Stadt geschickt, der Koloss hätte in dem engen Fjord geschlachtet werden müssen, aber selbst das war den Marinesoldaten nicht gelungen!

Während die Offiziere zu Mittag aßen, teilte die norwegische Sekretärin Gunn Jahren ein Blatt mit Informationen über den nächsten Redner aus. Neugierig schaute sie auf Oberstleutnant Reinhardt Stuckmanns Lebenslauf. Von den deutschen Offizieren war er der jüngste, geboren 1913 in Hamburg. Er war Stabsoffizier bei General Eduard Dietl gewesen, hatte 1941 in Finnland Dienst getan und ab 1942 dem Stab des Generals Nikolaus von Falkenhorst angehört, dem Oberkommandierenden der Streitkräfte in Norwegen. Imponierend für einen Fünfunddreißigjährigen, dachte Jahren.

Sie zog mit die Verdunkelungsgardinen zu, ein Fenster ließ sie offen, so dass nur wenig Licht in den Raum fiel. Oberstleutnant Stuckmann hatte mitgeteilt, er wolle zu Beginn seines Vortrags einen Film zeigen. Kapitän Hjelmeseth hatte einen Projektor aufgebaut. Die große Europakarte wurde umgedreht und diente als Leinwand.

»Alles gut?«

Sie zuckte zusammen, nicht nur wegen der deutschen Anrede. Stuckmann stand direkt hinter ihr, sie hatte nicht bemerkt, dass er den Raum betreten hatte.

»Ja, ja, entschuldigen Sie mich, es ist alles bereit«, antwortete sie auf Englisch, sie wollte nicht Deutsch sprechen.

»Habe ich Sie erschreckt? Es tut mir leid. Sorry. Darf ich mir erlauben, es wiedergutzumachen?«

Was meinte er?

»Darf ich mir erlauben, Sie auf einen Drink einzuladen, wann immer es Ihnen passt – damit ich Sie überzeugen kann, dass ich nicht gefährlich bin.«

»Ich weiß nicht«, begann sie, »das ist nicht ...« Er war charmant, wenn er lächelte, obwohl das Lächeln nicht bis in die Augen drang.

»Sie entscheiden selbst«, fügte Stuckmann hinzu, »aber es würde mich sehr freuen. Vielleicht irgendwo, wo Musik gespielt wird? Meinen Sie, so etwas gibt es?«

»Vielleicht, aber ich bin nicht sicher ...«

Sie wurden von einer Stimme an der Tür unterbrochen. Es war Kapitän Hjelmeseth. »Oberstleutnant Stuckmann, sind Sie so weit?«

»Alles klar«, erwiderte Stuckmann.

Gunn Jahren ging zurück an ihren Platz am Tisch der Sekretärinnen, griff nach ihrem Stuhl und zog ihn aus dem Licht des Projektors, das jetzt die Rückseite der Europakarte beleuchtete. Sie setzte sich in die Ecke des Spiegelsaals, hinter Admiral Ciliax. Von hier aus konnte sie die Leinwand und Stuckmanns Profil sehen. Ein schlanker, eleganter Mann mit einer markanten und eigentlich zu großen Nase. Wäre sie im Weg, wenn ... Sie verdrängte den Gedanken.

»Meine Herren«, begann Stuckmann, »meine heutige Aufgabe ist es, unsere norwegischen und schwedischen Kollegen darauf vorzubereiten, was sie von der Roten Armee auf dem Schlachtfeld zu erwarten haben. Zunächst möchte ich Ihnen die besten Waffen zeigen, über die die Bolschewiken momentan verfügen.«

Stuckmann gab dem Kapitän am Projektor ein Zeichen.

Eine Winterlandschaft zeigte sich, offenbar aus einem Flugzeug aus großer Höhe gefilmt. Die Kamera schweifte über ein paar Höhenzüge mit verschneiten Tannen und richtete sich dann auf eine Gruppe Panzer, die mit hohem Tempo im Tiefschnee vorrückten, bevor sie aus dem Sichtfeld gerieten. Die Tannen verschwanden am unteren Bildrand, einige Sekunden war nur der Himmel zu sehen, bevor die Landschaft wieder auftauchte – diesmal wurden die Panzer von der Seite gefilmt. Am rechten Rand war das Aufblitzen von Mündungsfeuer zu erkennen.

Neue Szene, ebenfalls im Winter, der gleiche Panzertyp, gefilmt von hinten. Gunn Jahren fragte sich, wie die Deutschen an diese Bilder gekommen waren. Die Panzer fuhren langsam durch den Schnee, eine Gruppe Infanteristen folgte in zwei Reihen in den Spuren, die die Ketten ausgewalzt hatten.

Stuckmann gab erneut ein Zeichen, der Film wurde angehalten. Gunn Jahren stand auf, zog die Gardinen auf und blinzelte in das scharfe Licht, das wieder den Spiegelsaal füllte, dann zog sie ihren Stuhl zurück an den Tisch der Sekretärinnen. Sie bereitete sich auf die Mitschrift vor und sah Stuckmann jetzt von vorn – im Grunde sah er so am besten aus.

»Der T-34, der beste russische Panzer«, erläuterte Stuckmann, der ohne Manuskript sprach. »Er ist ein großes Problem im Feld, weil er breite Ketten hat und daher in einem Gelände agieren kann, in dem andere Panzer verloren wären. Im Sommer ist es aufgrund des sumpfigen Geländes schwierig, im Norden große Panzerverbände einzusetzen, aber im Winter müssen norwegische Soldaten damit rechnen, auf diese Panzer zu stoßen. Der T-34 ist dafür besonders gut geeignet, weil er in tiefem Schnee wie ein Schneepflug eingesetzt werden kann. Er walzt tatsächlich einen provisorischen Winterweg, den sowohl Infanterie wie auch Versorgungstruppen nutzen können, die hinter den Panzerverbänden vorrücken.«

»Fragen?«

Niemand meldete sich.

»Aber nicht genug damit, dass die Bolschewiken über einen ausgezeichneten Panzer verfügen«, fuhr Stuckmann fort, »sie haben auch in der taktischen Anwendung Fortschritte gemacht.«

Er erklärte den Unterschied zu früheren Zeiten, als die Russen Panzer fast nur eingesetzt hatten, um die Infanterie zu unterstützen. Gegen Ende des Zweiten Weltkrieges änderte sich diese Taktik. Die Russen zogen nun mehrere Panzerbrigaden zusammen, die gemeinsam agierten. Das verschaffte ihnen eine deutlich größere Angriffskraft.

»Vielleicht ist dieser Gedanke ein wenig überspritzt formuliert, meine Herren, aber man kann sagen, dass die Rote Armee gelernt hat, ihre Panzer auf ›deutsche‹ Art und Weise einzusetzen: große Kraftansammlung, schnelle Vorstöße und Durchbrüche. Das ist eine der Erklärungen, warum es ihnen gelungen ist, im Herbst 1944 unsere gut ausgebauten Stützpunkte im Norden zu durchbrechen.«

Gunn Jahren hörte, dass Admiral Ciliax hinter ihr irgendetwas murmelte. Stuckmanns Präsentation beeindruckte offenbar. Er war klar, pointiert und direkt.

»Das bedeutet leider«, schloss Stuckmann, »dass die Russen ganz sicher starke Panzereinheiten schaffen werden, die eigenständiger agieren als früher. Zusammen mit großen Mengen schwerer Artillerie, Jagdfliegern und Bombern werden sie der ersten Welle eine erhebliche Durchschlagskraft verleihen.«

»Danke, Herr Oberstleutnant, sehr informativ, obwohl es schlechte Nachrichten für die norwegische Verteidigung sind«, dankte der Konferenzleiter Kapitän Hjelmeseth. »Die Erfahrungen aus dem Herbst 1944 sind besonders interessant für uns. Wären Sie so freundlich, sie zu vertiefen? Wo waren Sie persönlich stationiert, als die Russen vorrückten?«

Gunn Jahren blickte von ihren Notizen auf und schaute Stuckmann an. Er zögerte.

»Ich befand mich im Stab von General von Falkenhorst. Ich habe die Operation Nordlicht vorbereitet, den Rückzug an die Lyngen-Linie, nachdem Finnland aus dem Krieg ausgetreten war.«

»Ach, ich dachte, Sie hätten Ihre Erfahrungen mit dem sowjetischen Angriff durch den Einsatz an der Front?«

»Nein, nein, ich habe Nordlicht vorbereitet. Ich habe hier die generellen Erfahrungen zusammengefasst, die wir mit dem T-34 hatten, auch in den Ebenen von Ostdeutschland.« Stuckmanns Stimme veränderte sich, sie klang anders als die Stimme, die sie zum Ausgehen eingeladen hatte, dachte Gunn Jahren.

»Eine Frage, Herr Oberstleutnant.« Es war der Generalmajor, der neben Stuckmann saß. »Ich bin 1943 und 1944 Generalstabschef bei General von Falkenhorst gewesen, bevor ich Divisionskommandant an der Ostfront wurde. Wie kommt es, dass wir uns nie begegnet sind?«

»Wurden Sie möglicherweise an die Ostfront versetzt, bevor ich gekommen bin?«

»Wann kamen Sie denn?«

Wieder zögerte Stuckmann. »Im Sommer 1944.«

»Auf diesem Papier steht, dass Sie bereits 1942 an von Falkenhorsts Stab beordert wurden«, sagte der Generalmajor und hielt die hektographierte Seite mit den Daten über Stuckmann in die Luft.

»Da muss es sich um einen Fehler handeln«, erklärte Stuckmann. »Es muss Sommer 1944 heißen.«

»Das werden wir korrigieren«, griff Kapitän Hjelmeseth ein. »Noch einmal danke schön für eine sehr interessante Präsentation. Wir beenden die Sitzung für heute und setzen sie morgen um Punkt null achthundert fort.«

5 *Tromsø, Freitag, 4. Dezember 2009*

Vivi Frederiksen hielt seine Hand und drückte sie sanft, nicht flirtend, eher aufmunternd. Alex wandte den Blick von der weißblauen Glasmalerei ab, die Christi Auferstehung zeigte, und sah sie an. Sie trug ein einfaches schwarzes Kleid und hatte das blonde Haar zu einem Knoten im Nacken gebunden, hübsch und würdevoll. Die Kirche füllte sich allmählich mit Trauergästen, die auf den Holzbänken unter den nackten, zum Himmel strebenden Betonflächen Platz nahmen.

»Müde?« Er flüsterte. Als sie antwortete, spürte er ihren Atem an seinem Ohr: »Es geht mir gut, ich konnte ein paar Stunden schlafen, eine ruhige Wache.« Eigentlich hätte sie jetzt, nach der Nachtwache, ausschlafen sollen, aber sie hatte darauf bestanden mitzukommen.

Alex schob den Ärmel seines weißen Hemds hoch und sah auf die Uhr. 11:40. Noch zwanzig Minuten. In seiner Jugend waren er und ein Freund einmal erst fünf Minuten vor Beginn der Trauerfeier zu einer Beerdigung gekommen. Freie Plätze hatten sie nur noch ganz vorn gefunden, in der Nähe der engsten Angehörigen. Nie zuvor hatte ihn jemand derartig zur Ordnung gerufen: Zu einer Beerdigung kommt man rechtzeitig!, hatte der Mann neben ihm, ein Wildfremder, zu ihm gesagt. Seit damals erschien er immer mindestens eine halbe Stunde zu früh.

Er blickte auf Solveigs Rücken. Hallvards Ehefrau saß schräg vor ihnen. Sie hielt die Arme schützend um eine kleine, zusammengesunkene Person, das Mädchen lehnte sich an sie. Herrgott, Kajsa war erst acht!

Alex schluckte, er wandte den Blick ab und sah sich in dem nackten, kalten Kirchenraum um. Die Kirche von Tromsdalen – die Eismeerkathedrale – war eine Weltsensation, als sie Mitte der sechziger Jahre eingeweiht wurde. Die einen sahen in dem einfachen, spitzen Dach das Sommerzelt der Samen, andere einen Eisberg oder ein Gestell zum Fischtrocknen – das Fischgestell des Herrn. All diese armen Leute, dachte Alex, all die Pietisten vom Ramfjord und die vielen Kirchgänger, die in diesem goldenen Interieur Trost finden sollen. Die Kirche war ebenso intim wie eine Armeekantine.

Die Leuchtstoffröhren in den Spalten zwischen den Betonflächen gaben selbst zu Beginn der Polarnacht eine Illusion von Tageslicht. Die Umgebung der Kirche war von innen nicht zu sehen, weder die monumentale Bergspitze Tromdalstinden noch die Seilbahn Fjellheisen bei Fløya. Auch die Dunkelheit blieb außen vor. Sie alle waren Christus, dem ewigen Licht und dem ewigen Leben überlassen.

Hinter sich hörte er ein kräftiges Gemurmel flüsternder Stimmen. Er saß ziemlich weit vorn, weil er als Freund und ehemaliger Kollege eine Rede halten sollte. Bei Trauerfeiern hatte er schon Redner schluchzend und tränenaufgelöst zusammenbrechen sehen, aber er war sicher, dass er seine Gefühle unter Kontrolle hatte. Es war ein gutes Gefühl, ein paar Worte über Hallvard sagen zu dürfen, er spürte den Zettel mit den Stichworten in der Innentasche seines Sakkos.

Alex schaute auf das Programm in seiner Hand. Eine rote Rose und eine Strophe:

Der Tag bricht an, der Tag vergeht,
Des Sommers Zeit, sie schwindet.
Der Herbst, er kommt so mild daher,
Erinnerung verbindet.

Ein schönes Bild für den Tod, der Verlust wurde in gewisser Weise ins Positive gewendet. Das Foto von Hallvard war auch gut, draußen an der Mündung des Fjords aufgenommen, mit der Insel Håja im Hintergrund. Wussten seine Angehörigen, dass die Form der Insel den Architekten Hovig inspiriert hatte, als er die Eismeerkathedrale entwarf? Hatten sie sich deshalb für dieses Foto entschieden?

Hallvard lächelte ihm sonnengebräunt hinter dunklen Sonnenbrillengläsern zu. Alex erkannte die überdimensionierte schwarze Uhr an Hallvards rechtem Handgelenk. Stoßsicher und wasserdicht bis einhundert Meter.

Er spürte, wie sich sein Puls beschleunigte. Es ist normal, beruhigte er sich, er musste bald reden. Die Orgel setzte mit einem Kirchenlied ein, Alex kannte die Melodie, erinnerte sich aber nicht mehr an den Titel. Die Trauergemeinde stimmte ein, zögernd ...»leben heißt lieben, der Seele beste Gnad' ...« Alex blätterte im Gesangbuch und fand den Text, sang aber nicht mit. Er hörte Vivi: »Leben heißt, wir legen Unrecht und Lügen ins Grab.«

Der Pastor mit Spitzbart und violetter Gesichtsfarbe kam von links und ging zur Kanzel. Alex hatte mit ihm telefoniert, er sollte ihm ein Zeichen geben. »Wir haben uns heute hier versammelt, um Abschied zu nehmen von Hallvard Larsen, der so plötzlich Solveig, Kajsa, seiner übrigen Familie, seinen Freunden und Kollegen entrissen wurde, allen, die ihn geschätzt haben«, begann der Pastor. Er lieferte einen Abriss von Hallvards Leben, seiner Kindheit auf Andøya, dem Studium in Tromsø, seiner Zeit beim Militär und dem Job bei Kongsberg Spacetec, der Satellitenstation auf Tromsøya.

Hallvard war einer der wenigen gewesen, mit denen sich Alex hatte unterhalten können; einer der wenigen, die verstanden. Andere fragen nach irrelevanten Details, nach Waffen und Reichweite. Mit Hallvard hatte es ein unausgesprochenes und vollkommenes Einverständnis gegeben, nur über das Wesentliche zu diskutieren: Über den permanenten, paranoiden Bereitschaftsmodus, der ihr Auftrag war und den sie zu akzeptieren hatten; über das totale Vertrauen, das während eines gefährlichen Feldeinsatzes vorhanden sein musste, und darüber, was getan werden musste, wenn es schwand; über die Schuldgefühle nach einem Verlust, die Anzeichen von Depression, Schlafprobleme und Gereiztheit. Eigentlich war es einfacher gewesen, draußen zu sein, dort gab es Nachbesprechungen, Aufarbeitung und Schutz. Draußen sein war eine begrenzte Phase, zu Hause sein war der Rest des Lebens.

Eine junge Frau und ein Mann mit schulterlangem Haar und einer Geige gingen nach vorn und stellten sich neben die winzige Altartafel. Sie spielten *Song for Freedom* in einem viel zu langsamen Tempo und ohne Bjørn Afzelius' Stimmgewalt.

Als die Geige verstummte, erhob sich ein dunkler Anzug aus der Bank vor Alex, drehte sich um und zog einen Stichwortzettel heraus. Hallvard und sein Bruder sahen sich sehr ähnlich. Die Anwesenden putzten sich die Nasen, einige weinten.

Alex griff nach Vivis Hand. »Es wird schon gutgehen«, hörte er sie flüstern.

Es ging nicht gut! Etwas Eisiges, Weißes lähmte ihn, er bekam keine Luft mehr, sein Puls ging viel zu schnell, er schwitzte trotz des kühlen Raums. Seine Hände waren eiskalt, die Übelkeit schlug wie eine Welle über ihm zusammen.

»Ich muss raus«, flüsterte er Vivi zu. Sie wollte ihm folgen, er schüttelte den Kopf, stand auf, legte den Mantel beiseite und ging auf den Ausgang zu. Ernste Gesichter folgten ihm bis zu den hintersten Bänken, er fand die Toilette eine Treppe tiefer. Was aus ihm herauslief, war dünn und roch nach Angst.

Ruhig, sagte er sich, du weißt, wie das ist, du hast so etwas schon erlebt, du wirst nicht sterben, es ist nicht gefährlich, dein Körper schlägt ohne Grund Alarm, du bist nicht in Gefahr, es geht vorbei, dein Herz schafft es, es geht vorüber, du bist nicht in Gefahr.

Sein Herz hörte ihm nicht zu, es hämmerte weiter.

Es wird nicht schlimmer, es wird besser, ich spüre, wie es nachlässt, du bist nicht in Gefahr, ich spüre, wie es nachlässt, es lässt jetzt nach.

»Alex?« Vivi stand vor der Tür.

»Hier«, stöhnte er.

Sie kam in die Herrentoilette. »Der Pastor hat das Zeichen gegeben, aber du warst … Es hat eine kurze Unterbrechung gegeben, dann hat er einfach weitergemacht.«

Die Rede! Alex stöhnte noch einmal, stützte den Kopf in die Hände und fluchte. Er spülte und verließ die Toilette. Sie stand vor ihm.

»Was ist mit dir? Alex, du bist leichenblass!«

Sie legte ihm eine Hand auf die Stirn, lockerte seine Krawatte und fühlte an der Innenseite des Handgelenks seinen Puls. Er war noch immer zu schnell, wurde glücklicherweise aber langsamer.

»Ich muss mich waschen.« Alex trat ans Waschbecken, ließ Wasser über die Hände rinnen, spürte, wie es vorbeiging, wusch sich Gesicht und Hände. Mist, es gab keine Handtücher, nur einen Händetrockner. »Hier.« Vivi gab ihm ihr Taschentuch.

Es war vorbei. Er richtete seine Krawatte und knöpfte sich das Sakko seines Anzugs zu. Sie stiegen die Treppe hinauf, zurück in die Kirche. Als Alex wieder vor der Auferstehung Christi saß, wurde gerade das letzte Lied gesungen, *Abend wird es wieder, über Wald und Feld*. Er war rechtzeitig zurückgekommen, um den Sarg seines Freundes aus der Eismeerkathedrale zu tragen. Er spürte, wie er zitterte, als er den Handgriff hinten links ergriff und zusammen mit fünf weiteren Männern den Sarg anhob.

Sie gingen über die Tromsøbrücke zurück ins Zentrum, nachdem er sich bei Solveig entschuldigt hatte. Wie ein konstanter Fluss kam ihnen auf der Brücke der Verkehr entgegen. Die Fußgänger waren auf einen schwankenden Fußgängerweg angewiesen, der lange nach Fertigstellung der Brücke gebaut worden war – mit einem niedrigen Schutz gegen die Autos auf der einen und einem hohen Gitter gegen Suizidversuche auf der anderen Seite.

Hier bin ich noch nie gewesen, dache Alex und betrachtete das hohe Gitter mit den nach innen gebogenen Enden, die verhindern sollten, dass jemand hochkletterte und sich ins Meer stürzte, weil ihm ein Weiterleben unmöglich und der Tod als Befreiung erschien. Aus der Entfernung sah die Tromsøbrücke mit der Eismeerkathedrale dahinter hübsch aus, aus der Nähe wirkte sie allerdings wie der Innenhof eines Gefängnisses.

Durch die Eisenstäbe sah er den breiten Sund, der Tromsøya vom Tromsdalen und dem Festland trennte. Am Ende des Sundes erkannte er den Bentsjordtinden, den Berg, auf den ihn sein Vater als Elfjährigen gejagt hatte. Der Gipfel war in der schweren Wolkendecke verschwunden, die bei Tiefdruck über dem Meer entstand. Ein wenig Schnee war gefallen und eine neue Schneefront näherte sich von Kvaløya, er spürte einen Windstoß aus Nordwest.

Die kalte Luft mit dem feinen Schneegestöber tat ihm gut. Endlich einmal peitschte kein Südwestwind vom Balsfjord durch den Sund. Es war kurz nach zwei, das Tageslicht war unter den schweren Wolken bereits verschwunden.

Vivi ging neben ihm und hielt ihren Mantel mit einer Hand am Hals zusammen.

»Dir ging es richtig dreckig, oder?«

»Ich weiß es nicht«, erwiderte Alex. »Es kam ganz plötzlich.«

»Warst du so nervös wegen der Rede?«

»Ja«, log er. »Es ist nicht leicht, eine Rede zu halten, wenn ein Freund …«

»Dir stand kalter Schweiß auf der Stirn, dein Puls lag bei hundertachtzig, hundertneunzig, außerdem habe ich einen deutlichen Nervus-vagus-Reflex bemerkt.«

Er wusste nicht, was sie meinte.

»Der Nervus-vagus-Reflex«, wiederholte sie. »*Fight* oder *flight*. Das Adrenalin setzt deinen Körper in Alarmbereitschaft, bereit zu kämpfen oder zu fliehen.«

Er murmelte etwas, was im Lärm eines Fischtrawlers unterging, an dessen Außenseite eine schwere Fischlast hing. Sie näherten sich dem Brückenkopf auf der Insel.

»Gene, die es seit der Steinzeit gibt, kämpfe oder fliehe«, fuhr sie fort. »Jedenfalls war es eine ziemlich heftige Reaktion, nur weil du reden solltest. Quält dich noch irgendetwas anderes?«

Sie blieben vor der chaotischen Kreuzung am Brückenkopf stehen. Er drehte sich zu ihr um. »Können wir ein andermal darüber reden? Heute Abend zum Beispiel. Kannst du?«

Sie musste jemanden finden, der auf ihre beiden Töchter aufpasste. Sie verabschiedeten sich mit einer kurzen Umarmung, sie musste zum Bus in Richtung Norden und versuchen, noch ein bisschen zu schlafen, bevor die Mädchen nach Hause kamen.

Alex überquerte zwei Straßen und wäre beinahe von einem schwarzen Audi überfahren worden, dessen Fahrer nur auf den Verkehr und nicht auf Fußgänger achtete. Er sprang beiseite, drohte mit der Faust und bekam als Antwort aus dem Auto den Finger gezeigt.

Er bog in die Skippergata, in der die alten, eleganten Empirehäuser mit Betonklötzen von ungleicher Form und Höhe um die Aufmerksamkeit wetteiferten, überquerte den Jaklins plass und ging in die Fußgängerzone am nördlichen Ende der Storgata. Er ging durch die schmale Gasse zwischen Veitasenteret und Heilsarmee, kam mit heiler Haut über den Verkehrsalbtraum Grønnegata und betrat das *Nordlys*-Gebäude.

»So elegant?«, grüßte die Empfangsdame, als er in die Poststelle ging. Er nahm *Aftensposten* und *Verdens Gang* vom Tisch und kontrollierte sein Fach. Ein großer Umschlag vom Kulturamt der Gemeinde Saltdal wartete auf ihn. Gut, das Material war gekommen.

Auf dem Weg in die Redaktion traf er den Chef vom Dienst, der mit einem leidenden Gesichtsausdruck an ihm vorbeihastete. »Winther, ich muss mit dir reden! Aber nicht jetzt, ich komme zu spät zur Übergabebesprechung mit der Abendschicht. Später.«

»Wann immer du willst«, erwiderte Alex, aber der Redakteur war längst um die Ecke gebogen. Er steckte seine Zugangskarte zurück in die Brieftasche, ging durch die große Bürolandschaft zu seinem Pult und nickte den Kollegen zu, die konzentriert vor ihren PC-Schirmen saßen. Nur einer nickte zurück.

Die Redaktion hatte ihren eigenen Rhythmus, so viel wusste Alex inzwischen. Nach der morgendlichen Sitzung gegen halb zehn hatten die meisten alle Zeit der Welt – abgesehen von denen, die auf eine der unzähligen Konferenzen über die Zukunft des Nordgebietes im SAS-Hotel geschickt wurden. Um diese Zeit wurde geplaudert und gelacht, die Raucher machten ewig lange Pausen vor der Tür, die Kaffeemaschine in der Küche am Eingang lief ununterbrochen. Aber jetzt, gegen halb drei, waren alle Gespräche kurz und präzise, die Mitteilungen knapp wie Befehle – jetzt ging es ums Abfassen und Einstellen der Artikel! Fertigwerden, die Kinder rechtzeitig aus dem Kindergarten holen, einkaufen, nach Hause fahren, Abendessen vorbereiten.

Hin und wieder beschwerte sich jemand über das Layout-Programm – es hieß Saxo, Saxenhausen bei seinen Feinden –, weil es den Journalisten abverlangte, die vorgegebenen Seitenmaße auf den Punkt genau zu erfüllen: nicht zu wenig Zeilen, nicht zu viel, dazu ein Kasten mit den nackten Fakten. Und das alles mit den richtigen Codes für Titel, Einleitung, Grundschrift, Bildunterschrift und den roten Aufzählungszeichen im Faktenkasten.

Alex konnte seine Reportage noch nicht in Druck geben. Sie hatten mit vielen Nachbarn gesprochen, aber ihm fehlten noch einige Fakten über die Umgebung.

Er setzte sich und öffnete den Umschlag aus Rognan. Er enthielt eine alte Broschüre, auf der Titelseite nur Schrift, kein Bild: ›Vernichtungslager für jugoslawische Gefangene in Nordnorwegen. Mit besonderem Blick auf das Lager in Botn‹. Der Autor hieß Nils Parelius, ein Jurist, den die Deutschen verhaftet hatten. Nach dem Krieg war er Richter in Salten und Bevollmächtigter der Obersten Anklagebehörde Norwegens gewesen.

Juristen sind gute Quellen, sie sind genau, dachte Alex und fing an zu blättern. Es gab Fotos aus dem Lager in Botn, in dem sie gewesen waren. ›Heute befindet sich auf dem Gelände des Lagers der deutsche Friedhof‹, lautete die Bildunterschrift unter einem grobkörnigen Schwarzweißfoto, das den Eingang zum Lager zeigte. Baracken, Stacheldrahtzäune – die Spitzen der Eisenstäbe nach innen gebogen –, Wachen im Gespräch vor dem Tor, ein Schild und eine Fahne. Das Hakenkreuz? Er konnte es nicht erkennen.

Norwegische Wachmannschaften sollten Fluchtversuche vereiteln, norwegische Wachen misshandelten die Gefangenen, Fotos von ausgehungerten Häftlingen, Massenhinrichtungen, das Bild eines nach dem Krieg enthüllten Mahnmals: ›Unter Einsatz ihres Lebens bauten jugoslawische Partisanen diese Straße unter dem Joch der Nazis 1942-1945‹.

Sein Handy klingelte. Er ging in das Sitzungszimmer neben den Toiletten, dort war es ruhig. Auf dem Display sah er, dass der Anruf von Tora kam.

»Hej, wie geht's?« Ihre muntere Stimme machte ihm gute Laune.

»Den Umständen entsprechend gut. Begräbnisse sind nie sonderlich angenehm.«

»Ich weiß. Ich habe hier einen Polizisten umgarnt. Es war hilfreich.«

»Wer kann deinem Charme widerstehen?«

»Lass den Quatsch. Er hat mir etwas verraten, aber er wird mich umbringen, wenn ich die Quelle nenne.«

»Presseleute gehen ins Gefängnis, um ihre Quellen zu schützen, habe ich auf der Journalistenschule gelernt.«

»Es ist so, wie wir dachten, ermittlungstaktische Rücksichten sind die Ursache, dass sie so sparsam mit ihren Informationen sind. Die Sache im Kuhstall ist eine ganz üble Geschichte.«

»Ach?«

»Die Polizei hat herausgefunden, dass der Bursche mehrere Tage in dem Stall festgehalten wurde.«

»Aber wieso?«

»Du kannst Fragen stellen. Die Polizei fragt sich das allerdings auch. Sie haben das Opfer noch immer nicht identifizieren können. Und das ist noch nicht alles.«

Genoss sie es, ihn auf die Folter zu spannen?

»Er wurde gefoltert, möglicherweise mehrere Tage lang. Der Stein, dieses Steinkreuz, die Polizei meint, dass er es im Stall unzählige Male hin und her schleppen musste. Entweder hat er den Stein geschleppt oder er hatte eine Schlinge um den Hals. So interpretieren sie die Spuren im Stall. Und an der Leiche.«

Alex starrte abwesend vor sich hin, dann blickte er auf die Leinwand, auf die die täglichen Aufgaben des Saxo-Plans projiziert wurden – er war wieder in Botn und bekam das Eiserne Kreuz aus Stein nicht aus dem Kopf.

6 *Oslo, Samstag, 9. Juli 1949*

Reinhardt Stuckmann schob die schwere Eichentür auf, trat vor den Eingang und bog rechts in die Straße. Die Hitze war intensiv, wie in der ganzen vergangenen Woche. Er überquerte den Wessels plass, ging am Storting-Gebäude die Karl Johans gate entlang und bog noch einmal rechts ab. Er kam an einem Zeitungskiosk vorbei und sah, dass die Titelseiten der Zeitungen ein Foto vom Sohn des verstorbenen Präsidenten Roosevelt zeigten, der Oslo besuchte. Einige Karrees weiter überquerte er die Straße und betrat die Konditorei Møllhausen. Er nahm den Hut ab und ging die Treppe hinauf.

Die meisten Tische waren von Frauen mit albernen Hüten und von Jugendlichen besetzt, die verstohlen zu den Tischen starrten, an denen das andere Geschlecht saß. Ganz hinten im Lokal fand er einen freien Tisch. Er sah auf die Uhr, acht Minuten vor sechs, er war etwas zu früh gekommen.

Fräulein Jahren hatte all seine Einladungen zu einem Abendessen in ein Restaurant, zu einem Glas Wein oder Tanz ausgeschlagen. Da er keinen Erfolg zu haben schien, hatte er sich zurückgezogen, bis sie überraschenderweise vorschlug, sich am Samstagnachmittag zu treffen.

Sie unter vier Augen zu sprechen gefiel ihm aus mehreren Gründen. Gunn Jahren war weit attraktiver und sauberer, als die Escort-Mädchen, die der männliche Empfangschef des Hotels ihm beschaffen konnte. Außerdem wollte er wissen, was die Konferenzleitung nach seinem dummen Fehler am Mittwoch unternehmen würde.

Idiotisch! Als der Generalmajor ihn bloßstellte, hätte er natürlich irgendetwas von einer großen Organisation mit vielen Leuten murmeln müssen, man könne sich schließlich nicht alle Gesichter merken. Stattdessen hatte er sich in eine Debatte über Daten und Jahreszahlen verwickeln lassen, die nun überprüft und korrigiert wurden.

Er war sich nicht sicher gewesen, als vor zwei Monaten der Befehl kam, an der Konferenz in Oslo teilzunehmen. Die Wehrmacht sollte durch vier Offiziere repräsentiert werden, zwei hochrangigen und zwei untergeordneten mit Erfahrungen aus den Stäben in Norwegen. Er war ausgewählt worden. Aber die Reise nach Oslo war ein zweischneidiges Schwert: Sie barg das Risiko, wiedererkannt zu werden, gleichzeitig bot sie allerdings auch die Chance eines Deckmantels und einer Legende, die man nicht so schnell durchschauen konnte. Nur wenige Menschen würden auf die Idee kommen, die Vergangenheit eines Offiziers zu untersuchen, der einen ganzen Monat als strategischer Berater in der norwegischen Hauptstadt verbracht hatte.

Er hatte sich gut vorbereitet, er kannte die Stationierungen der einzelnen Abteilungen, die Bewaffnung und die Verlustzahlen an der Front auswendig. Außerdem hatte er seine eigenen Erfahrungen. Er fürchtete nicht die Entdeckung, dass ihm gut und gerne ein Jahr an der Front fehlte. Zumal es von 1942 bis1943 auf dem Schlachtfeld keine besonderen oder entscheidenden Ereignisse gegeben hatte.

Da war sie. Stuckmann sah Gunn Jahren in das Lokal kommen, halb verborgen von einem Mann, der das Telefon an der Treppe benutzte. Er erhob sich und winkte. Sie lächelte und kam auf ihn zu, eine elegante, große blonde Frau, vermutlich eine Arierin der besten Art. Er wäre sehr überrascht, wenn sie sich als irgendein Bastard ersten Grades herausstellen sollte, obwohl das in den nordischen Ländern oft schwierig zu erkennen war. Sie gaben sich die Hand, er rückte ihr den Stuhl zurecht, sie setzten sich. Er ging an den Tresen und bestellte eine Kanne Kaffee und zwei Stückchen Marzipantorte. Eigentlich war es etwas zu heiß für Torte.

»Streng genommen müsste ein junges Mädchen wie ich zu so einer Gelegenheit eine Anstandsdame mitbringen«, begann sie, »aber ich konnte doch schlecht eine Freundin fragen, wenn ich mich mit dem Teilnehmer an einer geheimen Operation treffe. Also habe ich es gewagt.«

Sie war weniger formell als während der Konferenz, munterer, spöttischer. Ein helles beigefarbenes Sommerkleid und ein Hut in der gleichen Farbe standen ihr gut zu den hellen Haaren und der gebräunten Haut. Norwegische Frauen sonnten sich offenbar gern.

Sie tranken Kaffee, aßen ein paar Bissen von dem Kuchen, der schon bald in der stehenden Hitze der Konditorei zu schwitzen begann, und unterhielten sich über dieses und jenes, über Oslo und wo sie wohnte. Sie erkundigte sich, wie ihm die Konferenz gefiel.

Die Unterhaltung stockte. Stuckmann spürte, wie ihm der Schweiß über den Rücken lief. Er hasste feuchte Flecken auf dem Hemd! Sie entschuldigte sich, ging auf die Toilette und kam mit frisch gepudertem Gesicht zurück.

»Es ist aber auch furchtbar heiß hier«, sagte er. »Wollen wir nicht lieber ein bisschen spazieren gehen?«

Sie hatte nichts dagegen. Stuckmann nahm seinen Hut, erhob sich, half ihr mit dem Stuhl und ließ ihr den Vortritt. Vorsichtig legte er eine Hand auf ihren unteren Rücken, als sie an ihm vorbeiging, und trat an den Tresen, um zu bezahlen. Sie wartete an der Treppe. Er sah sie an, vielleicht war es ja nicht nur die Wärme, die ihre Wangen hatte rot werden lassen?

Die Unterhaltung aufrechtzuerhalten war einfacher im Gehen. Gunn Jahren zeigte ihm die Straße hinter dem Schloss, in der sie aufgewachsen war. Es war ein wenig kühler geworden. Sie lachte, er betörte sie mit seinem Charme. Nach dem Besuch der Konditorei hätte sie sich mit einem Dankeschön verabschieden können, aber sie war geblieben. Es ging auf acht Uhr zu. Eine immer vertrautere Atmosphäre entwickelte sich, wie er feststellte.

»Ich bin froh, dass gerade Sie nach Oslo gekommen sind. Es ist schön, auch einen jungen Offizier bei der Konferenz zu sehen. Alte Männer sind oft auch nett, aber ... Sie sind jung und haben es in kurzer Zeit schon weit gebracht.«

Er reagierte mit einer abwehrenden Handbewegung.

»Doch. Jetzt nur keine falsche Bescheidenheit!« Sie legte eine Hand auf seinen Arm. »Stabsoffizier mit knapp über dreißig Jahren ist beeindruckend.«

Er legte seine Hand auf ihre. Jetzt passte es. Zufällig, wie selbstverständlich, ohne dass es zu aufdringlich wirkte.

»Ich bedaure, dass ich ein paar Jahreszahlen durcheinandergebracht habe.«

»O nein, denken Sie nicht mehr daran. Ich schreibe doch das Protokoll.«

Er blieb stehen, sah sie an und machte ihr ein Kompliment für ihre Frisur. Sie antwortete vertrauensselig, hegte keinen Verdacht.

»Selbstverständlich kann ich alle notwendigen Dokumente beschaffen ...«

»Kapitän Hjelmeseth war eine Weile im Zweifel, was er tun sollte, sie unterhielten sich darüber, ob weitere Schritte unternommen werden müssten.«

»Weitere Schritte?«

»Ja, es war die Rede davon, alle persönlichen Informationen mit dem alliierten Hauptquartier abzugleichen, allerdings bei allen Konferenzteilnehmern, nicht nur bei Ihnen, aber daraus wurde nichts.«

Reinhardt Stuckmann sah, dass die Sonne niedrig stand,

und spürte, wie sein Puls sich normalisierte. In diesem Moment hatte er das Gefühl, Fräulein Jahren würde ja zu einem Drink sagen, ja, sie würde sogar ja zu etwas mehr als einem Drink sagen, sie würden sich im Laufe des Abends duzen und in einigen Stunden würde er sie mit auf Zimmer 314 nehmen können. Und dort würde er sie ganz und gar in seiner Macht haben.

Der Gedanke belebte ihn, er spürte, dass er aufgehört hatte zu schwitzen.

7 *Tromsø, Freitag, 11. Dezember 2009*

Durch die Glaswand sah Alex Winther, wie der Chef vom Dienst Torkil Erstad versuchte, die Tür zum Sitzungszimmer mit dem Fuß aufzuschieben. In den Händen hielt er einen Plastikbecher mit Kaffee. Alex stand auf und öffnete die Tür, er hatte zehn Minuten in dem stickigen, warmen Raum gewartet. Das Sitzungszimmer lag mitten im Großraumbüro, es gab keine Fenster nach draußen, auf allen Seiten nur Glaswände, hinter denen es ständig zu warm war.

Der Chef vom Dienst trug einen Kapuzenpullover und Jeans, er setzte sich Alex gegenüber und legte ein paar Blätter vor sich auf den Tisch.

»Ich habe einen Vorschlag ausgedruckt«, sagte er, blätterte in den Papieren und stieß dabei den Kaffee um. Er rannte auf die Toilette und kam mit Papiertüchern zurück, mit denen er den Tisch abwischte.

»Freitage sind scheiße«, fluchte Erstad, ging durch den Raum und schmiss die braunfleckigen Papiertücher in den Papierkorb. »Mit den Seiten für Montag ist man zu spät dran, und mit dem Samstagsmagazin hat die Druckerei Mist gebaut. Es ist vollkommen …« Er drehte eine verschwitzte Stirnlocke um den Finger und schnitt eine Grimasse.

»Wenn du zu viel zu tun hast, können wir ein andermal …«, schlug Alex vor.

»Nein, nein, nein, cool bleiben«, widersprach der Chef

vom Dienst. »Wir müssen's morgen bringen. Deinen Beitrag, ich habe nichts anderes. Sigurds Geschichte über den Suff auf Weihnachtsfeiern war ein Griff ins Klo, sie wollen nichts sagen.«

Alex erinnerte sich an die Debatte auf der morgendlichen Sitzung und den Plan, junge Männer und Frauen zu interviewen, die zugaben, sich auf den Weihnachtsfeiern ihrer Firmen sinnlos zu besaufen, nur um anschließend Sex zu haben. Eine aktuelle und gute Geschichte, hatte der Chef vom Dienst gemeint. Eine ältere Journalistin, die schnell aufbrauste, erklärte dagegen, die Idee verstoße gegen sämtliche Pressenormen, Besoffene müssten vor sich selbst geschützt werden. Erstad hatte nur abgewunken. Sie sollten ja nicht während der Feste interviewt werden, sondern im nüchternen Zustand.

Aber jetzt wollten sie überhaupt nicht reden, weder beim Feiern noch nüchtern. Alex wandte ein, dass für seine Reportage noch Material fehle, eine komplizierte Geschichte, er hätte gern etwas mehr Zeit.

Der Chef vom Dienst seufzte und sah ihn betrübt an, als hätte er ihn gebeten, ihm für den Rest des Jahres sein Auto zu leihen.

»Zeit? Winther, dann würde ich dir eine andere Branche empfehlen. Lagerverwalter, Parkwächter, *whatever*. Hier geht es um Frischware! Du hast den ganzen Tag Zeit, die Fotos sind auch schon gekommen, *no problem*.«

Alex sah auf die Uhr, es war halb zwölf.

Erstad erweckte das Notebook im Sitzungszimmer zum Leben. Der Projektor zeigte das Layout-Programm Saxo auf der Leinwand. Er gab den Befehl ›Inhalt wechseln‹ ein. Toras Bilder aus Botn, dazu die historischen Fotos, die Alex vom Museum in Nordland bekommen hatte, erschienen wie Ikonen in einer Reihe.

»Titel, Zusammenfassung und Aufmacherfoto, das ist doch rasch erledigt«, erklärte der Chef vom Dienst. Leichter gesagt als getan. Alex musste Text für eine ganze Doppelseite schreiben.

»Das ist gut, ein Mensch, nah dran«, sagte Erstad. Er klickte auf das Foto des Bauunternehmers von Botn auf der Stallzufahrt. »Dort im Stall wurde er gefunden, nicht wahr?«

Alex nickte. »Tora hatte sich das als Aufmacher vorgestellt.« Er zeigte auf ein Bild, das den Stall und den Hof in der Totale zeigte. Der Bauunternehmer und er waren in der unteren rechten Ecke zu erkennen.

»*Are you kidding?* Das da ist Kunst, Landschaftsmalerei! Aber wir müssen nah ran, nah an den Menschen. Haben sie dir das in Bodø nicht beigebracht?«

Alex murmelte eine Antwort und wies auf ein körniges Foto vom Botn-Lager. Es zeigte den Eingang zum Lager, Baracken und Stacheldrahtzäune. »Was ist damit?«

Der Chef vom Dienst schaute auf das Blatt, das vor ihm lag. RÄTSELHAFTER MORD AM TODESLAGER las Alex als Überschrift, es war eine Doppelseite mit Platz für viele Fotos.

»Das passt zum Titel«, argumentierte Alex.

»Da hast du recht, Winther, nicht blöd. *Good thinking!*«

»Das Foto strahlt eine ziemlich düstere Stimmung aus.«

»Auch damit hast du recht. Technisch gesehen ist es hoffnungslos, aber das macht nichts, es ist historisch.« Erstad dachte ein paar Sekunden nach.

»Nein, wir müssen nah ran an die Menschen. *Always!* Der Mann am Stall wird der Aufmacher, die anderen Fotos sind Illustration. Und bring ihn gleich in den Fetttext oben. Und denk an die richtige Formatierung der Bildtexte, sonst wird der Schlussredakteur verrückt.« Er schob seine Unterlagen zusammen und stand auf. Dann griff er nach dem leeren Plastikbecher, zielte, warf ihn quer durch den Raum und traf tatsächlich den Papierkorb.

»*Nice*«, sagte er. »Aufmacher im Kasten.«

Alex ließ das Mittagessen ausfallen und ging an sein Schreibpult. Den Rücken zur Grønnegata, überblickte er von seinem Platz die gesamte Nachrichtenredaktion bis zum Pausenraum, mit der Kaffeemaschine und dem Kühlschrank an der Eingangstür. Im Kühlschrank lagen immer alte, verschimmelte Lebensmittel. Auf den meisten Schreibtischen – nicht auf seinem – stapelten sich Zeitungen, Dokumente, leere Cola-Flaschen, Schokoladenpapier und anderer Müll. Bei der Armee hätte ein derartiges Durcheinander augenblicklich zu Disziplinarstrafen geführt, hier schien es Standard zu sein.

Alex nickte dem Betriebsratsvorsitzenden zu, der ins Großraumbüro kam, wahrscheinlich von einer Rauchpause. Normalerweise war es interessant zu beobachten, wer kam und wer ging, aber jetzt, wo er zu tun hatte, lenkte es ihn nur ab. Dasselbe galt für die ständigen Unterhaltungen. Großraumbüros waren möglicherweise billig und modern, aber es war unmöglich, sich hier zu konzentrieren. Er steckte sich seine Lautsprecherstöpsel in die Ohren und wählte auf dem iPhone Tord Gustavsens ruhige Instrumentalmusik, dann loggte er sich in das Layout-Programm ein.

Die Story war mit der entsprechenden Seitengeometrie und dem Titel auf den Seiten 4 und 5 bereits vorbereitet. Er hatte Platz für einhundertfünfundzwanzig Zeilen Text und acht Fotos. Er musste Tora anrufen.

Es meldete sich nur ihr Anrufbeantworter. Er hinterließ eine Nachricht, sie möge ihn so schnell wie möglich zurückrufen, und tippte weiter Bildunterschriften ein. Der Zeitungsvolontär Winther hatte sich viel Technisches zu merken. Die Fotos in den Rahmen auf der Seite richtig zu justieren oblag ihm, dazu musste er mit der linken Hand drei Tasten auf seiner Tastatur gleichzeitig drücken, während er mit der Rechten die Bildgröße mit den Punkt- und Kommatasten korrigierte. Bei den ersten Malen hatte er fast einen Krampf in der linken Hand bekommen. Was trieben eigentlich die Typographen, wenn die Journalisten die Seiten schrieben und umbrachen?

Er zog das Foto des Bauunternehmers Jonny Hansen in den größten Bildrahmen und justierte es. Danach die illustrierenden Fotos, der Hof und der Stall, das Schwarzweißfoto des Lagers, der jugoslawische Kriegsgefangenenfriedhof, die leere Stelle, auf der das Steinkreuz gestanden hatte, der Amtsanwalt in Bodø und Leute auf der Straße in Rognan, die sich bei dem Gedanken an Misshandlung und Mord in ihrer friedlichen Umgebung unwohl fühlten. Alex hielt eigentlich nicht viel davon, zufällige Passanten auf der Straße zu befragen, sie wussten ja nichts über den Fall, aber er hatte längst begriffen, dass dies in seinem neuen Job das Wichtigste war.

Sein Handy vibrierte und rutschte auf dem Pult herum. Er nahm das Gespräch an, bat Tora, einen Moment zu warten, und suchte sich eine ruhige Ecke.

»Hej, Partner, du hast angerufen?«

Er fühlte sich weniger gestresst, als er ihre Stimme hörte, sie klang immer optimistisch.

»Tora, die Reportage kommt bereits morgen, ich schreibe gerade.«

»Ui, das muss ich denen hier sagen, man wollte sie doch gleichzeitig erscheinen lassen.«

»Ich glaube, dass hat Erstad, unser Chef vom Dienst, schon erledigt.«

»Okay. Tja, blöd für dich, ich habe alles geliefert.«

»Deshalb rufe ich ja an. Sie wollen Hansen auf der Zufahrt als Aufmacherfoto.«

Einen Moment blieb es still.

»Welches Genie hat das denn entschieden?«

»Der Chef vom Dienst. Immer nah dran am Menschen, sagt er.«

Wieder wurde es still.

»Idiot! Das Foto vom Stall und dem Hof muss groß sein.

Hansens Foto ist die beste Illustration.« Tora fing an, sich darüber auszulassen, dass dieser Pferdepimmel von einem Redakteur sich an die Nachrichten halten und die Bildredaktion jenen überlassen sollte, die sich mit visuellen Dingen auskennen. »Es gehört doch zum kleinen Einmaleins, dass ein Foto, das aus der Nähe aufgenommen ist, klein sein darf, während ein Übersichtsbild eine gewisse Größe braucht, damit die Leute die Details erkennen können. Gibt's denn nur Dilettanten bei *Nordlys*?«

Auch aufsässige Journalisten und Fotografen konnten zum Problem werden, keiner von ihnen hielt sich an die Anweisungen eines Chefs. Aber er sagte nichts.

»Hier in Bodø haben sie auf mich gehört! Ja, übrigens glaubt die Polizei, dass es sich bei dem Opfer um einen Ausländer handelt.«

»Und das erzählst du mir so nebenbei?«

»Nein, deshalb rufe ich dich doch jetzt an. Wahrscheinlich ein Serbe.«

»Ein Serbe? Bist du sicher? Kein Deutscher?«

»Nein, er ist Serbe, genauer gesagt, ein Serbe aus Bosnien. Du kannst die Polizei in Bodø anrufen, aber sie sagen noch immer nicht viel.«

Alex wünschte Tora ein schönes Wochenende, beendete das Gespräch und ging wieder an seinen Platz. Nur die Überschrift war im Schreibmodus auf dem Schirm sichtbar. Hielt der Titel?

Ein Serbe! Das passte doch nicht. Die Serben waren in Botn doch die Opfer gewesen. Er wählte die Nummer des Amtsanwalts in Bodø.

Um Viertel vor acht hatte Alex den Text endlich fertig, er war vom Chef vom Dienst unterbrochen worden, dem er die wesentlichen Fakten für die Titelseite liefern sollte. Der Wind peitschte Regen gegen die großen Fenster auf der linken Seite des Büros, der Wind aus Südwesten kam über den Balsfjord.

Das war das große Problem mit Tromsø, der Winter war nie stabil, sondern schwankte zwischen Kälte und Schnee – und Regen, der sämtliche Straßen in spiegelglatte Rutschbahnen verwandelte.

Er nahm seine Schultertasche, schaltete die Schreibtischlampe aus und wechselte noch ein paar Worte mit dem Chef vom Dienst im Nachbarraum, bevor er in den Regen hinausging und in die Vestregata bog. Der Bürgersteig am Rathaus und vor der Bibliothek war beheizt, und das ehemalige Kino hatte eine neue Fassade, in der Dunkelheit leuchtete es wie ein Juwel aus Glas.

Sollte er es tun? Unter den Straßenlaternen fiel der Regen schräg. Vielleicht legte er sich besser mit einem Pils aufs Sofa? Nein, das Wetter spielte doch eigentlich keine Rolle, wenn man joggte. Er überquerte die Fredrik Langes gata, gab acht, dass er auf den vereisten Fußgängerwegen nicht ausrutschte, und ging durch die Garage ins Haus.

Alex zog sich rasch um und erlaubte sich noch einen kurzen Anflug von Zweifel. Dann nahm den Aufzug in den 2. Stock zum Ausgang auf die Vestregata und lief an der alten Tankstelle auf der Strandskillet vorbei in Richtung Mellomveien. Glücklicherweise war der größte Teil des Eises durch den Autoverkehr geschmolzen; er lief über die eisfreien Stellen auf der Straße und sprang jedes Mal zur Seite, wenn er sah, wie die Scheinwerfer eines Wagens sich im Feuchten spiegelten.

Sein Atem beruhigte sich, er fand seinen Rhythmus und joggte bis zur Telegrafbukta, umrundete die Südspitze von Tromsøya, den Wind und den Regen aus dem Kvaløyveien im Rücken. Vivi wollte ihn nach ihrem Lesekreis besuchen, er wusste nicht genau wann. Bei Holt bog er vom Kvaløyveien ab und lief den Hügel hinauf. Oben überprüfte er seinen Puls. Einhundertachtzig, innerhalb einer Minute sank er auf einhundertvierundvierzig. Nicht mehr wie in alten Tagen, aber auch nicht so übel. Langsam joggte er den Hügel hinunter in Richtung Zentrum; er freute sich auf die Dusche, ein paar Biere und ein Glas Gammel Dansk Bitter.

Vivi tat, was sie immer tat, wenn sie ihn besuchte: Sie stellte Kerzen auf den Wohnzimmertisch, zündete sie an und zog ihn damit auf, dass seine Wohnung aussehe wie eine Militärbaracke. Die übliche Drohung, auch Topfpflanzen zu kaufen, kam nicht. Sie hatte nach der Weihnachtsfeier ihres Lesekreises gute Laune, es war Freitagabend und das Wochenende hatte begonnen.

Sah es bei ihm wirklich so schrecklich aus? Alex schaute sich um. Die Wohnung war ideal. Kein Garten, glücklicherweise, von der 6. Etage hatte er eine tolle Aussicht nach Süden über den Sund, er konnte die Berge auf der Malangs-Halbinsel sehen. Er hatte genügend Platz für Bücher, CDs, den großen Plasma-Fernseher und seine Stereoanlage. Im Gegensatz zu anderen modernen Wohnblocks waren die Wohnungen im Sentrum Terrasse gut isoliert. Er hörte nichts von den Nachbarn, auch nicht von denen mit halbwüchsigen Kindern, und niemand beschwerte sich, wenn er mal seine Anlage aufdrehte. Er liebte den Bass der großen Bodenlautsprecher aus Eiche. Bowers & Wilkins – sie spielten einzelne Töne, hämmerten nicht nur dumpfe Geräusche heraus. Die sauber getrennten Töne kamen erst zu ihrem vollen Recht, wenn sie laut gespielt wurden. Er griff zur Fernbedienung und stellte die Musik leiser, um Vivi nicht zu irritieren.

»Hast du nichts Muntereres?«, erkundigte sie sich, ließ sich ins Ecksofa fallen und band ihr Haar mit einem grünspanfarbenen Gummi zu einem Pferdeschwanz.

»Was meinst du? Der Mann hätte für seine Lyrik den Nobelpreis verdient!« Er stellte wieder lauter. *The women tear their blouses off, the men dance on polka-dots.* »Das ist doch eine wüste Party, hörst du das nicht?«

Sie zögerte mit der Antwort. »Cohen geht in den dunklen

Wintermonaten gar nicht. Da brauchen wir etwas, was uns ein bisschen Lebenslust gibt!«

Alex seufzte, sie würden nie zusammenziehen können. Er ging zum CD-Spieler, nahm *The Futur*, Cohens bestes Album heraus, suchte im Regal und fand eine CD von Kari Bremnes. Nicht unbedingt seine Favoritin, aber ein kristallklarer Sound, mit dem sich auch die beste Stereoanlage testen ließ.

Vor einem Jahr hatte er Vivi noch gar nicht gekannt. Während des Filmfestivals im Januar hatte sie plötzlich vor ihm gestanden und gefragt, ob der Platz neben ihm frei sei. Natürlich, wer sagt denn nein zu einer hübschen Blondine mit Pferdeschwanz? Bei dem Film handelte es sich um die viel zu langsam erzählte, herzzerreißende Geschichte eines armen Hirtenjungen auf Sizilien. Alex hatte sich gelangweilt, doch die Frau mit dem Pferdeschwanz neben ihm hatte gar nicht mehr aufgehört zu weinen; über jeden neuen Schicksalsschlag, den der arme Hirtenjunge erlitt, war sie untröstlich gewesen. Und der Junge hatte es bis zum Schluss schwer.

Nach dem Film hatte sie sich entschuldigt, hoffentlich hatte sie ihm nicht den Film verdorben. Darum sollte sie sich keine Gedanken machen, hatte er geantwortet. Sie waren ins Festivalcafé gegangen, aber da es dort keinen freien Tisch gab, gingen sie weiter ins Restaurant Aunegården. Dort waren sie sitzen geblieben. Sie hatte erklärt, dass eine Freundin sie versetzt hätte. Und vermutlich würden ihr so schnell die Tränen kommen, weil sie sich gerade von ihrem Mann getrennt hätte, er hatte eine andere Krankenschwester gefunden. Und Alex hatte Verständnis gezeigt, mehr Bier spendiert und den Film, den er um neun Uhr sehen wollte, sausen lassen. Sie auch, und als um dreiundzwanzig Uhr der nächste Film begann, saßen sie bei ihm zu Hause auf dem Sofa und küssten sich. Seitdem war sie jedes Wochenende, an dem die Töchter ihren Vater besuchten, bei ihm.

Vivi zog auf dem Sofa die Beine an und sagte, dass es jetzt

doch nett wäre, wenn er ihr ein Glas Rotwein spendieren würde. Am liebsten italienischen, Sangiovese.

Der Chirurg hatte sie verwöhnt, Alex hatte sich ein kleines Lager von nicht ganz billigen Weinen anschaffen müssen. Er öffnete eine Flasche Brolio, von dem er wusste, dass sie ihn mochte, und schenkte ihr ein Glas ein. Er selbst trank einen Gammel Dansk. Außerdem holte er sich ein neues Bier aus dem Kühlschrank.

Vivi wollte, dass er sich zu ihr aufs Sofa setzte, sie biss ihn ins Ohrläppchen und drohte, sich seines wunderbaren Körpers zu bedienen. Menschliche Körper brauchen viel Zärtlichkeit, um die dunkle Winterzeit zu überstehen, erklärte sie und berief sich auf ihre Fachkenntnis. Das Gehirn von Säuglingen, die nicht gestreichelt werden, entwickelt sich nicht richtig, behauptete sie und streichelte seinen Oberschenkel. Der Lesekreis schien einige Kneipen besucht zu haben.

Dann wurde sie ernst und wollte wissen, wie es ihm ging.

Er erzählte ihr von der Reportage, an der er arbeitete, von dem rätselhaften Mord beim Gefangenenlager und dass das Opfer jetzt endlich als serbischer Asylsuchender identifiziert worden war. Es musste eine Verbindung zum Krieg und dem Lager geben. Das Kreuz, die tagelange Folter, das Aufhängen, der Kuhstall. Es war kein gewöhnlicher …

Sie legte ihm eine Hand auf den Arm und unterbrach ihn. »Ich meinte, wie geht's *dir*?«

Genau das wollte sie wissen. Seit der Beerdigung hatten sie nicht mehr vernünftig miteinander geredet. Er antworte, er sei ein bescheidener Mann mit Vorfahren aus Nordtroms, ihm ginge es gut, solange er Bier, Gammel Dansk und hübsche Frauen um sich habe.

»Alex. Lass den Quatsch, du musst darüber sprechen, du musst mit mir darüber reden, was dich quält. Warst du beim Arzt?«

Ja. Er hatte Sobril bekommen, er sollte seinen Zustand

beobachten, und wenn es nicht besser würde, wiederkommen.

»Sobril … angstdämpfend und entspannend … nimmst du es?«

Er hatte es einmal versucht, während eines fürchterlichen Anfalls, ihm gefielen die Nebenwirkungen nicht, ihm wurde schwindlig, er wurde schläfrig.

»Hat der Arzt etwas von einer Therapie gesagt?«

Er protestierte. Er war schließlich nicht verrückt. Sein Körper schlug einfach grundlos Alarm.

»Dummkopf, eine Therapie ist vollkommen normal bei Angstzuständen, kognitive Techniken, mit denen du deinen Intellekt gegen die Gefühle mobilisierst und sie steuerst. Meine Tante hat es sich selbst beigebracht.«

Er wusste nicht recht. Wenn er sich hinsetzte und grübelte, wich sämtliche Energie aus ihm. Es war besser, aktiv zu sein. Kamen die Attacken nicht immer dann, wenn er passiv war und grübelte?

»Du siehst doch selbst, dass du Angst hast, oder? Panische Angst?«

Ja, sicher, aber deshalb waren die Anfälle trotzdem teuflisch. Dieses überwältigende Gefühl, wenn man glaubt, sterben zu müssen, dass es das Ende ist.

»Hast du mal überlegt, woran es liegt? Der Dienst, Afghanistan?«

Wieder protestierte er. Im Netz stand, dass es wenig Sinn hätte, über das Warum zu spekulieren, vor allem nicht über konkrete Ereignisse in der Vergangenheit. Das Mörderische war dieses Gefühl der totalen Panik … Es lag auf der Lauer, ständig, die Katastrophe lag auf der Lauer und konnte ihn jeden Moment übermannen. Diese ganze Gefühlsscheiße war verdammt ungewohnt.

Alex ertappte sich, dass er Mitleid mit sich hatte. So etwas war ihm seit seinen Kindertagen nicht mehr passiert, das letzte Mal, als ihn ein Streber aus der sechsten Klasse verprügelte und eine johlende Schar von Anhängern dabei zusah.

Vivi meinte, alles würde gut werden, wenn er nur darüber reden würde.

Was für eine Scheiße! Er war es gewohnt, alles allein zu regeln, alles im Griff zu haben ...

Tränen traten ihm in die Augen, er lehnte sich an sie, begrub sein Gesicht in ihrer Halsgrube und weinte. Er spürte, wie sein Gesicht feucht wurde, wischte mit dem Handrücken darüber und drehte sich um. Find den Weg, Engel, sang Kari Bremnes. Er zitterte, zog die Nase hoch und wischte sich das Gesicht ab. Vivi streichelte ihm über den Rücken. Es ging vorbei. Er seufzte und begann zu lachen, ein hicksendes, nervöses Lachen. »Du bist verrückt«, sagte sie und lehnte sich an ihn. »Du tust mir leid. Ich glaube, du brauchst Trost und eine Körpertherapie.«

Vivi schubste Alex zurück aufs Sofa, machte seinen Gürtel auf und zog ihm die Hose und die Boxershorts bis zu den Knöcheln herunter. Sie stand auf, zog Rock, Strumpfhose und Slip aus. Dann zerrte sie ihr Oberteil über den Kopf, streckte die Hände auf den Rücken und hakte den BH aus. Obwohl sie so schlank war, hatte sie große Brüste, er spürte sie an seinen Schenkeln, als sie sich auf ihn setzte. Sie half mit der Hand nach und sagte, sie wäre sehr, sehr glücklich mit ihm und alles würde gut werden.

Wenn er doch nur selbst daran glauben könnte.

8 *Hauptquartier des 36. Armeekorps zwischen Rovaniemi und Salla, Nordfinnland, Donnerstag, 10, Juli 1944*

Der Generalleutnant der Wehrmacht verscheuchte eine Mücke von seinem linken Ohr, legte beide Hände auf den Schreibtisch und nickte dem protokollierenden Fähnrich und dem Oberst der SS zu.

»Meine Herren, wollen wir anfangen?«

Der SS-Oberst erwiderte das Nicken mit einem kühlen Gesichtsausdruck.

Der Generalleutnant sah den Offizier an, der mitten im Zimmer stand. »Stehen Sie bequem.«

SS-Hauptsturmführer Wolfgang Kiefer stellte die Füße ein wenig auseinander und verschränkte die Hände auf dem Rücken. Er spürte, wie ihm der Schweiß den Rücken hinunterlief, die Zimmertemperatur musste über vierzig Grad betragen, obwohl das Holzhaus im Schatten hoher Tannen lag. Sie hatten ihn mindestens zehn Minuten in der Grundstellung warten lassen.

Der Generalleutnant der Wehrmacht leitete das Verhör.

»Ihr voller Name?«

»Wolfgang Theodor Kiefer.«

»Grad?«

»SS-Hauptsturmführer.«

»Abteilung?«

»3. Kompanie, SS-Bataillon Reitz, SS-Division Nord.«

Der Generalleutnant, der die Informationen routinemäßig auf einem Blatt kontrollierte, das vor ihm auf dem Schreibtisch lag, trocknete sich den Schweiß an der Nasenwurzel und schaute auf.

»Sie tragen das Ritterkreuz des Eisernen Kreuzes?«

»Das ist korrekt, Generalleutnant!«

»*Herr* Generalleutnant, wenn ich bitten darf!«

»Entschuldigen Sie, Herr Generalleutnant, ein Versehen. In der Schutzstaffel ist es nicht zugelassen.« Alle Männer mit der richtigen Einstellung sollten die gleiche Chance haben, ungeachtet ihrer Ausbildung oder Klasse.

»Und was ist der Grund für eine so hohe Auszeichnung in so jungem Alter?«

Der Generalleutnant war bestimmt fünfzig Jahre alt, das Leben als Stabsoffizier hatte ihn träge und feist werden lassen. Kiefer sah, dass der Uniformrock über dem Bauch spannte.

»Erhalten am 4. September 1940 nach der Bekämpfung feindlicher Bunker am Meuse-Waal-Kanal.«

»Mit anderen Worten, echter Heldenmut im Kampf?« Der Generalleutnant schnitt eine Grimasse, die ein Lächeln andeutete.

Kiefer überhörte die Spitze. »Es waren gut befestigte niederländische Bunker, die die Division am Vormarsch hinderten. Ich leitete einen Aufklärungstrupp, wir umgingen die Bunker und fielen ihnen in den Rücken. Handgranaten und Flammenwerfer, sehr effektiv«, antwortete Kiefer. Er hatte die Flammenwerfer immer gemocht, eine fabelhafte Waffe, die den eigenen Leute zum rechten Geist verhalf. Die Schreie, der Geruch, der Tod als Jammertal, alles förderte die notwendige Härte im Kampf.

»Gut. Aber wo war Ihr Heldenmut, als wir ihn letzte Woche so dringend benötigten?«

Jetzt war es so weit. Der Verhörleiter beugte sich vor, der

SS-Oberst rutschte unruhig auf seinem Stuhl hin und her und kreuzte die Arme vor der Brust.

»Kein Offizier kann Wunder ausrichten, wenn dem Menschenmaterial Härte, technische Kompetenz und Verständnis für die Aufgabe fehlen.«

»Das Ergebnis hängt doch wohl auch von den Qualitäten des Offiziers ab?«

Die Andeutung war offensichtlich. »Außerdem muss man in Betracht ziehen, dass viele Soldaten der Division nur im Polizei- und Wachdienst ausgebildet wurden. Die Situation in meiner Kompanie war ebenso. Die Artillerieunterstützung hat ein einziges Mal gefeuert! Wie sich herausstellte, hatten sie lediglich eine einfache Waffendemonstration durchlaufen, keine ordentliche Schulung oder Manöver. Sie waren kaum in der Lage, bei einer Feldkanone vorn und hinten zu unterscheiden.«

Der SS-Oberst sah eine Möglichkeit, etwas vom Ruf der SS-Division zu retten. »Vielleicht kann der Kompanieleiter mit eigenen Worten etwas über seine Erfahrungen mit der Mannschaft berichten?«

Die Erfahrungen waren entmutigend. Kiefer hatte bereits Unrat geahnt, als die Mannschaft bei Kirkenes an Land ging. Eine lange Reihe undisziplinierter Gefangenenwärter und Polizisten schlich über die Gangway des Truppentransportschiffs DS ›Jupiter‹. Fast zwei Wochen auf Stroh im Laderaum hatten Spuren an den Uniformen hinterlassen. Die Soldaten, die am Kai in die Mitternachtssonne blinzelten, waren meilenweit von den Idealen der Waffen-SS entfernt, sie waren keine ideologisch gut geschulte Eliteeinheit, auf die der Führer sich jederzeit verlassen konnte.

Soweit Kiefer es sehen konnte, erfüllten die meisten die Anforderung nach einem korrekten Rassenstammbaum, allerdings gab es auch Männer unter der Mindestgröße von 1,70

Meter und Männer, die ganz offensichtlich nicht in guter physischer Verfassung waren. Einige von ihnen wirkten regelrecht verängstigt, als sie in Kirkenes das Schild sahen, auf dem 3 881 Kilometer bis Berlin, 4 706 bis Innsbruck und 4 912 Kilometer bis Wien stand.

Die SS-Division Nord setzte sich aus Männern der allgemeinen SS zusammen, dem zivilen Teil der Organisation. In Kiefers Kompanie waren die meisten KZ-Aufseher, Büro- und Barackenleute; Männer ohne realistische Vorstellung, was sie auf dem Schlachtfeld erwartete. Noch schlimmer war, dass sie sich an der Feldartillerie und den Granatenwerfern wie Idioten aufführten. Nicht einmal der Umgang mit dem Mauserkarabiner klappte.

Diese Männer sollten laut Plan der Operation Polarfuchs bereits in wenigen Wochen gegen die soliden russischen Grenzbefestigungen bei Salla im Norden Finnlands eingesetzt werden. Der Befehl lautete, nach Süden zu marschieren, bis zum 15. Juni die Ausgangspositionen zu beziehen und ein Kneifzangenmanöver gegen die russischen Grenztruppen bei Salla einzuleiten. Danach sollten die Kräfte rasch nach Osten bis zum Knotenpunkt Kandalakscha am Weißen Meer vorrücken.

Der Oberkommandierende des Armeeoberkommandos Norwegen, General Nikolaus von Falkenhorst, wollte die Kontrolle über die Eisenbahnlinie von Murmansk sicherstellen, der Hafenstadt ganz im Norden des Eismeers. Generalleutnant Eduard Dietls Gebirgsjäger sollten von Kirkenes und Petschenga direkt nach Murmansk vorstoßen.

Kiefer musste versuchen, seine Männer auf ihren Einsatz vorzubereiten, während sie nach Süden marschierten. Mehrere Tage hintereinander befahl er der Kompanie Schießübungen am Vormittag, dann marschierten sie bis in den Abend, zumal es abends ebenso hell war wie tagsüber. Kiefer versuchte außerdem, ihnen eine Angriffstaktik einzubläuen, rasches, sprungweises Vorrücken unter Ausnutzung natürlicher Deckungsmöglichkeiten im Gelände.

Leider waren viele Soldaten mehr damit beschäftigt, sich gegen die Mückenschwärme zu verteidigen, als damit, ihre Schussfertigkeit zu trainieren. Kiefer selbst brauchte kein Mückennetz oder Pechöl, so wollte er den Männern als gutes Beispiel vorangehen. Mein Gott! Wenn ein SS-Mann Angst vor Mücken hatte, wie würde er dann im Feld reagieren, wenn er unter Druck geriet?

Während des Marsches auf der Eismeerstraße, vorbei an dem großen finnischen Binnensee Inari, befahl er zu singen, wenn es im Eilmarsch durch endlose Tannenwälder voller Moore und Mücken ging.

SS marschiert, die Straße frei!
Die Sturmkolonnen stehen!
Sie werden aus der Tyrannei
Den Weg zur Freiheit gehen.

Gemeinsamer Gesang war gut für die Moral, es kräftigte das Gefühl der Einheit und das Verständnis dafür, dass die Abteilung alles und das Individuum nichts war. Der Text des alten SS-Liedes passte ausgezeichnet, sie sollten ja für die Freiheit und für die Befreiung von Bolschewiken- und Judentyrannei im Osten kämpfen.

Während des Marsches nach Süden kam es zu so vielen irregulären Vorfällen, dass der Divisionskommandant seines Kommandos entbunden wurde. Nachdem er den hoffnungslosen Haufen von Zivilisten in Kampfuniformen inspiziert hatte, meinte der neue Kommandant, es sei unverantwortlich, die Division gleich aufs Schlachtfeld zu führen. Sie müsste in einer Stellung hinter den Linien ausgebildet werden. General Nikolaus von Falkenhorst ordnete dennoch an, dass die SS-Division Nord bei der ersten Angriffswelle dabei war. Der Führer hatte darauf bestanden, dass seine Elitesoldaten so bald wie möglich in den Kampf geschickt wurden. Die Männer waren dazu nicht bereit, trotzdem wurden sie an vorderster Front eingesetzt.

Am 1. Juli, dem Tag des Angriffs, führte Kiefer seine Männer bei drückender Hitze gegen die russischen Grenzbefestigungen. Den Männern lief der Schweiß, sie schleppten Munition und Kanonen über elende Wege, die Moorsümpfe wurden teilweise mit provisorischen Brücken überwunden. Zum Glück gab es genügend Trinkwasser im Land der tausend Seen.

Die Aufgabe war der Herausforderung, der Kiefer am Meuse-Waal-Kanal gegenübergestanden hatte, nicht unähnlich. In Salla hatte der Geheimdienst gemeldet, dass die Russen durch die neugebaute Eisenbahn von Kandalakscha über gute Versorgungswege verfügten. Der Geheimdienstoffizier meinte, mindestens eine russische Infanteriedivision und fünfzig Panzer stünden in den Stellungen an der Grenze bereit.

Die Stützpunkte der Russen mussten beschossen, an den Flanken angegriffen, umgangen und dann von hinten eingenommen werden. Es erforderte große Entschlossenheit und erfahrene Soldaten. Keiner in der Kompanie erfüllte auch nur annähernd die Anforderungen, abgesehen von einem Sportler aus Dresden und einem Schützen aus Bayern.

Das Hauptquartier des Armeekorps hielt die Truppen zurück, bis die Sonne in einem ungünstigen Winkel für die russischen Verteidiger stand. Von seiner Position an der rechten Flanke sah Kiefer, dass der Angriff mit Artilleriebeschuss begann, der in dem trockenen Tannenwald sehr schnell zu mehreren Bränden führte. Der Rauch reduzierte die Sicht, gleichzeitig würde er hoffentlich die Millionen Mücken vertreiben. Über den Kopf Kiefers hinweg erfolgte die nächste Angriffswelle. Stukas, Sturzkampfbomber, heulten auf die russischen Stellungen nieder, ausgerüstet mit einer Tonne

Bomben, die Krater von der Größe eines Hauses in die Erde sprengten.

Jeder Angriff hatte seinen eigenen Rhythmus. Alle Männer auf dem Schlachtfeld wussten, dass nach der Artillerie und den Bombereinsätzen die Infanterie in Aktion zu treten hatte. Dies wusste auch der Feind. Es stand nur zu hoffen, dass möglichst viele russische Maschinengewehre außer Kraft gesetzt waren.

Doch so war es nicht. Sowie der Befehl zum Vorrücken bestätigt wurde und die Abteilungen sich in Bewegung setzten, sah Kiefer, wie die Mündungsfeuer im Halbschatten zwischen den Tannen aufblitzten. Zwei Männer der Kompanie wurden sofort getroffen, als sie aufstanden, um vorzustürmen. Gleich darauf sank ein Mann tot ins Heidekraut, dann ein weiterer, getötet von einem Schuss, offenbar durch ein Gewehr aus weiter Entfernung. Russische Heckenschützen, aber wo waren sie? Saßen sie in den Bäumen?

Nach zwei Tagen unübersichtlichem und ergebnislosem Kampf erhielt Kiefer Informationen über Zahlen, die seine schlimmsten Ahnungen bestätigten. In der SS-Division Nord gab es dreihundert Tote und vierhundert Verletzte. In nur zwei Tagen! Er selbst hatte achtzehn Männer verloren, sechs waren tot, acht Verletzte hatte man zum Sammelplatz gebracht, vier Mann wurden vermisst. Hoffnungslose Verluste nach so kurzer Zeit, vor allem, da die Kompanie im Gelände nicht sonderlich weit vorgedrungen war. Die Mitternachtssonne erschöpfte die Männer, durch das Ausbleiben der nächtlichen Dunkelheit gab es keine natürlichen Ruhepausen, ein Gegenangriff konnte ebenso gut mitten in der Nacht wie am Tag erfolgen.

Am 4. Juli gelang es Kiefer, die Kompanie etwas näher an die vordersten Verteidigungsstellungen der Russen heranzuführen. Viele seiner Männer schwankten aufgrund von Schlafmangel. Die Kompanie kam so weit, dass sie von ihrer vorgeschobenen Position deutlich die Motorengeräusche und Gangschaltungen der russischen Panzer hören konnten.

Kiefer berichtete über Feldtelefon, gab die Koordinaten durch und bat um Artillerieunterstützung. Nach zwanzig Minuten hörte er das Geräusch abgeschossener Granaten, gefolgt von einem dumpfen Dröhnen ganz in der Nähe, aber die Lichtblitze der Explosionen sah er nicht. Sie blieben durch den dichten Wald verborgen.

Die Russen antworteten umgehend und massiv. Seine Männer verkrochen sich in ihren Stützpunkt, während anhaltendes Granatenfeuer Heidekraut und Erde aufwühlte und über sie schleuderte. Die Splitter rissen rund um die Stellung die Borke von den Tannen.

Kurz darauf kam der Befehl zum Rückzug. Kiefer nahm an, dass der neue Divisionskommandant davon ausging, dass die Russen zu einem Gegenangriff auf breiter Front ausholen würden, dem man nichts entgegenzusetzen hatte.

Aber in Wahrheit war dies ein Geschenk für den Feind! Es ist eine militärische Binsenweisheit, dass Abteilungen auf dem Rückzug weit weniger in der Lage sind, effektiv zu kämpfen, als in geordneten offensiven Positionen. Die Division hätte natürlich bleiben und einem eventuellen Gegenangriff standhalten müssen.

Kiefer hatte keine andere Wahl, als den Rückzugsbefehl an seine Offiziere weiterzuleiten. Doch die Männer überinterpretierten den Befehl und unternahmen nicht einmal den Versuch eines geordneten Rückzugs. Sie wichen in hysterischem Tempo zurück. Die Kompanie rannte an mehreren weiter hinten liegenden Gruppen und schließlich auch am Hauptquartier des gesamten Armeekorps vorbei, alles in wüster Unordnung.

Der Generalleutnant der Wehrmacht unterbrach Kiefers Bericht. Kiefer schaute auf den SS-Oberst, der mit dem Rücken zu ihm am Fenster stand. Draußen warfen einige Soldaten zur besseren Tarnung Tannenzweige aufs Dach.

»Ja, ich kann sagen, dass Ihre Leute für Aufsehen gesorgt haben«, erklärte der Generalleutnant ironisch. »General Feige versuchte persönlich, die Abteilungen zum Umdrehen zu bewegen und den Kampf wiederaufzunehmen, aber es nützte nichts. Bei Kemijärvi verlangte ein hysterischer Sturmbannführer, umgehend eine Brücke zu sprengen, russische Panzer wären ihm direkt auf den Fersen. Der reine Blödsinn, die Einbildung eines von Panik besessenen Gehirns!«

Der Generalleutnant blätterte in einigen Papieren.

»Die Zahlen der Division sind fürchterlich«, stellte er fest. »Am 4. Juli wurden dreiundsiebzig Soldaten und dreizehn Offiziere getötet. Zweihundertzweiunddreißig wurden zum Hauptverbandsplatz gebracht, einhundertsiebenundvierzig Männer werden noch vermisst.«

Er legte die Hände in den Nacken und wippte mit dem Stuhl nach hinten.

»Im Hauptquartier haben wir uns selbstverständlich die Frage gestellt, was die Ursache für dieses unglaubliche Verhalten gewesen ist. Einer der Stabsoffiziere hatte eine interessante Theorie, er behauptete, dass die SS-Soldaten ihren Kampfinstinkt verloren hatten. Sie fühlten sich in dem endlosen Waldgebiet zutiefst verunsichert und allein gelassen. General von Falkenhorst droht damit, dem Führer zu melden, dass die SS-Division Nord nicht angreifen konnte, weil sie degeneriert ist!« Der Generalleutnant lachte, dass sein Bauchfett wackelte.

»Ich kann an den Verlustzahlen nichts Komisches erkennen, Herr Generalleutnant.«

Das Lachen brach abrupt ab. »Ich lache auch nicht über die Toten, ich erlaube mir einen Witz auf Kosten der sogenannten Elitesoldaten des Führers. Sie haben sich benommen wie verängstigte Kinder im Wald.«

Der Generalleutnant versuchte vergeblich, Blickkontakt zu dem SS-Oberst am Fenster zu bekommen.

»Es heißt, der Reichsführer SS Himmler tobt, weil sehr viele SS-Männer in Gefangenschaft geraten sind, eine andere Erklärung für die hohe Zahl an Vermissten lässt sich kaum finden. Ein Soldat der Waffen-SS hat bis zum Sieg zu kämpfen, das ist eine Tatsache, oder aber durch eine feindliche Kugel oder einen ehrenvollen Selbstmord zu sterben. Ist es nicht so, Herr Hauptsturmführer?«

Kiefer murmelte bestätigend und versuchte, die Körpersprache des SS-Oberst zu deuten. Wollten sie ihn für den Rückzug verantwortlich machen? Den Befehlshaber der Kompanie, der stets jeden Schmerz ertragen, die Einfachheit des Lebens im Feld geliebt, exerziert und sich perfektioniert hatte – sollte er jetzt bestraft werden, weil die Männer sich bei der ersten Begegnung mit einem russischen Panzer in die Hosen schissen? Er hätte dekoriert werden müssen. Zumindest hatte er diese Bürohengste einigermaßen im Griff.

Am Nachmittag des 10. Juli 1944 endete die disziplinarische Untersuchung in Salla. SS-Hauptsturmführer Kiefer kam mit einem scharfen Verweis davon, nicht nur, weil er so hochdekoriert war, sondern auch, weil er auch dann noch soldatisches Verhalten gezeigt hatte, als die Panik ausbrach. Zumindest, soweit sich die Ereignisse rekonstruieren ließen. Er wurde an den äußersten Außenposten der Nordfront versetzt und hatte in Eduard Dietls Hauptquartier über die Offensive Bericht zu erstatten, die von Kirkenes und Petschenga gegen Murmansk erfolgte.

Für Kiefer war die Versetzung eine Erleichterung, er würde diesen Zivilisten der Division Nord entkommen. Bevor er abfuhr, erhielt er Befehl, in seiner eigenen Abteilung ein Exempel zu statuieren. Der Zugführer, der den hysterischen Rückzug geleitet hatte, musste in einer Weise bestraft werden, die abschreckte und die Moral der Kompanie wiederherstellte.

Am folgenden Tag kommandierte Kiefer die gesamte Kompanie zu einem Moor am Rand des Lagergebiets. Ein Leutnant bekam den Befehl, eine Tanne zu fällen und einen kräftigen Pflock zuzuschneiden. Die Kompanie stand im Halbkreis am Ende des Moors und beobachtete die Vorbereitungen.

»Nein, nein, nicht dort. Der Pfahl muss in den Schatten gezogen werden.« Kiefer zeigte auf den Rand des Moores außerhalb des Lagergeländes.

Der Leutnant verstand nicht.

»Haben Sie nicht bemerkt, Obersturmführer, dass die Mückenschwärme starke Sonne nicht mögen? Die Mücken bleiben im Schatten oder im Halbschatten. Der Zugführer soll bestraft werden, kein Sonnenbad nehmen.«

Ein Soldat hinter Kiefer lachte, er fuhr herum, aber es war unmöglich, den Witzbold auszumachen. Die Mückennetze verbargen die Mienen der Soldaten.

Dem Leutnant wurde befohlen, den Pfahl im Schatten einiger hoher Bäume am Rand des Moores aufzustellen. Ein Unteroffizier und ein Soldat mit einem Vorschlaghammer schlugen den Pfahl ins Moor, dass das Dreckwasser aufspritzte.

Der nackte Zugführer war um Augen, Mund und Geschlechtsteil bereits schwarz vor Mücken. Er prustete, spuckte und blies die Luft aus der Nase, um wenigstens einige der Plagegeister zu vertreiben. Zwei Soldaten, die ihr Gewehr über die Schulter gehängt hatten, führten ihn an den Pfahl und banden ihn fest. Der bleiche, magere Körper hob sich leuchtend von den Grün- und Brauntönen des Tannenwaldes ab.

Kiefer trat vor und brüllte dem Zugführer ins Ohr: »Wie lautet der SS-Eid?«

»Meine Ehre heißt Treue«, jammerte der Zugführer.

»Korrekt! Jetzt können Sie Ihre Treue beweisen, indem Sie Ihre Strafe mit dem dafür erforderlichen Heldenmut annehmen. Wir sind das Schwarze Korps, wir sind des Führers verlässlichstes Werkzeug, wir sind seine Elitesoldaten, und als Soldaten wissen wir, dass es nur einen Tod gibt, den eigenen oder den des Gegners, auf dass er uns nicht länger schaden kann. Der ungeordnete Rückzug, für den Sie verantwortlich sind, war eine Todsünde und hat nicht wiedergutzumachenden Schaden angerichtet!«

Der Zugführer prustete und blies Luft aus den Mundwinkeln, er setzte die Zunge gegen die Mücken ein, die ihm das Blut aus den Lippen saugten. Das führte dazu, dass ihm die Mücken auch in den Mund flogen. Er zitterte, heulte und bat darum, auf der Stelle erschossen zu werden.

»Mensch! Sie haben noch eine Chance, Ihre Ehre wiederherzustellen, nehmen Sie die Strafe an wie ein Mann! Ich helfe Ihnen«, sagte Kiefer, zerdrückte eine Mücke, die sich mit Blut vollgesaugt hatte, auf seiner Nase, drehte sich auf den Hacken um und kommandierte die gesamte Kompanie zurück ins Lager.

Der nächste Morgen kam mit einem kräftigen Ostwind, die Mückenplage hatte nachgelassen, als die Soldaten abkommandiert wurden, um die Leiche vom Pfahl zu entfernen. Das geschwollene, rotaufgedunsene Gesicht des Zugführers war nicht wiederzuerkennen, die Hoden waren auf Apfelsinengröße angeschwollen. Wie erwartet wurde er tot aufgefunden, er hing schlapp an den Seilen. Doch nicht die Mücken hatten ihn getötet.

Der Leutnant erstattete dem Kompaniechef Kiefer umgehend Bericht.

»Der Zugführer wurde heute Nacht ermordet.« Der Leutnant ließ einen Finger über den Hals gleiten. »Ein Bajonett. Irgendjemand wollte ihm wohl einige Stunden des Leidens ersparen, in denen er dort draußen im Moor erbärmlich schrie und jammerte, aber das haben Sie vermutlich selbst gehört.«

Kiefer lief rot an vor Wut. »Welcher Bastard hat es gewagt, die Strafe zu sabotieren?«

»Wir wissen es nicht, Hauptsturmführer.«

Kiefer dachte einen Moment nach.

»Holen Sie sich zwei Soldaten aus dem gleichen Trupp, ziehen Sie sie aus und binden Sie sie an den Pfahl.«

Sofort überlegte er es sich anders. »Nein, warten Sie! Hängen sie die beiden mit auf dem Rücken gefesselten Händen an die Tannen am Rand des Moors. Zieht sie so hoch, dass man sie vom Lager aus sehen kann.«

Kiefer bekam umgehend bessere Laune, er freute sich über seinen Einfallsreichtum. Demütigung gewöhnlicher Soldaten, Abschreckung vor Desertion und Befehlsverweigerung waren ganz entscheidend. Die Männer mussten wissen, dass sie ein noch schlimmeres Schicksal erwartete, wenn sie vor dem Feind davonliefen. Sie würden es niemals wagen!

Pfeifend ging Kiefer zur Feldkantine. Vielleicht gab es ja Eier mit Speck? Vom Moor hörte er die Schmerzensschreie der Männer, denen die Arme ausgekugelt wurden, als man sie an den auf dem Rücken gefesselten Händen in die Höhe zog. Im Lager blieben die Soldaten erschrocken stehen und zeigten auf die beiden armen Teufel.

Ausgezeichnet, das würde die Moral stärken.

9 *Bergen, Juni 1942*

Kiefer stand an Deck des Frachtschiffs ›Wolsum‹ und schaute auf die alte Hansestadt. Seit mehreren Tagen lagen sie am Kai. Der SS-Sturmbannführer Vogt, der Verantwortliche für den Gefangenentransport, hatte befohlen, achtundzwanzig der Banditen zu erschießen. Es bestand Verdacht auf Flecktyphus.

»Das fällt mir ebenso leicht, wie DDT gegen Läuse einzusetzen«, hatte Vogt Kiefer anvertraut.

Vogts Logik und Handlungskraft war tadellos. Sollte sich die Krankheit ausbreiten, konnte es für alle übel enden. Kiefer achtete darauf, dass er sich vor den Mahlzeiten die Hände besonders sorgfältig mit Alkohol wusch.

Am 16. Juni hatten sie in Stettin abgelegt. Die Serben waren in Eisenbahnwaggons direkt bis zum Kaigelände gebracht worden. Um die zwölf Toten kümmerte sich die Hafenpolizei, achthundertzweiundneunzig Gefangene wurden an Bord genommen, genauer gesagt achthunderteinundneunzig. Einer der Verbrecher war beim Verladen von der Leiter gefallen und hatte sich das Genick gebrochen.

Kiefer dachte an die Reiseroute. Zwanzig bis dreißig Kilometer über die Oder bis zum Stettiner Haff, danach durch die Ostsee, den Skagerrak bis zur norwegischen Küste. In Kristiansand hatten sie Proviant aufgenommen, die Laderäume gesäubert und mit frischem Stroh gefüllt. Zwei Tote, beide aus dem Laderaum 2, wurden hochgezogen. Interne Prügeleien unter den Banditen, meinte Vogt.

Kiefer ging in den Salon. Er verfluchte den Auftrag, das Schiff, die Verbrecher in den Laderäumen, das Dasein und sein eigenes Schicksal. Ein Lichtblick war sein Vorgesetzter, SS-Sturmbannführer Vogt, ein tatkräftiger Brummbär aus Bayern, der damit prahlte, dass ihn daheim noch nie jemand unter den Tisch gesoffen hätte. Vogt saß bereits beim Essen. Norwegisches Bier ist so stark, dass man es mit Schnaps verdünnen muss, behauptete er und schenkte Kiefer und sich aus einer Schnapsflasche ein.

Der Koch servierte eine wässrige Blumenkohlsuppe und eine Art Lammfrikassee, das mehr aus Fett als aus Fleisch bestand. Vogt prostete Kiefer eifrig zu und ließ sich über die magischen Fähigkeiten von Schnaps aus, Fett spalten zu können. Die Stimmung am Tisch war gut, ganz anders als die stummen Soldatenmahlzeiten, die Kiefer gewohnt war. Mit Männern, die nur ihren Dienst taten und sich nichts zu sagen hatten. Vogt verfügte über keinerlei Kampferfahrung, aber er strahlte eine Entschlossenheit und Härte aus, die Kiefer nur bewundern konnte. Mitleid ist einer unserer schlimmsten Feinde, wiederholte Vogt unablässig, ein Motto, das Kiefer aus der angenehmen Zeit auf der SS-Junkerschule in Bad Tölz kannte. Das Plakat im Büro des Schulleiters hatte eine ähnliche Botschaft, Mitleid ist Schwäche!

»Furchtbar, diese Geschichte mit Heydrich«, sagte Vogt und rülpste. »Ein so intelligenter Mann, ein glänzender Fechter und auch ein herausragender Geiger. Er flog übrigens während des Feldzugs gegen Norwegen eine Messerschmitt, wussten Sie das?« Vogt zeigte aufs Land.

»Wirklich furchtbar«, stimmte Kiefer zu. »Diese Scheißtschechen, aber sie werden eine Antwort erhalten, die Eindruck machen wird. Alle Männer über sechzehn Jahren aus zwei Dörfern, tausenddreihundert in Prag und drei Laster voll Juden in Berlin.«

Von Essensgerüchen und Rauch war die Luft im Salon zum Schneiden dick. Vogt und Kiefer gingen an Deck, um frische Luft zu schnappen. Vogt fluchte, dass die Luke zum Laderaum 2 nicht ganz geschlossen war, alle Luken hatten geschlossen zu sein. Er ging zu der Ladeluke, stellte sich vor die Öffnung, klemmte die Zigarre in den Mundwinkel, knöpfte sich die Hose auf und pinkelte in die Dunkelheit. Von unten waren vereinzelte Rufe zu hören.

»Wollen Sie nicht mitmachen?«

Kiefer trat an die Luke und stellte sich neben Vogt. Er beugte sich etwas zurück und versuchte, den Strahl so weit wie möglich zu schicken; er musste sich auf Vogt stützen, um nicht zu fallen.

Vogt knöpfte die Hose wieder zu und befahl dem Wachsoldaten, die Luke zu schließen. Wieso stand sie überhaupt offen? Der Soldat wusste keine Antwort auf die Frage. Sie gingen zurück in den Salon, Vogt schaute in der Kombüse vorbei. Triumphierend kam er mit einer Flasche Wodka zurück.

Er schlug Kiefer vor, dass sie sich duzten, schenkte Wodka ein, bis das Glas überlief, und wischte den verschütteten Schnaps mit der Hand vom Tisch. Vogt trank auf die vollbusigen bayerischen Frauen, FC Bayern München und auf den Untergang von 1860 München. Kiefer trank auf Deutschland, auf den Märtyrer Heydrich und auf den Sieg über die Bolschewiken.

Er legte die Stiefel auf den Stuhl vor sich und lehnte sich an die Schiffswand. »Hätten wir diese Schweine nicht einfach erschießen können? Wieso verschwenden wir Zeit und Kraft, um sie vom Balkan nach Norwegen zu verfrachten?«

»Die Nordstraße«, lallte Vogt. »Der Führer will von Berlin bis zur Barentssee fahren können. Harte Arbeit bei knappen Rationen, ohne Besuch, ohne Rotkreuz-Pack – Nacht und Nebel, eigentlich, aber improvisierter als zu Hause. Wir müssen ja fast bis zum Nordpol!«

Vogt zündete sich eine neue Zigarre an. Er musste mit dem Streichholz mehrfach ansetzen, bevor er traf.

»Sie dürfen unter keinen Umständen mehr nach Süden zurück«, präzisierte er.

Kiefer beklagte sich über den Befehl. Wachdienst. Sie waren Soldaten der Waffen-SS, sie sollten an der Front sein!

»Was soll diese Sehnsucht nach der Front, junger Mann, dort riskierst du, dir eine Kugel einzufangen.« Vogt hielt seinen Daumen an den Kopf, die Asche seiner Zigarre fiel ihm in den Schoß. Auch etwas Glut war dabei, er rutschte zurück, fluchte und stand auf.

Kiefer erzählte, dass er an der Front gewesen war. Belgien, Finnland, Eismeer, vor Murmansk.

Vogt setzte sich wieder schwerfällig auf seinen Stuhl und pries sich glücklich, als Vater von fünf Kindern vom Frontdienst befreit zu sein. Er war nie nördlicher als Hamburg gewesen und begriff noch immer nicht, wie man im Eismeer im Winter militärische Operationen ausführen konnte. Schnee, Kälte, Stürme und Eisbären!

»Doch keine Eisbären«, korrigierte ihn Kiefer. »Aber Sie haben recht, es war beinahe unmöglich. Es gab einen Schneesturm, der hat mich umgemäht.«

»Has' du eine Schlacht«, Vogt hickste, » ... gegen einen Schneesturm verloren?«

»Genau, ich verlor gegen einen Schneesturm ... im Mai.«

»Nein, jetzt nimmst du mich doch auf den Arm. Am besten, wir trinken noch ein Glas.« Vogt griff nach der Wodkaflasche, die nicht einmal mehr halbvoll war. Draußen auf dem Korridor hörte Kiefer die Schritte der 16:00-Uhr-Wachablösung.

»Ohne die schwedischen Armeezelte und Öfen wären wir alle in der Tundra geblieben, als tiefgefrorene Leichen«, erklärte Kiefer. Damals war mit seinen Männern alles in Ordnung gewesen, sie hatten eine sorgfältige Ausbildung bei der Waffen-SS durchlaufen und stürzten sich in offenem Terrain mit Todesverachtung in den Angriff. Sie waren tapfer, vielleicht zu tapfer, denn in der Tundra kämpfst du nicht nur gegen den Feind, sondern ebenso sehr gegen die Naturkräfte.

Sie waren vorgerückt bis zu einem Felsen, der Lorelei genannt wurde. Der April war warm gewesen, ungewöhnlich warm, mit Temperaturen von zwei bis fünf Grad plus, die Flüsse Titovka und Litza waren eisfrei. Viele Soldaten hatten ihre Winterausrüstung bereits abgeliefert.

Am 6. Mai kam ein Feind, gegen den niemand ankam. Ein kräftiger Tiefdruck führte zu einem Sturm, der mehr als siebzig Stunden dauerte. Die Temperatur sank auf minus fünf Grad, die Straße zur Litza wehte zu, und die Versorgungssoldaten kamen weder mit Munition noch mit Lebensmitteln. Wie sich später herausstellte, waren sie wie die Fliegen krepiert. Der Schneesturm hob jegliche Rationalität auf dem Schlachtfeld auf. In einer kämpfenden Kompanie wurde die Hälfte der Soldaten schneeblind, sie taumelten umher wie betrunkene Hühner.

»Ich wurde lebendig aus einer Schneewehe geborgen, aber viele meiner Männer erfroren. Einige von ihnen wurden zusammen mit russischen Infanteristen gefunden. Sie hatten versucht, dem Sturm zusammen zu widerstehen, Seite an Seite wurden sie gefunden, Seite an Seite mit dem Feind.«

»Mein guter Mann«, unterbrach ihn Vogt. »Du kanns' dich doch nicht ernsthaft über einen solchen Bruch der Disziplin mitten in einem Sturm beschweren!« Er war betrunken, aber immer noch in der Lage zu denken.

»Es wurde nicht als Disziplinlosigkeit gesehen, sondern als Fahnenflucht.«

»Fahnenflucht?«

»Die Zusammenrottung mit dem Feind während eines Schneesturms wurde als Fahnenflucht betrachtet. Mir wurde das Kommando entzogen, ich wurde als garnisonsverwendungsfähig, also beschränkt tauglich, eingestuft.« Kiefer fluchte. »Ja, verstehen Sie mich nicht falsch, Vogt, ich habe überhaupt nichts dagegen, unter Ihrem Befehl zu stehen. Aber ich bin Soldat, kein Wachmann.«

Vogt bekam die letzte Klarstellung nicht mehr mit. Er schlief mit dem Kopf an der Schiffswand, das Wodkaglas hielt er umgekehrt in der Hand.

Entlang der norwegischen Westküste nördlich von Bergen hatte der Transport Glück mit dem Wetter, mit guter Sicht und Sonne. Andererseits waren sie jetzt innerhalb der Reichweite britischer Flieger. Der Kapitän bemannte die Luftabwehrgeschütze und verdoppelte die Wachen am Ausguck.

Diese naiven Zivilisten! Es war sinnlos, die Geschütze zu bemannen, bevor eine akute Situation eintrat.

Vor der Halbinsel Stadlandet heulten die Alarmsirenen. Feindliche Flugzeuge im Niedrigflug auf neun Uhr! Kiefer rannte an Deck, um sich einen Eindruck zu verschaffen. Vogt stand mit einem Fernglas an der Reling. »Kann die Mannschaft schießen?« Kiefer nickte in Richtung der Matrosen, die in Rettungswesten die Luftabwehrgeschütze besetzten.

»Keine Ahnung«, erwiderte Vogt. »Aber Sie können sie mit Ihrer Walther unterstützen«, sagte er und zeigte auf Kiefers Pistolenholster.

Nach einer Dreiviertelstunde wurde Entwarnung gegeben. Der Ausguck hatte vermutlich einen Gänseschwarm oder ein paar Möwen am Horizont gesehen. Zwei Stunden später wurde erneut Alarm ausgelöst. Die Mannschaft zog in aller Hast die Persenning von den Kanonen auf Deck und fing an, auf irgendetwas in zwei-, dreihundert Meter Entfernung vor dem Bug zu schießen, an Backbord. Eine magnetische Mine, wurde Kiefer erklärt. Als sie explodierte, bildete sich eine hohe Wassersäule.

In Trondheim hatten sie erneut einen langen Hafenaufenthalt, direkt neben dem U-Boot-Bunker Dora. Am 25. Juli 1942 bog die ›Wolsum‹ in das enge Fahrwasser südlich von Bodø und stampfte gegen den stärksten Tidenstrom der Welt, den Saltstraumen. Sie ankerten in einem Fjord. Kiefer näherte sich seinem neuen Kommando, dem Lager III Rognan.

Ein gottverlassener Ort! Hinterland. Steile, dunkle Höhenzüge erhoben sich rund um das Dorf, das auf der Karte den Namen Botn trug. Laut der Berichte war das Lager noch im Bau, aber gut genug gesichert, dass sie die Gefangenen an Land lassen konnten.

Trotz allem war es eine Erleichterung. Kiefer war das verdammte Schiff leid, das elende Essen und den Gestank aus den Laderäumen. Er gab seinen Männern Befehl, eifrig von ihren Gewehrkolben Gebrauch zu machen, die Banditen waren nach den vielen Tagen im Laderaum vermutlich entkräftet. Mitleid war ein Feind, Mitleid war Schwäche.

10 *Lager III Rognan, Botn, Sonntag, 8. November 1942*

»Mirko, du bist ein Engel«, sagte der Patient in Koje Nr. 12. Der Medizinstudent Mirko Novakovitsch wurde verlegen, er hatte eigentlich nichts mehr, womit er bei der Abendvisite helfen konnte. Das Verbandsmaterial bestand aus alten Stoffstreifen, die er zu sterilisieren versuchte, indem er sie an den Waschtagen wusch, sie nach draußen hängte und auf Nachtfrost hoffte.

Vorsichtig entfernte er den Streifen von der Augenhöhle des Patienten, das Auge war ihm von einem der Wachposten als Strafe für ›Faulheit‹ beim Straßenbau ausgetreten worden.

Das gesunde Auge des Patienten folgte fragend seinen Handbewegungen. »Das sieht doch gar nicht so schlimm aus«, log Mirko. Die Augenhöhle war geschwollen und voller Eiter. Er streute ein bisschen von dem Wundpulver darauf, das ihm noch geblieben war, und legte einen frischen Stoffstreifen über die Augenhöhle.

»Mirko, du bist unser aller Engel«, wiederholte der Patient, ein Lehrer aus Alibunar. »Du wirst reich belohnt werden, wenn wir die Wüste verlassen. Einmal werden wir wieder nach Hause kommen, in das gelobte Land. Dann wird alles wieder gut, mein lieber Junge.«

Er selbst war nicht sicher, ob sie dieses Lager jemals wieder lebend verlassen würden. Die Gefangenen wurden immer kränker, allein drei waren letzte Nacht gestorben. Er sah sich in der Krankenbaracke um. Die Patienten lagen auf harten Pritschen, vier Etagen übereinander. Zwischen den Pritschen gab es so wenig Platz, dass die Patienten sich nicht aufrichten konnten. Die Visite wurde dadurch erschwert.

Viele von ihnen waren so abgemagert, dass sie sich eine Koje teilen konnten und immer noch genügend Platz hatten. Erwachsene Männer, die einmal kräftig und stark gewesen waren, wogen jetzt noch vierzig Kilo. Dünne Suppe, aus ein paar Kartoffeln gekocht, zum Mittagessen, ein paar hundert Gramm Brot, Ersatzkaffee oder wieder dünne Suppe am Abend. Nur selten bekamen sie Fleisch, Kartoffeln oder Fisch. Bei dieser Ration mussten sie schwere körperliche Arbeit verrichten, Wälder roden, Steine schleppen, Erde und Schutt verbringen. Als Krankenpfleger war Mirko von den Straßenbauarbeiten freigestellt, aber er spürte, wie die Muskeln in den Oberschenkeln und Armen schwanden, wenn der Körper kein Fett mehr zum Verbrennen fand.

Diese Baracke ›Krankenhaus‹ zu nennen war eine groteske Parodie, vor allem für Mirko, der gelernt hatte, die Zeichen von Krankheiten zu erkennen. Beinahe alle Häftlinge waren aufgrund von mangelhafter Ernährung, Misshandlungen oder Brüchen krank. Einige hatten nach Einbruch des Frosts auch Erfrierungen erlitten. Der deutsche Krankenpfleger schlug die verfärbten und gefühllosen Zehen mit dem Bajonett ab.

Der Patient in Koje 10 hustete, er wies alle Anzeichen einer weit fortgeschrittenen Tuberkulose auf. Die Schwerstkranken lagen in Mirkos Baracke, doch die medizinischen Prioritäten hatten die Nazis perverserweise auf den Kopf gestellt. Kranke kamen in die Krankenbaracke, aber erst, wenn sie so krank waren, dass die Deutschen sie keinesfalls mehr zur Arbeit einsetzen konnten. Und dann wurden sie abgeholt, und Mirko sah sie nie wieder.

In einem normalen Krankenhaus, wie daheim in Belgrad, würde ein Krankenpfleger ansteckende Krankheiten mit größter Sorgfalt behandeln und einen neuen Krankheitsfall sofort melden. Mirko hingegen musste alle derartigen Symptome vor dem deutschen Pfleger geheim halten – Ausschlag, Fieber, Durchfall. Wenn nicht, wurden seine Patienten sofort abgeholt.

Er hörte Schritte. Die Tür ging auf. Einem blaugefrorenen Zigeuner wurde von zwei Mithäftlingen in die Baracke geholfen. Alle Pritschen waren belegt. Mirko hatte keine andere Wahl, als ihn auf einen Schemel zu setzen. Er holte seine eigene Decke und legte sie um den Kranken.

»Badesonntag«, erklärte der Zigeuner, sein Körper zuckte unkontrolliert.

Mirko verzweifelte, er wusste nicht, ob das Bad in einem See in der Nähe des Lagers reiner Terror war oder ob die Nazis wirklich glaubten, sie würden auf diese Weise etwas für die Hygiene im Lager tun. Vielleicht taten sie es, aber es brachte die Leute um. Nach jedem Badesonntag, an dem die Gefangenen in das drei, vier Grad kalte Wasser gezwungen wurden, kamen gefährlich unterkühlte Häftlinge in die Krankenbaracke.

Wieder ging die Tür auf. Jovan! Sein kleiner Bruder war bleich und hatte blaue Lippen.

»Ich war eine Ewigkeit im Wasser. Als Strafe für ...« Die Worte gingen in den klappernden Zähnen unter. Der Bruder war nicht imstande, den Satz zu vollenden.

Der arme Jovan! Mirko hatte sich Sorgen um ihn gemacht, seit sie ins Lager gekommen waren. Er war erst vierzehn Jahre alt, ohnehin schon schmächtig, aber nun nur noch der Schatten seiner selbst. Die Schrecken des Lagers hatten den Bruder verschlossen und schweigsam werden lassen. Die Jüngsten, einige von ihnen waren erst zwölf oder dreizehn Jahre alt, hatten sich während des Transports nach Norden angefreundet, aber Jovan hatte sich in letzter Zeit von seinen Kameraden abgesondert. Immer wieder hatte Mirko ihn erlebt, wie er einfach dasaß und vor sich hin starrte.

Mirko legte den Bruder in seine eigene Koje. Er erklärte

dem Zigeuner, es täte ihm leid, nahm seine Decke und legte sich eng neben Jovan. Er legte die Decke über sie beide. Bei Unterkühlung, daran erinnerte er sich aus seinem Studium, war es wichtig, Wärme zuzuführen, es reichte nicht, den Patienten warm anzuziehen. Er fing sofort an zu zittern, Jovan fühlte sich wie ein Eiszapfen an seinem Körper an.

Am späteren Abend schaute Mirko noch einmal nach den anderen Patienten, bevor er sich wieder zu seinem Bruder legte. Glücklich spürte er, dass Jovan sich nicht mehr kalt anfühlte. Doch im Laufe der Nacht wurde er richtig warm, viel zu warm. Im Fieber fantasierte er über Mama. Arme Mama, gute Mama, sie wusste nicht einmal, wo ihre Söhne waren. Vielleicht glaubte sie, dass sie noch in den Bergen kämpften?

Mirko erhob sich von der Pritsche und schloss den Medizinschrank auf. Er war fast leer, aber noch hatte er eine halbe Flasche medizinischen Alkohol. Er goss einen halben Becher ein, stützte Jovan, bis er beinahe saß, und führte ihm den Becher an den Mund. Jovan schluckte, hustete und jammerte, vom Alkohol floss etwas auf die Pritsche, doch den größten Teil konnte Mirko ihm einflößen. Er hoffte, dass der Alkohol Jovan betäubte, damit er bei der Morgeninspektion nichts Falsches sagte und verriet, wie es um ihn stand.

Häftlinge, die aus dem ›Lager I Beisfjord‹ kamen, hatten Schreckensgeschichten erzählt, wie der deutsche Kommandant auf Gefangene reagierte, die möglicherweise wegen des ungewohnten Klimas nach der Reise Fieber bekamen. Dreihundert Fieberkranke wurden in abgelegene Baracken kommandiert. Einige fürchteten, dass sie dort verbrannt würden, und waren erleichtert, als sie die Baracken wieder verlassen durften. Doch die Freude verwandelte sich rasch in Entsetzen, als sie in Gruppen an den Rand eines Massengrabes geführt und erschossen wurden. Alle wurden erschossen!

Der Kommandant hatte behauptet, es handele sich um Flecktyphus, er hätte keine andere Wahl gehabt.

Mirko blickte aus dem Fenster, noch war es dunkel. Er legte sich wieder zu Jovan und versuchte zu schlafen.

Der deutsche Krankenpfleger Eppinger hielt sich aus hygienischen Gründen so wenig wie möglich in der Krankenbaracke auf. Er schickte eine norwegische Wache, um Mirko am nächsten Morgen zu wecken. Sofort zur Offiziersbaracke!

Mirko war bereits wach, er hatte nicht viel Schlaf bekommen, sein Bruder hatte sich herumgewälzt und war die ganze Nacht über unruhig gewesen. Die anderen Patienten hatten ebenfalls gejammert, einer hatte mehrere Stunden geweint. Mirko stand auf, zwang Jovan, ein bisschen Alkohol zu trinken, und legte die Decke um ihn. Der Patient in der obersten Koje an der Tür richtete sich halb auf und klagte über Stuhlgang auf der Pritsche, aber Mirko konnte ihm nicht helfen. Er durfte das Risiko nicht eingehen, dass ein wütender Eppinger erschien und ihn holte.

Der offene Platz zwischen den beiden großen Hauptbaracken lag im Halbdunkel, als er ihn überquerte. Er trat in eine von einer dünnen Eisschicht überzogene Pfütze und spürte, wie sein Fuß nass wurde. In der Nacht hatte es Frost gegeben.

Das Tor in dem doppelten Stacheldrahtzaun war durch Karbidlampen gut ausgeleuchtet, ebenso wie das Gelände um die Wachtürme. Er meldete sich bei der Torwache – Krankenpfleger Novakovitsch für SS-Rottenführer Eppinger – und verließ das innere Lagergebiet. Im Osten war über einem steilen, mit Tannen bewachsenen Höhenzug ein dunkelblauer Schimmer vom Tag zu erkennen – es sah aus, als gäbe es zusätzliche Wachposten rund um das Lager.

Abgesehen vom Kapo Baselmann war Mirko als Krankenpfleger der einzige Häftling, der das Tor ohne Wächter passieren durfte. Er hielt sich links und meldete sich bei dem Wachhabenden der Offiziersbaracke. Eppinger erschien in der Tür, wie üblich schlecht gelaunt und unrasiert, und bat um Bericht.

»Dreiundvierzig Patienten, keine Toten, keine ansteckenden Krankheiten, alles ruhig«, erklärte Mirko.

»Keiner mit Fieber?«

»Nein«, log Mirko. Er spürte, wie sein Puls sich beschleunigte.

»Sicher?«

»Ganz sicher«, log Mirko. »Beinbrüche, Kieferbrüche, gewöhnliche Tuberkulose, Entkräftung, Erfrierungen, eine Schussverletzung.«

»Eine Schussverletzung?«

»Ja, eine alte Verletzung aus der Baracke 1 am Wachturm.«

Eppinger gab sich zufrieden. Er erklärte, er brauche Mirkos Assistenz bei einem dringenden Auftrag, einer hygienischen Operation, um das Lager zu sichern.

Mirko verstand nicht, was er meinte.

»Mehr als fünfzig Häftlinge haben Fieber. Sie müssen eliminiert werden.«

Herrgott! Wie in Beisfjord!

»Aber ... wenn es um die geht, die gestern gebadet haben, dann ist das sicher gewöhnliches Erkältungsfieber.«

»Pass auf, Novakovitsch! Deine Einwände sind unerwünscht. Die Entscheidung ist gefallen, Kiefer ist der Ansicht, dass sie Flecktyphus haben. Er will, dass alle Infektionsträger schnell und effektiv eliminiert werden. Du kommst mit!«

Eppinger knöpfte sich den Uniformrock zu und zeigte ihm den Weg durch den Tannenwald. Mirko sah ein paar hundert Meter vor ihnen Licht. Deutsche Wachsoldaten und drei, vier norwegische Wächter umstanden eine große Grube, ein paar saßen mit schussbereiten Gewehren auf den Erdhaufen. Daneben eine Gruppe von zwanzig bis dreißig Häftlingen. Mirko bemerkte, dass weitere unterwegs waren, er hörte Kommandorufe aus dem Wald.

»Du hast den Überblick zu behalten«, befahl Eppingen und gab Mirko einen Notizblock. »Wir führen jeweils fünf vor. Du zählst und machst vier Striche und einen Querstrich für jede Gruppe. Wir bekommen einen Heidenärger mit Kiefer, wenn wir ihm keine genauen Zahlen liefern. Los!«

Mirko nahm den Block entgegen. Er spürte, wie ihm schwindlig wurde, er hatte Schwierigkeiten zu atmen. Ein norwegischer Wachposten stand neben ihm. »Untermensch«, sagte der Norweger und grinste höhnisch.

Ein SS-Untersturmführer führte das Kommando. Die erste Gruppe von fünf Häftlingen wurde an den Rand gestellt, das Gesicht zur Grube. Ein Soldat trat hinter sie und schoss einem nach dem anderen mit einem Mauserkarabiner in den Nacken. Die übrigen Häftlinge verhielten sich merkwürdig passiv. Vielleicht betrachteten sie den Tod als Befreiung?

»Wartet!«, schrie Mirko. »Sie müssen erst untersucht werden!«

Eppinger hob einen Zeigefinger und zielte auf ihn, er krümmte den Zeigefinger und tat so, als würde er abdrücken.

Mirko konnte die Erschießungen nicht mitansehen, er starrte auf den Block. Vier Striche, ein Querstrich, vier Striche, ein Querstrich. Sein Körper zitterte vor Zorn, Verzweiflung und Ohnmacht.

Eine helle, tränenerstickte Stimme ließ Mirko aufblicken. Ein Junge, dreizehn oder vierzehn Jahre alt, hatte sich auf die Knie geworfen und bettelte um sein Leben, der Soldat erschoss ihn trotzdem. Es war einer von Jovans Freunden.

Mirko stöhnte auf. Der Norweger stieß ihn mit dem Gewehrkolben an. »Untermensch«, wiederholte er.

Mirko konnte sich nicht zurückhalten. »Bald bist du dran! Du solltest dein Gewehr wegwerfen und nach Schweden fliehen, bevor diese grünen Banditen kapitulieren«, fauchte er zurück.

Der Norweger benutzte erneut seinen Gewehrkolben. Diesmal legte er Kraft in den Schlag, der Mirko in den Bauch traf. Alles drehte sich, er rang nach Atem.

Kiefer kam an diesem Nachmittag von einem Besuch beim Ortskommandanten von Fauske nach Botn zurück. Der SS-Untersturmführer Dolph meldete die effektive Liquidierung von siebenundsiebzig kranken Banditen, die am Vormittag erschossen und begraben worden waren. In der Erwartung weiterer Toter hatte man einen Teil der Grube offen gelassen. Alles war diszipliniert abgelaufen, mit Ausnahme eines Handgemenges zwischen einem norwegischen Wachmann und dem serbischen Krankenpfleger. Eigentlich eine Bagatelle.

Kiefer ließ den Fähnrich abtreten und begann mit einer Inspektionsrunde durch das Lager. Endlich waren alle Baracken fertig, auch die Offiziersbaracke am Waldrand mit der doppelten Außenverkleidung. Er hatte die Installation von Öfen in allen Räumen befohlen, nicht nur in jedem Stockwerk, wie es sich die Leute aus dem Straßenbauamt gedacht hatten.

Das Tageslicht schwand allmählich, Kiefer sah, wie die Silhouetten der Wachtürme sich gegen einen immer dunkleren Himmel abzeichneten. Er schäumte – der Turm links vom Tor war leer, unbemannt! Er ging um die Ecke der westlichen Baracke, lief auf den Turm zu und kletterte die Leiter hinauf, wobei er zwei Stufen auf einmal nahm. Hatte man die Wache ermordet?

Kiefer hörte, dass sich oben auf der Plattform etwas bewegte, er zog die Walther aus dem Holster. Ein erschrockenes Gesicht tauchte auf, einer der norwegischen Wächter, er trug ein Schafsfell.

»Entschuldigung, Entschuldigung!«, stieß er aus. »Bauchschmerzen, ich musste mich einen Augenblick setzen.«

Kiefer steckte die Pistole zurück, kletterte die letzten Stufen hinauf und schwang sich auf die Plattform. Er befahl dem Mann, Habtachtstellung einzunehmen. Wenn der Mann krank war, hatte er sich beim Krankenpfleger zu melden, wenn nicht, sollte er gefälligst seinen Dienst tun.

»Sind Sie krank?« Er verpasste dem Norweger einen Schlag

mit der Reitpeitsche. Der Norweger jammerte, nein, nein, nur Bauchschmerzen. Es roch widerlich, in einer Ecke lagen Exkremente.

»Siehst du den Galgen dort unten?«

Der Norweger nickte. Kiefer half ihm mit der Peitsche, presste sie ihm an die Wange und drehte ihm den Kopf in die richtige Richtung.

»Siehst du? Ich werde dich persönlich hängen, wenn sich so etwas noch einmal wiederholt. Ich werde dich beobachten.«

Jetzt heulte der jämmerliche Norweger. Was für Schlappschwänze hatte das Hirdvakt-Bataillon bloß nach Norden geschickt.

»Geh sofort ans Maschinengewehr!«

Der Norweger wischte sich die Tränen aus dem Gesicht und nahm seine Position am MG ein. Kiefer schwang sich über die Brüstung und trat auf die Leiter.

»Herr Kommandant?«

»Ja?«

»Es gibt etwas, was Sie über die Häftlinge wissen sollten.«

»Los, Mann, raus damit!« Kiefer zog sich zurück auf die Plattform. Der Norweger stotterte und stammelte in unbeholfenem Deutsch, es waren nur Bruchstücke zu verstehen: Der Student, die Krankenbaracke, grüner Bandit.

»Willst du mir erzählen, dass der Student von der Krankenbaracke dich einen grünen Banditen genannt hat?«

Der Norweger schüttelte den Kopf und zeigte auf Kiefer. Nach einigen Interpretationsversuchen und Fingerzeigen war klar, dass der Krankenpfleger die Deutschen als grüne Banditen bezeichnet hatte, die bald kapitulieren würden. Die norwegischen Wachen sollten sich nach Schweden absetzen!

Kiefer fluchte, kletterte die Leiter hinunter und befahl den beiden Soldaten am Tor, ihm zur Krankenbaracke zu folgen. Der serbische Krankenpfleger wusch gerade die Wunde eines Gefangenen aus.

Kiefer trat ein, befahl dem Banditen, in Habtachtstellung zu gehen und schlug mit ganzer Kraft zu. Die Reitpeitsche hinterließ einen roten Streifen direkt unter dem linken Auge. Der Krankenpfleger verbarg das Gesicht in den Händen und schluchzte.

»Du bekommst drei Tage zum Nachdenken. Danach werde ich dich ins Paradies schicken!« Kiefer schlug noch einmal mit der Peitsche zu, direkt über dem ersten zeichnete sich ein zweiter roter Streifen ab. Der Krankenpfleger hielt sich das Gesicht und sackte zusammen, die Soldaten zogen ihn wieder auf die Beine.

Die Bestrafung des Krankenpflegers Mirko Novakovitsch konnte erst gegen Abend beginnen, als alle Straßenbautrupps ins Lager zurückgekehrt waren. Kiefer befahl sämtlichen Insassen, den sechs SS-Offizieren, den beiden Unteroffizieren und allen Soldaten, sich zwischen den Baracken aufzustellen. Ausgenommen waren lediglich die Posten auf den Wachtürmen.

Es war entscheidend, dass so viele wie möglich die Bestrafung mitansahen. Einen aufsässigen Häftling in der Zelle zu bestrafen hatte nur einen sehr kleinen Effekt, seine Furcht und seine Schmerzen mussten in etwas Wertvolles transformiert werden, zur Verbesserung der Moral des gesamten Lagers. Sonst war der gesamte Aufwand im Grunde überflüssig.

Vor allem mussten die norwegischen Wachen verwarnt werden. Unter ihnen gab es einige, die die nötige Härte und Entschlossenheit gegenüber den Häftlingen vermissen ließen. Kiefer verdächtigte einige von ihnen, dass sie sich weigerten, den unbedingten Befehl auszuführen, bei Fluchtversuchen einen tödlichen Schuss abzugeben. Zwei solcher Versuche bei den Arbeiten an der Reichsstraße 50 waren nicht verhindert worden. Wie hatte so etwas passieren können, die norwegischen Wachleute hatten den Befehl, den Finger am Abzug zu halten? Es irritierte Kiefer, dass er diesen Fällen nicht hatte auf den Grund gehen können. Auch die norwegischen Aufseher und Sprengmeister vom Straßenbauamt waren ein Problem, ständig mussten sie zur Arbeit gezwungen werden. Offenbar vertrugen sie es nicht mitanzusehen, wie flüchtige Banditen aufgehalten wurden.

Kiefer nickte Baselmann zu, er sollte die groben Arbeiten übernehmen. Im Schein der Karbidlampen sah der Kapo besonders imponierend aus, ein grobschlächtiger, annähernd zwei Meter großer Riese. Zu groß, um Bosnier zu sein, ging Kiefer durch den Kopf. Wahrscheinlich hatte Baselmann deutsche Vorfahren. Ein perfekter Kapo, die Serben hassten ihn, nicht zuletzt, weil er einem ihrer ungehorsamen Bengel mit bloßen Händen das Genick gebrochen hatte.

Baselmann schwankte langsam auf die Kiste in der Mitte des Platzes zu, die Muskelmasse seiner Oberschenkel war so groß, dass er Probleme hatte, sich normal zu bewegen. Novakovitsch wurde von einem Soldaten an die Kiste geführt. Baselmann riss ihm die Hose herunter und warf ihn auf die Kiste, dort blieb der Krankenpfleger auf dem Bauch liegen. Die helle Haut seines Hinterns lieferte ein perfektes Ziel für die Schläge.

»Fünfundzwanzig Stockschläge, du zählst selbst. Wenn du dich verzählst, beginnen wir von vorn«, ertönte Baselmanns Stimme, die im Verhältnis zu seiner Körpergröße merkwürdig hell klang. Er griff nach dem Stock, hob ihn hoch über den Kopf und schlug mit voller Kraft auf das Hinterteil des Krankenpflegers.

Der Schlag und der Schmerzensschrei des Krankenpflegers führten zu Unruhe unter den Häftlingen. »Seid still, wenn ich nicht höre, wie er zählt, muss ich von vorn anfangen«, drohte Baselmann und beugte sich mit einer Hand am Ohr zu Novakovitsch herunter.

»Eins.« Kiefer hörte das Flüstern kaum.

»Lauter!«

»Eins!«

Baselmann hob den Stock und schlug erneut zu. Wieder rumorte es in den Reihen der Gefangenen, Kiefer befahl den Soldaten auszuschwärmen, um in den Reihen für Ordnung zu sorgen.

»Zwei«, stöhnte der Krankenpfleger, nachdem ihn der Stock getroffen hatte.

Normalerweise verzählten sie sich, wenn die Haut ernsthaft aufsprang und der Stock direkt auf die Muskeln und das Gewebe traf. Aber dieser Bandit war zäh, er zählte sich mit trotziger Präzision durch sämtliche Schläge. Kiefer hörte nicht einmal eine nennenswerte Veränderung der Stimme bis zum fünfundzwanzigsten Schlag, sie war nur ein wenig schwächer geworden.

Baselmann wischte sich mit dem Ärmel den Schweiß ab, stieß dem Krankenpfleger den Stock zwischen die Rippen und befahl ihm aufzustehen. Langsam stütze er sich mit den Armen auf die Kiste, aber als er sich aufgerichtet hatte, brach er über der Kiste zusammen und blieb liegen. Zwei SS-Männer schleppten ihn weg.

Die weitere Bestrafung von Novakovitsch verlief nicht so, wie Kiefer es geplant hatte. Am nächsten Tag wurde er zur schwersten Straßenarbeit eingesetzt, Steineschleppen bei Rognan. Unter den Stockschlägen am Abend verzählte er sich zweimal und wurde übel zugerichtet. Am folgenden Tag war er so entkräftet, dass er nicht arbeiten konnte. Man konnte es ebenso jetzt beenden, bevor er von allein starb.

Kiefer befahl sämtliche Arbeitstrupps auf den Platz, sobald sie am Nachmittag eintrafen. Eine Gruppe hatte zwei tote Häftlinge dabei, Gefangene, die im Laufe des Tages nicht die adäquate Arbeitsleistung erbracht hatten. Es verging eine Dreiviertelstunde, bevor alle auf dem Platz standen.

Baselmann war ein guter Strafvollstrecker. Er hatte die Idee, die Exekution in zwei Phasen durchzuführen, zunächst eine Schmerzfrequenz mit Aufhängen an den auf dem Rücken zusammengebundenen Händen und dann das normale Hängen durch den Fall von der Kiste.

Warum nicht? Kiefer genehmigte die Vorgehensweise, wollte aber nicht, dass die erste Phase sich allzu lang hinzog.

Der Krankenpfleger konnte kaum gehen und musste auf dem Weg zum Galgen gestützt werden. Baselmann stellte sich hinter den Gefangenen und befestigte das Seil des Galgens an dem Strick, mit dem man ihm die Hände gefesselt hatte. Das Seil wurde straff gezogen, Novakovitsch stöhnte, als er den Boden unter den Füßen verlor und sein Körpergewicht in den Schultergelenken spürte. Der Effekt erwies sich aufgrund des schmächtigen Körpers als mäßig. Kiefer gab Baselmann mit einem Pfiff zu verstehen, dass er weitermachen sollte.

Baselmann stellte den Krankenpfleger auf die Kiste und befestigte die Schlinge um seinen Hals. Das Seil wurde von einem der Soldaten angezogen, die Kiste weggetreten. Das Genick brach nicht, er würde erdrosselt werden.

Allerdings hatte der Häftling die Hände frei! Entsetzt sah Kiefer, wie er das Seil umklammerte und sich hochzog. Kiefer ruderte mit den Armen und brüllte Baselmann etwas zu. Der holte sich einen Häftling aus der ersten Reihe. Der Gefangene widersetzte sich, wurde aber unter Schlägen und Tritten dazu gezwungen, sich an die Füße des Krankenpflegers zu hängen – doch dem Krankenpfleger gelang es, sich in der Luft zu halten. Woher nahm er diese Kraft?

Baselmann trat und schlug einen weiteren Häftling nach vorn. Endlich wurde die peinliche Situation gelöst. Langsam glitten die Hände das Seil hinab.

Unter den Häftlingen war ein Schrei zu hören. Jemand rief den Namen des Krankenpflegers, außerdem einige serbische Worte, die Kiefer nicht verstand. Er konnte nicht erkennen, woher der Schrei gekommen war.

Novakovitsch hing jetzt schlaff in der Schlinge. Kiefer trat vor, zog die Dienstpistole und schoss ihm durch die Schläfe. Eine ähnliche Unruhe war entstanden, als er einen der Anführer des Lagers hatte hängen lassen, den ehemaligen Polizeimeister von Zagreb. Der Bandit, der aus dem Lager Brot gestohlen hatte, schrie »Lang lebe König Peter!«, bevor die Kiste unter ihm weggetreten wurde. Die Insassen hatten sich erst nach mehreren Tagen wieder beruhigt, erst, als es ihm gelungen war, einen Keil zwischen Serben und Kroaten zu treiben.

Es galt, auf der Hut zu sein. Vor allem die Serben waren mit internen Abteilungen und Offizieren gut organisiert. Im ›Lager II Elsfjord‹ war es zwei Banditen gelungen, einen Deutschen zu töten und zu entkommen. Die Strafe - vierzig Gefangene wurden in Korgen erschossen, zwanzig in Osen - war als Abschreckung gedacht. Ob es geholfen hatte, wusste man nicht wirklich. In Botn verlegte Kiefer die Leute ständig in verschiedene Arbeitstrupps und Baracken, doch obwohl Baselmann gute Hinweise gab, gelang es ihm nie, die inneren Strukturen der Häftlinge gänzlich aufzubrechen.

Mensch! Was für ein Scheißdienst! Lahmarschige Norweger, Untermenschen, ansteckende Krankheiten und weit und breit keine attraktive Frau.

11 *Oslo, Freitag, 18. Dezember 2009*

Vater hatte glänzende Laune und hob das Weinglas. »Willkommen zur Weihnachtsfeier, Junge«, erklärte er, ließ sein Glas kreisen, schnüffelte, prostete, trank mit geschlossenen Augen und seufzte.

Nur er und Alex saßen am Tisch des Restaurants Cru in Majorstua in Oslo, einem rustikalen, gemütlichen Lokal mit nackten Wänden und Eichentischen ohne Decken. Die einzige Extravaganz bestand aus einem großen Kronleuchter unter der Decke. Sein Vater hatte ihm versichert, dass es sich um ein gutes Restaurant handelte.

»Wir nehmen das siebengängige Menü, oder?« Sein Vater wartete die Antwort nicht ab, schaute auf die Speisekarte, die in Form schwarzer Tafeln an der Wand hing und überlegte, ob sie mit Gillardeau-Austern oder der Vorspeise des Tages beginnen sollten.

«Fragen wir mal, was sie als Vorspeise des Tages anbieten«, sagte er und sah sich nach einem Kellner um. Im Augenblick war keiner zu sehen.

Der Kellner, der schließlich die Treppe heraufkam und an ihren Tisch trat, war ein junger, dünner Mann Ende zwanzig mit langen, zurückgekämmten Haaren und einer stilisierten Weinrebe auf dem Hemdkragen. Die Vorspeise des Tages war frisch gefangener Heilbutt. Prima.

»Heilbutt wird im Norden mit Blinker geangelt«, rief sein

Vater, nickte Alex zu und bestellte die Austern. Der Kellner erklärte, die Entenbrust käme von einem ökologischen Bauernhof in der Telemark und würde mit Äpfeln, Nüssen und einer Manzanilla-Vinaigrette serviert. Alex bestellte Heilbutt.

»Entenbrust, großartig«, sagte sein Vater, »dazu passt ein Barolo.«

Der Kellner machte eine Kunstpause. »Oder vielleicht ein Barbera. Ich glaube, er würde besser zu den Beilagen passen.«

»Ein wenig geschwätzig, aber recht kompetent. Besser so als umgekehrt«, meinte sein Vater, als der Kellner sich mit der Bestellung einer Flasche Barolo zurückgezogen hatte.

Sein Vater war braungebrannt wie immer, auf der Glatze ebenso wie im Gesicht. Mit seiner pepitakarierten Tweedjacke und einem schwarzen Rollkragenpullover hob er sich von den dezemberbleichen Gästen des Lokals ab. Für einen Rentner sah er wirklich gut aus. Er achtete auf seine Linie, und man sah ihm seine zweiundsechzig Jahre nicht an.

»Thomas«, begann Alex, sein Vater hatte immer darauf bestanden, beim Vornamen genannt zu werden und nicht Papa, »es ist immer schön, mit dir gut essen und trinken zu gehen, aber ich kenne doch kaum den Unterschied ...«

»Alexander, du musst dich damit beschäftigen! Du musst die elementarsten Dinge über die verschiedenen Trauben lernen. Auf dich wartet ein weites Feld, das Biertrinkern schlicht entgeht«, behauptete sein Vater, drehte sich um und zeigte auf den Weinschrank, der mit einer Glastür versehen war, damit die Gäste die Schätze betrachten konnten. Allein damit könne man die Englein zum Singen bringen, meinte Thomas.

Sein Vater studierte die Weinkarte. »Viel Burgunder«, konstatierte er, »aber das ist nichts für uns. Wir bezahlen doch nicht sechzehnhundert Kronen für diese dünne Brühe, nicht wahr?« Er hob den Blick. »Du siehst ein bisschen blass aus. Geh hin und wieder ins Solarium, das tut gut.«

Er legte die Weinkarte beiseite.

»Soldaten sind niemals blass«, erklärte sein Vater. »Du hättest beim Militär bleiben sollen. Ich habe seinerzeit immerhin ein gutes Wort für dich beim Kommandeur des Marinejägerkommandos eingelegt.«

Alex protestierte. Die knallharten Aufnahmeprüfungen ins Marinejägerkommando hatte er durch seinen eigenen Einsatz geschafft.

»Ja, sicher, aber ich habe jedenfalls ein gutes Wort eingelegt. Aber das hätte natürlich nichts genützt, wenn du nicht geeignet gewesen wärst.«

Alex sah seinen Vater prüfend an. Er war ungewöhnlich direkt; normalerweise verwendete er eher allgemeine, belehrende Wendungen, die aber dennoch eine klare Ansage enthielten.

»Man sollte sich jedenfalls um einen Job kümmern, wo man seine Fähigkeiten unter Beweis stellen kann. Als ich kündigte und Sicherheitschef wurde, hatte ich ähnliche Aufgaben wie beim Nachrichtendienst.«

Alex senkte den Blick, drehte sein Wasserglas. »Es ist ganz schön, etwas Neues anzufangen, ich würde ... zu lange beim Marinejägerkommando, das würde nicht ...«

»Etwas Neues! Es reicht doch nicht, dass es neu ist. Du wirfst dein Talent weg für eine Zeitung, für so etwas habe ich dir nicht bei Mathematik geholfen!«

Da irrte er. Alex überhörte es, wie in seinen Jugendjahren.

Der Kellner trat an den Tisch, räumte das Brot und die Teller ab und stellte neue Weingläser auf den Tisch. Es wurde still. Der Vater schaute auf die Speisekarte, Alex fingerte an der Serviette. Seinem Vater von den Angstattacken zu erzählen war sinnlos, er würde darüber hinweggehen und erklären, man müsse sich zusammenreißen und dem Leben ins Auge blicken.

»Man muss die Dinge im Griff haben und vernünftige Entscheidungen treffen«, erklärte sein Vater, prostete ihm zu und wollte wissen, wie es ihm wirklich ging, dort oben in Tromsø.

Wirklich?

Mädchen, Freunde, wichtige Dinge, präzisierte er.

Alex erzählte von der Reportageserie, an der er arbeitete. Er wurde unterbrochen von einer jungen Frau mit Kochmütze, die eine der Vorspeisen brachte. Alex bekam ein kleines Stück Heilbutt, das mitten auf einem schweren länglichen Teller lag. Die Köchin erklärte, der Fisch läge auf einem Bett aus Rettich, rote Bete und Apfelstückchen.

Keine große Portion, bemerkte Alex. Sein Vater beruhigte ihn. Bei einem siebengängigen Menü müssen die Portionen angepasst werden, sonst bleibt kein Platz mehr im Magen. Er sah aus, als freue er sich bereits auf den nächsten Gang und einen neuen Wein.

Und die Winterjagd in Nordreisa? Alles in Ordnung?

Alex bestätigte ihm, dass er sich Anfang März eine Woche frei genommen hatte, sie konnten wie gewohnt auf die Jagdhütte fahren.

»Als Rentner habe ja ständig frei, aber ich habe mich noch nicht daran gewöhnt. Ich kann machen, was ich will«, erklärte sein Vater und trommelte mit den Fingern auf den Tisch. »Na ja, beinahe, Berit arbeitet ja noch.«

Zwischen den Gängen lagen ordentliche Pausen. Eine ganze Batterie von Gläsern stand schließlich vor Alex, der an den einzelnen Weinen nur nippte. Sein Vater hatte lediglich ein Glas vor sich stehen.

Zur Miesmuschelsuppe mit Cannelini-Bohnen, Krabben und Stangensellerie bestand der Vater auf einem Chardonnay. Der Kellner hätte gern einen Poully Fumé serviert, gab aber rasch nach.

»Das Leben ist schön«, seufzte sein Vater. Alex erklärte, er sei seiner Meinung, stand auf und ging auf die Toilette. Sogar hier ging es um Wein. Stoffhandtücher lagen ordentlich gestapelt in leeren Weinkisten aus Holz. Er musste an Vivi denken, das Taschentuch, die Toilette in der Eismeerkathedrale. Er spürte, wie sich sein Puls beschleunigte. Er wollte das nicht!

Sein Vater legte sein Handy beiseite, ein uraltes Nokia, als Alex zurück an den Tisch kam.

Der Kellner servierte den fünften Gang, glasierten hausgemachten Weihnachtsschinken, der mit karamellisiertem Raps und Senfjus gereicht wurde.

Sein Vater beschwerte sich, dass Alex über die Weihnachtstage nicht in Oslo bleiben wollte, und drohte damit, über Weihnachten nach Norden zu fahren und sich bei ihm in Tromsø einzuquartieren. Dann müsse Alex an beiden Feiertagen kochen, während er und Berit ins Boccaccio tanzen gingen.

Guter Plan, nur gibt es in Tromsø kein Lokal, das Boccaccio heißt, erwiderte Alex und nippte an seinem Weißwein. Er fand ihn zu sauer.

Der Vater behauptete, es gäbe ein Speise- und Tanzrestaurant mit diesem Namen, mitten im Zentrum. Jedes Wochenende eine Riesenstimmung!

»Roger's vielleicht?«

»Ja, natürlich, Roger's!«

»Hast du dort Mutter kennengelernt?«

»Tromsø war ein Eldorado für uns Soldaten, wir mussten uns nur vor den Fäusten der eifersüchtigen Fischer hüten.«

»Thomas, denk mal nach, in Tromsø ist vielleicht ein Fischer auf die Welt gekommen. Die Stadt wird vor allem von Lehrern, Ärzten und Akademikern bevölkert, das weißt du doch.«

Kann schon sein, meinte sein Vater, aber Anfang der siebziger Jahre war die Stadt voller hübscher Mädchen. Er korrigierte sich sofort. »So wie deine Mutter, meine ich.«

Sie wollte damals nach Norden, er nicht.

Sein Vater wollte von ihm wissen, ob es ihm wirklich gutging, so hoch im Norden, unterhalb der Eisgrenze? Herrgott, es gab so viele Mücken in Sør-Varanger.

Alex beschloss, die Frage ernst zu nehmen, und erwiderte, es gehe ihm gut bei *Nordlys*, obwohl er viel Neues lernen müsse. Der Vorteil einer mittelgroßen Zeitung sei, dass er innerhalb der Redaktion an allen möglichen Themen arbeiten müsse. Jetzt würden sie mit einer Zeitung aus Bodø sehr auf die Reportagen über den rätselhaften Mord in der Nähe dieses Gefangenenlagers setzen. Aber das war nicht so einfach, bisher waren erst zwei Reportagen erschienen, die übrigen mussten verschoben werden.

»Was ist daran denn so schwierig?«

Das Motiv herauszufinden. Warum wurde der Serbe gefoltert, wer war der Täter, solche Dinge.

»Das ist doch wohl Aufgabe der Polizei?«

Ja, sicher, aber die Polizei fand ja nichts heraus, und sie kümmerten sich nicht um den Hintergrund, die Kriegsjahre.

»Warum sollte es eine Verbindung zum Krieg geben? Es könnte doch ein ganz gewöhnlicher Bandenkrieg innerhalb der serbischen Mafia sein. Die sind so etwas gewohnt, bei denen gehört Folter zum Nachmittagskaffee.«

Das Kreuz, das Steinkreuz, direkt aus dem Lager, das konnte kein Zufall sein. Und dass es ein Serbe war, passte nicht.

»Was passt nicht?«

Dass ein Serbe, also die Opfer im Lager, auf eine derart rituelle Art ermordet wurde. Es hätte ein Deutscher sein müssen, ein Kroate oder zur Not auch ein Bosnier.

Sein Vater wandte den Blick ab, ließ ihn durch die Luft schweifen. »Dort war ein Lager für Serben?«

Ja, sicher, Serben, ein Vernichtungslager der SS, die meisten Gefangenen starben nach einem Jahr.

»Da war doch was mit einem Serbenlager ...«

Alex wusste nicht, was er meinte, und bat seinen Vater, Klartext zu reden.

Thomas sah sich um, die Tische standen eng beieinander. »Ich kann hier nicht darüber reden«, sagte er und machte sich über die Mascarponecreme her.

2900 Kronen, Alex konnte einen Blick auf die Rechnung werfen, bevor sein Vater sie sich schnappte und erklärte, das sei aber günstig gewesen, auf 3500 Kronen aufrundete und bezahlte. Alex wartete draußen an der Straßenecke, während sein Vater noch einmal auf die Toilette ging; in der Luft hingen winzige Schneeflocken. Sein Vater kam aus dem Lokal, knöpfte sich den Mantel zu und klagte über die noch immer schlechten Skibedingungen in der Umgebung. Sie gingen den Bogstadveien hinunter und bogen links ab.

»Was weißt du über das Lager in Botn?«

Er zögerte. »Äh, nichts Direktes ... Eigentlich darf ich gar nicht darüber reden, ich unterliege ja der Schweigepflicht, aber ...«

»Aber?«

Thomas verstummte, als die Tür einer Kneipe aufging und Musik, Gelächter und lautstarkes Stimmengewirr ihnen entgegenschlugen. Sie überquerten die Straße.

»Es war vor meiner Zeit, ich habe nur Gerüchte über einen Skandal gehört. *King Size*. Einer der älteren Offiziere erzählte mir an einem feuchten Abend davon. Evang musste gehen.«

»Vilhelm Evang, der Chef des Nachrichtendienstes? War das nicht die Affäre mit dem Spionageflugzeug U-2 in Bodø, die ihn seinen Job kostete?«

Der Vater blieb an der Ecke Hedgehausgsveien und Josefines gate stehen. »Alexander, ich habe keine genauen Informationen über diese Geschichte, das war nur Gerede auf einem Fest, aber er hat davon erzählt, als ob es sich um Tatsachen handelte.«

»Okay, worum ging es?« Alex ging weiter, das war einfacher.

Wenn sein Vater sich entschloss, nichts zu sagen, würde er ihn nicht überreden können.

»Evang hatte direkt nach dem Krieg vier, fünf deutsche Stabsoffiziere nach Oslo geholt. Es herrschte Panik, alle erwarteten, dass die Rote Armee nach Westen vordringen würde. Sie arbeiteten an Plänen für die Verteidigung Nordnorwegens.«

Alex konnte sich vorstellen, dass es einen Skandal gegeben hatte.

»Nein, nein, nicht wegen dieser Sache, darum ging es nicht. Die Operation in Oslo lief selbstverständlich verdeckt, mit Decknamen und allem, was dazugehört. Es durfte ja nichts bekannt werden, weder operativ noch politisch. Die Deutschen lieferten einige nützliche Informationen, die an diejenigen weitergegeben wurden, die davon wissen mussten. Sie waren schließlich die Einzigen, die wussten, was es heißt, gegen die Rote Armee zu kämpfen.«

»Worin bestand denn nun der Skandal? *King Size*?«

»Alle an der Vorbereitung Beteiligten hatten den klaren Befehl, die Vergangenheit der deutschen Teilnehmer zu durchleuchten. Keine Nazis, keine *war criminals*, nur professionelle Offiziere.«

»Und?«

»Irgendetwas ging schief, einer von Evangs Jungs hatte seine Hausaufgaben nicht gemacht. Bei der Konferenz tauchte ein Fritz auf, der nicht dort sein sollte?«

»Ein Hitler-Bewunderer?«

»So was in der Art. Er war im Norden an der Vernichtung von Serben beteiligt gewesen. Es wurde erst Anfang der sechziger Jahre entdeckt. Es kam zu einem gründlichen Reinemachen, allerdings nur intern natürlich. Der rote Evang bekam einen neuen Job. Die U-2 in Bodø hat vermutlich zusätzlich dazu beigetragen.«

Sie hatten die Wohnung der Eltern in der Oscars gate erreicht. Alex wusste nicht genau, ob der Vater noch weiter darüber sprechen würde, wenn seine Mutter dabei war, daher zog er ihn am Mantelärmel und hielt ihn auf. Im Fenster des 1. Stocks sah er, wie seine Mutter zwischen der Küche und den Zimmern hin und her ging.

»Hast du etwas Handfestes? Dokumente? Jemanden, der mehr weiß und etwas erzählen kann?«

Ein Mann kam aus dem Eingang der Hausnummer 72. Der Vater grüßte und wartete, bis der Mann sich in einen dunklen BMW X-5 gesetzt hatte und losfuhr.

»Ich werde sehen, was ich tun kann. Es ist nun mal passiert, und du brauchst eine gute Geschichte.« Sein Vater zog das Schlüsselbund heraus und verfehlte das Schlüsselloch; erst beim dritten Versuch gelang es ihm, die Haustür zu Alex' Elternhaus aufzuschließen. Die Wohnung hinter dem Schloss war das deutlichste Zeichen, dass die Männer der Winther-Dynastie mit Wald- und Holzwirtschaft in Østfold einmal steinreich geworden waren.

Alex hatte nie hier gewohnt, die Wohnung war vermietet, als sie im Norden lebten. Jedes Mal, wenn er die Wohnung betrat, überkam ihn dieses Gefühl von Abstand; als würden ihm die überdimensionierten Zimmer, die Höhe der Decken, der Stuck, der enorme Kachelofen und die Kronleuchter erklären, dass er hier nichts zu suchen hatte.

Aus der Küche ertönte Weihnachtsmusik in voller Lautstärke. Seine Mutter erschien in Jogginghose, T-Shirt und Schürze an der Doppeltür. Sie gehörte jedenfalls nicht hierher! Auf dem Küchentisch ein Chaos offener, mit WEIHNACHTSSCHMUCK beschrifteter Pappschachteln. Die Küche war so groß wie seine ganze Wohnung in Tromsø. Was wollten zwei Menschen mit all diesem Platz?

Seine Mutter drehte das Radio leiser, lief um den Tisch, reckte sich und umarmte und küsste ihn. Sie machte ihm Vorwürfe, dass er nicht über Weihnachten blieb, und bat ihn sofort, ihr zu helfen, einen Adventskranz mit Lichtdioden in das Fenster hinter dem Sofa zu hängen.

»Ich hole uns einen besseren Bordeaux«, erklärte der Vater und verschwand, bevor Alex protestieren konnte.

Alex trug eine Leiter zu der vorgesehenen Stelle, bekam von seiner Mutter einen Hammer, schlug einen Nagel in den Fensterrahmen und hängte den Kranz auf. Die Leitung verlegte er provisorisch hinter der Fensterbank und steckte den Stecker in die nächstgelegene Steckdose. Thomas konnte die Leitung ja später ordentlich befestigen.

»Sehr schön! Das Licht ist so wichtig in der dunklen Jahreszeit«, meinte seine Mutter.

»Hier im Süden habt ihr doch eigentlich gar keine Polarnacht.«

»Nein, aber du weißt doch ... Dunkel wird es hier am Nachmittag auch. Wir sind nicht wirklich im Süden. Hast du Hunger?« Sie ging wieder in die Küche.

Alex folgte ihr. »Mama, ich komme von einem siebengängigen Essen mit Thomas!«

Ach ja, das hatte sie vergessen. Sie hatte so viel in der Schule zu tun, die Weihnachtsfeiern, die Eltern erledigten ihre Aufgaben nicht ordentlich, der größte Teil der Organisation blieb an ihr hängen. Sie sah auf die Uhr. Für Kaffee war es zu spät, was hätte er denn gern?

Alex fasste sie an den Schultern. »Mama, ich brauche nichts.« Sie schien nicht erfreut.

Sein Vater tauchte mit einer Flasche Wein und drei Gläsern auf. »So, schau mal, ein Château Mouton Rothschild von 1990. Schöner Jahrgang. Sie hatten ihn auch im Restaurant, hast du gesehen? Dort kostete er 3500. Hier kriegst du ihn für 1000.«

Stolz zog er die Weinflasche mit einem Monstrum von Öffner auf und dekantierte den Wein in eine Karaffe. Er schenkte ein und prostete ihnen zu.

»Der erste Cru zwischen Pappschachteln in der Küche,

nicht schlecht«, lachte Thomas und kommentierte die Komplexität des Abgangs.

»Wir verbringen Weihnachten ganz allein«, sagte Alex' Mutter.

»Ich habe beim Weinmonopol zwei Kisten gekauft.«

»Keines unserer Kinder feiert Weihnachten mit uns! Ich kann genauso gut nach Hause nach Nordreisa fahren.«

Alex versicherte ihr, dass er gern bleiben würde, wenn er könnte. Sie schmollte eine Weile, dann erkundigte sie sich, was es im Norden Neues gäbe.

»Haben sie in Tromsø die Straßen weihnachtlich beleuchtet?«

»Aber ja, die ganze Storgata ist voller roter Herzen und Lichter.«

»Hörst du, Thomas, rote Herzen und Lichter! Können wir nicht wieder nach Norden ziehen?«

Thomas wischte einen Tropfen vom Fuß seines Glases und ging in die helle Stimmlage über, die er gewöhnlich einsetzte, wenn es daheim zu kleineren Scharmützeln kam.

»Berit, Liebes, das könnten wir sicher, aber wirst du nicht die Kunstausstellungen vermissen, die warmen Sommer, die Oper, das Segelschiff, deine Freundinnen aus dem Kollegenkreis? Und IKEA. Im Norden gib es kein IKEA.«

Alex' Mutter stellte ihr Weinglas ab, kramte in einer der Schachteln und zog einen dicken Weihnachtswichtel mit Sack aus Keramik heraus, der als Kerzenhalter diente. Schön, nicht?

Alex versicherte ihr, er sei sehr schön. Sie schien trotzdem nicht wirklich glücklich zu sein.

12 *Ortskommandantur, Storgaten 14 A, Fauske, Freitag, 11. Dezember 1942*

Das Soldatenliebchen des Ortskommandanten war eine gute Köchin, sonderlich ansehnlich war sie allerdings nicht. Ihr Gesicht dominierte eine kräftige Kinnpartie mit Unterbiss. Kiefer fand, es verlieh ihr ein männliches Aussehen. Die roten Haare und eine milchige, fast bläuliche Haut trugen ebenfalls nicht gerade zu ihrer Schönheit bei.

Eine Soldatenfrau hatte man normalerweise zum Waschen, Kochen und für die Erotik. Hier wurden allerdings nur zwei Wünsche erfüllt. Trotzdem warf der Ortskommandant Lucas der Norwegerin verliebte Blicke zu, als sie die Suppe brachte, den Räucherfisch servierte und den Nachtisch hereintrug. Sie selbst aß in der Küche, damit die Männer im Wohnzimmer ungestört über die Arbeit reden konnten.

Der Apothekerhof von Fauske war eine Oase der Zivilisation, mit roten Tapeten, Kachelöfen und einer Standuhr aus Mahagoni zwischen den Fenstern, aus denen man auf den See blicken konnte. Und im Keller stand eine Badewanne, es war wirklich großartig! Kiefer hatte zum ersten Mal seit langem wieder das Gefühl, sauber zu sein.

Die Rothaarige kam mit Tee in einer Silberkanne. »Der Kaffee ist wirklich grauenhaft«, beklagte sich Lucas, der Cognac, Gläser und Zigarettenkiste aus der Anrichte hinter dem Esstisch holte. Kiefer lehnte das Angebot des Kommandanten ab.

Er hatte nie geraucht und fand es jedes Mal verwerflich, wenn jemand seine mangelnde Willenskraft demonstrierte, indem er sich Rauch in die Lungen zog.

Sie hoben die Cognacgläser und prosteten sich zu. Der Zugang zu dem reichhaltigen Warenlager der Kantine war einer der Vorteile, die man genoss, wenn man mit dem Ortskommandanten auf gutem Fuße stand.

»Sie hat mir Fäustlinge gestrickt«, flüsterte Lucas, als die Frau die Küchentür hinter sich geschlossen hatte, »aber die kann ich doch Weihnachten nicht mit nach Hause nehmen.«

Kiefer stutzte, warum denn nicht?

»Wie soll ich denn meiner Frau erklären, dass eine Norwegerin für mich Garn gesponnen und gestrickt hat?« Lucas flüsterte noch immer, als seien sie Vertraute.

»Sie könnten doch sagen, Sie hätten sie gekauft.«

Lucas riss die Augen auf: »Nein, nein, Helga liest in mir wie in einem offenen Buch!«

»Geben Sie der Norwegerin ein paar Øre für die Handschuhe, dann ist es keine Lüge mehr.«

Lucas zupfte sich am Bart und sah aus, als würde er über den Vorschlag nachdenken.

»Eigentlich«, fuhr Kiefer fort, »sollte Ihre Frau froh sein, dass jemand für Sie kocht und Ihre Sachen wäscht. So bekommt sie doch einen sauberen und wohlgenährten Mann zurück!«

Kiefer hätte sich auf die Zunge beißen mögen. Wohlgenährt könnte von dem korpulenten Major leicht als Beleidigung verstanden werden.

Aber der Ortskommandant wollte von alldem nichts hören. »Ja, ja, ich weiß, dass ich das nicht allein schaffe, aber während des Weihnachtsurlaubs muss man schon aufpassen, was man sagt.« Er wollte am Wochenende nach Heidelberg reisen, seine Sachen standen gepackt bereit.

»Und Sie?«

Kiefer bedauerte. »Ich bin von serbischen Banditen, disziplinlosen Norwegern und von Tannen umgeben. Keine Frau, weder hier noch zu Hause.«

Lucas meinte, es gäbe bessere Möglichkeiten für ihn in Fauske. Ob er nicht hier wohnen wolle? Lucas könnte dafür sorgen, dass Räume requiriert würden. Kiefer könnte aber auch ein Zimmer in der Ortskommandantur bekommen. Mehr Offiziere am Ort wären großartig.

Kiefer lehnte ab, höflich, aber bestimmt. Er musste seinem Kommando nachkommen, das hatte sich spätestens bei dem Skandal am Montag gezeigt. Die Massenflucht aus dem Lager hatte ihn überrascht. Die Verbrecher hatten das kabbelige Wasser des Saltenfjords ausgenutzt, beide Wachen, den Skipper und den Schiffsjungen niedergeschlagen, hatten den Prahm ans Ufer gesetzt und waren an Land gewatet. Ohne die Mannschaftsreserven der Ortskommandantur hätte er nie so viele der Flüchtlinge erwischt, bevor sie die schwedische Grenze erreicht hatten. Nur vier von zwanzig Flüchtigen waren entkommen. Als einer der Wachen seinen Verletzungen erlag, hatte er alle gefassten Ausbrecher hängen lassen.

Kiefer bedankte sich noch einmal für die Unterstützung, für das gute Essen und das gemütliche Beisammensein und erhob sich, um aufzubrechen. Die Norwegerin brachte ihm seinen Mantel und die Mütze, sie hatte wirklich einen erstaunlichen Unterbiss! Kiefer ging die Treppe hinunter ins Parterre, nickte der Wache zu, öffnete die Tür und spürte die Kälte im Gesicht. Er blieb stehen und sah sich auf der Storgaten um, deren Bebauung an der Standard-Oil-Tankstelle abrupt aufhörte. Die Luftwaffe hatte 1940 den größten Teil saniert.

Der Schnee knirschte, lag die Temperatur tatsächlich bei minus zwanzig Grad? Ein Nordlicht blitzte über den Himmel, grüne und gelbe Zungen zuckten in einem Gürtel über die Straße. Vor der Frontbuchhandlung stand eine Gruppe Soldaten, die johlten, lachten und sich mit Schneebällen bewarfen.

Kiefer ging an ihnen vorbei, rief sie zur Ordnung, als sie nicht grüßten, und betrat die Buchhandlung.

Der angenehme Geruch von Büchern, Papier und Leder schlug ihm entgegen. Der Geruch war anders als in der Buchhandlung seines Vaters in Hamburg, vielleicht eine Mischung aus Birkenholzrauch? Zu Hause heizte man nur mit Kohle. Oder lag der Geruch an den groben Materialien, mit denen man die provisorischen Regale aufgebaut hatte? Viele Bücher fanden darin keinen Platz, sondern stapelten sich in den Kisten, in denen sie transportiert worden waren.

Kiefer unterdrückte einen Anflug von Heimweh und schlechtem Gewissen, weil er seinen Eltern so lange schon nicht mehr geschrieben hatte. Weg damit! Sentimentale Gefühle und bittere Gedanken über seine Karriere brauchte er jetzt wirklich nicht.

Die Buchhandlung verfügte über eine beeindruckende Auswahl an schöngeistiger Literatur, aber leider fand er überhaupt keine populärwissenschaftlichen Werke. Er hatte auf ein Buch über den neuesten Stand der Weltraumforschung gehofft. Er entschied sich für ein Buch des norwegischen Nobelpreisträgers Hamsun und die Biographie *Alexander der Große* von Droysen, bezahlte und ging.

Draußen hatten die Soldaten eine junge Norwegerin umringt. Kiefer sah helle Locken unter einer großen Pelzmütze. Ein besoffener Unteroffizier versuchte, ihre Hand zu fassen. Sie rief »Geh weg!«, zog den Arm zurück und verlor dabei ihre Tasche. Der Unteroffizier hob sie in einer übertrieben galanten Geste auf und wischte den Schnee ab.

Was war das? Versuchte dieser Idiot, sie zu bedrängen? Kiefer rief der Gruppe etwas zu, sie schlugen die Hacken zusammen und grüßten – mit Ausnahme des Unteroffiziers. Kiefer ging auf ihn zu, er roch nach Alkohol. »Gefreiter, Sie sind hier nicht in einem Bordell! Benehmen Sie sich!«

Das Grinsen des Unteroffiziersanwärters erstarrte, als er

den Totenkopf an Kiefers Mütze sah. Er zog sich zurück, die übrigen Soldaten folgten ihm, Kiefer stand mit der Frau allein auf der Straße. Eine reizende Person in einem grauen Mantel und einer großen dunklen Pelzmütze mit hochgeknöpften Ohrenklappen.

»Das waren aber hässliche Worte«, sagte sie streng – in fehlerfreiem Deutsch. »Aber ich danke Ihnen trotzdem.«

Kiefer beeilte sich zu erklären, dass er nur den begriffsstutzigen Unteroffizier gemeint hätte.

Sie lächelte. »Sie müssen sich nicht entschuldigen, aber hin und wieder sollten Sie daran denken, dass inzwischen weit mehr Deutsche in Fauske leben als Norweger.«

Auch vor dem Kino lungerten Gruppen von grölenden Soldaten herum. Kiefer bot an, sie nach Hause zu begleiten.

Sie sah ihn an und fragte, ob man sich denn auf ihn verlassen könne? »Nicht mehr als auf andere, aber ich bin in der Lage, betrunkene Soldaten zu verscheuchen«, antwortete er. Ein wenig zögernd akzeptierte sie sein Angebot, dann lachte sie und zeigte in die Richtung, in die sie musste. Kiefer behauptete, er hätte denselben Weg.

Im Schein einer blauen Mischlichtlampe an der Tankstelle zeigte Kiefer ihr die Bücher, die er gekauft hatte. Sie war begeistert, als sie *Segen der Erde* sah.

»Wirklich? Haben Sie es gelesen?«

Sie nickte eifrig. »Mein Vater hat es mir geschenkt, als ich ein Jahr alt war. Das behauptet er jedenfalls. Im gleichen Jahr wurde Hamsun der Nobelpreis verliehen. Er meint, eigentlich sei der Preis an den norwegischen Bauern und an die Natur gegangen.«

»Ihr Vater hat sicher recht.«

Sie schwiegen. Das Nordlicht war nach wie vor intensiv, jetzt formte es eine Serie grüner Draperien. Er wusste, dass er die Unterhaltung in Gang halten musste.

»Was glauben Sie, wodurch das Nordlicht entsteht?«

Sie blieb stehen und studierte die gelbgrünen Schleier über ihnen. »Ich weiß es wirklich nicht. Meine Mutter sagt, wir dürfen dem Nordlicht niemals zuwinken, sonst kommt es und holt uns.«

War sie ein bisschen naiv? Er winkte wie ein Besessener.

»Nein, nein«, lachte sie. »Das dürfen Sie nicht!« Sie hängte sich an seinen Arm, hielt ihn fest, bis er aufhörte. Auch dann ließ sie nicht los. Einen Moment blieben sie stehen, er rührte sich nicht, sie auch nicht, mit der Wärme, die von ihrer Halsgrube aufstieg, entfaltete sich schwacher Parfümgeruch. Dann ließ sie ihn los und ging weiter, sie sah sich um.

»Es ist nicht mehr weit.« Er folgte ihr, nicht zu nah. Als sie über eine Schneewehe steigen musste, legte er ihr eine stützende Hand auf den Rücken, sie protestierte nicht. Auf einem kleinen Hügel, an einem weißgestrichenen Haus im Schweizer Stil blieb sie stehen und drehte sich um.

»Hier wohne ich. Ja, mit meinem Vater, meiner Mutter und meiner kleinen Schwester. Danke, dass Sie mich bis nach Hause beschützt haben.« Kiefer sah an dem Haus hoch, es war größer als die meisten nordnorwegischen Häuser. Ein Lichtstreifen fiel durch eine schlecht befestigte Verdunkelungsgardine zwischen sie auf die Erde.

»Es war mir ein Vergnügen. Danke für den Abend. Können wir uns wiedersehen? Darf ich mir erlauben, Sie ins Kino einzuladen?«

Sie lachte. »Ich arbeite im Kino!«

»Vielleicht etwas anderes? Ich habe gehört, dass es Samstag einen Musikabend geben soll?«

»Vielleicht.«

»Vielleicht reicht mir«, erwiderte Kiefer, grüßte und trat den Rückweg an. Das Nordlicht wogte über den Fjord. Er kannte nicht ihren Namen, aber er wusste, wo sie wohnte. Und er konnte sie abholen, wenn sie winkte.

Kiefer zog in dem Schneegestöber den Mantel um sich und drehte dem Wind, der vom Fjord kam, den Rücken zu. Eine Gruppe Soldaten ging in Wochenendlaune an ihm vorbei in den Kinosaal, der am oberen Ende der Storgaten lag, genau gegenüber der Ortskommandantur. Würde sie ihn versetzen? Nicht mit einem deutschen Offizier gesehen werden wollen? Die Norweger waren in der Regel zurückhaltend, die Frauen unwirsch, zumindest bei Tage, und die jungen Männer taten immer so, als seien alle Deutschen Luft. Ach Quatsch, hier war niemand aus dem Ort, nur Soldaten des Heeres und Matrosen der Kriegsflotte.

Er bemerkte eine lebhafte Person, die gegen den Wind ankämpfte und dabei mit der Hand eine große Pelzmütze festhielt. Er freute sich aufrichtig, sie wiederzusehen, es war ein gutes Zeichen, dass sie diesem Wetter trotzte, um sich mit ihm zu treffen.

Sie lächelte, bedankte sich noch einmal für seine Begleitung beim letzten Mal und beschwerte sich über das Wetter. Er erwiderte die Höflichkeiten und ging auf den Eingang zu, einen kleinen Windfang an der Längsseite des Gebäudes. Es war kein großes Kino. Sie stiegen eine kleine Treppe hinauf und kamen in einen schmalen Gang mit einem Kassenhäuschen. »Hier sitze ich normalerweise«, sagte sie und zeigte auf die Luke, »aber heute Abend braucht man keine Eintrittskarten und ich muss nicht frieren.«

Sie erzählte von dem letzten norwegischen Film, den sie gezeigt hatten, eine Komödie über einen verschwundenen Wurstfabrikanten. Plötzlich ging Kiefer durch den Kopf, dass er nicht wusste, wie sie hieß. Er nahm ihre Hand und stellte sich vor. Sie knickste und nannte ihren Namen. Er musste sie bitten, es zu wiederholen. Gunvor Strand.

Endlich löste sich die Schlange auf, und sie kamen in den Saal, in dem in einem lockeren Halbkreis Stuhlreihen standen. Es gab eine Galerie und eine tiefe Bühne, die mit roten und weißen Papierstreifen und dem Hakenkreuz an der Rückwand dekoriert war. Kiefer half Gunvor aus dem Mantel, schüttelte den Schnee ab und gab ihn der Garderobiere. Glücklicherweise hatte man gut geheizt. Sie setzten sich in die dritte Reihe. Hunderte von Soldaten und Offizieren, die in den hinteren Reihen saßen, beobachteten sie. Die Aufmerksamkeit galt ihr, nicht ihm, ein Soldat stieß einen anerkennenden Pfiff aus. In der Eile sah er nur fünf oder sechs Frauen im Raum, er konnte nicht erkennen, ob es sich um Norwegerinnen oder Schwestern aus dem Soldatenheim handelte.

Das Licht erlosch. Kiefer hörte von der Galerie Befehle und Rumoren. Ein Scheinwerfer zerriss die Dunkelheit, dann noch einer. Eine KdF-Frau im Dirndl betrat die Bühne. »Kraft durch Freude«, erklärte Kiefer flüsternd. »Sie arrangieren Kurse, Schachturniere und Konzerte.«

Das Stück war flach und voller übertriebener sexueller Anspielungen, vor allem in der Szene, in der Frau Besuch von ihren Freiern bekam. Als einer der Freier am Ausschnitt der Frau hängenblieb, schien der Höhepunkt erreicht zu sein, heftiger Beifall kam auf, der zu einem gellenden Pfeifkonzert im Saal führte. Kiefer schaute Gunvor an – er musste sich diesen Namen merken –, sie ließ sich nichts anmerken.

Der zweite Teil gefiel Kiefer besser. Ein Militärorchester spielte bekannte Lieder und schloss mit *Das Lieben bringt große Freude* und mit *Stille Nacht*. Im Saal herrschte plötzlich eine vollkommen andere Stimmung. Kiefer holte Gunvors Mantel. Sie gerieten nicht ins Gedränge.

Das Wetter hatte sich verschlechtert. Sie konnte doch in einem ausgewachsenen Schneesturm nicht nach Hause gehen! Kiefer zeigte auf die Ortskommandantur auf der gegenüberliegenden Straßenseite. Dort konnten sie Schutz suchen. Sie zögerte und betrachtete die Böen, die den Schnee aufwirbelten. Gut, ein Weile, bis das Wetter besser wurde. Sie stemmten sich gegen den Wind und überquerten die Storgaten.

Das Radio der Wache dröhnte in voller Lautstärke. »Vereinbarung mit Lucas, freies Zimmer!«, brüllte Kiefer ihm zu und wies in den ersten Stock. Er führte Gunvor die Treppe hinauf in die Zimmer des Apothekers.

Es war eiskalt! Kiefer fluchte, sollte er die Wache bitten, ein Feuer anzuzünden? Er hörte das Radio durch die Bodendielen. Nein, er wollte den Mann nicht hier oben haben.

Er entschuldigte sich für die Kälte, setzte Gunvor in ein rotes Plüschsofa, legte ihr eine Decke über die Beine, zündete die Paraffinlampe über dem Wohnzimmertisch an und heizte den Kachelofen an. Zum Glück gab es reichlich trockenes Birkenholz und Kohle. Nach einer kurzen Suche fand er Lucas' Cognac in der Anrichte des Esszimmers.

Während es im Zimmer langsam warm wurde, entstand eine seltsame Vertrautheit zwischen den beiden. Sie ging überwiegend von ihr aus. Sie war einundzwanzig Jahre alt und erzählte ohne jedes Misstrauen von sich und ihrer Familie. Der Vater war Lehrer, sie hatte als Haushaltshilfe in Bodø gearbeitet und eine Verlobung mit einem jungen Norweger aufgelöst, dem jeglicher Sinn für Romantik gefehlt hatte. Norwegische Männer sind wenig liebevoll, klagte sie.

Sie fragte nach seiner Familie und seiner Arbeit. Er erzählte von der Kindheit in Hamburg und der Arbeit im Buchhandel des Vaters, bevor er in die SS eintrat, von seinem Interesse für den Weltraum, ja, für die Wissenschaft überhaupt.

Er sah, dass es sie beeindruckte, als er ihr die Welteislehre erklärte und wie ein österreichischer Ingenieur, Hörbiger, herausgefunden hatte, dass sich große Mengen Eis im Weltraum befanden, die wie glühende Sonnen permanente Ringe bildeten. Hagel, der auf die Erde fiel, kam direkt aus dem Weltraumeis. Vielleicht sogar das Nordlicht.

Sie war fasziniert, das war nicht zu übersehen, dennoch erkundigte sie sich nicht weiter nach dem Welteis. Sie wollte wissen, was er in Botn tat, und warum er einen Totenkopf an der Uniform trug. Er überging es mit einem Lachen und behauptete, es würde böse Geister abschrecken.

»Die Leute sagen, die Gefangenen müssten hungern und einige hätte man erschossen«, sagte sie plötzlich. Er goss ihr noch einen Cognac ein und bewunderte die feinen Stickereien an ihrer Bluse.

Aber sie ließ nicht locker. Er musste erklären, dass sie in Botn auf lebensgefährliche Banditen und Saboteure aufpassten, dass zwei Häftlinge eine Wache erschlagen hätten und dass auf Flucht nun einmal die Todesstrafe stehe. Außerdem müssten sie hin und wieder auch Infektionsträger ausmerzen.

Ausmerzen? Sie richtete sich auf. Was meinte er?

»Beim Ausbruch von Epidemien müssen wir die Infektionsquelle entfernen.«

Sie verstand nicht. Bekamen sie denn keine Hilfe? Zum Beispiel vom Roten Kreuz?

»Wir haben tüchtige Krankenpfleger, die sich um die Patienten kümmern«, versicherte er. Sie nahm ihre Pelzmütze, legte die Decke beiseite, erhob sich vom Sofa und erklärte, nun müsse sie aber aufbrechen. Sie trat ans Fenster und hob die Verdunkelungsgardine. Das Wetter hat sich gebessert, sagte sie.

Kiefer stand ebenfalls auf und stellte sich neben sie. Weder sah er den Fjord noch das Land, der Schnee wirbelte vom Dach des Apothekerhofs und verschwand in der Dunkelheit. Sie war seine Gefangene.

Wieder blickte sie hinaus. Es wird bald besser, meinte sie. Er stellte sich hinter sie, dicht, aber nicht zu dicht. »Es gibt heute Abend kein Nordlicht.«

Sie drehte sich um, seufzte und schlug ihm mit beiden Fäusten auf die Brust. Dann räumte sie ein, dass das Wetter überhaupt nicht besser geworden sei, und setzte sich wieder.

Kiefer schaufelte Kohle in den Ofen, regulierte den Zug, schenkte ihnen noch einen Cognac ein und setzte sich auf den

Stuhl, der dem Sofa am nächsten stand. Sie hatte rote Wangen. Kiefer spürte, dass er auch langsam betrunken wurde. Er unterhielt sie mit Geschichten aus seiner Jugend in Hamburg, erzählte, dass er erst mit neunzehn Jahren zum ersten Mal eine Frau geküsst habe. Er behauptete, dass es damals sein Traum gewesen sei, Mönch zu werden.

Sie griff nach seinen Händen, protestierte und lachte. Der Mann muss die Frau zum Lachen bringen, vielleicht wussten die jungen Norweger das nicht. Sie war wirklich hübsch, naiv, aber hübsch.

Als Kiefer sich zu ihr aufs Sofa setzte und sie küsste, spürte er, dass er eine Erektion bekam. Im nächsten Moment dachte er an die mannhafte Soldatenfrau des Ortskommandanten. Hier hatte Lucas sie vermutlich geküsst, wann immer es möglich war.

Fort mit diesen Gedanken! Sein Mädchen war hübsch, hatte fehlerfreie Zähne, weiche Haut und blondes, lockiges Haar. Aus ihrem Halsgrübchen stieg ihm angenehmer Parfümduft in die Nase, nicht zu aufdringlich, keinesfalls vulgär, genau richtig. Als er ihre Bluse aufknöpfte, protestierte sie, aber nicht wirklich, es ging schnell vorbei.

13 *Tromsø, Montag, 18. Januar 2010*

Alex konnte sich einfach nicht daran gewöhnen, dass niemand grüßte, wenn er zur morgendlichen Sitzung in die Redaktion kam. Seine Kollegen saßen stets über die eigene Zeitung, ein Konkurrenzblatt oder das iPhone gebeugt und warteten auf den Beginn der Redaktionssitzung.

»Guten Morgen!«, rief Alex, als er das Sitzungszimmer betrat. Von den Stühlen rund um den Sitzungstisch kam wie immer ein Murmeln. Sie waren nicht unhöflich, sie versuchten sich nur einen Überblick über die Nachrichtenlage zu verschaffen, damit nichts vorgeschlagen wurde, was bereits in der Zeitung stand. Etwas Peinlicheres konnte einen Journalisten kaum passieren.

Der Chef vom Dienst blickte als Einziger auf.

»*Good morning, mister!* Stillgestanden!« Erstad liebte es, sich über Alex' militärische Vergangenheit lustig zu machen. Und dann sein ewiges Englisch. Sah er eigentlich ständig irgendwelche englischsprachigen Fernsehserien? Den ganzen Abend Discovery Chanel?

Alex fand einen Platz in der Ecke, er setzte sich auf einen roten Designerhocker, der im Raum aufleuchtete, aber unbequem war. Erstad räusperte sich.

»Fangen wir an? Winther, was hast du?« – Das kam überraschend. Erstad begann gewöhnlich mit dem anderen Volontär, der immer links von ihm Platz nahm.

»Ich dachte, ich mache weiter mit der …«

»Tut mir leid, *old chap*, aber heute brauchen wir Neuigkeiten. Es gibt viel zu tun, und ich habe zu wenig Leute. Alle Mann an die Pumpen!«

Sie waren nicht weniger als sonst bei den morgendlichen Redaktionssitzungen, allerding waren immer zu wenig Leute da für all die anstehenden Aufgaben. Die älteren Kollegen erzählten von den guten alten Zeiten vor den Abfindungsangeboten, als mehr als fünfzig Journalisten in der Redaktion arbeiteten.

»Hier, beim Filmfestival tritt Henriette Lerke auf, Anklägerin am Internationalen Gerichtshof in Den Haag. 13:00 Uhr im Verdensteatret. Kriegsverbrecher, internationales Strafrecht, lauter lustige Sachen. Ich schicke denen eine Mail.«

»Wenn ich an der Mordsache weiterrecherchieren könnte …«

»Wenn's was Neues gibt, machen wir damit weiter. Hast du was Neues?«

Der Chef vom Dienst war derartige Proteste gewohnt und hatte stets ein Bündel Standardantworten bereit.

Alex musste zugeben, dass es nichts Neues gab, noch nicht. Die Reportagenserie stagnierte, bei der Polizei vermeldete man keinen Durchbruch, der Täter war noch nicht gefasst, seit dem Mord waren mehrere Wochen vergangen.

»*That's my man*, du übernimmst die Lerke.«

»Krieg ich ein Foto?«

»Hm … gibt wahrscheinlich wenig her. Kannst du selbst eins machen? Nimm sie hinterher mit raus, nein, verflucht, dann ist es ja dunkel. Fotografier sie vorher, ein Bild, eine Seite, *piece of cake*. Sigurd, was hast du?«

Bevor Alex' Kollege antworten konnte, hob eine der älteren Journalistinnen die Hand. Ihr wurde das Wort erteilt, und sie erinnerte daran, dass Winther nichts über Krieg und Soldaten schreiben durfte.

»Aber meine Liebe«, erwiderte Erstad, »er soll auch nichts über die norwegische Armee schreiben. Und die hat sich ja trotz allem auch nicht an den Genickschüssen im Balkan beteiligt!«

Die Kollegin erklärte, niemand wisse, was bei den Nato-Operationen, an denen Norwegen beteiligt war, eigentlich wirklich passiert sei. Bombardements, Tötung von Zivilisten …

»Sigurd, was hast du?« Erstad hob die Stimme. Sie hatten schließlich nicht den ganzen Tag Zeit.

Alex war diese Debatten gewohnt, sie irritierten ihn nicht mehr. Einige Wochen nach seinem Arbeitsbeginn bei *Nordlys* hatte er erfahren, dass der Betriebsratsvorsitzende gegen seine Einstellung gestimmt hatte. Fehlende Abgrenzung gegenüber der Armee, lautete die Argumentation, es könnten Dinge auftauchen, in die er direkt verwickelt gewesen sei. Der Chef vom Dienst hatte dagegengehalten, dass die Redaktion jemanden, der kompetent ist, gut gebrauchen könne, jemanden, der sich mit den Streitkräften auskannte, nicht nur mit Filmfestivals und Rockkonzerten. Man hatte sich darauf geeinigt, dass er vorerst nicht über militärische Angelegenheiten schrieb.

Der Auftrag mit der Juristin aus Den Haag roch nach Überstunden. Der Vortrag um 13:00 Uhr war nicht vor halb drei zu Ende, dann musste noch der Artikel geschrieben werden. Definitiv Überstunden, aber das Thema war in Ordnung.

Die Sitzung war nach zwanzig Minuten zu Ende. Als Alex aufstand, sprach die Kollegin ihn an. Er dürfe das nicht persönlich nehmen, erklärte sie, sie versuche lediglich, an ein paar Prinzipien festzuhalten, es gäbe ja nur noch so wenige. Alex erwiderte – hatte er eine andere Wahl? –, er nähme es keineswegs persönlich, sie könne gern strittige Fragen ansprechen. Sie könnte sich aber auch ein bisschen weniger aufspielen und mehr arbeiten, dachte er, sagte es aber nicht laut.

Alex ging an seinen Platz und klickte Outlook an. Die Mail des Chefs vom Dienst lag bereits im Posteingang. Das iPhone vibrierte, eine SMS von Erstad. ›Lass dich nicht von alten Schleiereulen irritieren. Leg los! P.S.: Schnellstmögliche Lieferung.‹

Alex zuckte zusammen, als sein Telefon klingelte, während er es in der Hand hielt. Ein Anruf von Tora.

»Alex, wir sind Kollegen«, zwitscherte sie. »Ich habe nach Margunn das Praktikum bekommen.«

»Hier?«

»Ja! Ich fange am Montag an. Alle sind happy. Auch hier, sie müssen sparen.«

Alex gratulierte. Tora in Tromsø, das war eine gute Nachricht, in jeder Beziehung.

»Weißt du, ob irgendwo ein Zimmer frei ist?«

Er schwieg.

»Du hast nicht zufällig eine Dachkammer?«

Er hatte ein Zimmer, den Raum, der auf die Veranda hinausführte, aber …

»Sag Bescheid, wenn du was hörst. Und sonst?«

»Beschäftige ich mich mit aktuellen Sachen. Botn liegt auf Eis, aber vielleicht habe ich eine Spur.«

»Ah ja?«

»Zu früh, ist noch nicht richtig spruchreif. Aber du bist die Erste, die es erfährt.«

»Das fehlte ja auch noch! Wir sind schließlich Partner. Aber ich muss los, arbeiten, wir sehen uns nach dem Wochenende!«

Alex schaute auf die Statue von König Haakon und trommelte mit den Fingern. Kaffee!

Auf dem Weg zur Kaffeemaschine vibrierte sein Handy erneut. Eine SMS, er sah sofort, dass sie von seinem Vater kam, er schrieb immer nur mit großen Buchstaben. ›RUF AN. NICHT MIT DEM HANDY‹. Er gab eine Telefonnummer in Oslo an.

Alex ging ins Sitzungszimmer der Sportredaktion, dort gab es ein Festnetztelefon, das sie bei Telefonkonferenzen benutzten. Die Sportredaktion lebte wie ein Staat im Staate, sie konnten machen, was sie wollten, Hauptsache, sie lieferten pünktlich ihre Seiten.

Er gab die Nummer ein. Sein Vater nahm nach dem ersten Klingeln ab.

»Hej, nochmals Dank für deinen Besuch. War nett. Ich habe mich ein bisschen umgehört. Es gibt durchaus Informationen.«

»Danke gleichfalls. Über den Skandal?«

»Ich will am Telefon nicht über Details sprechen. Nimm Kontakt zu Lutvann auf, frag nach Johannessen und grüß von mir.«

Um halb eins verließ Alex die Redaktion, ging über den Zebrastreifen der Grønnegata und nahm die Gasse zwischen Heilsarmee und Veitasenteret zum Verdensteatret. Eine zwei Meter hohe Fackel brannte vor dem stattlichen alten Gebäude und signalisierte, dass das Filmfestival begonnen hatte. Ein alljährlicher Ausnahmezustand Tromsøs in der dunklen Jahreszeit, bei der die Hälfte der Bevölkerung ins Kino ging, um sich einen Haufen Filme über Kameltreiber in Nordafrika und vor allem Schafhirten auf Sizilien anzusehen. Mochte man keine Filme, konnte man in eine der unzähligen Kneipen von Tromsø gehen. Oder zu Hause auf dem Sofa bleiben.

Alex lächelte vor sich hin und betrat das Foyer, das gleichzeitig auch Café und das abends voller Studenten war, die auch in geschlossenen Räumen ihre Strickmützen aufbehielten. Nun belebte ein älteres Publikum das Café, Tromsøer, Journalisten und Leute aus der Filmbranche, die an den Akkreditierungskarten, die sie um den Hals trugen, leicht zu erkennen waren.

War sie möglicherweise schon eingetroffen? Alex erkundigte sich bei einem Wachmann an den geschlossenen Türen zum Kinosaal. Die Den Haager Anklägerin Lerke war bereits da, sie bereitete sich im Saal auf ihren Vortrag vor und wollte nicht gestört werden.

Auch nicht für ein einziges winziges Foto?

Herrgott, er konnte bei schlechten Lichtverhältnissen nicht besonders gut mit der Kamera umgehen. Die Canon Ixus funktionierte ausgezeichnet bei gutem Licht, aber das Zwielicht eines Kinosaals war eine Herausforderung, die er nicht würde meistern können. Der direkte Blitz einer Taschenkamera war der Tod, so viel wusste er. Gern hätte er Tora dabeigehabt.

Alex plauderte mit einer Kollegin von NRK, während er darauf wartete, dass sich die Tür öffnete. Im Café wurde es immer voller. Alex wunderte sich, dass so viele Menschen an dem Thema ›Internationales Recht, Frieden und Versöhnung‹ Interesse hatten. Tromsø war in dieser Hinsicht ein Sonderfall, selbst die eigenartigsten Themen zogen fünfzig bis sechzig Zuhörer an. Dass es sich weitgehend immer um dieselben Leute handelte, schien niemand zu stören.

Im Kinosaal versuchte Alex, ein Foto von Henriette Lerke zu machen, bevor sie die Bühne betrat. Ein Foto am Rednerpult war das Allerletzte, es würde sämtlichen Kollegen signalisieren, dass er nicht einmal versucht hatte, sie vorab zu fotografieren.

Henriette Lerke war formell gekleidet, sie trug einen grauen Hosenanzug und ein rosa Tuch um den Hals. Sie musste bald das Rentenalter erreicht haben, trotzdem hatte sie sich die Haare nicht kurz schneiden lassen, wie viele Frauen in diesem Alter. Alex hatte das immer als klares Signal aufgefasst, dass Frauen sich aus dem Kampf um die männliche Aufmerksamkeit abmeldeten. Eine volle goldblonde Lockenmähne fasste Henriette Lerkes hübsches Gesicht ein.

Er stellte sich vor und machte ein paar Fotos von Henriette Lerke vor dem fast vollen Saal. Viele Gesichter sind guter Stoff, war einer von Erstads Sprüchen, die Leute lieben es, sich selbst in der Zeitung zu entdecken. Er hatte Lerke und gleichzeitig ungefähr hundertfünfzig andere Gesichter auf dem Bild – Hauptsache, die Kameratechnik ließ ihn nicht im Stich. Das sparsame Licht im Saal kam von Kronleuchtern hoch oben an der Decke, und die dunklen Wandmalereien mit Motiven aus Volksmärchen machten die Sache nicht unbedingt besser.

Eine der Programmleiterinnen des Filmfestivals, die ein Kleid trug, das aussah wie die Volkstrachten, die Alex im Urlaub in Griechenland gesehen hatte, klatschte in die Hände. Sie erklärte, die Jury des Norwegischen Friedensfilmpreises hätte Henriette Lerke eingeladen. Der Preis ginge an einen Film, der sich mit direkter, struktureller oder kultureller Gewalt beschäftigt. »Wir glauben, dass Filme, die Themen wie Unterdrückung und Machtmissbrauch aufgreifen, etwas bewegen können«, fügte die Frau in der Volkstracht hinzu und kündigte die Vortragende an.

Alex bereitete sich auf eine trockene Vorlesung über Völkerrecht und den Internationalen Gerichtshof vor. Er ging davon aus, dass er sie hinterher bitten musste, etwas konkreter zu werden. Er sollte sich irren.

Henriette Lerke zeigte zunächst das Foto einer Hausfrau. Milada aus Bosnien war schikaniert und vergewaltigt worden, bevor die serbische Miliz sie aus ihrem Haus vertrieb. In der kurzen Geschichte von Milada gab es genügend erschütternde Details, mit denen Henriette Lerke den Saal in Bann zog.

Sie gab dem Vorführer ein Zeichen, und ein neues Portrait zeigte sich auf der Leinwand. Eine junge, dunkelhäutige Frau sah mit einem resignierten Gesichtsausdruck direkt in die Kamera. Dort, wo Ohren und Nase hätten sein sollen, waren schwarze Löcher und Narbengewebe. Bei Mary aus Ruanda handelte es sich um eine Überlebende des Völkermords Mitte der neunziger Jahre.

Samira aus Darfur im Sudan, eine hübsche Mutter mit einem Kind auf der Hüfte, war ein weiteres Beispiel. Henriette Lerkes Stimme zitterte, als sie Samiras Augenzeugenbericht verlas, den sie den Anklägern des Internationalen Gerichtshofs geliefert hatte.

»Ich komme aus einem winzigen Dorf, das Tasha heißt. Es war früh am Morgen, als ich Schreie und Schüsse vor unserer Hütte hörte. Wir schauten hinaus und sahen Männer in Polizeiuniformen auf Pferden und Kamelen. Sie brannten die Hütten nieder. Mein Mann lief hinaus und hielt dabei meinen fünf Jahre alten Sohn, Walid, im Arm. Es wurde auf ihn geschossen, mehrfach. Einer der Schüsse traf Walid in den Unterschenkel. Aber mein Sohn war noch am Leben. Ich hob ihn aus den Armen seines toten Vaters. Ich wurde sehr zornig. Ich habe alle meine Kinder genommen und bin davongelaufen.

Den ersten Tag versteckten wir uns in den Bäumen. Wir wussten, dass wir fortmussten, aber wir wussten nicht, wohin. Außerdem war Walid verletzt. Meine Kinder verstanden nicht, was hier vor sich ging, und stellten viele Fragen. Meine einzige Chance war, nach Nyala zu gehen und zu versuchen, Hilfe zu bekommen. Ich ging drei Tage, mit zwei Babys auf dem Rücken und Walid in den Armen. Später hörte ich, dass Freunde meinen Mann begraben haben. Wir hatten nichts zu essen, und noch schlimmer – kein Wasser. Es war gefährlich weiterzugehen, aber uns halfen ein paar Bauern. Ich weinte nicht mehr. Meine Augen waren trocken, ich fühlte nichts. Ich war einfach nur erschöpft. Wir wurden ins Krankenhaus gebracht. Mein Kind, Walid, ist jetzt behindert. Aber wir leben.«

Alex sah sich um. Die Zuhörer im Verdensteatret waren wie gelähmt, einige weinten. In Henriette Lerkes Vortrag gab es keinen überflüssigen juristischen Schnickschnack. Auch ein Journalist hätte so über diese Frauenschicksale schreiben können. Hervorragende Kommunikation. Hatte sie diesen Vortrag selbst geschrieben oder Unterstützung von Kommunikationsfachleuten bekommen?

»Werden diese Frauen niemals Gerechtigkeit erfahren, weil sich ihre Länder und damit das Rechtssystem in Auflösung befinden?« Henriette Lerke machte eine Kunstpause und ließ ihren Blick über den Saal schweifen. »Daher brauchen wir internationale Gerichtshöfe«, fuhr sie fort. »All unsere Erfahrungen mit Verbrechen gegen die Menschlichkeit haben uns gelehrt, dass Frieden und Versöhnung nicht möglich sind, wenn die Schuldigen nicht zur Verantwortung gezogen werden.« Gegen Ende ihres Vortrags informierte sie die Zuhörer noch über die verschiedenen internationalen Gerichte, von denen die meisten ihren Sitz in Den Haag hatten. Henriette Lerkes Vortrag erntete großen Applaus.

Eine Mitdreißigerin mit langen roten Haaren hob die Hand. Sie fragte auf Englisch nach dem Massaker von Srebrenica. Wie schätzte Henriette Lerke den Einsatz der UN-Soldaten in den Tagen davor ein?

Viele haben in Srebrenica versagt, antwortete Henriette Lerke, möglicherweise auch die niederländischen Offiziere, aber die Verantwortung läge auf mehreren Schultern, nicht zuletzt bei den Ländern des Sicherheitsrates, die sich einer friedlichen Lösung widersetzten. Die Hauptverantwortung für das Massaker läge aber eindeutig bei dem bosnisch-serbischen General Ratko Mladić, dem Mann, der den Befehl gab.

Es gab keine weiteren Fragen, viele wollten Henriette Lerke aber persönlich danken und mit ihr reden; Alex musste warten, bis er an die Reihe kam.

»Harte Kost«, sagte er und hörte sofort, wie banal seine Bemerkung war.

Henriette Lerke sah erschöpft aus.

»Ja, sie sind hart, diese Geschichten, hart, tragisch und leider wahr.«

»Wie schaffen Sie es, sich mit so traurigen Schicksalen auseinanderzusetzen?«

Sie reagierte fast gereizt.

»Hören Sie mal, junger Mann! Fragen Sie mich nicht nach meinen Gefühlen, die sind irrelevant. Wir ermitteln, klagen an und richten die Täter, die die Verantwortung für diese Tragödien tragen. Irgendjemand muss diesen Job machen, und wir können uns schließlich nicht beschweren, wir sitzen doch in sicherer Entfernung von all diesen Grausamkeiten, nicht wahr?«

Alex wollte sich entschuldigen, begnügte sich aber damit, ihr zuzustimmen. In gewisser Weise verhielt sie sich wie die ehemalige norwegische Ministerpräsidentin Gro Harlem Brundtland, ihre Irritation war ehrlich, unangreifbar und lehrreich.

»Ihr Medienvertreter könntet der Menschheit einen Dienst erweisen, wenn ihr euch mehr für diese Themen interessieren und weniger über Semiprominente und anderen Unfug schreiben würdet.«

»Ich bin gekommen, um Sie zu hören.«

»Na gut, was wollen Sie wissen?«

Sah er da ein Lächeln? Er stellte ein paar Fragen, was sie von Tromsø, dem Filmfestival und der Aufnahme ihres Vortrags hielt. Sie antwortete erwartungsgemäß, wirkte aber uninteressiert. Draußen stellte sie sich widerwillig für ein Foto vor die Fackel. Zusammen mit dem Licht einer Straßenlaterne fiel ein schönes Licht auf ihr Gesicht. Er war gerettet, das war das Foto, das Tora hätte schießen können! Er bedankte sich für ihre Mühe, sie gaben sich die Hand, dann ging sie eilig die Storgata hinunter, die voller Menschen war.

Alex sah auf die Uhr, bereits halb vier. Er überquerte die Storgata und ging durch dieselbe Gasse, durch die er gekommen war. Es würden heute viele Überstunden zusammenkommen.

14 *Sicherheitspolizei, Außendienststelle Bodø, 8. Mai 1945*

Kiefer warf einen Stapel Dokumente in den Ofen und drehte die Luftzufuhr auf. Es brannte schlecht, wenn die Blätter zu eng aufeinanderlagen. Er griff nach der Feuerzange und versuchte, die Blätter anzuheben. Sipo-Kommandant Roleff hatte befohlen, das gesamte Archiv zu verbrennen. Das war leichter gesagt als getan, fünf Jahre Ermittlungsarbeit hatten eine unglaubliche Menge Papier produziert, sogar auf einem Außenposten wie Bodø.

Die letzten Monate hatten sie alle verändert. Als Finnland sich aus dem Krieg zurückzog, hatte ein defensives Umdenken eingesetzt, auch im Norden. Durch die Operation Nordlicht versuchte die Wehrmacht, eine neue Verteidigungslinie bei Lyngen aufzubauen. Die Finnmark und Nordtroms waren der Politik der verbrannten Erde zum Opfer gefallen, man wollte dem Feind nicht die Infrastruktur überlassen. Die Bevölkerung hatte man zwangsevakuiert, doch die Evakuierung erwies sich nur als Teilerfolg, viele hatten nach Schweden fliehen können. Auf sämtlichen Straßen und Fährverbindungen kam es zu kilometerlangen Staus, als die 20. Gebirgsarmee sich zurückzog, zum größten Teil über die Nordstraße, da die Ostsee versperrt war.

Auch im Büro in Bodø hatte sich eine laxe Haltung eingeschlichen, sogar Juden-Meyer hatte es aufgegeben, Fluchthelfer zu jagen. Seinen Spitznamen hatte er nach einer Serie effektiver Aktionen in Montpellier bekommen, bevor er in den Norden versetzt worden war. Kiefer mochte Frankreich-Veteranen, sie waren professionell, traten mit der notwendigen Härte auf und entwickelten eine gewisse Kreativität bei scharfen Verhören.

Was er überhaupt nicht ertrug, war die Auflösung von Disziplin und Moral. Man musste doch weiterkämpfen, nicht zuletzt jetzt, da die Bolschewiken gezeigt hatten, dass sie in der Lage waren, aggressiv nach Westen vorzudringen. Agenten, die die norwegische Heimatfront unterwandert hatten, berichteten, dass der Ton schärfer geworden sei, nachdem die Rote Armee in die Ostfinnmark eingerückt war. Vierzehn Terroristen, die man aus Schweden geschickt hatte, um im Saltdal Brücken zu sprengen, konnten gerade noch rechtzeitig aufgehalten werden.

Vor einer Woche hatte Roleff alle zu sich gerufen und sie in seinem Büro um das Radio versammelt. Sie schwiegen, als die Nationalhymne und *Die Fahne hoch* gespielt wurden. Der Führer war gefallen, Großadmiral Dönitz hatte das Oberkommando übernommen. Dönitz – ausgerechnet ein Marinemann!

Gestern Vormittag hatte eine tränenerstickte Radiostimme mitgeteilt, dass das OKW im Hauptquartier des General Eisenhower kapituliert hatte. Und am Abend hatte General Böhme erklärt, auch die Truppen in Norwegen würden loyal in ihren Kasernen bleiben. Dreihunderttausend Mann, eine ganze, intakte Armee, kapitulierten, ohne Widerstand zu leisten! Heller Wahnsinn!

Kiefer schaufelte Kohle in den Ofen und legte einen Stapel Tagesberichte darauf. Von der Straße hörte er Rufe, er trat ans Fenster. Norweger, Zivilisten, feierten in den Straßen, umarmten und küssten sich, schwangen ihre Fahne. Was feierten sie eigentlich? Dass Stalin nach Westen vorrückte und die Hälfte von ihnen nach Sibirien schicken würde?

So wie sich die militärische Situation entwickelt hatte, versuchte Kiefer sich einzureden, ging es ihm als Sipo-Mann doch gut. Aber die Abkommandierung nach Bodø war in Wahrheit eine neue Demütigung gewesen. Das Heer hatte die Bewachung von Botn übernommen, und er war in ein Büro versetzt worden, wo der Leiter einen niedrigeren Dienstrang hatte als er. Privat brachte die Versetzung allerdings große Vorteile. Ihm war ein noch schlimmerer Außenposten erspart geblieben, und er konnte sich um Gunvor und die Kleine kümmern. Sie sah ihrer Mutter unglaublich ähnlich.

Er hatte Gunvor erklärt, dass er verschwinden müsse, wenn alles zusammenbrach. Sie hatte geweint und gefragt, wie es denn mit ihr weitergehen solle? Er hatte sie getröstet, die Kleine geküsst und versichert, dass er Kontakt zu ihr aufnehmen werde, erst einmal müsse er aber eine Weile untertauchen. Die Wehrmacht konnte in ihren Unterkünften bleiben, ein Offizier der SS nicht.

Im Büro hatten sie diskutiert, ob sie sich Zivilkleidung besorgen sollten, aber der Gedanke wurde rasch verworfen. Als Zivilisten würden sie vermutlich noch mehr Aufmerksamkeit auf sich ziehen. Ihre einzige Chance bestand darin, in der Menge der Wehrmacht-Soldaten zu verschwinden. Juden-Meyer hatte Uniformen des Heeres beschafft. Alternativ konnte man versuchen, die eigene Uniform zu verändern. Die schwarze SS-Uniform war längst Geschichte, nur die Rangabzeichen und die Platzierung des Reichsadlers unterschieden die SS-Uniformen noch von denen eines Offiziers des Heers. Ja, und natürlich die Mütze. Aber jetzt war es ohnehin zu spät, die Uniformen umzuändern.

Im Laufe des Nachmittags, kurz vor vier, verließen sie Johnsongården, stiegen in die Autos und fuhren in Richtung Fauske. Roleff voran, Juden-Meyer, Dörstel, Willenbrock, Tatge und die Fähnriche folgten, außerdem ein junger Norweger als Dolmetscher.

Etwas östlich der Stadt stoppte Roleff die Wagen an einem kleinen Waldstück. Juden-Meyer verteilte die Heeresuniformen, sie zogen sich im Wald um und versteckten ihre alten Uniformen. Kiefer verzichtete, er hielt nichts von der Methode. Ohne korrekte Ausweispapiere würde ihre Geschichte in Verhören nicht einen Moment standhalten. Kiefer war der Ansicht, dass sie sich etwas Intelligenteres ausdenken müssten, aber die anderen hörten nicht auf ihn. Sie sahen jämmerlich aus, keine der Uniformen passte. Kiefer wechselte lediglich die Mütze, der Totenkopf war zu auffällig.

In Løding kamen sie zu einigen Baracken direkt an der Straße. Im Lager gab es nur laxe Kontrollen, niemand kümmerte sich um sie. Kiefer blieb bei seinen Kameraden, erhielt Verpflegung, ohne dass er sich in irgendeiner Form erklären musste, und übernachtete in der Gefängniszelle des Lagers.

Am nächsten Morgen wollte Roleff nach Fauske und Rognan weiterfahren. Kiefer wollte nicht riskieren, auf Kontrollposten zu stoßen, in diesen Orten war er zu bekannt. Roleff, der einen viel zu kurzen Uniformrock trug, protestierte nicht, als Kiefer ihm erklärte, dass er sich allein zu Fuß durchschlagen wolle.

Kiefer lief den Kistrandfjellet entlang, kam an dem Ort Kosmo vorbei – hier war er mal mit Gunvor gewesen – und ging über den Berg in Richtung Fauske. An den nach Norden ausgerichteten Hängen lag noch immer schmutzig grauer Schnee. Kiefer war froh über die Uniformstiefel mit dem hohen Schaft, sie hielten den Schnee ab, wenn er hindurchstapfte. Das Laufen fiel ihm schwer, er hatte wenig zu essen und keinen vernünftigen Plan. Er wusste nur, dass er Fauske und Botn umgehen und nach Süden musste, so südlich wie möglich. Er überquerte die Reichsstraße 50 nördlich von Fauske und ging östlich der Straße weiter.

In der Nacht zum 10. Mai übernachtete er unter einer überhängenden Bergwand oberhalb der Reichsstraße. Er fröstelte sich durch die klare Nacht und beobachtete die Aktivitäten auf der Straße unter sich. Er wagte es nicht, ein Feuer anzuzünden, öffnete mit dem Dolch eine Konservendose Fischfrikadellen und aß sie kalt.

Er musste eingenickt sein, denn plötzlich wurde er von lautem, stotterndem Motorenlärm geweckt, wie von einem Fahrzeug ohne Auspuff. Das Geräusch kam von Norden und wurde ohrenbetäubend, als ein Motorrad mit Seitenwagen in Sicht kam. Zwei Armeesoldaten knatterten nach Süden, der Fahrer behielt auch in den Kurven sein wahnsinniges Tempo bei.

Das Motorrad verschwand hinter einem Felsen, genau an der Stelle, an der die Straße steil zum Fjord hinunterführte. Kiefer hörte, wie der Fahrer schaltete, dann heulte der Motor auf, gefolgt von einem scharfen Knall. Die Frühlingsnacht wurde wieder still, abgesehen von ein paar Möwen, die kreischend über den Fjord flogen.

Kiefer kletterte hinunter zur Reichsstraße und ließ sich auf der anderen Straßenseite zwischen zwei große Felsbrocken fallen. Wie weit konnte es bis zu dem Motorrad sein? Dreihundert, vierhundert Meter?

Er gelangte zu einem moosbewachsenen Abhang, es war glatt, und die abgelaufenen Stiefel gaben ihm keinen Halt. Fast wäre er selbst Opfer eines Unfalls geworden, als er über einen feuchten Uferfelsen klettern musste, der direkt im Meer endete.

Kiefer blieb stehen und horchte. Auf der Straße über ihm war es still. Aber irgendwo stöhnte jemand auf dem Abhang vor ihm. Er räumte ein paar Felsbrocken beiseite, die ihm die Sicht versperrten.

Der Fahrer lag vor dem Motorrad auf dem Rücken, er war über den Lenker geflogen. Unter ihm eine MP 38. Er lebte noch, war aber außerstande, sich zu bewegen. Es war ein einfacher Soldat, falsche Größe, höchstens 1,65 Meter. Wertlos. Kiefer drückte den Handschuh auf Mund und Nase des Fahrers, bis kein Laut mehr zu hören war.

Der Mann aus dem Seitenwagen war nicht zu sehen. Kiefer suchte zwischen den Felsbrocken am Abhang, bis hinunter zum Ufer. War er in den Fjord geschleudert worden? In diesem Fall musste er tief gesunken sein, im Wasser konnte Kiefer nichts erkennen. Nach einer halben Stunde gab er die Suche auf und kletterte wieder nach oben. Kurz bevor er die Straße erreichte, fiel sein Blick auf zwei Stiefel. Der Mann aus dem Seitenwagen lag eingeklemmt zwischen zwei Felsbrocken. Hatte er versucht, aus dem Seitenwagen zu springen, als sie von der Straße abkamen? Keine Bewegung, kein Laut, er war tot.

Kiefer arbeitete hart, um den Mann zwischen den Felsen herauszuziehen. Er bekam lediglich die Stiefel in die Hand, als er an der Leiche zog. Erst als er die Hand zwischen Felsblock und Körper drückte und den Gürtel zu fassen bekam, gelang es ihm, den Körper zu befreien. Ein Oberstleutnant des Heeres. Als er sich den Mann über den Rücken legte, sah er, dass dessen Gesicht bis zur Unkenntlichkeit zerschmettert worden war. Hoffnungslosigkeit überkam Kiefer, bevor ihm klar wurde, dass der Tote eine Armeemütze trug.

Der Oberstleutnant war ausgesprochen schlank, ungefähr wie er, und die Größe? 1,75? 1,80? Kiefer knöpfte den Uniformrock des Oberstleutnants auf, zog an einem Ärmel, rollte die Leiche auf die Seite und zog ihm die Jacke ganz aus. Er probierte den neuen Rock an, die Ärmel waren etwas kurz, und insgesamt war er ein wenig zu weit, aber es ging.

Er spürte, wie die Brieftasche des Oberstleutnants ganz ungewohnt auf seine Rippen drückte, sie war dicker als seine eigene. Er nahm den größten Teil von dem Geld aus der Brieftasche des Toten und steckte es in seine eigene Jacke. Sollte er die Fotos von Gunvor und der Kleinen mitnehmen? Nein, er musste alles tauschen!

Kiefer steckte die Leiche in seinen Uniformrock, er war ein wenig eng, ließ sich aber einigermaßen zuknöpfen. Er fluchte über den Geruch der Strümpfe, als er Hose und Stiefel wechselte.

Was noch? Denk nach, Wolfgang, denk nach! Kiefer spürte, dass er vor Erschöpfung und mangelndem Essen durcheinander war. Was noch, was stimmte nicht? Das übel zugerichtete Gesicht könnte wem auch immer gehört haben, gut. Die Blutgruppe. Allen SS-Männern war die Blutgruppe in die Achselhöhle tätowiert. Konnte er das Risiko eingehen, dass jemand die Achselhöhle untersuchte? Der Zeh! Ihm musste der kleine Zeh fehlen, die Erfrierung bei Litza.

Einen Zeh entfernen, eine Tätowierung hinzufügen, es kam ihm sinnlos vor. Jedenfalls brauchte er Tinte und eine Nadel, oder etwas anderes Spitzes. Er könnte mit dem Dolch zustechen, aber ihm fehlte die Farbe. War es überhaupt möglich, einen Toten zu tätowieren? Kiefer setzte sich und versuchte, sich zu konzentrieren. Er sah direkt in das unkenntliche Gesicht des Oberstleutnants.

Der Arm könnte bei dem Unfall zerquetscht worden sein! Er zog den Dolch aus der Scheide am Gürtel. Er mühte sich ab und musste schließlich mit einem Stein auf das Messerblatt schlagen, um den Knochen zu durchtrennen. Er schnitt den Zeh ab, trocknete das Blut mit Heidekraut, wickelte den Zeh in sein Taschentuch und steckte es in die Tasche.

Kiefer musste bis ans Ufer gehen, um einen passenden Stein zu finden; einen länglichen Stein, der nicht zu sehr mit Tang überwuchert war und sich noch handhaben ließ. Er trug den Stein hinauf zu der Leiche, drehte sie auf den Rücken, hob den Stein über den Kopf und ließ ihn fallen. Der Knochen krachte. Kiefer schlug noch ein paar Mal zu. Gut, jetzt ließ sich nicht mehr erkennen, dass die Verletzung frisch war. Er zog den Strumpf wieder über den Fuß und schlug ein paar Mal mit dem Stein auf den Stiefel.

Dann legte er die Leiche auf die rechte Seite und schlug mit dem Stein so fest er konnte auf seine Achselhöhle. Ein

Geräusch wie ein Stöhnen war zu hören, als die Luft aus den Lungen gepresst wurde. Er schlug noch einige Male zu. Kaum jemand würde auf die Idee kommen, nach einer Tätowierung zu suchen. Warum auch, der Mann war schließlich tot. Kiefer spürte, dass er nicht mehr klar dachte, ihm war schwindlig, als er sich aufrichtete. Er wischte sich ein paar Blutstropfen ab, die ihm auf seinen neuen Uniformrock gespritzt waren, und sah sich um, ob er nichts vergessen hatte. Hatte er alles vertauscht? Kleidung, Ausweispapiere, Brieftasche, Fotos. Der Oberstleutnant trug jetzt nur eines mit sich, es zeigte eine ältere Frau auf einer Gartenbank.

Kiefer schaute in seine neuen Ausweispapiere. Reinhardt Stuckmann, Oberstleutnant der Wehrmacht, geboren am 3. August 1913. Ein blonder, hohlwangiger und ernster Mann, etwas älter als Kiefer, starrte ihm aus dem Ausweis entgegen. Konnte er sich als Stuckmann ausgeben? Nun ja, das Foto war abgegriffen und nicht sonderlich gut. Bis auf weiteres muss es gehen, entschied Kiefer, er schaute noch einmal prüfend um sich, ließ den Oberstleutnant wieder zwischen die Felsbrocken fallen und kletterte zur Reichsstraße hinauf.

Er ging nach Süden, er wollte den Unfallort so weit wie möglich hinter sich lassen. An einer mit einem M ausgeschilderten Haltebucht am Meer warf er den Zeh des Oberstleutnants ins Wasser. Eine Möwe stürzte sich darauf, bekam die Beute aber nicht zu fassen. Kiefer musste lachen, das Gelächter überkam ihn einfach, er konnte nicht aufhören. Er sah den Vogel mit dem Zeh im Schnabel vor sich, wie er über den Garten flog, in dem die ältere Dame saß, wie er sich neben sie auf die Bank setzte, noch immer den Zeh im Schnabel. Herrgott, war er wirklich in Sicherheit?

Rein-hardt Stuck-mann, Rein-hardt Stuck-mann. Der Rhythmus in Kiefers neuem Namen passte zu dem Marsch auf der Landstraße, er prägte sich diesen Namen ein, wie er sich früher Passagen von *Mein Kampf* eingeprägt hatte. Am frühen

Morgen wurde er am Fuß des Saltfjellet von einem Haufen betrunkener Soldaten mitgenommen, die sich zur Internierung in Yttern melden sollten. Die Soldaten tranken und johlten, sie feierten, dass der Krieg vorbei war, und schossen auf die Möwen am Fjord, wenn der Wagen hielt. Keiner von ihnen sah aus, als würde er sich Gedanken darüber machen, warum ein Oberstleutnant nachts allein auf der Reichsstraße 50 herumlief.

15 *Oslo, Mittwoch, 20. Januar 2010*

Der Taxifahrer, ein Pakistaner, drehte sich zu Alex um, der auf dem Rücksitz saß. Das GPS des Mercedes zeigte, dass sie die Adresse außerhalb Oslos erreicht hatten, allerdings stand das Auto nicht vor einem Gebäude, sondern vor einem offenen Tor in einem hohen Zaun, dahinter Tannen und ein Weg, der sich einen Hügel hinaufschlängelte und dort verschwand.

»Fahren Sie einfach rein«, sagte Alex.

Der Fahrer zögerte.

»Dort auf dem Schild steht Lager Lutvann.« Alex zeigte mit dem Finger darauf, die Beschilderung war eher diskret.

Der Fahrer fuhr an, kam den Hügel aber nicht hinauf. Der Besitzer mochte keine Spikes. Er setzte rückwärts aus dem Tor und nahm noch einmal Anlauf, der Motor heulte auf, als der Wagen mit viel zu hoher Drehzahl den Hügel hinauffuhr. Hitlerschlitten, dachte Alex, bei winterlichen Straßenverhältnissen verdiente Mercedes den Spitznamen.

Der Fahrer war erleichtert, als er hinter dem Hügel Gebäude sah, ein Wachthäuschen mit offenem Tor und ein Stück weiter entfernt ein großes Bürogebäude. Alex bat um eine Quittung, bezahlte, nahm seine Schultertasche und stieg aus. Er wandte sich an die Wache und erklärte, wer er war und zu wem er wollte. Der Wachtposten griff zum Telefon, machte Meldung, bekam eine Bestätigung, untersuchte die Tasche und ließ ihn durch das Tor.

Er musste ein paar hundert Meter gehen. Der Bau sah aus wie jedes andere Bürogebäude, doch als er hinter der Eingangstür eine zusätzliche Schleuse betrat, wusste Alex, dass man hier die Einlasskontrollen ernst nahm. Es gab keine Möglichkeit, hereinzukommen, ohne dass die Wachen das Zugangssystem aktivierten. Der innere und der äußere Bereich waren durch Glaswände bis zur Decke und mannshohe Schleusen vollkommen abgetrennt.

Der Wachtposten beugte sich ans Mikrophon und bat ihn, sich auszuweisen. Alex legte seine Visa-Karte der Sparebanken von Nordnorwegen in ein Fach unter dem Fenster des Wachraums. Kugelsicheres Glas. Der Wachtposten zog das Fach an sich, griff nach der Karte, studierte das Foto, betrachtete Alex und legte die Karte hinter sich ins Regal. Dann beugte er sich wieder zum Mikrophon; es war ein blonder Mann aus Bergen. »Wenn Sie abhauen, wissen wir, wer verschwunden ist«, sagte er mit deutlich rollenden R-Lauten.

Ein Spaßvogel als Wachtposten des Nachrichtendienstes? Alex schaute sich das Gesicht näher an. Kein Anzeichen eines Lächelns, er meinte es offenbar ernst.

Der Wachtposten bat um Alex' Mobiltelefon, zog es durch das Fach und verschloss es in einem Safe. Er bat Alex, noch einige Minuten zu warten. Johannessen sei unterwegs.

Alex hatte das Hauptquartier des Nachrichtendienstes in Lutvann noch nie besucht, auch nicht während seiner Zeit bei den Streitkräften. Er war es gewohnt, mit Männern des Nachrichtendienstes im Feld zu arbeiten, es war eine norwegische Spezialität, dass die beiden Bereiche bei internationalen Operationen häufig zusammenarbeiteten. Hin und wieder hatte Alex auch Geheimdienstaufträge übernommen, aber er war im Gegensatz zu vielen anderen Kameraden nie dem Nachrichtendienst zugeteilt gewesen.

Du bist hier als Journalist, ermahnte er sich.

Ein weißhaariger Mann in einer dunkelgrünen Jacke, braunem Hemd und rotem Schlips erschien auf der anderen Seite der Schleuse. Er gab dem Wachtposten ein Zeichen, wartete, dass die Schleuse geöffnet wurde, trat ein, wartete erneut, bis die äußere Glaswand sich öffnete, und kam auf Alex zu.

»Johannessen«, sagte er und gab ihm die Hand. Er war bestimmt siebzig Jahre alt, ein bisschen kleiner als Alex, schlank und mit einem festen Händedruck. »Ich kümmere mich um Einsichtsanfragen.«

Alex verstand nicht.

»Sie haben ein Gesuch eingereicht, das die Operation in Oslo 1949 betrifft. So muss es gemacht werden, rein formal.«

Thomas und er mussten miteinander gesprochen haben, wie man die Sache am besten anging. Alex hatte also um Einsicht in Dokumente gebeten, ohne dass er davon wusste und ohne zu wissen, um welche Dokumente es sich handelte. Das war die alte Schule.

Johannessen winkte der Wache zu, bat Alex, ihm zu folgen, und betrat die Schleuse. Als Alex herauskam, hörte er munteres Stimmengemurmel aus der Kantine.

»Die Weihnachtsfeier für die Veteranen«, erklärte Johannessen und führte ihn zur Treppe. Die Gardinen der Kantine waren vorgezogen.

Als sie an der Kantine vorbeigingen, warf Alex einen Blick auf die Teilnehmer der Weihnachtsfeier. Ausschließlich Männer, wie Johannessen zeigten sie alle weiße Nuancen im Haar. Dort saßen sie, viele von ihnen hatten in den Tagen des Kalten Krieges Operationen geleitet. Veteranen, die sowjetischen Kontaktpersonen zugehört hatten, Führungsoffiziere von Doppelagenten gewesen waren oder in der ersten, verrückten Zeit, als alles erlaubt war, vielleicht selbst hinter dem Eisernen Vorhang agiert hatten. Wenn diese Leute reden dürften, was für Reportagen hätte man schreiben können! Alex wusste sofort, dass es ein absurder Gedanke war.

Johannessen stieg mehrere Treppen hinunter und öffnete

mit seiner ID-Karte eine Tür; sie gingen durch einen langen Korridor, bevor er eine Tür mit der Bezeichnung C09 aufschloss. Alex betrat ein Sitzungs- oder Verhörzimmer mit einem länglichen Konferenztisch und vier Stühlen. Es gab keine Fenster, aber einen Spiegel an der Wand.

Möglicherweise ein Überwachungsspiegel? Stand jemand dahinter?

»Sie können sich dort hinsetzen.« Johannessen zeigte auf einen Stuhl. Er selbst setzte sich Alex gegenüber. Ein grüner Aktendeckel ohne Aufschrift lag vor ihm.

»Denken Sie daran, Ihren Vater von mir zu grüßen. Wir hatten viel Spaß in den alten Zeiten«, sagte Johannessen. Spaß – waren das Operationen, Feste, Frauen? Es war nicht der Ort und die Zeit für solche Fragen.

»Leider findet sich nicht allzu viel über die 1949er Operation bei uns. Möglicherweise liegen die Unterlagen beim NSM, die Archive wurden irgendwann geteilt.«

Alex spürte einen Anflug von Enttäuschung. NSM, die nationale Sicherheitsbehörde, der am wenigsten bekannte Geheimdienst. Es könnte zu einer Wanderung durch die Wüste werden.

»Kann man dort um Einsicht bitten?«

»Niemand kann Ihnen verwehren, irgendetwas sehen zu wollen. Das ist hier auch so. Aber ob Einsicht gewährt wird, ist eine ganz andere Sache.«

»Was glauben Sie?«

»Ich glaube gar nichts, dafür habe ich keine Befugnis.«

»Aber ... ich dachte ...«

»Also, Glaube ist nicht unsere Branche, aber etwas habe ich doch gefunden.«

Johannessen öffnete den Aktendeckel, griff nach einem Blatt, das ganz oben auf einem Stapel Dokumente lag, und schob es Alex zu. Alex zog es heran.

Ein mit Schreibmaschine geschriebener Brief, datiert auf

den 25. Juni 1949, unterzeichnet vom Stabsoffizier Ole Berg, gerichtet an Admiral Tore Horve. Die Überschrift lautete: ›Verteidigungsbedingungen für Nordnorwegen bei einem Angriff aus dem Osten‹.

Alex blickte zu dem Weißhaarigen auf. »Könnte ich eine Kopie bekommen?«

»Leider nein, es würde voraussetzen, dass das Dokument herabgestuft ist. Ist es aber nicht. Sie dürfen sich allerdings gern notieren, was Sie brauchen.«

Der Brief war mit einem Stempel GEHEIM versehen, den jemand abgezeichnet hatte. »Es wäre praktischer, ich könne eine Kopie bekommen«, versuchte Alex es noch einmal.

»Eine Kopie ist ausgeschlossen. Nehmen Sie sich die Zeit, die Sie brauchen, ich habe für 12:00 Uhr ein paar Schnittchen bestellt.«

Alex zog einen Kugelschreiber aus der Tasche und schrieb den Brief wörtlich ab.

›Der Verteidigungsstab hat Kontakt zu ehemaligen hohen deutschen Offizieren des Heeres, der Marine und der Luftwaffe aufgenommen, die Erfahrungen aus Operationen in Nordnorwegen während des Krieges mitbringen. Die Offiziere haben sich bereit erklärt, für circa einen Monat unter norwegischer Leitung Überlegungen für die Verteidigungsmöglichkeiten Nordnorwegens zu erarbeiten. Man geht davon aus, dass die Arbeit am 5. Juli in Oslo beginnt.‹

Johannessen erhob sich, er bekam einen Anruf, den er vor der Tür annehmen wollte. Er verließ das Zimmer und schloss die Tür hinter sich. Der Aktendeckel lag auf dem Tisch. War das ein Test? Observierte man ihn durch den Spiegel? Von draußen hörte er keinen Laut, kein Anzeichen, dass telefoniert wurde.

Alex spürte, wie der Puls in seinen Schläfen pochte. Hast du Zweifel, dann lass es, sagte er sich und schrieb den letzten Teil des Briefs aus dem Juni 1949 ab.

›Wenn der Admiral während dieser Sitzungen besondere Probleme erörtert wissen möchte, wird er gebeten, den Verteidigungsstab so schnell wie möglich darüber zu unterrichten. Spätestens bis zum 2. Juli muss der Verteidigungsstab darüber informiert sein. Es wird gebeten, diese Angelegenheit mit äußerster Diskretion zu behandeln.‹

Stabsoffizier Ole Berg hatte seine Initialen darübergesetzt, das O und das B hingen fast ineinander.

Äußerste Diskretion, ja, das war verständlich. Der Brief dokumentierte, dass Wehrmachtsoffiziere, die an der Besetzung Norwegens teilgenommen hatten, nur vier Jahre nach der Kapitulation als strategische Berater wieder im Land waren.

Alex war mit der Abschrift fertig. Er drehte das Blatt um, er wollte sehen, ob auf der Rückseite auch etwas stand. Nichts. Johannessen war immer noch nicht zurückgekehrt. Sollte er einen Blick in die Mappe wagen?

Die Tür ging auf, Johannessen kam herein, perfektes Timing.

»Sind Sie fertig?«

Alex nickte.

»Hätten Sie ... gibt es noch weitere ...?«

Johannessen nahm den Brief, öffnete den Aktendeckel, steckte ihn unter den Stapel und zog ein zweites Blatt heraus, das er Alex zuschob.

Ein weiterer Brief, ebenfalls mit GEHEIM gestempelt, datiert auf den 31. Mai 1950 und direkt an eine Reihe hoher Offiziere geschickt, die die Kommandos der einzelnen Landesteile befehligten. Außerdem an die Botschaft in London und einen Konteradmiral an der norwegischen Botschaft in Washington. Alex übertrug Inhalt und Layout auf seinen Notizblock.

Strategische Ausrichtungen.

Der Verteidigungsstab schickt beigelegte 2 strategische Ausrichtungen, die von einer Gruppe hervorragender deutscher Generalstabsoffiziere ausgearbeitet wurden.

Die Ausrichtungen beinhalten:

- Aspekte einer Verteidigung Norwegens mit Vorschlägen für eine Verteidigungsgruppierung in groben Zügen.

- Überlegungen zu unterschiedlichen russischen Angriffsalternativen.

Für die Aspekte, die in den 2 Arbeiten dargelegt werden, sind die Autoren verantwortlich. Der Verteidigungsstab ist der Ansicht, dass die Überlegungen eine Reihe interessanter Gesichtspunkte beinhalten.

Der Verteidigungsstab sieht eventuellen Kommentaren entgegen.

Aufgrund der Art und Weise, wie diese Überlegungen zustande gekommen sind, muss der Verteidigungsstab darum bitten, dass diese Unterlagen mit der größten Diskretion behandelt werden. Sie dürfen unter keinen Umständen Ausländern gezeigt noch darf mit Ausländern darüber gesprochen werden.

V. Evang
Oberstleutnant

Anlage *O.J. Bangstad*
Hauptmann

Jemand hatte handschriftlich Nummern von eins bis fünf hinter die Empfänger gesetzt. Man wollte festhalten, wohin diese Ausarbeitungen gingen.

Alex sah Johannessen an, der ruhig am Tisch saß. »In dem Brief steht, dass die Überlegungen beiliegen, darf ich sie auch sehen?«

Johannessen unternahm keine Anstalten, weitere Dokumente aus der Mappe zu ziehen.

»Tut mir leid, wir können sie nicht finden.«

Er bluffte! Er wollte nicht, dass irgendjemand sie sah!

»Jetzt hören Sie mal. Der Geheimdienstchef Evang schreibt einen Brief, legt wichtige Dokumente bei, verschickt den Brief – und der Absender kennt diese Unterlagen nicht?«

»Hier ist Präzision vonnöten. Ich habe nicht gesagt, dass wir sie nicht kennen. Ich habe gesagt, dass wir die Ausrichtungen nicht finden können, also die eigentlichen Dokumente.«

»Ist das nicht eigenartig?«

»Ich kann mich zu derartigen Charakterisierungen nicht äußern. Wir finden sie nicht, sie könnten beim NSM liegen. Wie gesagt, die Archive wurden geteilt, als die Nachrichtendienste getrennt wurden.«

Alex seufzte und sah sich im Spiegel an. Er war blass.

»Sie können es selbstverständlich auch bei den Empfängern der Briefe versuchen.«

Alex schaute auf die Adressliste, es waren bekannte Offiziere des norwegischen Oberkommandos des Heeres, der Marine, der Luftwaffe sowie Offiziere in London und Washington. Viele von ihnen mussten längst tot sein. Es *würde* eine Wüstenwanderung werden.

Es klopfte an der Tür und eine Frau kam mit einem Tablett mit Schnittchen, Tellern, Tassen und einer Kanne herein. Es war exakt 12:00 Uhr. Johannessen bedankte sich, schenkte Kaffee ein und bot Schnittchen an. Er erkundigte sich nach Thomas, einem ausgezeichneten Mann, ärgerlich, dass man im Dienst schon so früh in Rente gehen konnte.

Alex erzählte, dass Thomas seinen Job als Sicherheitsdirektor bei Statoil aufgegeben hatte und gerade ein ganz ziviler Rentner geworden war. Jetzt hätte er etwas zu viel Zeit.

Irgendetwas an Johannessens Körpersprache verriet Alex, dass er einen wunden Punkt getroffen hatte. Johannessen war selbst bereits einige Jahre Rentner, übernahm aber weiterhin bestimmte Freelance-Aufgaben. Einsichtsgewährung, historische Ereignisse, solche Sachen. Schön, dass es einen Ort gab, wo man gebraucht wurde, und die einzige Beschäftigung nicht darin bestand, in der Einfahrt Schnee zu schaufeln.

Johannessen redete viel über seine Zeit als Geheimdienstmann, Leitartikel von *Aftensposten,* Einschnitte im Verteidigungshaushalt, Fregatten, die nicht mehr auslaufen könnten, und über den Abbau der Invasionsabwehr. Aber so musste es ja kommen, wenn Nato-Gegner und Pazifisten sich in den Regierungsbüros breitmachten. Er unterbrach sich plötzlich, er würde doch nicht etwa interviewt? Es war doch nur ein informelles Pausengespräch?

Alex nickte. Die Schnittchen mit der Sülze waren gut.

»Naiv«, erklärte Johannessen, wischte sich den Mund mit einer roten Weihnachtsserviette ab und goss sich mehr Kaffee ein. »Wie in den dreißiger Jahren. Da haben die Rot-Grünen auch erklärt, Norwegen hätte keine Feinde. Und kurz darauf standen die Deutschen im Land.«

»Die Grünen gab's damals doch noch gar nicht.«

»Entschuldigung?«

»Die Rot-Grünen haben Sie gesagt, aber es waren damals doch nur die Roten?«

»Genau. Aber die Politik ist dieselbe. Diese Leute hatten nie einen wirklich verwurzelten Verteidigungswillen.«

Johannessen trank einen Schluck Kaffee und drängte Alex noch ein Smørrebrød auf.

»Hier haben wir immer versucht, einen professionellen Stab zu bilden. Aber die Roten haben keinen Respekt vor langfristigen Perspektiven, sie richten sich nach dem politischen Wohlbefinden. Wie kleine Kinder zeigen sie auf den Himmel, sehen, dass dort keine Wolken sind, und glauben, sie könnten den ganzen Tag in kurzen Hosen herumlaufen. Aber wir wissen, dass es Regen geben wird, ja, Unwetter. So ist es immer, es ist lediglich eine Frage der Zeit. Verstehen Sie?«

Alex nickte, man widerspricht nicht dem Mann, der die Dokumente bewacht, die man sehen will.

Johannessen signalisierte ihm, dass sie fertig waren. Er bedauerte erneut, dass die Unterlagen nicht zu finden seien, aber als Journalist und ehemaliger Offizier wisse Winther ja bestimmt, dass offen zugängliche Quellen auch ergiebig sein können.

Ehemaliger Offizier, davon wusste er. Vermutlich hatten sie ihn überprüft, natürlich. Vielleicht hatte es aber auch sein Vater erzählt.

»Offen zugängliche Quellen?«

»*Verdens Gang* lässt sich bis 1945 durchforsten.«

Hatte die Zeitung wirklich 1949 über die Operation berichtet? Daran hatte er nicht im Traum gedacht, und natürlich hatte er es auch nicht geprüft.

»Und es gibt eine historische Abhandlung über die ersten Jahre des Nachrichtendienstes, ob Sie's glauben oder nicht.«

Alex kannte das Buch, zwei bekannte Kriegshistoriker hatten es geschrieben. Erschöpfend legten sie dar, wie der norwegische Geheimdienst in London, Stay Behind, aufgebaut wurde, die Grenzspionage im Norden und die ersten elektronischen Stationen. Auffällig knapp wurde es, wenn es um moderne Methoden ging. Sicher war es kein Fehler der Autoren, sie hatten einfach keinen Zugang zu Dokumenten nach 1970 gehabt.

»Das Buch hätte nie geschrieben werden dürfen, aber die Operation ist dort erwähnt«, erklärte Johannessen.

Alex hatte die zehn Zeilen über die Operation 1949 nach dem Restaurantbesuch mit seinem Vater gelesen. Man wurde davon nicht sehr viel klüger.

»Mit einem der deutschen Offiziere war doch irgendetwas nicht in Ordnung?«

»Nicht in Ordnung?«

»Eine belastete Vergangenheit, nicht wahr?«

»Negativ. Mir nicht bekannt.«

»Thomas erwähnte, dass …«

»Thomas war nicht befasst mit …« Er hielt inne. »Tut mir leid, Personalauskünfte und Verantwortungsbereiche gehören zu den vertraulichen Informationen.«

Alex verzweifelte an seiner eigenen Naivität. Es war lächerlich zu glauben, dass er eine Art *deep throat* beim Nachrichtendienst finden würde. Jetzt würde Johannessen jedenfalls kein Wort mehr sagen.

»Wieso hätte das Buch über den Geheimdienst nie geschrieben werden dürfen?«

»Das kann ich nicht kommentieren.«

Alex erinnerte Johannessen, der jetzt die Teller und Kaffeetassen zusammenstellte, daran, dass sie nur einen informellen Pausenplausch führten.

Okay, sagte Johannessen, er könne ganz generell sprechen, aber nicht ins Detail gehen. Die moderne Gesellschaft war in vieler Hinsicht ein Segen, hatte aber auch eine Art Hysterie der Offenheit geschaffen, die er nicht verstand. Wenn Bücher über Geheimdienste geschrieben würden, abgesegnet von ›modernen‹ Offizieren und politischen Gruppen im Amt, müsste eigentlich jeder einsehen, dass dieser Offenheitswahn zu weit ging. Dass die Gesellschaft generell degeneriert war und es an Disziplin und festen Haltungen fehlte, hatte er längst begriffen, aber wenn diese Ansichten sich sogar im Nachrichtendienst ausbreiteten, war der Zustand kritisch. Dann war die Gesellschaft in Gefahr.

»Ich musste Informationen preisgeben, die wir mit großem Aufwand geheim gehalten hatten, *clandestine operations*, ELINT, COMINT, alles mögliche.«

Johannessen war ziemlich ins Detail gegangen. Er hatte rote Flecken auf den Wangen. »Haben Sie je einen größeren Blödsinn gehört als den, dass Geheimdienste Offenheit zeigen sollen?«

Alex versicherte ihm, dass er nie größeren Blödsinn gehört habe. Sie standen auf, Johannessen trug das Tablett. Oben in der Kantine waren die Veteranen verschwunden, zwei Frauen räumten den langen Tisch ab, die Gardinen waren wieder aufgezogen. Es war noch immer hell, es regnete. Johannessen stellte das Tablett auf einen Geschirrwagen an der Kantinentheke und verabschiedete Alex an der Personenschleuse.

»Viel Glück, und denken Sie dran, Ihren Vater zu grüßen! Man schätzt sich doch glücklich, wenn jemand einen versteht«, fügte er hinzu und gab Alex die Hand. Meinte er Thomas, ihn oder das Gespräch in der Pause?

Johannessen wartete, bis Alex die Personenschleuse wieder verlassen hatte und sich der Wache zuwandte, um seine Visa-Karte und das Handy entgegenzunehmen.

»Na, sieh mal an, das ging doch noch einmal gut«, sagte der Spaßvogel hinter dem kugelsicheren Glas.

Alex erwiderte, dass er nicht wisse, was er meinte.

»Sie sind doch wieder herausgekommen.«

Auch nicht die Andeutung eines Lächelns hinter dem Glas.

16 *Tromsø, Donnerstag, 21. Januar 2010*

Ein Motor jaulte mit hoher Drehzahl auf. Ein schwarzer Schatten im Augenwinkel, eine rasche Bewegung. Alex trat blitzschnell ein paar Schritte nach rechts, rollte über die rechte Schulter, landete weich und wandte sich seinem Feind zu. Er hatte die Maschinenpistole bereits entsichert – wenn er denn eine gehabt hätte – und war bereit, die Bedrohung mit ein paar schnellen Schüssen zu eliminieren.

Alex kam nicht dazu, einen Gedanken zu fassen, er reagierte mit antrainierter, automatischer Routine. Der Marinejäger übernahm.

Ein schwarzer BMW raste vorbei. Der Wagen fuhr auf der Storgata in südliche Richtung, fegte ein Verkaufsplakat vor der Buchhandlung beiseite und endete an der Treppe des Burger King, die ihn abrupt stoppte. Das Geräusch von Metall auf Beton übertönte einen Augenblick die Schreie einer jungen Frau, die im letzten Moment hatte beiseitespringen können.

Verfluchte Scheiße! Ein Hinterhalt – mitten in der Fußgängerzone! Wo gab es Deckung? Fluchtmöglichkeiten? Wurden Waffen auf ihn gerichtet?

Alex presste sich an die Wand des Brillenladens und ging in die Hocke, er wollte nicht als Zielscheibe dienen. Die Frau blieb mit der Hand vor dem Mund stehen und starrte auf das Auto. Sie sagte keinen Ton. Regungslos. Alex konnte nicht sehen, wie viele Personen sich im Wagen befanden, die dreckigen Scheiben verbargen alles.

Ein Mann näherte sich von der anderen Straßenseite. In Uniform! Nein, verdammt, es handelte sich um eine Securitas-Wache. Der Mann kam aus der Bank gegenüber vom Brillengeschäft. Ein Securitas-Wagen davor, ein Geldtransporter, kein Mordversuch – ein Überfall!

Der Wachmann lief auf das Auto zu und sprach dabei in sein Funkgerät. War er einer der Gangster – in der Uniform eines Wachmanns? Was wollte er bei dem verunglückten BMW? Der Wachmann rüttelte an der Vordertür. Sie ging nicht auf. Er stemmte einen Fuß an die Karosserie und zog. Die Tür sprang mit einem kreischend metallischen Geräusch auf.

Er sah einen jungen, mit Jeans und schwarzem Kapuzenpullover bekleideten Mann, der aus einer Schnittwunde an der Stirn blutete.

»Was zur Hölle hast du dir dabei gedacht?« Der Wachmann packte den Kapuzenpullover mit beiden Fäusten. »Bist du auf Droge oder was?«

Alex trat näher, der Puls pochte in seinen Schläfen. Es saß niemand sonst im Wagen. Der Fahrer war bleich und dünn, er schien verwirrt zu sein. Ging es wirklich um einen Überfall? Oder war es nur ein betrunkener Jugendlicher?

Alex hörte die Sirenen, das Polizeirevier lag nur drei, vier Blocks entfernt. Am Ende der Fußgängerzone sah er das Blaulicht. Der Polizeiwagen fuhr langsam mit blinkenden Scheinwerfern auf den BMW zu und blieb hinter ihm stehen. Zwei Polizisten stiegen aus, sie waren bewaffnet, trugen aber weder Westen noch Helme. Einer konzentrierte sich auf den Fahrer, der andere nahm den Bericht des Wachmanns auf.

Tora! Sie kam mit ihrer Kamera in den Händen angelaufen, eine Fototasche hüpfte an ihrer Hüfte auf und ab. Dicht hinter ihr lief Sigurd, die journalistische Aushilfe. Tora blieb stehen, trat dann zur Seite, bückte sich hinunter zum Auto und schoss weitere Bilder.

Alex ging einen Schritt auf sie zu. Wusste sie nicht, was sie riskierte? »Was machst du hier?«

»Eine ganz …«, sie rang nach Atem, »… blöde Frage«, antwortete sie. »Hast du nicht gesehen, was passiert ist?« Sie ging um Alex herum und ließ die Kamera rattern, als der Fahrer zum Polizeiwagen geführt wurde.

Natürlich! Der Polizeifunk, Tora musste Fotos beschaffen.

»Der Wagen war plötzlich da, er raste durch die Fußgängerzone. Einen Moment dachte ich, es sei ein Überfall.«

»*Shit!* Ist das so? Ein Überfall?«

»Sieht nicht so aus.«

»Du bist doch ein Augenzeuge! Du musst dich von Sigurd interviewen lassen!«

»Redet lieber mit dem Mädchen.« Alex zeigte auf die Frau, die von der Polizei befragt wurde. »Und ruf mich an, wenn du weißt, was der Verrückte vorhatte.«

Alex klopfte sich den Schnee von der Jacke. Er sah auf die Uhr, zwanzig nach zehn, er kam zu spät. Er ging die Storgata hinunter, umrundete die zentrale Kreuzung und kletterte über die Schneehaufen am Rand des Fußwegs. Er sah sich sorgfältig um, bevor er die Fredrik Langes gate überquerte, einen kurzen Straßenstumpf, der voller Busse stand, weil Tromsø es nie zu einem Busbahnhof gebracht hatte. Am Ende der Straße tauchte die Fassade des Rica-Hotels auf. Von hier sah es aus wie die Baracke einer Bohrinsel.

Er wollte in das gegenüberliegende Hotel, das SAS-Hotel, wie es alle Tromsøer weiterhin nannten, obwohl es längst in Radisson Blu umbenannt war. Ein hässliches Hochhaus, ein modernistischer Neubau neben alten Gebäuden am Kai. Typisch Tromsø, eine unschöne Mischung als alter und neuer Architektur, die sich weigert, sich der Umgebung anzupassen.

Alex spürte, dass sein Puls noch immer raste. Er ging durch

die Schwingtüren ins Foyer und schaute auf die Informationstafel. Die Konferenz ›Nahrungsmöglichkeiten in den Nordgebieten‹ fand im Hauptsaal statt. Er stieg eine überdimensionierte Wendeltreppe hinauf, bekam das Konferenzprogramm ausgehändigt und fand einen Platz auf der Pressebank im Hauptsaal – einem minimalistischen, fensterlosen Schreckenskabinett mit braunen Wänden, das ihn an die Verteidigungsbauten des Kalten Krieges erinnerte. Der Universitätsdirektor Jarle Aarbakke, Leiter der ersten Expertenauswahl der Regierung für die Nordgebiete, hielt den Eröffnungsvortrag.

Alex rang nach Luft, nicht nur wegen der beiden Treppen. Der schnelle, schwarze Schatten im Augenwinkel, der aufheulende Motor, das Geräusch von sich verbiegendem Metall.

Damals in Afghanistan hatte ihn Hallvard gerettet. Eine Sprengfalle tötete Dahle und Frederiksen, die auf der rechten Seite des Wagens gesessen hatten. Hallvard machte alles richtig, er hielt den Hinterhalt mit Schüssen in Schach, während er Alex befreite, aber plötzlich fing der Mercedes Feuer. Hunderte Male hatten sie darüber geredet, Hallvard und er, alle Details waren sie durchgegangen, den Auftrag, einen Hinterhalt, die Platzierung von Straßenminen, hätten sie es voraussehen müssen? Die Gerüche, das Geräusch der Projektile, durchbohrtes Metall. Wer hatte gewusst, dass sie keine Ingenieure, keine Zivilisten waren, sondern eine Spezialeinheit? Wo war etwas durchgesickert? Und seither, dieses Schuldgefühl über den Verlust von Dahle und Frederiksen, die Albträume, die Nervosität, die ständige Bereitschaftsstellung, die nicht nachlassen wollte.

Einmal, auf einer dunklen Restauranttoilette, hatte Alex beinahe einem Mann das Genick gebrochen, der plötzlich hereinkam. Er hatte sich blitzschnell umgedreht, zugegriffen und hätte es fast getan, als die Vernunft Oberhand über die Furcht und die antrainierten Nahkampftechniken gewann.

Ach, Hallvard. War es möglich, einen Kameraden so zu

vermissen? Vermissen war eigentlich zu schwach. In Hallvard hatte er einen lieben Freund verloren, einen Vertrauten, mit dem er sich vernünftig unterhalten konnte.

Jetzt gab es niemanden mehr. Er war allein. Ganz allein auf der Welt. Sein Magen zog sich zusammen. Alex rang nach Luft, sein Puls raste, als würde er den Holtbakken hinauflaufen, er schwitzte und hatte das Gefühl, seine Beine würden versagen. Er stand auf, stieß mit dem Knie an den Stuhl seines Nebenmanns, fand den Ausgang und lief eine Etage tiefer auf die Toilette. Er setzte sich in eine der Kabinen. Was herauskam, war dünnflüssig und roch ekelhaft.

Das ist nicht das Ende, das ist der Körper, der grundlos Alarm schlägt, sagte er sich. Du bist nicht in Gefahr, es geht vorbei. Es wird nicht schlimmer, es wird besser. Hier gibt es nichts Gefährliches.

Sein Magen beruhigte sich, er wusch sich die Hände und das Gesicht und ging wieder in den Saal. Der Puls war noch immer viel zu hoch. Sein Nebenmann rutschte mit dem Stuhl beiseite, um ihn an seinen Platz zu lassen, er sähe ziemlich blass aus, flüsterte er, alles okay?

»Ja, alles okay«, log Alex.

Er sah sich im Konferenzsaal um, eine Versammlung von Männern im Anzug, darunter drei Frauen. Was wussten sie? Was wussten diese Leute überhaupt? Wieder nach Hause zu kommen schuf ein Gefühl der totalen Distanz, jedes Mal. Draußen konnte ein kleiner Fehler Verlust bedeuten, er hatte Kameraden sterben sehen, er hatte gesehen, wie andere Einheiten Verluste erlitten, Särge mit Fahnen – und daheim führten alle ihr normales Leben, als sei nichts geschehen. Sie holten ihre Kinder aus dem Kindergarten, aßen zu Abend, stritten sich mit der Ehefrau und sahen sich im Fernsehen Talkshows an. *Als sei nichts geschehen.*

Hin und wieder führte er gute Gespräche mit Studenten, die von Rucksackreisen aus Asien zurückkamen. Sie verstanden dieses Gefühl von Gleichgültigkeit gegenüber der norwegischen Wirklichkeit. Einer war aus den Slums von Kalkutta gekommen und hatte auf den Titelseiten der Zeitungen über irgendeinen neuen Geliebten irgendeiner Fernsehshow-Gewinnerin lesen müssen.

Wenn sie draußen waren, sehnten sie sich nach zu Hause. Und wenn sie zu Hause waren, sehnten sie sich nach draußen.

Das Gefühl, ganz allein auf der Welt zu sein, drohte Alex zu überwältigen. Er spürte den Druck in seinen Augen. Herrgott, er konnte doch jetzt hier nicht anfangen zu heulen, auf einer Konferenz über die Nordgebiete!

Er versuchte, sich auf die Rede des Universitätsrektors zu konzentrieren. Er redete über die Notwendigkeit, die erworbenen Kenntnisse im Norden eigenständig anzuwenden und neue Möglichkeiten zu schaffen. Sehr vernünftig, kluge Worte, aber wo war der Aufhänger für einen Bericht?

Sein iPhone vibrierte, eine SMS. ›Kein Überfall. Der Verrückte – ein Diabetespatient mit zu niedrigem Blutzucker. Blackout mit dem Fuß auf dem Gaspedal. T.‹

»Mehr Ölleitungen im Norden?« Der Chef vom Dienst rümpfte die Nase. »Ist das eine Nachricht?«

Nein, vermutlich nicht. Aber es ging um einen ehemaligen Gegner der Ölbohrungen auf den Lofoten, der seine Meinung geändert hatte. Wenn sich die Umweltprobleme lösen ließen, meinte er, könne man im Norden Arbeitsplätze schaffen. Die Jugendlichen würden sonst alle in den Süden abwandern.

»WENN SICH DIE UMWELTPROBLEME LÖSEN LIESSEN?« Die Stimme des Chefs vom Dienst schlug ins Falsett um. Wie die meisten Journalisten bei *Nordlys* war er politisch eher links einzuordnen und unterstützte alles, was die Umweltschutzorganisation Bellona unternahm.

»WENN sie gelöst werden könnten«, wiederholte er, »aber

der springende Punkt ist, dass es nicht möglich ist! Die riskieren, den Dorschlaich in Schweröl zu ersäufen.«

»Sie haben von Landbohrungen gesprochen, von Tunneln unter dem Meeresboden.«

Der Chef vom Dienst kicherte. Alex bekam einen Zweispalter auf Seite 7.

»Fotos?«

»Ich habe ein Bild von dem Mann.«

»Am Rednerpult?« Der Chef vom Dienst schlug den Kugelschreiber gegen seine Vorderzähne.

»Nein, vorm Hotel.«

»Scheiß drauf. Wir bringen eine verölte Eiderente. Ich mach das, du schreibst. Es ist bereits 17:00 Uhr.«

Alex wollte sich nicht auf eine Diskussion einlassen, inwieweit solch eine Illustration unsachlich war. Der Chef vom Dienst hätte seinen Willen ohnehin durchgesetzt. Er war der regierende kleine König, wenn der Chefredakteur nach Hause gegangen war. Die Prioritäten am Nachmittag, die Reportereinsätze, die Abendveranstaltungen, die Überschriften auf der Titelseite – all das lag in seiner Verantwortung, und bei wirklich bedeutenden Nachrichten, diktierte Erstad selbst die Überschriften. Alex nahm seine Schultertasche, die Kamera und einen Haufen Post und ging an seinen Platz.

»Winther!« Der Chef vom Dienst rief hinter ihm her. »Wie läuft's mit der Mordsache?«

Alex ging die wenigen Schritte zurück zum Schreibtisch seines Vorgesetzten. Die Polizei stochere noch im Nebel, kein konkreter Verdächtiger, er selbst verfolge ein paar Spuren.

»Dann haben wir überzogen«, meinte der Chef vom Dienst. Er hatte den ersten Artikel veranlasst.

Überzogen?

»Es sieht nicht sonderlich gut aus, wenn wir mit Pauken und Trompeten eine große Serie ankündigen, und dann trocknet das nach ein paar Reportagen ein.«

»Ich würde gern daran weiterarbeiten …«

»Der Leser ist nicht blöd, Winther, denk dran, wir müssen liefern, wenn wir's versprechen«, unterbrach ihn der Chef vom Dienst, der Alex' Antwort nicht abwarten wollte. Er griff zum Telefon, gab eine interne Nummer ein und wollte wissen, ob der Sport seine Seiten pünktlich ablieferte.

Alex musste ihm recht geben, sie hatten am Anfang die ganz große Trommel gerührt. Er hätte gern an dem Mordfall weitergearbeitet, aber Erstad hatte ständig andere Aufgaben für ihn. Bei der morgendlichen Redaktionssitzung hatte Alex sich um einen Bericht über den bevorstehenden ersten Sonnentag drücken können – Schulkinder, Sonnenbadende, *whatever*, wir brauchen was. Da war die Nordgebietskonferenz trotz allem noch besser.

Auf dem Weg zu seinem Schreibpult nickte Alex dem Netzjournalisten zu, der Kopfhörer trug. Ein Fernsehbeitrag für die Netzausgabe? Alex musste einen Notizblock, eine Burger-King-Schachtel und eine leere Cola-Dose beiseiteräumen. Irgendjemand hatte seinen Platz benutzt. Und sich mit diesem Müll dafür bedankt! Er setzte den PC in die Dockingstation, startete das Layout-Programm Saxo und fand die angewiesenen zwei Spalten auf Seite 7. Der Chef vom Dienst hatte den Bericht mit dem Arbeitstitel NEIN ZUR ÖLVERSCHMUTZUNG versehen. Nach einem Doppelklick wartete er darauf, dass das System die Journalistenversion des Umbruchprogramms Quark lud. Alex tippte die Überschrift ›ÖL KANN NORDNORWEGEN RETTEN‹ ein. Er fügte Zitatzeichen hinzu und schaute auf die Überschrift. Wer wollte so etwas lesen?

Er faltete die Hände hinterm Nacken, lehnte sich zurück und starrte an die Decke. ›BOHRUNGEN UNTER MEERESBODEN GEPLANT‹. Das war gar nicht so blöd. ›BOHRUNGEN IN TUNNELN VOM LAND‹. Zu abstrakt. ›BOHRUNGEN UNTER MEERESBODEN GEPLANT‹. Okay.

Alex wusste, dass er jetzt schreiben musste und nicht seine Emails durchsehen, auf Facebook oder in die Netzzeitung gehen sollte. Er musste erst einmal seinen Artikel schreiben, aber in der Post weckte ein großer gelber Umschlag seine Neugierde. Er lag unter der Kamera und sah geschäftlich aus, auf der Vorderseite sah er allerdings keinerlei Logo. Alex zog ihn aus dem Stapel, fast wäre die Kamera vom Pult gefallen. Er drehte den Umschlag um, kein Absender. Jemand hatte ihn mit einem Stück Tesafilm verschlossen. Alex Winther konnte nicht anders, er musste den Umschlag öffnen. Die Kopie eines Briefes, eines alten Briefes von 1949. Kein Begleitbrief, kein gelber Post-it-Zettel, keine Erklärung. Er schaute zur Sicherheit noch einmal in den Umschlag. Nichts. Der Brief war datiert auf den 15. Juli 1949, mit GEHEIM gestempelt und von einem Hauptmann des Nachrichtendienstes an den Polizeibevollmächtigten Haarstad geschickt worden.

›Folgende Decknamen werden beim Ausfüllen des Fremdenscheins im Hotel Terminus verwendet‹, stand dort. Es folgte eine Liste mit den Namen deutscher Offiziere und ihrer Decknamen.

1. *Gen.major Bernhard von LOSSBERG*
   geb. 27.7.1899, Schashagen bei Neustadt/Holstein
   Deckname: ROSEN, Bernd, geb. 6.7.1899
   Beruf: Ingenieur
   Ankunft in Oslo: 5.7.1949
   Nationalität: Deutscher

2. *Gen.major Eugen THEILACKER*
   geb. 8.4.1898, Heidenheim an der Brenz, Bahnhofstr. 24
   Deckname: RATHGEBER, Egon, geb. 8.4.1898
   Beruf: Textilkaufmann
   Ankunft in Oslo: 5.7.1949
   Nationalität: Deutscher

3. *Oberstltn. Reinhardt STUCKMANN*
geb. 3.8.1913, Hamburg
Deckname: NIELSEN, Andreas, geb. 3.8.1913
Beruf: Diplomkaufmann
Ankunft in Oslo: 5.7.1949
Nationalität: Deutscher

4. *Admiral Otto CILIAX*
geb. 30.10.1891, Scharbeutz bei Lübeck
Deckname: CARLS, Oscar, geb. 30.10.1891
Beruf: Ingenieur
Ankunft in Oslo: 5.7.1949
Nationalität: Deutscher

Johannessen! Er musste es gewesen sein, wer sonst? Vier ranghohe deutsche Offiziere, unter Decknamen im Hotel Terminus untergebracht, und das über den ganzen Sommer 1949. Hatte er seine *deep throat* doch noch gefunden?

Vivi kam am späten Nachmittag mit Solboller nach Hause, den typischen Krapfen, die in Nordnorwegen gern gegessen werden, sobald die Sonne sich wieder zeigte. Das Personal der Notaufnahme hatte den sonnigen Tag gefeiert, einige Stückchen waren übrig geblieben. Alex setzte Kaffee auf. Wegen Vivi hatte er jetzt Evergood-Kaffee im Haus, sie meinte, es müsse Evergood sein.

»Hast du in der Zeitung gesehen, dass sie fünfzigtausend Solboller gebacken haben?« Vivi holte eine Platte aus dem Glasschrank, der rechts von der Küchenecke stand, legte die Krapfen darauf und leckte sich den Zucker von den Fingern.

Eigentlich hießen sie Berliner, aber in Tromsø hatte man sie in Solboller, Sonnenkugeln, umgetauft. Es gab sie in mehreren Varianten, klassischerweise wurden sie in Schweinefett frittiert und in Zucker gerollt. Eine merkwürdige Tradition. Jedes

Jahr stürzte sich am 21. Januar, wenn die Sonne zurückkam, ganz Tromsø auf fünfzigtausend klebrige Krapfen, in Schulen, Kindergärten, am Arbeitsplatz und zu Hause.

Schuf der Mangel an Tageslicht einen erhöhten Bedarf an Süßigkeiten? Alex wusste es nicht, Vivi glaubte es.

»Musst du verreisen?« Vivi wischte sich den Zucker vom Mund und zeigte auf eine rote North-Face-Tasche neben der Badezimmertür.

»Nein. Die gehört Tora, der Fotografin, die gerade bei uns angefangen hat.«

»Holt sie die noch heute Abend?«

Alex fingerte an seinem Uhrenarmband. »Sie wird hier wohnen. Für ein paar Tage. Im Gästezimmer.«

»Sie wird bei dir wohnen?«

»Ja, wir kennen uns seit ...«

»Du kennst sie?«

»Ja, nein, wir arbeiten zusammen, wir ... Sie hat keine Bude mehr bekommen, bei all den Studenten, du weißt schon.«

Vivi hob die Augenbrauen. »Genau. Sie hat keine Bude, die Arme, also muss sie bei dir einziehen. Klar, selbstverständlich. So muss es wohl sein!«

»Lass den Unsinn. Es ist nicht ...«

Sie hob die Augenbrauen noch ein Stück. »Es ist nicht ...?«

»Es ist nicht so, wie du glaubst.«

»Was glaube ich denn?«

»Vivi, hör auf mit dem Scheiß! Ich will ihr nur ein paar Tage helfen.«

»Ist sie nett?«

»Vivi!«

»Ein paar Tage. Okay. Dann ist sie nächste Woche verschwunden?«

»Bestimmt.«

Alex wusste, dass die Stille, die jetzt eintrat, unterbrochen werden musste, aber er war so wütend, dass nicht er derjenige sein wollte, der nachgab. Er hatte Tora nicht einmal zur Begrüßung umarmt.

Alex stand auf, ging in die Küchenecke und holte die Kaffeekanne. Vivi wollte keinen Kaffee mehr – normalerweise ließ sie sich immer nachfüllen. Er goss sich selbst ein, stellte die Kanne wieder auf die Maschine und setzte sich. Vivi holte ihr Strickzeug heraus. Er kontrollierte sein iPhone. Irgendwo in der Dunkelheit wurde das Ablegen der Hurtigrute nach Norden von einem Pfeifsignal begleitet.

»Hast du heute die Sonne gesehen?«

»Nein, ich war auf einer Konferenz. Über die Nordgebiete.«

»Ich habe sie auch nicht gesehen. Aber es reicht ja, wenn man weiß, dass sie wieder da ist. Das ist so schön.« Sie sah ihn an. »Was ist? Schlechte Laune?« Und das fragte sie!

»Bist du beim Arzt gewesen?«

Alex murmelte eine Antwort, während er kaute.

»Bist du? Wir Frauen müssen auf euch aufpassen. Kein Mann geht freiwillig.«

»Ja, längst, er hat mir Sobril verschrieben, hast du das vergessen?«

Vivi rieb sich die Nasenwurzel. »Ja, wirklich. Wie hieß der Arzt?«

»Weiß ich nicht mehr. Ein älterer Bursche, aus Tromsø.«

»Du weißt nicht, wie dein Hausarzt heißt?«

»Vivi! Ich habe in den letzten fünfzehn Jahren nirgendwo fest gewohnt, geschweige einen Hausarzt gehabt.«

»Wo ist das Rezept?«

»Wieso?«

»Ich will sehen, wie der Arzt heißt.«

Er seufzte, zog seine Brieftasche heraus und gab ihr einen kleinen Umschlag, auf dem Svane-Apoteket stand. Vivi zog das Rezept heraus und rümpfte die Nase.

»Ist irgendwas nicht in Ordnung?«, erkundigte er sich.

»Nein … das heißt … eigentlich schon. Er ist nicht gut.«

»Was?«

»Er steht ganz oben auf der schwarzen Liste.«

Alex sah aus wie ein Fragezeichen.

»Im Universitätskrankenhaus haben wir alle eine schwarze Liste, hier drin.« Vivi zeigte auf ihren Kopf. »Es gibt diejenigen, die es eigentlich wissen und uns die Patienten früher überweisen müssten, und diejenigen, die schlampen und Patienten mit klaren Symptomen nach Hause schicken ... um abzuwarten.«

»Das hat er gesagt, ich solle abwarten.«

»Du musst den Arzt wechseln.«

»Vivi, ich habe keine Lust ... ich bin nicht krank, ich bin nur ...«

Sie legte den Kopf schräg und sah ihn bittend an. Könnte er es für sie tun? Er gab nach. Eigentlich war es doch egal, zu welchem Arzt er ging. Sie versprach ihm, sich zu erkundigen, wer als Psychia... Sie hielt inne. » ... wer sich mit psychischen Problemen auskennt, meine ich.«

Sie küsste ihn auf die Wange, legte die Arme um ihn, biss ihn ins Ohrläppchen und steckte ihm ihre Zungenspitze ins Ohr. Plötzlich war sie schmusig geworden.

Vivi war unbegreiflich. Er war wirklich allein auf der Welt.

17 *Tromsø, Donnerstag, 28. Januar 2010*

Vereinzeltes Schneetreiben. Alex lächelte, als er den Wetterbericht las, der im Eingangsbereich von *Nordlys* hing. Es hatte seit zwei Tagen ununterbrochen geschneit. Ein Tiefdruckgebiet bewegte sich langsam östlich in Richtung Meer, Nordwestwind und feuchte Meerluft trafen auf die Berge rund um Tromsø und bedeckten alles mit einem weichen und immer dicker werdenden Teppich aus großen Schneeflocken. In der ganzen Stadt blinkten die gelben Lampen der Räumfahrzeuge. Alex schätzte sich glücklich, dass er im Zentrum wohnte, mit Garage und beheizbaren Bürgersteigen. Die Besitzer von Eigenheimen verbrachten ihre gesamte Freizeit mit Schneeschippen.

Ein rotäugiger Fahrer in einem Radlader bemühte sich, den Bürgersteig vor dem *Nordlys*-Gebäude zu räumen. Er häufte im Rådhusparken einen immer höher werdenden Schneehaufen an, der das Denkmal von König Haakon bereits überragte.

Axel ließ den Radlader seine Arbeit am Eingang beenden, bevor er die Tür öffnete, Tora hinausließ und selbst in das Chaos trat. Durch die Grønnegata fuhr eine langsame Kolonne Autos, auf dem Dach eine Schneehaube, die Scheibenwischer in Dauerbetrieb.

Alex stapfte auf dem Bürgersteig der Grønnegata durch den Schnee. Er spürte, wie die Flocken ihm unter den Kragen seiner Lederjacke in den Nacken fielen. Tora war vernünftiger gekleidet, sie trug eine Jacke mit Kapuze. Eine karierte Allwetterjacke in grellen Farben, die nicht zusammenpassten, die Volkstracht der Tromsøer.

Bis zum Polizeirevier waren es nur dreihundert Meter zu Fuß, es lag in dem Viertel nördlich vom *Nordlys*-Gebäude. Vor dem ehemaligen Versammlungshaus stand noch immer ein goldener Löwe auf einer Betonplatte. Die Löwenpfoten steckten in tiefem Schnee.

Alex stampfte sich unter dem Vordach den Schnee von den Schuhen. Sie gingen durch die doppelten Glastüren und meldeten sich bei der Wache. Hier herrschte Tromsøs Polizeimeister Truls Fyhn mit uneingeschränkten Machtbefugnissen. Mit seiner langen Erfahrung als Polizist in Oslo und Tromsø und einem Hang zu scharfen Auseinandersetzungen liebte es Fyhn, Politiker zu provozieren, die er für naiv hielt. Am liebsten die Rot-Grünen, weil sie entweder die Geschwindigkeitsbegrenzungen oder die Strafen senken wollten. Bei Journalisten war er ausgesprochen beliebt, nicht nur aufgrund der Ansichten, die er vertrat, sondern weil er sich immer klar und deutlich äußerte – mit Adjektiven, die gute Schlagzeilen lieferten.

Der Polizeimeister war bei der Pressekonferenz nicht anwesend. Ann-Sissel Mack, eine große, dunkelhaarige Polizeijuristin räusperte sich. Mack war auch der Name der nördlichsten Brauerei der Welt in Tromsø. Neben ihr saß ein männlicher Kollege aus Bodø. Beide trugen Uniform.

Alex setzte sich ganz außen in die Reihe, damit er mit Tora kommunizieren konnte, die zusammen mit Fotografen von *Bladet Tromsø, Verdens Gang* und *NRK* im Raum herumschwirrte. Auch der für den Norden zuständige Kollege von *Aftensposten* war erschienen.

Ann-Sissel Mack teilte mit, dass die Polizeistellen von Bodø und Tromsø ab sofort bei den Ermittlungen im Zusammenhang mit dem Leichenfund in Botn am 22. November zusammenarbeiten würden. Der Grund seien neue Informationen über den Ermordeten.

»Trotz eines großen Ermittlungsaufwands und der Hilfe der Sondereinheit Kripos hat es lange gedauert, den Toten zu identifizieren. Dies ist inzwischen gelungen«, erklärte Mack und machte eine Pause, wobei sie ihren Blick über die Köpfe der Presseleute im Saal schweifen ließ.

»Der Ermordete ist bosnischer Staatsbürger, sein Name lautet Franko Novakovitsch. Novakovitsch hat zeitweilig in Tromsø gewohnt und an der Universität am Institut für Geschichte gearbeitet.«

Ein leises ›Mein Gott‹ war aus dem Saal zu hören.

»Novakovitsch war als Wissenschaftler zu Gast in Tromsø und wollte eigentlich im kommenden Frühjahr nach Ende des Semesters zurück in sein Heimatland reisen«, fuhr Mack fort. Sie formulierte umständlich, wie bei Juristen üblich. Die Ermittlungen waren nach der ersten Phase ins Stocken geraten, es gab keinen Verdacht gegen bestimmte Personen, man konzentrierte sich nun auf Vernehmungen in Botn und auf Novakovitschs beruflichen und privaten Umgangskreis in Tromsø. Zeugen mit Informationen, die zur Aufklärung des Falls beitragen könnten, wurden gebeten, sich zu melden.

Tora ging neben Alex in die Hocke, sie stützte sich mit einer Hand auf sein Knie und flüsterte. »Sie sind noch immer vollkommen blank.«

Mack eröffnete die Fragerunde. Wie gewöhnlich warteten die Kollegen vom öffentlich-rechtlichen Fernsehen, bis sie ihre Exklusiv-Interviews bekamen. Alex hob die Hand.

»Winther, *Nordlys*. Weshalb hielt sich ein bosnischer Historiker in Tromsø auf?«

»Soweit wir in Erfahrung bringen konnten, arbeitete er an einem Projekt, das sich mit serbischer Geschichte befasst. Die Details müssen Sie allerdings beim Institut erfragen.«

Alex fragte weiter. »Und wo hat er gewohnt?«

»Die Adresse ist beziehungsweise war ...« Mack blätterte in einigen Unterlagen. »... Utsikten 233. Eine Wohnung, die der Universität gehört.«

Tora war wieder an seinem Ohr. »Hör auf, du verrätst ja sämtliche Recherchemöglichkeiten!«

»Psst.« Alex zuckte die Achseln. »Die elementaren Fakten finden doch alle heraus.«

»Da bin ich nicht so sicher. Frag hinterher«, insistierte Tora.

Der Kollege von *Bladet Tromsø*, ein kahlköpfiger Mann mit einem Ring im Ohr, fragte, ob man die serbische Mafia im Verdacht hätte?

Ann-Sissel Mack lächelte und wiederholte, dass die Ermittlungen keine Basis für den Verdacht gegen besondere Personengruppen oder Milieus erbracht hätten. Die Presseleute kauten die sparsamen Fakten des Falls eine halbe Stunde durch, dann war die Pressekonferenz beendet. Auf dem Weg nach draußen schoss Tora ein paar Fotos, als eine Fernsehkamera und ein Scheinwerfer auf Mack gerichtet wurden. Sie gingen die Treppe hinunter und stapften durch den Schnee zurück zum *Nordlys*-Gebäude.

Der Chef vom Dienst Erstad wollte sofort einen Bericht. »*Yes, yes*«, zwitscherte er. »Endlich passiert etwas in Tromsø. *Very nice*.«

Die reinen Fakten der Pressekonferenz hatte die Konkurrenz auch, sie sollten sofort ins Netz gestellt werden. »Winther, du schreibst eine schnelle Sache fürs Netz. Haben wir ein Video?«

Tora schüttelte den Kopf.

Erstad sah sie vorwurfsvoll an. »Wenn du hier in der Großstadt Erfolg haben willst, musst du die großen Sachen auf Video aufnehmen. Immer.«

Der Chef vom Dienst sah die Doppelseite der Papierausgabe des nächsten Tages bereits vor sich, er zeichnete sie mit den Händen in die Luft: Auf den Seiten 4 und 5 RÄTSELHAF-

TER MORD / Das Opfer, Seite 6 und 7 RÄTSELHAFTER MORD / Die Kollegen, und Seite 7 und 8 RÄTSELHAFTER MORD / Polizei tappt im Dunklen.

»Winther, du und Tora, ihr übernehmt die Uni. Wir schicken Sigurd nach Utsikten. *On the road!*«

Alex ging an seinen Platz, Tora folgte ihm. Er setzte sich und griff zum Telefon, die Nummer gehörte zu denen, die er auswendig konnte.

»Was machst du?«

»Ich rufe das Institut an, um einen Kommentar zu bekommen.«

»Wir müssen dahin, ich kann am Telefon keine Bilder machen, du Blödmann!« Tora lächelte, aber ihr Lächeln hatte etwas sehr Bestimmtes.

Draußen fiel der Schnee noch immer dicht. Sie nahmen den großen Wagen der Redaktion, den Toyota. Tora fuhr. Alex wies sie auf die Tunnel zum Universitätsgelände hin, durch den Tunnel ging es schneller und es war nicht so glatt.

Er schaltete das Radio ein, etwas zu spät für die 12:00-Uhr-Nachrichten. Eine energische Frauenstimme, irgendetwas über die Sühne in Norwegen. Die Stimme kam ihm bekannt vor ... Lerke, Henriette Lerke.

»Sie«, Alex wies auf das Autoradio, »habe ich kennengelernt. Da habe ich dich vermisst.«

Tora bat, nicht in Rätseln mit ihr zu reden.

»Henriette Lerke, Anklägerin in Den Haag. Sie war beim Filmfestival. Ich musste selbst fotografieren.«

»Und ich dachte, du wolltest mir etwas Persönliches erzählen.« Tora zog hinter dem Steuer einen enttäuschten Schmollmund.

Als sie nach Breivika kamen, fiel der Schnee noch dichter. Tora beugte sich vor, um in dem Kreisel, der zum Universitätsgelände führte, besser sehen zu können. Die Parkplätze waren eingeschneit oder überfüllt, ein alter Saab war halb in eine

Schneewehe gefahren. Nur ein paar Behindertenparkplätze an der Universitätsbibliothek waren noch frei.

»Wir sind doch alle ein wenig behindert, jeder auf seine Weise«, erklärte Tora und parkte den Redaktionswagen ein. Wollte sie ihn auf den Arm nehmen?

Das Institut für Geschichte lag etwas abseits auf der anderen Seite der Hauptstraße. Der Bau sah trist aus, zumal das übrige Universitätsgelände aus hübschen Gebäuden mit Lichthöfen und luftigen Fassaden bestand. Alex musste an einen britischen Journalisten denken, den er während des Filmfestivals getroffen hatte. Der Brite hatte Breivika besucht und wollte nicht glauben, dass ein sechzigtausend Einwohner großes *village* in der arktischen Wildnis eine Universität mit mehr Studenten als Oxford hatte. Ein Krankenhaus mit hochspezialisierten Fachabteilungen und auf der anderen Seite der Tromsøya das längste Psychiatrische Krankenhaus der Welt. Alex hatte versucht, ihm zu erklären, dass Tromsø für den gesamten Landesteil zuständig war. Der britische Kollege hatte nur etwas von einem großzügigen Staat und viel Geld aus dem Ölgeschäft gemurmelt. Vielleicht hatte er ja recht.

Im Institut für Geschichte war es gar nicht leicht, jemanden zu finden, der zu einer Äußerung bereit war. »Sind Sie hier auf der Jagd nach Sensationen?«, wollte eine rothaarige Frau wissen, die eine Art Kaftan trug.

Sensationen? Ja, hielt sie es denn nicht für sensationell, dass einer ihrer Kollegen bei einer seiner Feldforschungen in Nordland misshandelt und ermordet worden war? Sie kamen mit ihr nicht weiter.

Der Institutsleiter, ein großer Südnorweger mit dicken Brillengläsern, war bereit, einen Kommentar abzugeben. Er hielt sich an die Fakten. Novakovitsch hatte sich seit dem 1.September 2008 in Tromsø aufgehalten, finanziert durch Forschungsmittel der EU. Es sei ein Schock für alle gewesen, als sein Tod bestätigt wurde, also der Mord.

»Warum wurde er nicht als vermisst gemeldet?«

»Niemand hatte die Übersicht. Wir legen hier großen Wert auf individuelle Freiheit.«

»Aber Novakovitsch ist doch mehrere Wochen nicht zur Arbeit erschienen?«

»Das ist nicht ungewöhnlich.«

»Ist es wirklich normal, dass die Leute hier ein paar Wochen nicht zur Arbeit auftauchen?« Tora mischte sich ein. »Dann will ich auch Historiker werden!«

»Nein, nein, Sie missverstehen mich ... Es ist normal, dass Leute längere Zeit abwesend sind, weil sie Feldforschung betreiben oder sich auf Konferenzen, Workshops oder Gastaufenthalten an anderen Universitäten aufhalten.«

»Aber Novakovitsch war doch Gast hier?« Alex wollte das Gespräch wieder in die richtige Spur bringen.

»Das ist richtig.«

»Dürfen wir seinen Arbeitsplatz sehen?«

Der Institutsleiter hatte nichts dagegen und führte sie eine Treppe hinab bis zu einer Tür, an der mit Filzstift NOVAKOVITSCH auf einem Post-it-Zettel stand. Er schloss die Tür auf und öffnete.

»Die Polizei ist alles durchgegangen. Viel gibt es hier nicht mehr.«

Er hatte recht. Ein Adidas-Beutel mit Sportzeug in einer Ecke, ein Kaffeebecher mit einem I, einem roten Herzen und den Buchstaben NY, ein paar Kugelschreiber in einem Glas. Das war alles.

»Nüchterner Typ«, stellte Alex fest.

»Das kann man wohl sagen.«

»Hatte er irgendwelche Verbindungen nach New York?«

»Das kann ich Ihnen wirklich nicht sagen.«

»Gibt es jemanden hier, der ihn näher kannte?«

»Er war ein Einzelgänger, er kam weder zu Rotweinproben noch zu anderen gemeinsamen Aktivitäten. Niemand von uns hatte Kontakt zu ihm, also von den wissenschaftlichen Mitarbeitern. Vielleicht jemand von den Studierenden?«

»Wer käme in Frage?«

»Da müssen Sie sich schon selbst durchfragen«, erwiderte der Institutsleiter und ließ sich, ohne zu protestieren, vor dem leeren Schreibtisch fotografieren.

18 *Tromsø, Freitag, 29. Januar 2010*

Erstad drehte den Daumen nach oben und lächelte Tora zu. Alex wurde mit einem Nicken von Mann zu Mann bedacht. Ein Chef vom Dienst ist niemals glücklicher als bei einer frühmorgendlichen Redaktionssitzung, auf der er sich rühmen kann, eine gute Geschichte im Blatt zu haben, die die Konkurrenz nicht hat. Ereignisse, bei denen alle Zugang zum gleichen Stoff haben, sind die Nagelprobe für alle Nachrichtenchefs. Erstad hatte bestanden.

»Heute spülen wir die Konkurrenz von Deck. *Great!*«

Erstad blätterte in der Zeitung. Heute zeigte sich, dass er ein verdammt guter Chef vom Dienst war, aber er wollte diejenigen auch nicht vergessen, die ihm das Rohmaterial für seine ausgezeichnet formulierte Schlagzeile geliefert hatten.

»›RÄTSELHAFTER MORD – das Opfer, die Kollegen, die Polizei‹ – ist das nicht toll?« Erstad lobte Toras Fotos von der Universität, der Pressekonferenz und nicht zuletzt die Fotos aus Botn. Niemand von der Konkurrenz hatte Bilder vom Tatort. An Sigurds Umfrage in der Genossenschaftssiedlung Utsikten hatten sich viele Anwohner beteiligt. Alle wollten in die Zeitung. Aber niemand wusste etwas über Novakovitsch; er galt als ruhiger Mann, der kein Aufheben von sich machte.

»Keine Zeit für eine schriftliche Evaluierung heute«, erklärte Erstad. »Freitage sind *busy.*« Er wandte sich an Tora. »Können wir unsre Süppchen noch mit weiteren Bildern aus Botn kochen?«

Tora war mit dem Jargon des Chefs vom Dienst noch nicht ganz vertraut.

»Es liegt an diesen fabelhaften Botn-Fotos, dass wir mit einer Pferdekopflänge voraus liegen. Ist da noch mehr rauszuholen?«

Tora sagte, sie würde nachsehen, ob sie weiteres Material habe, und Alex versprach, die Botn-Spur zu verfolgen. Jetzt wurde wieder mit Hochdruck an dem RÄTSELHAFTEN MORD gearbeitet.

»Macht an der Uni weiter. Woran hat er eigentlich gearbeitet? Haben sich die Historiker über irgendeine Geschichte aus der Vergangenheit gestritten? Ein Streit, der mit einem Mord endete? Hehe. Andere Quellen? Winther, du übernimmst die Stallwache, *n'est-ce pas*?«

Mein Gott, Erstad sprach Französisch, er übertraf sich selbst. Alex nickte. Sein auf stumm geschaltetes Handy vibrierte, eine Festnetznummer. Alex wies den Anruf ab, es war nicht üblich, wegen eines Anrufs die morgendliche Redaktionssitzung zu verlassen, wenn man nicht einen ganz besonderen Anruf erwartete.

»Und denkt dran, frühe Lieferung, bei allen. Die *Deadline* ist der Ernstfall und keine Empfehlung!« Erstad beendete die Sitzung.

Alex verließ das Sitzungszimmer und ging ins Nachbarbüro, einen winzigen Raum mit einem großen, professionellen Mikrophon; die Ausrüstung stammte noch aus der Zeit, als *Nordlys* als lokaler Fernseh-Produzent gearbeitet hatte. Er holte sein iPhone heraus und rief den letzten Anruf auf. Die Nummer leuchtete rot auf, er drückte und wartete.

»Fosshaug.«

»Hier ist Winther, von *Nordlys*. Sie haben angerufen?«

»Ja, richtig. Frederik Fosshaug. Es geht um den Mord.«

»Ja?«

»Ich habe gesehen, dass Sie gestern hier an der Universität gewesen sind. Sie wollten doch sehen, wo er arbeitete.«

»Novakovitsch?«

»Hm.«

»Sind Sie ein Kollege?«

»Mein Büro liegt im gleichen Flur.«

»Historiker?«

»Ja, neuere norwegische Geschichte. Krieg, Wiedererstarken, Nordnorwegen, die erste Nachkriegsregierung unter Ministerpräsident Gerhardsen. Novakovitsch hat mir einige ziemlich dramatische Dinge gezeigt. Er hatte viel Material über die Strafverfolgung von norwegischen Wachen gesammelt, die in den Serbierlagern gedient hatten. Zweiter Weltkrieg, üble Geschichten.«

»Die norwegischen Wachen?«

»Ja, sie haben die Leute kaltblütig ermordet. Auf Befehl der SS.«

»Davon steht etwas in …«

»Es ist eine humanitäre Katastrophe auf norwegischem Boden gewesen, an die sich niemand mehr erinnern will. Ich kann's Ihnen schicken.«

»Sie haben die Unterlagen?«

»Ich habe mir kopiert, was er mir gezeigt hat, man weiß ja nie, wofür man es möglicherweise mal braucht. Und Kopien im Rigsarkivet sind sauteuer.«

»Sprach Novakovitsch Norwegisch?«

»Genug, um das meiste zu verstehen, bei einigen schwierigen Wörtern habe ich ihm geholfen. Ich schick's Ihnen.«

»Nein, warten Sie. Mit der Post dauert es zu lange. Kann ich …«

»Wer redet denn von der Post? Das ist eingescannt, wie lautet Ihre Email-Adresse?«

Alex buchstabierte sie ihm. Es klang vielversprechend!

»Aber es gibt eine Bedingung.«

Mist. Jetzt kam der Haken.

»Sie halten meinen Namen heraus.«

»Was meinen Sie?«

»Ich will nicht mit dem Mord an einem Kollegen aus Bosnien in Verbindung gebracht werden.«

»Ich dachte, wir unterhalten uns, und ich mach ein Foto?«

»Wollen Sie das Material oder nicht?«

Alex hörte an der Stimme, dass es keinen Verhandlungsspielraum gab. Okay.

»Ich schicke es nach dem Mittagessen.«

»Das ist viel zu spät, ich muss ...«

»Sie können es sich im Laufe des Wochenendes ansehen.«

»Wir wollen morgen schon etwas bringen.«

»Morgen? Wollen Sie dieses Material nur überfliegen? Ich weiß nicht ...«

»Ich verspreche Ihnen, diese Sache seriös zu behandeln, ich weiß bereits einiges über diese Lager.«

»Es wirkt nicht sonderlich seriös, wenn Sie ...«

»Sie können mein Manuskript lesen, wenn Sie wollen.«

Es wurde still.

»Wann?«

»Gegen vier, spätestens um fünf.«

»Da bin ich schon auf dem Weg nach Hause.«

»Ich versuch's vorher. Wenn nicht, ruf ich Sie an und lese es Ihnen vor.«

Wieder wurde es still. »Okay. Ich versuche, es sofort zu schicken. Ich schreibe meine Mobilnummer in die Email.«

Fosshaug hatte aufgelegt. Alex öffnete Outlook auf seinem PC und wartete, während das Programm startete. In seinem Posteingang lagen ein paar Pressemitteilungen und eine Nachricht des Betriebsratsvorsitzenden, dass der A-Pressekonzern die Pensionsversicherung gewechselt hätte. Pension, er hatte doch gerade erst begonnen! Nichts von Fosshaug. Wann war *sofort* bei Historikern?

Pling, eine neue Nachricht. **frederik.fosshaug@isv.uit.no** hatte ihm eine Mail mit dem Betreff ›Hirdvaktbataillon‹ geschickt. Es gab zwei umfangreiche Anhänge. Alex sah auf die Uhr, es war erst fünf vor zehn. Er war gut in der Zeit. Kein böses Wort mehr über Historiker.

Der Arztbesuch! In fünf Minuten. Sollte er ihn einfach ›vergessen‹? Er wog die Möglichkeiten ab, er brauchte die Zeit für seine Reportage, da er aber bereits Vivis vorwurfsvollen Gesichtsausdruck vor sich sah, griff er zu seiner Lederjacke, hastete die Treppe hinunter und trat auf die Straße. Endlich fiel einmal kein Schnee. Der Himmel war wolkenfrei, hinter dem Fløyfell bemühte sich die Sonne, den Horizont zu erreichen.

Alex' neuer Hausarzt hatte seine Praxis im Ärztezentrum Sjøgata, in einem Geschäftshaus im Hafengebiet, das nach dem großen Stadtbrand 1969 gebaut worden war. Er lief an einer Apotheke im Parterre vorbei ins Gebäude, rannte die Treppe hinauf und kam in ein großes Wartezimmer mit mehreren Sitzgruppen, sieben, acht Patienten, alten Zeitschriften und einem Apparat, an dem man sich eine Wartenummer ziehen musste. Sollte er eine Nummer ziehen? Vivi hatte ihm versichert, dass dieser Allgemeinpraktiker einer der besten Ärzte der Stadt war.

»Winther?«

Sein Blick fiel auf einen schmächtigen Mann mit halblangem, zurückgekämmtem Haar, Baumwollhemd und Cowboyboots, der an einer offenen Tür stand. Kein weißer Kittel. Er sah aus wie der Sänger einer Countryband. Oder vielleicht eher wie der zurückhaltende, aber tüchtige Bassist im Hintergrund. Alex grüßte und wurde hereingebeten.

»Womit kann ich Ihnen helfen?« Stammte er aus Bergen? Auf jeden Fall aus dem Vestland.

»Ich wollte nur ... Ich bekomme Anfälle, meine Freundin meint, es seien Panikattacken, sie wollte ...«

»Dass Sie zum Arzt gehen?«

»Ja.«

»Vernünftige Frau.«

»Ja, sicher.«

»Wie äußern sie sich, diese Anfälle?«

Der Arzt war ruhig, er schien alle Zeit der Welt zu haben, stellte sachliche Fragen und redete nicht irgendwelchen sentimentalen Unsinn. Alex berichtete, dass die Anfälle vor drei, vier Jahren begonnen hatten. Sie waren plötzlich und unerwartet aufgetreten, er hatte bei den Streitkräften aufhören müssen. Dann waren sie eine Zeitlang verschwunden, aber in letzter Zeit immer häufiger zurückgekommen.

Der Arzt wurde bei dem Begriff Streitkräfte hellhörig. Was hatte er dort getan? Irgendetwas Besonderes erlebt?

Alex erklärte – soweit es seine Schweigepflicht zuließ –, dass er Marinejäger gewesen sei und einige heikle Missionen im Ausland durchgeführt habe.

»Dramatische und frustrierende Situationen?«

Durchaus. Ständig.

»Waren Sie in Lebensgefahr?«

Häufig. Das Schlimmste war natürlich die Straßenmine und der Verlust von Dahle und Frederiksen gewesen. Alex erklärte den Zwischenfall kurz.

»Haben Sie Albträume?«

Nein, aber hin und wieder wachte er unruhig und mit heftigem Herzklopfen auf.

»Begannen die Anfälle nach der Episode mit der Straßenmine?«

Nun ja, eine Weile danach, ungefähr ein Dreivierteljahr.

»Hm. Sieht aus, als handele es sich um ein PTSD. *Post Traumatic Stress Disorder*.«

Alex kannte den Begriff, sie hatten im Dienst darüber geredet.

Der Arzt legte einen der Cowboystiefel auf einen Metallschemel mit Rollen. »Ich kenne mich damit nicht besonders gut aus, aber es gibt zwei Möglichkeiten, Medikamente oder Therapie. Ich kann Ihnen etwas Beruhigendes verschreiben, aber es wäre besser, wenn Sie es ohne Medikamente schaffen würden.«

»Der letzte Arzt hat mir Sobril verschrieben.«

Der Arzt drehte sich zu einem PC. »Ja, das sehe ich. Aber Sobril allein ist keine Lösung. Sie gehören in eine Therapie.«

»Therapie? Psychiater?«

»Nicht notwendigerweise. Die Warteliste in der Psychiatrie ist lang. Ich hab einen Kollegen, der über kognitive Therapie promoviert hat. Er ist gut, drängelt nicht und wühlt auch nicht in der Kindheit herum. Strukturierte Gespräch – ohne Freud.«

Sollte er noch einmal den Hausarzt wechseln?

»Aber nein. Ich leihe Sie nur aus«, erwiderte der Arzt und schrieb Alex Name und Telefonnummer seines Kollegen auf einen Rezeptvordruck.

Zurück in der Redaktion, klickte Alex die Anlagen der Email von Frederik Fosshaug an. Eine trug den Titel *Gamborg Nielsen*, eine erschütternde Geschichte eines Vaters von zwei Kindern aus Drammen, der sich zur Germanischen SS Norwegen und zur Norwegischen Legion gemeldet hatte, aber aufgrund seiner Epilepsie vom Frontdienst verschont geblieben war. Stattdessen landete er im Hirdvakt-Bataillon als SS-Wächter von Jugoslawen im Todeslager von Korgen.

Alex kannte den Namen Korgen, das Lager hatte bei einem Dorf südlich von Saltfjellet in Nordland gelegen, einige Meilen von Botn entfernt. Gamborg Nielsen wurde für schuldig am Tod von vier Häftlingen befunden, drei während der Flucht erschossen, einer vorsätzlich ermordet.

Vor Gericht hatte er die vier Morde zugegeben. Der Staatsanwalt meinte, sie seien mit einem unerhörten Zynismus ausgeführt worden, und beantragte die Todesstrafe. Die Verteidigung plädierte auf mildernde Umstände und erklärte,

Gamborg Nielsen dürfe nicht wegen des Todes eines Serben verurteilt werden, der sich brutal gegenüber seinen Mithäftlingen aufgeführt hatte. Das Landgericht verurteilte Gamborg Nielsen zu lebenslanger Haft. Vor dem Obersten Gerichtshof wurde er zum Tode verurteilt, doch die Regierung milderte die Strafe in lebenslange Zwangsarbeit ab.

Vier Morde an wehrlosen Gefangenen und trotzdem von der Regierung begnadigt! Alex konnte kaum glauben, was er da las.

Bei dem anderen Strafprozess ging es um einen jungen Mann aus Halden, der Wachdienst hatte, als siebenundsiebzig Gefangene im November 1942 in Botn erschossen wurden. Die SS-Offiziere hatten behauptet, sie hätten ansteckende Krankheiten, die Infektionsträger müssten eliminiert werden. Der Norweger hatte einen Gefangenen auf der Flucht erschossen und war dabei, als der Häftling Mirko Novakovitsch im gleichen Monat misshandelt und gehängt wurde.

Novakovitsch!

Alex nahm sein iPhone und rief Fosshaugs Festnetztelefon an. Keine Antwort. Alex fand die Handynummer in der Mail. Glücklicherweise nahm er ab und bat Alex zu warten, er stünde in der Schlange beim Vinmonopol und müsse nur noch bezahlen.

Alex mochte es nicht, wenn Leute zurückrufen wollten, oft genug vergaßen sie die Absprache oder es vergingen mehrere Stunden. Fosshaug rief drei Minuten später an.

Alex kam direkt zur Sache. »In einem der Fälle, die Sie mir geschickt haben, geht es um einen Mirko Novakovitsch, der misshandelt und ermordet wurde. In Botn. Gab es eine familiäre Verbindung zu Ihrem Kollegen?«

»Ich glaube schon.«

»Sie glauben?«

»Ja, ich habe Franco dasselbe gefragt.«

»Und?«

»Ihm kamen die Tränen.«

»Er hat geweint?«

»Ja.«

»Hat er bestätigt, dass es sich um einen Familienangehörigen handelte?«

»Er wollte nicht darüber reden.«

»Aber er hätte wohl kaum angefangen zu weinen, wenn es nicht um seine Familie gegangen wäre?«

»Das ist wahrscheinlich, aber nicht verifiziert.«

Alex zögerte.

»Vielleicht brauchen Sie ja doch zwei Tage für Ihren Artikel.«

Alex sah auf die Uhr, zehn vor zwei, dankte für die Hilfe und beendete das Gespräch.

War es wirklich dieselbe Familie? Dann wäre es ein Scoop! Allerdings war es unmöglich, die bosnisch-serbischen Familienverhältnisse im Laufe von drei, vier Stunden zu klären. Er griff zum Telefon und wählte 511, die interne Nummer von Erstad.

Der Chef vom Dienst hörte sich Alex' unzusammenhängenden Redestrom aus Halbsätzen und atemlosen Bitten um mehr Zeit ungewöhnlich geduldig an.

»Die Seiten 4 und 5 warten auf dich. Frisch und sauber, keine Anzeigen«, sagte Erstad.

»Ich weiß, aber ...«

»MORDOPFER HAT FAMILIENANGEHÖRIGEN IM TODESLAGER VERLOREN.«

»Ich weiß nicht, ob es dieselbe Familie ist!«

»Ist doch der gleiche Name.«

»Ja, ungefähr so wie Hansen hier.«

»Novakovitsch. Ist das dort unten *Hansen*?«

»Ja«, log Alex. Zumindest könnte es so sein.

»Okay. *I see.* Wir haben 'ne nette Sache von Sigurd, die wir stattdessen auf den Seiten 4 und 5 bringen können. Aber du schreibst die Geschichte, sobald sie klar ist. ›GROSSVATER IM TODESLAGER VERLOREN‹. *Promise?*«

»*Promise.*«

Alex war nicht in der Stimmung, in die Stadt zu gehen, obwohl einige in der Redaktion von einem Freitagspils sprachen. Eigentlich eine gute Gelegenheit, da Vivi das ganze Wochenende Nachtwache hatte. Die Wochenenden gestalteten sich sehr unterschiedlich, je nachdem, ob die Töchter bei ihr waren, sie arbeiten musste oder ein freies Wochenende bevorstand.

Alex druckte die Unterlagen aus, die er von Fosshaug bekommen hatte, und steckte sie in seine Schultertasche. Er griff nach Lederjacke und Schal, verließ das *Nordlys*-Gebäude und ging die Grønnegata hinunter. Beim Vinmonopol kaufte er eine Flasche Gammel Dansk. Das Vinmonopol lag im gleichen Gebäude wie seine eigene Wohnung; es war eine stehende Redewendung, dass die Bewohner der Sentrum Terrasse ihren eigenen Weinkeller hätten und sich am Samstag in Pantoffeln und Bademantel im Weinladen bedienten. Im Laden von Ica, der direkt neben dem Vinmonopol lag, kaufte Alex ein Sixpack Mack-Bier, ein Brot, eine Packung Salami, einen braunen Ziegenkäse und eine Tiefkühlpizza. Dann betrat er über die Garage das Wohnhaus, guckte in den Briefkasten und nahm den Aufzug in den siebten Stock.

Das Schloss seiner Wohnungstür war wie immer ein wenig sperrig, er musste den Schlüssel etwas herausziehen, bevor er ihn drehen konnte. Er warf die Schultertasche aufs Sofa, stellte die Lebensmittel in den Kühlschrank und machte ein Bier auf. Dazu schenkte er sich einen Gammel Dansk in eines der Schnapsgläser mit langem Stiel ein und setzte sich vor den Ofen. Die Schnapsgläser waren ein Geschenk von Vivi.

Die Pizza war angeblich ›hausgemacht‹, bestand aber in Wahrheit nur aus einem industriell gefertigten Weizenmehlfladen mit Tomatensauce und Schinkenwürfeln. Er schaltete den Fernseher ein und wieder aus und schickte Vivi eine SMS. ›Freitage sind nicht dasselbe ohne dich.‹

Sie antwortete nach einer halben Stunde, vielleicht hatte sie sich um einen Patienten kümmern müssen. ›Du bist süß. Es kommen noch mehr Freitage. Kuss.‹

Alex holte sich noch ein Bier und goss sich einen weiteren Gammel Dansk ein. Er merkte, das er bereits ein wenig angetrunken war, im Grunde ganz schön. Er suchte nach Cohens Meisterwerk aus dem Jahr 2001, *Ten New Songs*, legte sich aufs Sofa, schloss die Augen und nickte ein.

Er erwachte, als ein Schlüssel im Schloss herumgedreht wurde. Jemand kam herein, er sah nicht wer, die Person rumorte im dunklen Flur, es hörte sich an, als würde eine Tüte oder eine Tasche abgestellt. Alex richtete sich auf den Ellenbogen auf. Vivi? Nein, sie hatte doch Wache.

Er spürte seinen Puls. Eine dunkle Gestalt zeigte sich an der Öffnung zum dunklen Flur, trat ins Licht der Leselampe am Sofa und blieb stehen.

»Mein Gott, Alex, hast du mich erschreckt!«

Tora! In der einen Hand die Kameratasche, die andere hielt sie vor dem Mund. Sie wohnte ja auch hier. Er musste lachen.

»Wieso lachst du? Es war so ruhig und dunkel, dass ich dachte, du bist nicht zu Hause! Da bleibt einem ja das Herz stehen!«

Alex sah auf die Uhr, bald 23:00 Uhr. Er hatte einen schweren Kopf, normal, wenn man mit einem sich langsam entwickelnden Rausch einschläft. Drei, vier Biere und zwei … nein, drei Gammel Dansk.

Tora öffnete die Tür zum Gästezimmer, machte das Licht an und warf die Kameratasche aufs Bett. Sie kam zurück ins Wohnzimmer und ließ sich direkt neben ihm aufs Sofa fallen. Sie legte einen Arm um seinen Rücken, er spürte eine Brust an seinem Arm. Sie roch nach Knoblauch und Alkohol.

»Hej, Zimmerwirt. Du musst aufhören, die Leute zu erschrecken.« Tora küsste ihn auf die Wange.

Tja, sie war offenbar in der Stadt gewesen.

»Wir sind nach der Arbeit ins Skarven gegangen, eine ganze Gruppe. Du bist nicht mitgekommen?«

»Nein, ich bin nach Hause gegangen.«

Er blickte auf die leeren Bierdosen auf dem Tisch.

»Wie langweilig. Es war nicht dasselbe ohne dich.«

Er rückte ein wenig von ihr ab. Sie beugte sich über den Tisch, zwischen Bluse und Jeans schaute ein Stück Rücken heraus. Alex verkniff sich, sie dort zu streicheln.

»Was liest du denn da?« Sie hob die Papiere von Fosshaug auf und setzte sich wieder. Jetzt war sie ihm wieder sehr nah.

»Strafsachen aus Botn. Schrecklich.«

»Uff, aber doch nicht an einem Freitagabend!« Sie ließ die Unterlagen auf den Tisch fallen. »Es ist Wochenende, ist das nicht herrlich? Aber ich bin ein bisschen müde ...«

Tora legte den Kopf an seine Schulter und sah ihn kurz an. »Ist das okay?«

»Ja, sicher.« Er meinte es ernst.

Sie drehte ihm ihr Gesicht zu und küsste ihn auf den Hals. Schauder liefen ihm über den Rücken. »Ich mag dich«, sagte sie.

»Du bist aber auch nicht übel.«

»Nein, ich meine es so. Ich mag dich richtig gern, du bist ...«

»He, sollten wir es nicht ein bisschen ruhiger angehen lassen?«

»Wieso?«, zog sie ihn auf. »Krieg ich 'n Kuss?«

Er lachte.

»Ein winziges Küsschen, nur eins? Dann bin ich auch ein braves Mädchen und gehe ins Bett.«

Ihn erregte der Gedanke, dass sie in seiner Wohnung schlafen würde. Er stellte sich vor, wie sie sich auszog. Die Hose, die

Bluse, wie sie beide Arme nach hinten streckte, um den BH aufzuhaken.

Sie wartete nicht auf eine Antwort, sondern presste ihre Lippen auf seine, öffnete den Mund und steckte ihre Zungenspitze in seinen Mund. Sie bewegte die Zunge von einer Seite zur anderen. Alex spürte, dass er eine Erektion bekam.

Sie schob ihn nach hinten, er fiel in die Sofaecke, eines der Kissen fiel von der Sofalehne und traf ihren Hinterkopf. Sie ließ ihn los, lachte und warf es beiseite.

»Noch einen?«

Alex nickte. Eigentlich müsste er Seelenqualen leiden, aber egal. Er mochte sie ja auch. Als sie sich erneut über ihn beugte, fiel sein Oberkörper nach hinten, er landete mit dem Kopf auf einem Kissen. Es war ein Geschenk von Vivi. Noch eins.

19 *Tromsø, Montag, 1. Februar 2010*

Alex erwachte durch den doppelten Klingelton seines iPhones. Er schlug die Augen auf und schaute auf den Radiowecker. Zehn vor sieben. In einigen Minuten begann das Morgenmagazin von NRK Troms. Er liebte es, im Bett die Nachrichten und lokalen Neuigkeiten zu hören, wenn es nicht gerade sensationelle Neuigkeiten waren. Während er der Musik zuhörte, wurde er langsam wach. Das Tivoli-Radio hatte einen guten Bass – ein etwas zu teures Geburtstagsgeschenk seines Vaters.

Die SMS kam von Vivi. ›Bist du sie los?‹

Herrgott. Sollte er antworten. Verflucht nochmal, aber ...

›Beruhige dich. Sie zieht bald aus. Guten Morgen übrigens.‹

Zwei neue Pieptöne. ›Muss das Wochenende planen. Nicht gerade attraktiv bei dir, wenn du Untermieter hast.‹

Das ging zu weit! Er wählte ihre Nummer. Ihre Stimme war ironisch und kühl, so klang sie immer, wenn sie ihren Willen durchsetzen wollte.

»Guten Morgen Geliebter. Habe ich dich geweckt?«

»Was ist los mit dir?«

»Mit mir?«

»Ja, mit dir!«

»Ich versuche herauszufinden, wo ich das nächste Wochenende verbringen werde.«

»Meinst du ... Soll ich sie auf die Straße setzen?«

Vivi erklärte irgendetwas einer Kollegin von der Nachtwache, dann war sie wieder am Apparat.

»Du hast gesagt, sie würde letzte Woche schon ausziehen.«

»Findest du, ich soll sie auf die Strasse setzen?«

»Ich muss meinen Bericht abliefern. Wie du dieses Problem löst, ist deine Sache.« Sie legte auf.

Alex blieb auf dem Rücken liegen und starrte an die Decke. Im kleineren Schlafzimmer hörte er einen Wecker klingeln. Er gewöhnte sich allmählich daran, mit Tora zu frühstücken und Zeitung zu lesen. Seit Freitagabend hatte er nicht viel von ihr gesehen, Samstagmorgen war sie früh verschwunden und das ganze Wochenende fort gewesen. War sie nach Hause gefahren?

Alex stand auf, zog sich den Bademantel an und ging ins Bad. Er stieß vor der Badezimmertür fast mit ihr zusammen, sie trug ein T-Shirt und einen Slip. Keinen BH.

Tora senkte den Blick, murmelte eine Entschuldigung und verschwand wieder in ihrem Zimmer.

Alex ging ins Bad, duschte und rasierte sich, dann holte er die Zeitung aus dem Briefkasten. Er hatte den Aufmacher. Als er an ihrer Tür vorbeiging, hörte er keinen Ton.

Er füllte die Kaffeemaschine bis zum sechsten Strich, genug für die großen Becher. Aus der Küche hörte er, wie sie ins Bad schlich, dann das Geräusch von fließendem Wasser. Die Badezimmertür ging auf, sie trug einen grauen Rollkragenpullover und blaue Jeans. Wie bei ihrer ersten Begegnung.

»Guten Morgen. Kaffee?«

»Ja, heute schon.«

»Brot?«

»Kann nicht schaden.«

Sie griff über den Esstisch nach der Zeitung. »Deine Geschichte ist gut, Alex.«

Sie hielt die Titelseite von *Nordlys* hoch. Verlor Onkel im Todeslager.

»Unsere Geschichte«, korrigierte er sie. »Gute Bilder.«

Sie tranken über die Zeitung gebeugt Kaffee. Sie räusperte sich. »Ich ziehe so schnell wie möglich aus.«

»Das eilt nicht, nicht meinetwegen.«

»Torkil muss mir was besorgen.«

»Erstad! Willst du bei ihm einziehen?«

»Nein, nein. Er muss mir nur eine andere Wohnung besorgen, vorübergehend.«

»Du wohnst doch hier?«

»Ja, aber ...«

»Tora, sieh mich an!«

Sie biss sich auf die Lippe, wickelte ihr Haar um den Finger und blickte an die Wand. Sie stand auf, erklärte, sie müsse jetzt gehen. Als sie die Wohnungstür hinter sich schloss, hatte er bis zur Redaktionssitzung noch eine halbe Stunde Zeit.

Alex räumte gerade sein Schreibpult auf, als das Festnetztelefon klingelte. Auf dem Display sah er, dass der Anruf aus der Zentrale kam.

»Ich habe hier eine ältere Dame am Telefon, die mit einem Journalisten über den Mord sprechen möchte.«

»Den Mord in Botn?«

»Ich glaube schon. Du bist doch an dem Fall dran?«

»Ja, sicher. Was will sie?«

»Ich glaube, du musst nur mit ihr reden. Ich stelle durch.«

Alex hörte ein lautes Radio. Eine Stimme mit dem Dialekt des Nordlands kündigte einen musikalischen Beitrag an. Dann eine Frauenstimme, die Selbstgespräche führte: »Ich weiß gar nicht, wo ich gelandet bin ...«

»Hallo, hier ist Alexander Winther.«

»Hallo?«

»Hallo, ja, Sie sind bei *Nordlys* gelandet. Sie sprechen mit Alexander Winther.«

»Sind Sie Journalist?«

»Ja, richtig.«

»Ich habe da etwas, was Sie vielleicht für eine Anzeige verwenden können.«

»Einen Moment, ich verbinde Sie mit der Anzeigenabteilung. Wenn die nicht schon gegangen sind.«

»Ich habe ein Foto, das …«

»Für eine Anzeige?«

»Sind Sie nicht Journalist?«

»Doch, Sie sind mit der Redaktion verbunden. Aber wenn Sie eine Anzeige aufgeben wollen, dann müssen Sie mit der Anzeigenabteilung sprechen.«

»Vielleicht sollte ich es besser lassen.« Wieder redete sie mit sich selbst.

»Handelt es sich um ein Foto von etwas, was Sie verkaufen möchten? Sie können morgen noch einmal anrufen und …«

»Es zeigt den Kommandanten.«

»Den Kommandanten?«

»Erst habe ich die Zeitung hier angerufen, aber sie wollte nichts davon wissen.«

»Wer?«

»Dieses Mädchen von Vegard. Sie macht Fotos.«

»Haben Sie Kommandant gesagt? Ist es ein Foto aus dem Krieg?«

»Ein schöner Mann. Er sieht eigentlich ganz normal aus. Aber das war er nicht.«

»Haben Sie das Foto zu Hause?«

»Er hat das Kind auf dem Arm, er lächelt.«

»Der Kommandant des Botn-Lagers?«

»Er war einer der Schlimmsten.«

»Entschuldigen Sie, wie war Ihr Name?«

»Hjørdis Karlsen.«

»Wohnen Sie in Bodø?«

»Valnesfjord.«

Der gleiche Ort, aus dem Tora kam! Alex notierte sich Telefonnummer und Adresse der Frau und versicherte ihr, das Foto sei interessant und sie würden darauf zurückkommen. Dann legte er auf. Tora hatte die Redaktion bereits verlassen, er hatte sie kurz zwischen zwei Fotojobs gesehen. Aber sie war sicher nicht auf dem Weg zu ihm nach Hause.

Er wählte ihre Mobilnummer. Es klingelte, sie nahm nicht an, der Anrufbeantworter schaltete sich ein. Er legte auf und schickte eine SMS. ›Ruf mich so schnell du kannst an. Wichtig. Geht um die Arbeit, nichts Privates.‹

20 *Tromsø, Dienstag, 2. Februar 2010*

»Wir müssen uns den Stoff mit *Avisa Nordland* teilen.«

Alex erntete einen ungläubigen Blick von Erstad. Zusammen mit Tora beugten sie sich im Sitzungszimmer über den Ausdruck einer Fotografie.

»*Why? Why?*«

»Die Dame, die mich gestern angerufen hat, war verwirrt. Tora kennt sie, sie hat keinen digitalen Scanner, um es mal vorsichtig zu formulieren. Sie hat versucht, das Foto zu schicken, es kam nur Mist«, sagte Alex.

»Und?«

»Sie fing an, den Anruf zu bereuen, sie wollte das Bild doch nicht herausgeben. Tora hat es mit *Avisa Nordland* geklärt. Einer von deren Fotografen ist hinausgefahren und hat ein Foto des Fotos geschossen, wenn du verstehst, was ich meine. Dafür wollen sie auch das Material.«

»Das hätten wir doch selbst machen können! EXKLUSIVITÄT, Winther, hast du das auf der Journalistenfabrik nicht gelernt?«

»Hättest du einen Flug und einen Mietwagen für ein Foto bezahlt?« Tora mischte sich ein. Schärfer als gewöhnlich.

Erstad blieb die Antwort schuldig.

»*Anyway*, was wissen wir über den Charmeur auf dem Foto?« Erstad nickte in Richtung Ausdruck, der zwischen ihnen auf dem Tisch lag.

Ein Mann in SS-Uniform stand lächelnd mit einem kleinen Mädchen im Arm auf einer Landstraße. Das Gesicht des Offiziers mit seiner markanten Nase zeichnete sich scharf im Halbprofil ab. Er trug keine Uniformmütze. Das Bild war im Sommer entstanden, das Mädchen hatte ein geblümtes, kurzärmliges Kleid und weiße Kniestrümpfe an. Ein Kinderwagen war am linken Bildrand abgeschnitten. Stand dort die Mutter?

»Es ist nachmittags, niedriger Sonnenstand und lange Schatten«, sagte Tora.

»Oder die Mitternachtssonne«, meinte Erstad.

»Na ja, sieh dir die großen Blumen am Straßenrand an, Weidenröschen. Die sind im Juli nicht so groß. Und im August gibt es keine Mitternachtssonne«, parierte Tora.

»Was weißt du eigentlich über Weidenröschen im Krieg?«

»Glaubst du, sie haben sich seither wesentlich verändert?«

Erstad blieb erneut die Antwort schuldig.

»Wissen wir, wo es aufgenommen wurde?«

Tora betrachtete das Foto genau. »Nordnorwegen, ganz bestimmt, Birkenwald und Felsen im Hintergrund. Typische Landschaft.«

»Sind wir sicher, was seine Identität angeht?«

»Die alte Dame behauptet, es sei der Kommandant des Lagers von Botn. Laut meinen Unterlagen hieß er Kiefer, ein Vorname ist nicht angegeben.«

Erstand breitete die Arme aus. »Wir werden jetzt doch nicht einer verrückten alten Dame Glauben schenken!«

»Ein bisschen verwirrt, nicht verrückt.« Alex zeigte auf den Uniformrock des Offiziers. »Der Rang stimmt, SS-Hauptsturmführer. Drei Silberknöpfe und Silberstreifen am Kragenspiegel.«

»Woher weißt du das?«

»Alte Soldaten vertiefen sich in Militärgeschichte.«

»Wer ist das Kind?«

»Wissen wir nicht.«

»Seins?«

»Vielleicht. Oder nur zufällig vorbeigekommen.«

»*Are you kidding?* Und das sollen wir drucken?«

»Können wir das Kind wegretuschieren? Oder es verpixeln?«

Tora bekam keine Antwort auf ihren Vorschlag. Erstad zögerte. »Ich denke, wir müssen *The Big Boss* einschalten. Hier haben wir etwas Ethisches, ein gefundenes Fressen für den Chefredakteur. Wann druckt *Avisa Nordland*?«

»Gleichzeitig, in Absprache mit uns. Ist schließlich keine nebensächliche Meldung.«

»Ihr hört von mir. *Don't call me, I'll call you*«, erklärte Erstad und verließ den Raum.

Tora stand ebenfalls auf. Alex griff nach ihrem Arm.

»Können wir reden?«

Sie zog den Arm zurück. »Jetzt nicht, und auf keinen Fall hier«, sagte sie und ging ebenfalls hinaus.

Der Spezialist in Kognitiver Therapie, den Alex' Hausarzt empfohlen hatte, war ein Mann mittleren Alters mit einer Halbglatze. Seine Praxis lag in einem der alten Holzhöfe in der Storgata, oben unter dem Dach. Eine Art indianischer Wandteppich mit Federn und Fuchsschwänzen hing hinter seinem Schreibtisch.

Der Facharzt wollte über Robinson Crusoe reden.

»Die Kraft der Gedanken kann zwischen Ereignis und Gefühl vermitteln. Es ist nicht so, dass die Ereignisse notwendigerweise negative Gefühle erzeugen müssen«, sagte er.

Alex sagte nichts, er wartete ab, was das mit seinem Fall zu tun haben sollte.

»Robinson Crusoe landet auf einer einsamen Insel, er hat kaum etwas, um zurechtzukommen. Er könnte Panik bekommen, er könnte wie gelähmt sein vor Angst.«

Der Arzt schloss die Augen und lehnte sich zurück, als würde er ein Schiffswrack in der Brandung vor sich sehen.

»Ein negativer Gedanke wäre: Ich bin auf eine einsame Insel geraten und habe keinerlei Hoffnung, gerettet zu werden. Nicht wahr?«

Alex nickte. Der Gedanke lag nahe.

»Aber ein positiver Gedanke ist auch möglich: Ich bin am Leben, ich bin nicht ertrunken, so wie all meine Kameraden!«

Der Arzt sah aus, als ginge es ihm bereits besser.

»Ein anderer negativer Gedanke könnte sein: Ich bin ohne Kleidung. Aber was ist das Positive? Ich lebe in einem warmen Klima.«

Jetzt lehnte sich Alex in seinem Stuhl zurück, einem Korbsessel, der gefährlich knirschte, als er ein Bein über das andere legte. Vermutlich hätte er diese halbe Stunde mit etwas Vernünftigerem verbringen können.

»Aber nun zu Ihnen, junger Mann, ich wollte nur die gedankliche Grundlage für unser Gespräch legen. Mit der Kraft der Gedanken – der Kognition – wollen wir das Problem lösen! Weit effektiver und billiger als Antidepressiva. Erzählen Sie!«

»Wovon?«

»Was Sie quält, über Ihre Anfälle, Ihre Gefühle, über Ihre Gedanken, Ihre Katastrophengedanken.«

»Katastrophen?«

»Ja, den Gedanken, dass Sie sterben müssen, wenn das Herz wie wild schlägt, und Sie spüren, dass Sie nicht mehr atmen können. Solche Dinge. Oder habe ich etwas missverstanden?«

»Eigentlich nicht.«

»Wie viele Anfälle hatten Sie?«

»Vielleicht zehn, fünfzehn.«

»Was passiert?«

»Was Sie gerade gesagt haben, wahnsinniges Herzrasen, Probleme mit der Atmung, das Gefühl, als sei etwas überhaupt nicht in Ordnung, der Gedanke an den Tod.«

»Aber Sie sind nicht gestorben?«

Alex lachte. Dann säße er wohl kaum hier!

»Finden Sie das eine dumme Frage?«

»Ja.«

»Okay. Zehn, fünfzehn Mal haben Sie gedacht, dass Sie sterben müssten, aber Sie sind nicht gestorben.«

Alex seufzte. »Nein.«

»Das ist ein Katastrophengedanke. Ein automatisch negativer Gedanke, ausgelöst durch Herzklopfen.«

»Erklären Sie mir lieber, warum mein Puls auf zweihundert klettert?«

»Das kann ich nicht. Das kann niemand, denke ich.«

»Ich dachte ...«

»Es hilft nichts, über die Ursachen zu spekulieren. Wir können lediglich konstatieren, dass bei Personen mit Panikattacken der Körper ohne Grund Alarm schlägt. Es löst eine Menge negativer Gefühle und automatischer Gedanken aus, Katastrophengedanken. Die können wir steuern. Es ist ganz einfach.«

»Es ist einfach?«

»Ja, gleichzeitig einfach und schwierig. Antworten Sie auf die dumme Frage, dann sind wir schon ziemlich weit.«

»Ach ja?«

»Ja. Sie sind nicht gestorben?«

»Nein, ich bin nicht gestorben.«

»Und wenn Sie jetzt einen neuen Anfall bekämen?«

»Ich sterbe ... ich sterbe nicht.«

Alex kaufte sich auf dem Weg zurück zur Redaktion im Veitasenteret eine Baguette mit Käse und Schinken. Der Facharzt hatte eine Krankmeldung vorgeschlagen – sich mit der Angst zu konfrontieren, ist harte Arbeit, hatte er gesagt –, aber Alex hatte abgelehnt. Er konnte sich nicht mitten in einer Reportage krankmelden. Außerdem war er nicht krank.

Über der Tastatur lag ein Blatt aus einem Notizblock. *Ruf mich an, TE.*

Er schaute sich in der Redaktion um, Erstad war nicht zu

sehen. Eine Schulklasse wurde herumgeführt, aber nicht von Erstad. Dazu hatte er keine Zeit.

Alex ging hinüber zur Vestregata-Seite des *Nordlys*-Gebäudes. Erstad lehnte über dem Stuhl des Chefs des Abenddienstes, der gerade gekommen war. Er winkte Alex zu sich.

»*Just a minute*«, sagte Erstad und beendete das Gespräch mit dem Leiter des Abenddiensts. Es ging um die Disposition der wichtigen Nachrichtenseiten 4 und 5. Erstad wandte sich Alex zu und zog ihn ins Sitzungszimmer der Sportredaktion.

»*The Big Boss* meint, wir können das Foto drucken, wenn wir die Bildunterschrift als Frage formulieren.«

»Ist er hier?«

Erstad schüttelte den Kopf. Der Chefredakteur war so gut wie nie in der Redaktion, er saß in Sitzungen der Konzernpresse in Oslo, leitete die Strategiesitzungen anderer Firmen des Medienhauses oder brütete mit dem geschäftsführenden Direktor über den Budgets.

»Du hast Glück gehabt. Das Gesicht des Mädchens ist kaum zu erkennen, außerdem ist sie noch ziemlich klein.«

»Müsste jetzt bald siebzig sein. Wenn sie noch lebt.«

»Bring noch mehr Fakten über das Lager in Botn und frag die Leser, ob sie etwas über den SS-Offizier auf dem Foto wissen. Ist das der Kommandant? Gibt es weitere Bilder? Leserbindung aufbauen. *Nice!*«

Alex spürte sein Handy in der Tasche vibrieren. Er entschuldigte sich und zog es heraus. Eine SMS von Vivi. ›*Alles klar?*‹

»Was Wichtiges?« Erstad hoffte auf Neuigkeiten.

»Nein«, antwortete Alex.

Alex ging zurück an sein Pult. Er war nicht sicher, ob diese ›Leserbindung‹ wirklich eine gute Idee war. Was wussten die Leser über dieses Thema?

Alex tippte die Nummer seines Vaters ein.

»Thomas, hast du zwei Minuten?«

»Ich habe viel zu viel Zeit«, seufzte sein Vater.

»Diese Geschichte, von der du mir erzählt hast. Ist einer der Deutschen in Botn gewesen?«

»Warum fragst du?«

»Wir haben das Foto des Kommandanten bekommen. Erstad, unser Chef vom Dienst, will es drucken. Wir glauben, er ist es.«

»Ihr glaubt es?«

»Ja, eine alte Dame behauptet es.«

»Eine alte Dame behauptet es. *Human intelligence* hält das aber nicht stand!« Sein Vater lachte.

»Egal, ich weiß, es ist dünn.«

»Er könnte heute ein anerkannter Geschäftsmann in Deutschland sein. Oder irgendeinen anderen Klassejob haben. Vielleicht hast du aber auch den falschen Mann. Hast du daran gedacht?«

»Deshalb rufe ich doch an. Wenn du etwas weißt, dann …«

»Ich dachte, solche Dinge müssen Journalisten selbst rauskriegen?«

»Thomas! Weißt du etwas?«

»Schick mir das Foto, dann werde ich sehen, was ich tun kann.«

21 *Tromsø, Montag, 8. Februar 2010*

Alex ging wie gewöhnlich zu seinem Postfach im Parterre, als er um fünf vor halb neun zur Arbeit erschien. Er nickte der Empfangsdame zu, nahm eine *Nordlys* vom Stapel und bückte sich zu seinem Postfach. Die Fächer waren alphabetisch geordnet, er teilte sich mit dem anderen Volontär, Sigurd, und einem freien Musikrezensenten ein Postfach ganz unten am Boden. Es war eine Art stiller Hinweis, dass sie jederzeit gefeuert werden könnten.

Die Reportage vom Samstag – DAS LÄCHELN DES SS-BÜTTELS – hatte zu keinen weiteren Informationen geführt. *Avisa Nordland,* das Abonnenten in Botn hatte, war von zwei älteren Lesern angerufen worden, die meinten, den Kommandanten erkannt zu haben. Sicher waren sie allerdings nicht. Bei Alex waren keine Telefonate oder Emails angekommen, nur ein älterer Mann hatte angerufen, um zu erzählen, dass sein Vater von der Gestapo in Tromsø verhaftet worden sei. So war es häufig, die Leser wollten gern erzählen; ob es für den Fall relevant war oder nicht, war ihnen egal.

Unter der Gewerkschaftszeitschrift und dem Informationsblatt eines landwirtschaftlichen Forschungsinstituts lag ein großer gelber Umschlag. Alex öffnete ihn noch im Postzimmer. Ein zweiseitiger Brief, vom Stab des Nachrichtendienstes an den Kommandanten der Streitkräfte gerichtet. Kein Begleitbrief. Wie beim letzten Mal. Eine Spezialität Johannessens.

Alex überflog den Brief mit dem Betreff: *Generalmajor Stuckmann.*

Zweifel an seiner Identität ... Polizeibericht von 1945 ... SS-Hauptsturmführer Kiefer tot aufgefunden ... auffallende Umstände ... Verletzungen an der Leiche, die nicht durch den Unfall herrühren ... zeitliche Parallelität mit Generalmajor Stuckmanns ...

Alex blätterte auf die zweite Seite.

Untersuchungen führten zu keinem Ergebnis ... Bundeswehr hat auf Anfragen nicht reagiert ... wiederholte Erinnerung ... zum derzeitigen Zeitpunkt kann es nicht mit Sicherheit bestätigt werden.

Das war der Skandal, von dem Thomas geredet hatte! Wann wurde der Brief geschrieben? Am 4. März 1965. Fast zwanzig Jahre nach dem Krieg.

Alex kam zu spät zur Redaktionssitzung. Erstad verzog das Gesicht und pochte mit dem Zeigefinger auf seine Armbanduhr. In der Hektik hatte Alex vergessen, dass die morgendlichen Redaktionssitzungen am Montag früher begannen, um die wichtigsten Termine der Woche zu planen. Nun ja, planen war zu viel gesagt, die meisten Kollegen waren nach dem Wochenende unvorbereitet, müde und noch nicht wieder sortiert. Erstad musste immer etwas aus dem Ärmel schütteln, von den Journalisten kamen keine Ideen. Alex hatte den Verdacht, dass er sonntags arbeitete.

Als die Redaktionssitzung sich in der Jagd nach mehr Kaffee auflöste, hielt er Tora auf.

»Wir müssen reden.«

»Ich bin doch ausgezogen!«

»Nein ... es geht um die Arbeit. Kannst du mir helfen?«

»Ich muss um zehn zu einem Auftrag.«

Alex zog sie in den Ruheraum und schloss die Tür. »Lies das mal. Und sag mir, was du denkst.«

»Was ist das?«

»Lies es einfach!«

Sie nahm den Brief und begann zu lesen, hob die Augenbrauen und drehte einen Finger im Haar. Nach ein paar Minuten gab sie ihm die beiden Blätter zurück.

»Tja, was soll ich sagen?«

»Was du sagen sollst? Der Kommandant in Botn ist als Wehrmachtsoffizier durchgegangen! Ein paar Zweifel, aber …«

»Ja, das sehe ich, und was jetzt?«

»Siehst du denn nicht die Möglichkeiten für …«

»Ich dachte mehr an die Frau.«

Tora nahm ihm den Brief aus der Hand und las einen Absatz vor.

Gunvor Strand, geb. 14.8.1923 in Fauske, bekam 1943 ein Kind mit SS-Hauptsturmführer Kiefer. Vermutlich ist der Kindsvater am Leben und in einen der beiden deutschen Staaten gezogen. Strand ist noch immer norwegische Staatsbürgerin und wohnt in Oslo. Sie hat sich, soweit wir in Erfahrung bringen konnten, weder in der DDR noch in Westdeutschland als Tourist aufgehalten.

»Das habe ich ja völlig übersehen!« Alex griff nach dem Brief.

Tora hielt ihn fest. »Wo hast du ihn her?«

»Weiß nicht.«

»Damit kommst du bei mir nicht durch.«

»Ganz ehrlich, Tora, er kam anonym. Ein *deep throat*, wie in *Die Unbestechlichen*.«

»Was machst du damit?«

»Das ist ein echter Scoop!«

»Wieso?«

»Der ehemalige Kommandant von Botn wurde vermutlich unter dem Namen Stuckmann vom Nachrichtendienst als strategischer Berater eingesetzt. Mehr als wahrscheinlich.«

»Es ist nicht sicher, schreiben sie.«

»Das muss auch gar nicht sicher sein! Ich schreibe es, wie es ist. ›ZWEIFEL AN NATO-BERATER – WAR ER SS-OFFIZIER?‹«

»Arme Leute«, sagte Tora noch einmal und gab ihm den Brief zurück.

»Er tut dir doch wohl hoffentlich nicht leid?«

»Nein, aber sie hatte das Nachsehen, nicht nur als Deutschenliebchen, sondern auch noch mit einem kleinen Kind von einem SS-Offizier.«

»Sie hat es doch selbst so gewollt?«

Tora seufzte. »Darf ich dir meinen Standpunkt mitteilen?«

Alex las das Dokument noch einmal.

»Du solltest dich langsam mal entscheiden, wieder in unsere Zeit zurückzukehren.«

Er blickte auf. »Was meinst du?«

»Seit wir in Botn waren, läufst du wie in einer Blase herum, einer Weltkriegs-Blase. Das ist ... ziemlich speziell!«

»Ich weiß nicht, was du ...«

»Du bist geradezu manisch, wie besessen von ...« Sie suchte nach dem richtigen Wort.

»Wovon?«

»Davon, den Mord mit diesem Gefangenenlager in Verbindung zu bringen. Es könnte doch auch eine ganz andere Erklärung geben.«

»Tora, hör mal, hast du vergessen, was wir geschrieben haben?«

»Du hast es geschrieben!«

»Wir haben geschrieben, dass Novakovitsch in Botn seinen Onkel verloren hat. Hältst du das alles für einen Zufall? Das Steinkreuz?«

»Es kann noch immer eine andere Erklärung geben. Daran arbeitet die Polizei. Du solltest Mack dazu befragen.«

»Und du? Du hast dich ziemlich früh dafür entschieden, dass es ein eifersüchtiger Ehemann gewesen sein muss, der den armen Teufel im Kuhstall aufgehängt hat. Das ist bestenfalls ... geschichtslos! Das ist mal wieder typisch ... Frau!«

»Zum Teufel, Alex, wie kannst du ...«

Sie stand vom Sofa auf. »Ich muss gehen.«

»Entschuldige. Das war dumm von mir.«

»Bleib mir vom Leib mit deinen Vorurteilen gegen Frauen. Spar sie dir für andere!«

»Entschuldige, entschuldige. Ich hab es nicht so gemeint.«

Sie hatte die Türklinke bereits in der Hand und sah ihn lange an, ohne ein Wort zu sagen. Standen ihr Tränen in den Augen?

»Alexander Winther, darf ich dir einen Rat geben?«

»Ja sicher, nur zu.«

»Komm zurück in die Wirklichkeit. Sieh dich um, hier.«

»Ich soll ...«

Sie wollte noch etwas sagen, unterbrach sich aber. »Übrigens, wie lange ist es her, dass du dich mit den Ermittlungen der Polizei befasst hast?«

»Die finden doch eh nichts raus ...«

»Wie lange?«

»Weiß nicht, vorige Woche.«

»Du solltest Mack jeden einzelnen Tag überprüfen. Jeden Tag! Die Polizei arbeitet systematisch, Vernehmungen, technische Untersuchungen, sie könnten Kontakt mit Bosnien aufgenommen haben. Sie stochern nicht im Zweiten Weltkrieg herum!«

Tora ging hinaus und knallte die Tür hinter sich zu. Die Fensterscheiben zitterten. Durch das Glas sah Alex die Blicke seiner Kollegen. Er seufzte, verließ den Raum und ertrug ihre Witzeleien. Seid ihr euch nicht einig geworden, welches Foto wir bringen? Hehe.

»Mack.«

»Winther, *Nordlys*. Hej.«

»Hej. Sie müssen sich kurz fassen. Wir haben in fünf Minuten eine Besprechung.«

»Ich wollte mich nur nach dem Stand der Ermittlungen in dem Botn-Mordfall erkundigen. Sind Sie weitergekommen?«

»Wenn neue Informationen in dem Fall vorliegen, informieren wir die Presse insgesamt, wie beim letzten Mal.«

»Das ist aber schon eine Weile her.«

»Elf Tage. Sieben, wenn wir nur die Werktage rechnen.«

»Wissen Sie denn schon mehr über einen möglichen Täter?«

»Die Jagd nach dem Täter oder die Täterin und eventuelle Mitwirkende ist in vollem Gang.«

»Die Täterin? Haben Sie Grund zu der Annahme, dass es sich um eine Frau handelt?«

»Wir haben keine speziellen Anhaltspunkte über das Geschlecht der in Frage kommenden Person. Aber wir halten uns alle Optionen offen. Daher habe ich mich so ausgedrückt.«

»Haben Sie ein besonderes Umfeld im Verdacht?«

»Nein, und das haben wir auch bei der Pressekonferenz erklärt.«

»Glauben Sie, dass historische Zusammenhänge von Bedeutung sind?«

»Der Ermordete war Historiker.«

»Nein, ich meinte, ob die Umgebung, in der der Mord passierte ...«

»Ich glaube, ich verstehe Ihre Frage nicht. Außerdem muss ich unser Gespräch gleich beenden.«

»Hat der Mord etwas mit dem Gefangenenlager in Botn zu tun?«

»Soweit ich weiß, nein.«

»Warten Sie, ich meinte den Gefangenenfriedhof.«

»Ja, das kann ich bestätigen.«

»Der Mord hat damit etwas zu tun?« Alex beugte sich vor.

»Ein Gegenstand des deutschen Soldatenfriedhofes wurde am Tatort gefunden.«

»Ein Gegenstand? Ein Steinkreuz?«

»Das ist korrekt.«

Das wusste er ja bereits.

»Wozu wurde das Kreuz verwendet?«

»Mit Blick auf die Ermittlungen kann ich dazu keine Stellung nehmen.«

»Haben Sie noch andere Informationen?«

»Nein. Wie gesagt, sobald es Neuigkeiten gibt, berufen wir eine Pressekonferenz ein.«

»Stehen Sie in Kontakt mit ausländischen Polizeibehörden?«

»Das kann ich bestätigen. Das ist normal, zumal der ermordete bosnischer Staatsbürger war. Die Einzelheiten werden noch bekanntgegeben. Ich muss jetzt gehen. Auf Wiederhören.«

Sie legte auf. Alex fühlte sich wie ein Idiot. Er war ihr keinen Schritt näher gekommen, die Polizeiinspektorin Mack hatte ihn am ausgestreckten Arm verhungern lassen. Sie hatte kurz und formell geantwortet. Redete sie privat auch wie ein Gesetzbuch? Etwa mit ihren Kindern? Mein liebes Mädchen, mit Rücksicht auf die Verordnung vom 23. Juni 1995 musst du dir jetzt deine Zähne putzen …

Das Mädchen! Das Mädchen auf dem Arm! Wieso hatte er nicht längst daran gedacht?

Er suchte auf seinem Pult, räumte den Zeitungsstapel beiseite und fand den Ausdruck. Dieses Mädchen war nicht zufällig vorbeigekommen! Es war Kiefers Tochter. Was bedeutete das? Wer war sie? Lebte sie noch? Lebte die Mutter noch?

Alex las den Abschnitt des Briefs noch einmal. Gunvor Strand, wer immer das war, geboren 1923, hatte Kiefer geheiratet. Er gab auf dem Taschenrechner 2010 minus 1923 ein. Siebenundachtzig. Wenn sie noch lebte, wäre sie jetzt siebenundachtzig Jahre alt.

Ein Kind 1943. Alex hielt den Ausdruck hoch. Konnte es stimmen? Wenn Toras Weidenröschen-Analyse korrekt war, hätte es im August 1945 in Norwegen keine Deutschen mehr gegeben. Halt mal, vielleicht waren sie tatsächlich noch nicht nach Deutschland zurückgekehrt? Dann wären sie in jedem Fall interniert gewesen.

Der Offizier auf dem Foto war kein internierter Gefangener. Er repräsentierte die SS in ihren ›besten‹ Tagen, der Mann strotzte vor Macht – und Selbstbewusstsein. Er ging an einem wunderbaren Sommertag spazieren und sagte dut-dut zu seinem Kind. Er hatte über solche Fälle gelesen. Am Vormittag rottete die SS Juden aus, um am Nachmittag mit ihren Kindern Hoppe-hoppe-Reiter zu spielen.

Könnte sie 1943 geboren und das Foto im August 1944 gemacht worden sein? Etwa ein Jahr alt? Es könnte passen.

Alex wurde schwindlig. Er war dabei, eine ganz große Geschichte aufzudecken. Vielleicht nicht allein für *Nordlys*, die Sache war größer als Nordnorwegen. Ein nationaler Scoop.

Worüber?

›DIE NORWEGISCHE TOCHTER DES SS-BÜTTELS‹. Nein, Scheiße, das ging gar nicht. Er konnte doch nicht die unschuldige Tochter eines Deutschen bloßstellen.

›LIEBEVOLLER FAMILIENVATER UND BRUTALER SS-BÜTTEL‹. Ja! Das Foto des Kindes unkenntlich machen, sie anonym lassen. Lebte sie?

22 *Tromsø/Fauske, Montag, 22. Februar 2010*

»Bjarne Strand?«

»Ja, am Apparat.«

»Hej, ich bin Alexander Winther, Journalist bei *Nordlys*.«

»Guten Tag.«

»Störe ich?«

»Könnten Sie etwas lauter reden?«

»Ich hoffe, ich störe nicht?«

»Nein, ist nicht schlimm. Die Kartoffeln müssen erst einmal kochen. Ich habe wunderbaren Stockfisch gekauft.«

Alex sah auf die Uhr, Viertel vor eins.

»Ich rufe an, weil ich gern einige Informationen über Gunvor Strand hätte.«

»Über unsere Gunvor? Da kommen Sie zu spät. Sie ist tot.«

»Mein Beileid.«

»Nein, nein, sie ist schon lange tot.«

»Verstehe.«

»Sie hat im Süden gewohnt.«

»In Oslo?«

»Ja, sie verschwand in den Süden, arme Frau.«

»Sie waren ... sind ... ihr Neffe?«

»Ja, das stimmt. Tante Gunvor, aber ich habe sie so gut wie nie gesehen.«

»Sie haben sie nicht besucht?«

»Unsere Gunvor hat Pech gehabt.«

»Genau. Was ist eigentlich passiert?«

»Können Sie einen Moment warten. Die Kartoffeln kochen über.«

Alex hörte, wie das Schlurfen von Pantoffeln sich entfernte und wiederkam.

»Was haben Sie gesagt, wie heißen Sie?«

»Alexander Winther.«

»Von *Nordlys*?«

»Ja.«

»Gibt's hier nicht so häufig. Wir hatten die Zeitung während des Kampfes gegen die EU abonniert.«

»Ich war im November in Botn.«

»In Botn. Was haben Sie denn da gemacht?«

»Über den Mord berichtet.«

»Für die Zeitung?«

»Ja.«

»Sie sind aber nicht von der Polizei?«

»Nein, ich bin Journalist.«

»Glauben Sie, Tante Gunvor hat den armen Teufel ermordet?« Strand lachte, ein Lachen, das in einen Anfall von Raucherhusten überging.

»Geht's Ihnen nicht gut, Herr Strand?«

»Entschuldigung, es hört sich schlimmer an, als es ist.« Ein neuer Hustenanfall setzte Strand außer Gefecht. Die Stimme klang rau, als er wieder ans Telefon kam.

»Was interessiert Sie an Gunvor?«

»Haben Sie *Avisa Nordland* am Samstag gesehen?«

»Nein danke. Wir lesen *Saltdalsposten.*«

»*Avisa Nordland* und wir von *Nordlys* haben ein Foto von einem SS-Offizier abgedruckt, der ein kleines Mädchen auf dem Arm hält. Ich überlege nun, ob es sich wohl um Gunvors Tochter handeln könnte.«

»Ach so, die Sache.«

»Was sagen Sie?«

»Das war ein Unglück.«

»Dass sie ein Kind bekommen hat?«

»Nein, davon gab's viele. Aber sie hat ein Kind mit dem Kommandanten aus Botn bekommen. Das war das Unglück.«

»Lebt ihre Tochter denn noch?«

»Keine Ahnung. Ich habe keinerlei Kontakt mehr zu ihr.«

»Ah ja.«

»Sie hat in Oslo eine gute Partie gemacht.«

»Die Tochter?«

»Nein, Gunvor. Ein Mann, der sich in juristischen Dingen ziemlich gut auskannte.«

»Ein Anwalt?«

»Ja, so etwas in der Art. Lerkendal. So heißen die im Süden.«

»Lerkendal?«

»Ja.«

»Wie das Fußballstadion in Trondheim?«

»Ja. Nein. Nur Lerke, so war es. Es ist so viele Jahre her.«

»Gunvor Strand hat geheiratet und den Namen Lerke angenommen?«

»Sie war zunächst seine Haushälterin. Aber jetzt muss ich mich um die Kartoffeln kümmern.«

»Vielen Dank! Kann ich Sie noch einmal anrufen, wenn noch etwas sein sollte?«

»Rufen Sie einfach an. Aber vielleicht nicht gerade um die Mittagszeit.«

»Tausend Dank. Und guten Appetit!«

»Sie sind übrigens schon der Zweite, der anruft und sich nach Gunvor erkundigt.«

»Ach?«

»Ja, vor Weihnachten hat so ein komischer Kerl angerufen. Ein Ausländer, sprach nicht besonders gut Norwegisch.«

»Wie hieß er?«

»Ich habe den Namen vergessen. Lang und kompliziert. Er erforsche das Gefangenenlager, hat er gesagt.«

23 *Tromsø, Mittwoch, 24. Februar 2010*

Erstad strich sich mit Daumen und Zeigefinger übers Kinn. Wieder und wieder. Alex wusste, was diese Geste bedeutete: Er dachte nach und war skeptisch.

»Was genau willst du drucken? Formulier mal den Aufreißer.«

Alex lehnte sich im Stuhl zurück und starrte an die Decke. »Toppjuristin in Den Haag Tochter eines Kriegsverbrechers. Fragezeichen.«

»Fragezeichen? *Give me a break!* Fragezeichen bei Überschriften und Schlagzeilen sind verboten! Sie zeigen der ganzen Welt, dass wir nicht belegen können, was wir drucken. Kommt nicht in Frage!«

»Der Nachrichtendienst hat 1965 die Frage aufgeworfen ...«

»Die Hälfte der Leser ist bereits abgesprungen. Erzähl mir lieber, was wir wissen.«

»Wir wissen, dass der Stab des Nachrichtendienstes 1965 in einem Brief die Frage diskutierte, inwieweit der SS-Offizier Kiefer, der im Norden Serben vernichtet hat, der norwegischen und schwedischen Armee als Berater diente, als ein Krieg mit der Roten Armee befürchtet wurde. Unter falscher Identität.«

»Okay. Und was schließen wir daraus?«

»Unsicher. Aber dass sie sich die Frage gestellt haben, kann ich dokumentieren.«

»Sehr schön.«

»Wir wissen, dass Kiefer 1943 eine Tochter mit der Norwegerin Gunvor Strand bekam.«

»Woher wissen wir das?«

»Das stand ebenfalls in diesem Brief.«

»Gut.«

»Und wir wissen, dass Gunvor Strand nach Oslo gezogen ist und dort Christian Lerke, den Staatsanwalt am Obersten Gerichtshof, geheiratet hat. Die Tochter heißt Henriette.«

»Die hier beim Filmfestival war?«

»Ja, und sie ist Anklägerin in Den Haag.«

»Und jagt Kriegsverbrecher?«

»Genau. Siehst du?«

»›KRIEGSVERBRECHER-JÄGERIN – TOCHTER EINES SS-OFFIZIERS!‹«

»Wohl wahr.«

Erstad strich sich wieder übers Kinn. »Du bist kein Anhänger dieser bibeltreuen, pietistischen Bewegung von Lars Levi Læstadius?«

»Nein.«

»Gut, ich dachte schon, du seist möglicherweise ein Anhänger der Erbsünde-Theorie?«

»Ich verstehe nicht …«

»Nun, wenn du nicht an die Erbsünde glaubst, nicht daran, dass die Sünden der Väter auf ihre Nachkommen zurückfallen, dann hast du keine Story.«

»Ist das keine Story, dass jemand, der Kriegsverbrecher jagt, selbst von einem Kriegsverbrecher abstammt?«

»Es ist ein Paradoxon, aber es ist weder Sünde noch ein Verbrechen, die Tochter selbst des schlimmsten Schweins zu sein. Außerdem ist es nicht sicher. Was sagt sie selbst?«

»Ich habe sie nicht gefragt.«

»Das ist vielleicht auch ganz gut so.«

»Warum?«

»Das ist ja nicht irgendeine beliebige Frage, die man um die Ohren gehauen bekommt. Hallo, hier ist *Nordlys,* wie wir hören, sind Sie die Tochter von Heinrich Himmler. Was ist das für ein Gefühl?«

Alex erwiderte nichts.

»Ich muss *The Big Boss* anrufen. Ich muss bei dieser Sache den Rücken frei haben, wenn die Anwälte mit ihren kleinen Köfferchen voller Vorladungen hier in der Redaktion auftauchen. Warte, ich erledige es sofort.«

Erstad griff zu seinem Handy, drückte auf eine Taste und wartete. Als geantwortet wurde, lieferte er eine nüchterne, aber präzise Zusammenfassung des Materials, das Alex zusammengetragen hatte. Erstad antwortete auf ein paar Fragen zu Lerke, hörte zu und sagte dann ein paar Mal okay.

»*Big Boss* war ausnahmsweise einmal kristallklar. Er will alles lesen, was bei dieser Sache gedruckt werden soll. Ich soll grüßen und dir ausrichten, wenn du drucken lassen willst, dass Gro Harlem Brundtland Kinderpornos produziert, brauchst du Quellen und Beweise von hier bis zum Mond! Kapierst du den Vergleich?«

»Kapiert. Ich hör schon auf damit …«

»He, he, *wait a minute!* Wer redet denn davon, dass du aufhören sollst? Du bist doch etwas ganz Großem auf der Spur. *Something big*. Nicht gerade was für den Lokalteil, aber …«

»Ja, ich dachte auch …«

»Quellen von hier bis zum Mond.«

»Und das bedeutet?«

Erstad fasste sich an den kleinen Finger. »Punkt 1: Du musst Quellen beischaffen, die die Unsicherheit über Kiefers Namens- und Identitätstausch ausräumen.«

Er wechselte zum Ringfinger. »Punkt 2: Du musst herausfinden, ob Henriette Lerke davon wusste und es geheim gehalten hat. Dann fängt die Story langsam an zu funktionieren.«

Erstad griff zum Mittelfinger. »Und du musst einen Kommentar von ihr persönlich bekommen. Sonst haben wir den Presserat am Hals, bevor der Tag um ist!«

Erstad verschränkte die Finger seiner beiden Hände und streckte sie dann vor sich aus. »*Piece of cake! Hey, hey, man,* lass den Kopf nicht hängen. Ich habe einen Vorschlag.«

Alex wartete.

»Hast du brauchbare Fotos?«

Alex bewegte die Hand hin und her. Na ja, einigermaßen.

»Tromsø – Oslo, ein Tausender. Oslo – Amsterdam, ein paar tausend. Hotel. Kein Fotograf, keine Überstunden, zwei Tage von der Zeit zum Abbummeln des Wochenenddienstes. So könnten wir's machen.«

»Aber die Abbummelei ist doch meine Freizeit.«

»Hör mal. Ich gebe dir, einem Volontär, eine einmalige Chance, und du kommst mir mit diesem Gewerkschaftsquatsch? Das hätte ich nicht von dir gedacht!«

»Wie viel Zeit habe ich?«

»Eine Woche maximal. Schreib noch 'ne Reportage über Den Haags Strände, schöner Stoff für die Samtagsausgabe. Ich bin vor zehn, zwölf Jahren mal dort gewesen, eiskaltes Meer, aber hübsche Strände.«

»Im Februar? Es ist doch kein Mensch am Strand im ...«

»Es ist bald März, und auf dem Kontinent ist Frühling. Du findest bestimmt irgendein Mädchen im Bikini. Oder einen Touristen mit Strohhut.«

»Ich weiß nicht.«

»Wir müssen flexibel sein. Winther, flexibel und bereit, uns schnell umzustellen. Wir müssen kombinieren, um einen Mehrwert zu schaffen. Sind wir uns einig?«

Alex nickte. Hatte er eine Wahl?

»Ach, und noch etwas. Mach dich an Lerke heran. Sag, du würdest eine Reportage über sie und den Gerichtshof schreiben. Deshalb war sie ja auch gerade hier in Tromsø. So gehst du das an.«

Alex war der Erste am Redaktionstisch in der Kantine. Am Nachbartisch, am Tisch des Kundenzentrums, saß ein Mädchen allein. Sie konnten nicht gleichzeitig zum Mittagessen gehen, die Telefone mussten besetzt sein.

Die Angestellte der Firma, von der die Kantine betrieben wurde, lockte mit warmem Hacksteak mit Zwiebeln. Alex ließ sich verleiten. Tora kam direkt von einem Fotojob in die Kantine. Sie stellte die Kameratasche ab und hängte ihre Daunenjacke an die Garderobe an der Treppe. Sie holte sich einen Salat und setzte sich an das gegenüberliegende Ende des Tischs.

»Tora?«

Sie antwortete nicht.

»Tora?«

Sie blickte auf. »Ach, du bist es. Ich habe dich gar nicht gesehen.«

Der reine Bluff.

»Setzt du dich zu mir?«

Sie faltete *Verdens Gang* zusammen und klemmte die Zeitung unter den Arm. Dann nahm sie ihren Plastikteller und die Plastiktasse mit Kaffee und setzte sich näher zu ihm an den Tisch. Nicht ihm gegenüber.

Alex lächelte ihr zu, sie wandte den Blick ab.

»Du hattest recht, Tora.«

»Womit?«

»Das Interessanteste waren die Frau und das Kind.«

»Ah ja.«

»Gunvor Strand hatte eine Tochter. Es ist Henriette Lerke.«

»Die Richterin?«

»Anklägerin in Den Haag.«

»Schön.«

»Schön?«

»Schön für dich. Jetzt darfst du nach Den Haag fahren. Wenn du die Fotos selbst machst.«

»Woher weißt du das?«

»Es ist doch immer so. Bei Auslandsreisen sollen die Journalisten die miserablen Fotos selbst machen. Spart Geld.«

»Ich hätte dich gern dabei.«

»Ist die Reise bereits beschlossen?«

»Ja.«

»Wann fährst du?«

»Montag.«

»Dann kann ich dir ja nur schöne Reise wünschen. Und achte darauf, dass die Fotos scharf werden. Das ist durchaus von Vorteil.«

Sie stand auf, warf den Teller mit dem nur halb aufgegessenen Salat in den Müll und ging die Treppe hinauf. Sie vergaß ihre Daunenjacke.

24 *Schiphol, Montag, 1. März 2010*

Alex erwachte, als das SAS-Flugzeug hart aufsetzte. Er döste auf Flügen immer, jedenfalls, solange kein Zweijähriger hinter ihm ständig mit dem Klapptisch gegen die Rückenlehne hämmerte. Das Flugzeug war halbvoll, er hatte sich ausbreiten können und saß bequem. Die Kunst bestand darin, Schulter und Ellenbogen innerhalb des Sitzes zu behalten, damit die Stewardessen nicht mit ihren Rollwagen anstießen.

Er schaute aus dem Fenster. Die Spoiler an den Flügeln zeigten nach oben, um nach der Landung jeden Auftrieb zu verhindern. Regentropfen flossen in senkrechten Streifen über das Fenster. Daheim in Tromsø war er gewohnt, dass die Flugzeuge heftig bremsten und rasch zum Terminal einschwenkten. Hier bremste das Flugzeug nach und nach, es gab keine scharfen Schwünge, es rollte eine Ewigkeit weiter. Fünfzehn Minuten? Schließlich rollte die Maschine über eine Brücke, darunter lag eine Autobahn. Die Autos in der einen Richtung kamen nur langsam voran, die Scheibenwischer arbeiteten mit voller Kraft; in der anderen Richtung zogen sich Wasserfahnen hinter Lastern und Personenwagen.

Strandreportage!

Der Weg zur Gepäckausgabe schien ungefähr zwei Kilometer lang zu sein. Alex hasste es, an den Gepäckbändern zu warten, um dann auf einen leeren Taxihalteplatz zu treten. Er hatte versucht, sein Joggingzeug und die Kleidung für eine

Woche im Handgepäck unterzubringen, hatte aber aufgeben und auf einen Koffer zurückgreifen müssen. Wie lange würde das Gepäck brauchen?

Überraschend schnell entdeckte er seinen schwarzen Samsonite mit dem gelben Gurt, der ihn von allen anderen Koffern abhob. Er zog ihn vom Band, trat bei Grün unter das Schild *Niets aan te geven* und folgte der Beschilderung zum Bahnhof. Eine putzige Sprache, in der Schrift dem Norwegischen gar nicht so unähnlich, aber mit einer Vorliebe für doppelte Vokale. Auf einer *Spoorkaar van Nederland* sah er, dass zwischen Schiphol und Den Haag nur sieben Stationen lagen.

Alex ging hinunter auf den Bahnsteig, setzte sich auf eine orangefarbene Plastikbank und überprüfte seine Emails und die Netzausgabe seiner Zeitung. Der Zug sollte in zwanzig Minuten abfahren. 17:30 Uhr ab Schiphol, vierzig Minuten später Ankunft in Den Haag. Es gab keine Entfernungen in diesem Land. Zwei Lokalzüge voller Passagiere fuhren ein und wieder ab. Alex konnte sich davon überzeugen, dass die Niederlande eines der dichtbevölkertsten Länder Europas war. Fast fünfhundert Menschen pro Quadratkilometer. Die Zahl hatte sich ihm eingeprägt, nachdem er sie mit Norwegen verglichen hatte - rund fünfzehn. Und Nordnorwegen, vier arme Teufel pro Quadratkilometer! Er sah vier Nordländer vor sich, die jeder in ihrer Ecke einer Bergebene saßen, jeweils einen Kilometer voneinander entfernt. Wenn Niederländer in Norwegens nördliche Landesteile reisten - und im Sommer kamen relativ viele -, mussten sie das Gefühl haben, dass ganze Landstriche leer waren. Suchten sie die Leere?

Der Zug nach Den Haag war gelb und blau und hatte auf zwei Ebenen Sitzplätze. Alex schleppte seinen Koffer eine steile Treppe hinauf und kam in ein Ruheabteil. Er hörte einen scharfen Pfiff und eine unverständliche Lautsprechermitteilung. Der Zug setzte sich in Bewegung, fuhr einige Kilometer durch Tunnel und stieß wieder auf Regen, als sie ans Tageslicht kamen. Alex blickte über eine Landschaft, die das genaue Gegenteil von dem war, was er von daheim kannte. Flache Äcker, Kanäle, Straßen und schwere Wolken im Westen, wo Himmel und Meer in ein einziges Grau in Grau überzugehen schienen.

Morgen würde er versuchen, an Erstads zusätzlichem Material zu arbeiten. Wenn es noch immer regnete und stürmte, suchte er sich etwas anderes. Tulpen? Holzschuhe? Gouda? Alex holte seine Notizen über Henriette Lerke heraus. In Autos und Bussen konnte er nicht lesen, ihm wurde sofort schwindelig, wahrscheinlich dasselbe Phänomen wie bei Seekrankheit. Im Zug dagegen wurde ihm nie übel.

Mittwoch sollte er sie zum Mittagessen treffen. Er hätte mehr Zeit gebraucht, um ihre Vergangenheit zu durchleuchten, dennoch hatte er das Gefühl, einigermaßen Bescheid zu wissen. Personen mit einem beachtlichen Lebenslauf sind häufig irritiert, wenn Journalisten ihn nicht kennen.

Henriette Lerke tauchte in den norwegischen Nachrichtendatenbanken selten auf, allenfalls wenn sie ihrem Heimatland einen ihrer seltenen Besuche abstattete. Sie hatte 1970 das juristische Staatsexamen an der Universität Oslo abgelegt, zwei Jahre vor Alex' Geburt. Als junge Juristin hatte sie im Außenministerium gearbeitet, das hieß, sie musste ein exzellentes Examen abgeliefert haben. Sie hatte an der Hochschule der Streitkräfte gelehrt und war Mitarbeiterin mehrerer internationaler Organisationen, die sich für Menschenrechte und Meinungsfreiheit einsetzen, bevor sie vor sechs Jahren in Den Haag Anklägerin am Internationalen Strafgerichtshof für das ehemalige Jugoslawien wurde.

Alex hatte den Namen auswendig gelernt. *ICTY, International Criminal Tribunal for the former Yugoslavia.* Eine Reihe von Artikeln lieferte eine eher ungenaue Arbeitsbeschreibung. ›Richterin in Den Haag‹, hieß es darin, ›Straßburg-Richterin‹ oder ›Richterin am Den Haager Gerichtshof‹. Für norwegische Journalisten war es fremder Stoff. Es gab mehrere Internationale Gerichtshöfe in Den Haag. Ja, ja, er hatte es ja auch nicht gewusst, bevor er sie beim Filmfestival kennengelernt hatte.

›Die Frau aus Oslo‹. ›Die Norwegerin‹. Nicht ein Wort über ihren Geburtsort und ihre Eltern. Er musste es ansprechen. Wie würde sie reagieren? Wütend? Würde sie das Interview abbrechen?

Nicht sofort mit Himmler kommen.

Der Zug bremste vor einem Bahnhof. Alex schob die Kameratasche zurück, die vom Sitz zu fallen drohte. Erstad hatte ihm eine Spiegelreflex mit mehreren Objektiven zugestanden. Es war anstrengend, dass er selbst für ordentliche Bilder zu sorgen hatte. Scharfe Bilder. Auch deshalb hätte er Tora gern dabeigehabt.

Es gefiel ihm überhaupt nicht, dass es nach der Schmuserei auf dem Sofa mit dem lockeren Umgangston zwischen ihnen vorbei war. Hatte sie nicht gesagt, dass sie ihn besonders gut leiden konnte? Er mochte sie auch, aber er hatte gleichzeitig ein unglaublich schlechtes Gewissen gegenüber Vivi.

Die Aussicht aus dem Zugfenster änderte sich. Reihenhäuser mit Gärten und Hecken ersetzten Äcker und Kanäle. Danach reine Industriegebiete und eine Reihe hoher Bürogebäude. Der Zug verminderte seine Geschwindigkeit, ein Schild, auf dem Haag Centraal stand, tauchte auf und glitt langsam am Fenster vorbei.

Die Taxen vor dem Bahnhofsgebäude waren hinter einer Straßenecke versteckt. Der Fahrer in dunklem Anzug, weißem Hemd und Krawatte bedauerte das schlechte Wetter. Als er die Adresse hörte - Carlton Beach Hotel - bedauerte er es noch einmal und hoffte, dass es sich nicht um eine Urlaubsreise handelte? Business, versicherte Axel.

Den Haag machte einen ruhigen Eindruck, er fuhr durch breite Straßen mit wenig Verkehr, Teile der Stadt waren von großen Parks und Waldgebieten umgeben. »*Peace Palace*«, erklärte der Taxifahrer und zeigte auf ein schlossartiges Gebäude, vor dem die UN-Fahne wehte. Alex erkannte es von den Artikeln wieder, die er im Netz über Den Haag gelesen hatte. Das gewaltige Gebäude, finanziert von amerikanischen Pazifisten und dem Geschäftsmann Andrew Carnegie, war im frühen 20. Jahrhundert im Zusammenhang mit einer internationalen Friedenskonferenz gebaut worden. Seitdem galt Den Haag innerhalb des UN-Systems als eine Art juristische Welthauptstadt.

Das Taxi hielt am Ende einer Strandpromenade. Alex bezahlte und stieg aus. Er hörte das Geräusch von sich brechenden Wellen. Die Flaggen vor dem Hotel knatterten. Die Lobby war voller Männer im mittleren Alter und einigen wenigen Frauen, die alle eine Kongressmappe unter dem Arm trugen. Irgendwas über ansteckende Krankheiten. Ärzte?

Sein Zimmer lag im dritten Stock, mit eigenem Balkon und Aussicht aufs Meer. Er holte ein kaltes Heineken aus der Minibar, legte sich aufs Bett und schickte Vivi eine SMS.

›Balkon direkt aufs Meer. Ich wünschte, du wärst hier. Gutes Bett.«

Dann schaltete er den Fernseher ein, fand BBC World News. Sein Handy fiepte.

›Was für ein Glück du hast! Ich will auch Journalist werden. Gutes Wetter?‹

Alex schrieb zurück, es wäre ganz gewöhnliches nordnorwegisches Sommerwetter.

›Ich komme!‹

›Schön. Bring den Südwester mit. Steife Brise und Regen.‹

»Habs mir anders überlegt!‹

Auch Tora bekam eine SMS. ›Werde versuchen, scharf zu stellen.‹

Es kam keine Antwort.

Am folgenden Tag herrschte wirklich nordnorwegisches Sommerwetter: Sonne, schwacher Wind vom Meer, dreizehn bis vierzehn Grad. Alex trat auf den Balkon, auf dem es gerade genügend Platz für zwei Metallstühle und einen Tisch gab. Er entdeckte einen Aschenbecher mit Windschutz, halb voll. Er würde ihn entfernen lassen.

Eine Böschung mit niedrigen Büschen trennte das Hotel vom ein paar hundert Meter breiten Strand. Ganz rechts sah er eine gutgekleidete Frau, die ihren Hund ausführte. Hinter einem Kreisel mit einem Obelisken und einem alten Fischerboot stand ein Pier wie in englischen Badeorten. Ein Kran thronte auf dem Dach eines Turms und sah aus, als wollte er jeden Moment ins Meer stürzen.

Das Telefon klingelte. Er ging zurück ins Zimmer und zog das Handy vom Ladekabel. Eine unbekannte Nummer.

»Guten Morgen! Dachte, ich erwische Sie noch vor der Postkonferenz. Haben Sie eine Festnetznummer, unter der ich Sie erreichen kann?«

Alex erkannte die Stimme wieder. Johannessen.

»Im Augenblick ist es ein wenig schwierig. Ich bin in einem Hotel im Ausland.«

»Wo?«

»In Den Haag.«

»Haben Sie's gelesen?«

»Ja, sicher. Danke, sehr interessant.«

»Wenn Sie vernünftig sind, reden Sie über das Material nicht am Telefon.«

»Okay.«

»Was machen Sie in Den Haag?«

»Recherchen über Henriette Lerke.«

»Entschuldigung, wen?«

»Lerke. Gunvor Strands Tochter.«

»Ah ja, die Sache. Das ist doch eher uninteressant.«

»Finden Sie?«

»Beschäftigen Sie sich mit der politischen Angelegenheit?«

»Sie denken an ... die Identitätsprobleme?«

»Ja. Einige von uns erwarten die Nachricht.«

»Das ist ein bisschen schwierig ...«

»Was ist schwierig? Habe ich gesagt, dass er gehen musste?«

»Ja, Sie erwähnten es.«

Alex kamen sofort Zweifel. Hatte sein Vater ihm nicht erzählt, dass der Leiter des Nachrichtendienstes, Vilhelm Evang, Anfang der sechziger Jahre versetzt worden war?

»Das ist eine Geschichte, die das norwegische Volk kennen sollte.«

»Haben Sie noch mehr Dokumente über den ... äh ... Weggang?«

Es wurde still.

»Über Ihr Handy geht das nicht. Ich nehme Kontakt auf, wenn Sie wieder zu Hause sind. Wann kehren Sie zurück?«

»In einer Woche.«

»Okay. Auf Wiedersehen.«

Alex hielt sein iPhone in der Hand und blickte geistesabwesend auf Erstads Badeparadies. Draußen auf der Reede lagen ein paar große Schiffe vor Anker.

Er ging in den Frühstücksraum, der von den vielen Kongressteilnehmern bevölkert war, die jetzt lilafarbene Pullover trugen und Rucksäcken in der gleichen Farbe dabeihatten. Sie sahen aus, als wollten sie einen Ausflug unternehmen.

Nicht ein einziger Tisch war frei. Alex goss sich an der Kaffeemaschine eine Tasse ein und ging zurück auf sein Zimmer. Er würde später frühstücken.

Jetzt wollte er erst einmal Kaffee trinken und dann ein Mädchen im Bikini suchen. Mitten im Winter.

25 *Den Haag, Mittwoch, 3. März 2010*

Er spürte, wie sein Puls sich beschleunigte. Der Magen zog sich zusammen. Verdammt, nicht jetzt!

Alex entschuldigte sich und ging auf die Toilette. Er musste eine Treppe hinauf, eine dunkel lackierte, mittelalterliche Angelegenheit, die knirschte und knarrte. Über ihm hing ein Schwert unter der Decke.

Er trat ans Waschbecken und schraubte den Kaltwasserhahn auf, ließ das Wasser zwischen die Finger rinnen, wusch sich das Gesicht und klatschte sich ein wenig Wasser in den Nacken.

Du wirst nicht sterben, sagte er sich. Er musste es jetzt einsetzen, der Spezialist hatte recht gehabt. *Du wirst nicht sterben. Der Körper schlägt grundlos Alarm. Das weißt du jetzt.*

Er hasste diesen Mangel an Kontrolle! Der Puls steigerte sich glücklicherweise nicht. Er trocknete sich ab, strich sich mit der Hand durchs Haar und ging zurück ins Restaurant. Der Hemdkragen war feucht, es fühlte sich gut an.

Von der Treppe aus sah Alex, dass die Position des Muskelbündels nichts Zufälliges hatte. Den Rücken zur Wand, freie Sicht auf den Bartresen, die Treppe und den angrenzenden Raum. Das Sakko stand offen, den Stuhl, der unter dem Tisch mit der Kaffeetasse und der Zeitung stand, hatte jemand hervorgezogen. Er hatte sich genügend Bewegungsfreiheit gesichert. So, wie er saß, deutete alles darauf hin, dass er eine

Pistole in einem flachen Schulterholster trug. Eine Glock höchstwahrscheinlich, siebzehn oder neunzehn Schuss im Magazin. Oder eine Beretta, die Lieblingswaffe von Leibwächtern.

»Geht es Ihnen nicht gut?«

Henriette Lerke stand auf, nahm Alex am Ellenbogen und schien aufrichtig besorgt zu sein.

»Nur ein bisschen Ärger mit dem Magen. Könnte am Wasser liegen.«

»Das Wasser in Den Haag ist sauberer als zu Hause.«

Sie setzten sich.

»Es geht schon wieder. Tut mir leid.«

»Denken Sie nicht mehr daran. Wollen wir bestellen?«

Alex mochte kaum an Essen denken, aber er konnte nicht wie ein Trottel dasitzen und nichts essen. Er winkte dem Kellner, der am Tresen wartete, halb verdeckt von einem kleinen Wägelchen mit weißen Kerzen. Die Speisekarte war auf Holländisch.

Henriette Lerke bestellte *Rundercarpaccio met pesto en parmazaanse kaas* und ein Glas Weißwein. Alex schaute nach etwas Einfachem. Club Sandwich und ein Bier.

»Schön hier, finden Sie nicht?« Henriette Lerke guckte sich um. Das Restaurant erinnere mit seinen Bleiglasfenstern, dunklen Möbeln, Blockkerzen auf den Tischen und einem großen brennenden Kamin an eine mittelalterliche Burg.

»Beeindruckender Ort zum Mittagessen.«

»*'t Goude Hooft*. Der goldene Kopf.«

Alex sah einen vergoldeten Schweinskopf auf einer Platte vor sich. Oder einen Menschenkopf.

»Das Gebäude stammt aus dem 15. Jahrhundert. Mit einem sehr beliebten Straßencafé, wenn das Wetter besser ist.«

»Meine Herren!«, rief Alex, »aus dem 15. Jahrhundert? Was haben wir in Norwegen zu der Zeit getrieben?«

Der Kellner servierte den Weißwein für Henriette Lerke und ein Heineken in einem weißen Keramikkrug für Alex.

»Das kann man wohl sagen. Wir haben Mehlgrütze gegessen und unter den Dänen gebuckelt. Die Niederlande dagegen haben sich zu einem Zentrum der Wissenschaft und Malerei entwickelt.« Sie nippte an ihrem Wein. »Wo waren wir?«

»Informationen zur Person. Ich möchte nur sichergehen, dass ich korrekt informiert bin.«

»Ich dachte, Sie wollten über den Gerichtshof schreiben, nicht über mich?«

»Am liebsten über beides. Sie sind nicht verheiratet?«

»Hatte keine Zeit.« Sie lachte, aber ihr Lachen drang nicht bis in die Augen.

»Geboren in Oslo?«

»Aufgewachsen in Oslo.«

»In die Hauptstadt gezogen?«

Sie nickte schweigend.

»Hat Ihr Vater Sie ermunternd, Jura zu studieren?«

»Junger Mann, meine Person ist gänzlich uninteressant. Nur die Berufung ist es, die hier zählt.«

»Ist es eine Berufung?«

»Ja, in gewisser Hinsicht schon. Es ist natürlich auch mein Fach.«

Der Muskelprotz am Nachbartisch erhob sich, nickte Henriette Lerke zu und wies auf die Toilette. Sie nickte zurück. Sogar Leibwächter mussten mal auf die Toilette.

»Polizei?«

»Private Firma.«

»Privat?«

»Es gibt nicht genügend Polizisten, um auf alle Juristen in Den Haag aufzupassen.«

»Haben alle Leibwächter?«

Sie antwortete nicht.

»Ist etwas Besonderes passiert?«, erkundigte sich Alex.

»Hören Sie. Ich setze als Selbstverständlichkeit voraus, dass Sie nichts drucken, was die Sicherheitsmaßnahmen für mich oder das Gericht betrifft.«

»Nein, das war nicht …«

»Sind wir uns darüber einig? Nichts über die Sicherheitsmaßnahmen.«

»Ich habe Ihnen doch bereits versichert, dass Sie den Artikel vorab zu lesen bekommen.«

»Wir ermitteln gegen und richten über Kriegsverbrecher. Sie sind nicht unbedingt alle freundlich. Auch ihre Mitverschworenen nicht, die sich noch auf freiem Fuß befinden.«

»Ja sicher, natürlich.«

Der Kellner servierte das Essen. *Rundercarpaccio* erwies sich als dünne Scheiben rohen Rindfleischs an einem Salat. Alex legte den Notizblock beiseite, zog das Holzstäbchen aus dem hohen Sandwich und hoffte, dass sein Magen die Mahlzeit akzeptierte, ohne Probleme zu bereiten. Der Leibwächter kam die Treppe hinunter und setzte sich wieder. Er aß nichts.

Henriette Lerke machte Alex darauf aufmerksam, dass die Datenbank des Gerichtshofs im Netz zugänglich sei. Dort könne er Fallbeispiele finden, auch von ihr. Wenn es für ihn denn interessant sei. Es gäbe nicht viele Journalisten, die sich für das *ICTY* interessierten.

»Warum sind norwegische Journalisten so desinteressiert an internationalen Beziehungen? Menschenrechten? Internationalem Recht?«

Herrje, eine Medienkritikerin. Alex entschied sich, wachsam zu sein.

»Die kleinen Zeitungen konzentrieren sich auf die lokalen Ereignisse. Aber die überregionalen haben doch Auslandsreporter«, erwiderte er.

»Sie sind der erste norwegische Journalist, der hierhergekommen ist.«

»Nun ja …«

»Was wissen Sie vom Krieg?«

Alex wand sich auf seinem Stuhl. Sie war wie eine strenge Lehrerin, die ihre Augen in ihn bohrte. Sobald er aufsah, hielt sie seinen Blick fest, ihre Augen flackerten nicht ein einziges Mal.

»Srebrenica, natürlich, religiöse und ethnische Gruppen, die nicht zusammenleben konnten …«

Henriette Lerke seufzte, legte Messer und Gabel beiseite und wischte sich mit der Serviette den Mund ab. »So sehen Sie das?«

»Äh, ja … Ist das nicht die allgemeine Sicht?«

»Dass die Leute nicht zusammenleben konnten?«

»Ja.«

»Sind Sie sich darüber im Klaren, dass drei Millionen Menschen im alten Jugoslawien in sogenannten Mischehen lebten oder aus solchen stammten? Bei insgesamt zweiundzwanzig Millionen Einwohnern?«

»Nein.«

»Und dass sie gern in einer ethnischen Umgebung lebten«, Lerke schrieb mit den Fingern Anführungszeichen in die Luft, »während die Eltern ganz woanders begraben lagen und ihr Ferienhaus ebenfalls in einer ganz anderen Gegend stand? Es funktionierte ganz ausgezeichnet.«

»Ich muss zugeben, dass es einigermaßen verwirrend ist. Wann kamen diese ethnischen Säuberungen denn in Mode?«

Sie sah ihn lange an, ohne etwas zu sagen. Etwas zu lange.

»Ich wollte nicht vorlaut sein«, entschuldigte er sich. »Aber in Anbetracht der Idylle, die Sie beschrieben haben, muss doch einiges passiert sein?«

Ein Mann mit einer Menge Schmuck tauchte links im Bogengang auf. Aus den Augenwinkeln sah Alex, wie der Leibwächter sich erhob. Der Dekorierte drehte sich um, rief jemand etwas zu und winkte. Drei Frauen in langen Röcken und zwei Männer in dunklen Anzügen folgten ihm. Eine der Frauen trug einen Blumenstrauß. Teile eines Brautzugs? Sie setzten sich abseits an einen Tisch, lachten und riefen nach dem Kellner.

Der Leibwächter trat an den Tisch und flüsterte Henriette Lerke etwas ins Ohr. Sie schüttelte den Kopf.

»Er mag solche Situationen nicht. Er wollte, dass wir gehen, aber ich habe abgelehnt.«

Alex konnte sich nicht vorstellen, dass jemand aus einem Hochzeitsgefolge plötzlich eine Waffe zog. Er nickte in Richtung der munteren Gruppe. »Meint er, dass ...«

»Seine Aufgabe ist es, unsichere Situationen zu verhindern.«

»Von mir aus können wir umziehen. Es ist jetzt ohnehin ein bisschen laut hier.«

Henriette Lerke war einverstanden, winkte dem Leibwächter und gab ihm Bescheid. Sie nahmen ihre Gläser und setzten sich auf die andere Seite des Kamins, außer Sichtweite der Hochzeitsgesellschaft. Alex, der mit dem Rücken zum Kamin saß, wurde es warm.

»Wo waren wir?«

»Jugoslawien und die Idylle vor dem Krieg.«

»Es war kein unumgänglicher religiöser oder ethnischer Konflikt. Dazu kam es erst, als einige die Unterscheidungen für wichtig hielten. Es geht um einzelne Personen, Kriegsverbrecher, die mit den religiösen, ethnischen und nationalistischen Konflikten gespielt haben, um ihre Ziele zu erreichen. Systematisch, zynisch und geplant. Sie planten den Völkermord und führten ihn aus, das zeigt unser Material. Es war eine gewollte Politik, keine willenlosen Berserker, die plötzlich losschlugen, weil sie ihren Nachbarn oder seine Religion hassten.«

»Das ist nicht der Eindruck, den die Weltöffentlichkeit von den Fernsehbildern hat ...«

»Erinnern Sie sich, dass Slowenien als Erstes aus Jugoslawien verschwand, still und leise, nach nur zehn Tagen Krieg? Die jugoslawische Armee zog sich zurück, es gab keine relevante serbische Minorität.«

»Beweist das nicht, dass ...«

»Warten Sie. Dann war Kroatien dran. Dreizehn Prozent Serben. Es wurde ein blutiger Krieg, weil Tudjman es so wollte. Es war auch im Interesse der alten europäischen Großmächte, Kohl hat die Loslösung frühzeitig anerkannt.«

»Kroaten und Deutsche haben schon früher gemeinsame Sache gemacht.«

»Bosnien wurde zum größten Problem, weil das Land ein Flickenteppich aus Serben, Kroaten und Muslimen ist, die in den einzelnen Provinzen unterschiedliche Mehrheiten haben.«

»Und hier wurde es am blutigsten?«

»Ja, aber warum? Es wurde blutig, weil Milošević und die bosnisch-serbischen Führer sich für den Krieg entschieden. Sie bewaffneten zivile Serben und bereiteten sich gründlich vor. Sie begeisterten sie für die *vojna linija*, die Kriegslinie. Sie hätten sich in dem gleichen Flickenteppich für Dialog, Versöhnung und Frieden entscheiden können. Verstehen Sie, was ich meine?«

»Ja. Und die Muslime?«

»Am Gerichtshof ziehen wir alle zur Verantwortung für ihre Handlungen, unabhängig von Religion oder Kultur. Das ist ein grundlegendes Prinzip. Aber Sie erinnern sich vielleicht, dass die muslimischen Enklaven in Bosnien von der Regierungsarmee verteidigt wurden, veranlasst von der gesetzlich gewählten Regierung.«

»Dann sind die Serben also die Schurken?«

»Es gibt Schurken in allen Lagern, aber die bosnisch-serbischen Anführer waren besonders aggressiv. Das Merkwürdige ist, dass dieser Bevölkerungsteil sich selbst als Opfer sieht.«

»Opfer?«

»Vernehmungen mit den Angeklagten belegen es immer

wieder. Sie singen ununterbrochen traurige Lieder über die Schlacht auf dem Amselfeld 1389, als serbische Adlige gegen die Türken verloren. Sie halten eine Leidensgeschichte ihres Volkes am Leben. In ihren eigenen Augen sind sie Opfer, keine Aggressoren. Sie halten ihre Landsleute, die unter der osmanischen Herrschaft zum Islam konvertiert sind, für Verräter.«

Sie machte eine Pause und betonte noch einmal, dass sie den Artikel vorab lesen wolle.

»Ich könnte stundenlang darüber reden.«

»Das weiß ich.«

»Bosnien war schrecklich. Es ging immer wieder um Srebrenica, jeden Tag, viele Jahre lang. Nicht im gleichen Maßstab, aber mit dem gleichen Grad an kalkulierter Bosheit und Zynismus. Das Muster war dasselbe. Belagerung, Artillerie, Aushungern und dann Eroberung. Männer zwischen fünfzehn und fünfundfünfzig nach links, Kinder, Frauen und Ältere nach rechts. Systematischer Massenmord, ausgeführt von Militärs und paramilitärischen Truppen. Vergewaltigungen, Frauen als Sexsklavinnen. Die Geschichten, die wir von Einzelpersonen als Ankläger zu hören bekamen, sind nicht auszuhalten.«

Henriette Lerke lehnte sich zurück und sah an Alex vorbei.

»Die Geschichten sind wirklich nicht zu ertragen«, wiederholte sie, bückte sich und holte einen Stapel Papier aus ihrer Handtasche.

»Eine habe ich Ihnen ausgedruckt. Sie können sie selbst lesen.«

26 *Den Haag, Mittwoch, 3. März 2010*

Alex sah keinen Grund, zu den Kongressärzten in das zugige Strandhotel zurückzukehren. Er ging auf gut Glück in der Innenstadt spazieren, in der Nähe der alten Gebäude, in denen das Parlament im 15. Jahrhundert seinen Sitz hatte. Er suchte nach einem Geschenk für Vivi, aber was sollte er kaufen? Vor einem Kiosk hingen eine Unmenge Fußball-Devotionalien. Sie waren jedenfalls keine Lösung.

Ein Geschenk musste er mitbringen, am besten auch für die Mädchen, für Vivi aber unbedingt. Die letzte Chance war Schiphol, Bodylotion kam immer gut an. Normalerweise benutzte sie irgendetwas aus einer orangefarbenen Flasche. Wie hieß das noch? Er hatte keine Ahnung.

Alex ging durch eine Arkade mit besonderen Läden: Briefmarken, Modelleisenbahnen und sauteuren Kugelschreibern. Er gab es auf und kam auf einen großen Platz, Buitenhof stand auf den Schildern. Den Platz wurde begrenzt von Restaurants und großen Bäumen, die sich auf das Frühjahr vorbereiteten. Die Sonne brach durch die Wolkendecke und erhellte diesen grünen Streifen.

Er betrat das Grand Café, bestellte ein Heineken und setzte sich vor das Lokal. Die Kellnerin kam ihm besorgt hinterher und bot ihm eine Decke an. Doch Alex lehnte ab. Zehn Grad und Sonne, das war daheim das reine Sommerwetter. Er nippte an seinem Bier und holte den Stapel

Dokumente heraus, den Henriette Lerke ihm gegeben hatte.

Eine Pressemitteilung auf Englisch. *Gang rape, torture and enslavement of Muslim woman charged in ICTYS's first indictment dealing specifically with sexual offences.* Zum ersten Mal hatte ICTY ein Strafverfahren angestrengt, in dem es um Vergewaltigungen und sexuelle Sklaverei als Terrorinstrumente gegen muslimische Frauen ging. Bei den Angeklagten handelte es sich um acht Soldaten, Bosnienserben, die an der Eroberung der Stadt Foča im Sommer 1992 teilgenommen hatten.

Abschriften von Zeugenaussagen, Anklagen, Gerichtsbeschlüssen. Die Urteile waren hart, achtundzwanzig Jahre Gefängnis, zwanzig Jahre, zwölf Jahre. Die Erklärungen der Zeugen, vor allem Mitglieder der Familie Subašić, waren detailliert.

Der Witwer Ranko Subašić, dessen Haus im Donje-Polje-Gebiet in Foča lag, hatte dafür gesorgt, dass alle Familienmitglieder aus der Stadt gebracht wurden, als der serbische Angriff begann. Zusammen mit dem ältesten Sohn, Dragan, der Tochter Jasmina und dem jüngsten Sohn, Osman, der damals fünfzehn Jahre alt war, versteckte er sich an einem dichtbewaldeten Berghang.

Dragan hatte sich freiwillig gemeldet und zwei Wochen mit der Regierungsarmee gekämpft. Als die Serben die Oberhand gewannen, wurde ihm befohlen, sein AK 47 abzugeben, nach Hause zu gehen und sich unter den Zivilisten zu verstecken. An dem Berghang traf die Familie Subašić zwei andere muslimische Familien, die gemeinsam geflüchtet waren. Sieben Männer, zehn Frauen und fünf Kinder wechselten sich bei den Wachen ab und sammelten Zweige, um den Felsüberhang zu tarnen, unter dem sie Zuflucht gefunden hatten. Das Dröhnen der Granaten entfernte sich im Laufe des Nachmittags. Eine Weile blieb es ruhig. Dann hörten sie Motorenlärm von der Straße entlang der Drina und einzelne Schusssalven.

Als das Tageslicht schwand, tauchten am Berghang über ihnen serbische Soldaten auf. Sie hörten Kommandorufe und vereinzelte Schüsse. Die kleinen Kinder schrien und jammerten, die Eltern versuchten, sie zu beruhigen, damit das Weinen ihr Versteck nicht verriet.

Ranko Subašić traute der Tarnung nicht. Seine Familie und die Kinder flüchteten weiter über den Höhenzug. Das Gelände war unwegsam, sie kamen nur langsam voran, gleichzeitig waren sie aber durch den dichten Wald geschützt.

Sie gelangten an eine Lichtung, die sie schnell überqueren mussten. Sie gingen in die Hocke und liefen auf den Wald auf der anderen Seite zu. Sie hatten fast die Mitte der Lichtung erreicht, als Ranko Schüsse hörte. Kugeln pfiffen ihm über den Kopf und bohrten sich in das Laubwerk vor ihm. Die beiden anderen Familienmitglieder liefen hinter ihm. Eine der Frauen schrie und blieb liegen.

Ranko schob Osman vor sich her, Dragan half Jasmina. Bis zum Ende der Lichtung waren es noch zweihundert Meter, plötzlich tauchten rechts von ihnen Soldaten auf. Eine Schusssalve aus einem automatischen Gewehr ließ die Erde vor ihnen aufspritzen. Das Schießen hörte auf, sie waren umringt.

Ein großer, dünner Mann, der offensichtlich das Kommando hatte, kam zusammen mit vier anderen Männern, die automatische Waffen trugen, auf die Lichtung. Er trug einen Uniformrock und eine Baumwollhose. Ein Kopftuch verhinderte, dass ihm das lange dunkle Haar in die Stirn fiel. Der Mann trat auf Ranko zu, der noch intensiven Schweißgestank riechen konnte, bevor er einen Gewehrkolben an den Kopf bekam und zu Boden sank.

Ranko, der aus einer Kopfwunde blutete, Dragan und Osman wurden sofort von den Frauen und Kindern getrennt. Die Männer wurden mit Klebeband gefesselt, auf Lastwagen verladen und ins Internierungslager Kazneno-Popravni Dom gebracht. Sie wurden ständig geschlagen, bedroht und als muslimische Schweine beschimpft. Sie saßen dichtgedrängt und bekamen weder zu essen noch zu trinken.

Zusammen mit sieben anderen Männern wurde Ranko im Morgengrauen des nächsten Tages aus dem Lager geholt. Auf der Ladefläche eines Lastwagens brachte man sie zu einer Höhe außerhalb der Stadt, wo es noch immer zu Gefechten zwischen Serben und der Regierungsarmee kam. Nun gaben sie Ranko Wasser, da er in der Sommerhitze einen Schützengraben ausheben sollte. Dass Ranko und die anderen Männer riskierten, von ihren eigenen Leuten erschossen zu werden, während sie gruben, schien die Serben zu amüsieren.

Ein Mann, der zum Graben eingeteilt war – Ranko kannte ihn nicht –, hatte einen Verband um seinen rechten Oberschenkel und wurde ständig schwächer. Er wurde abgeführt. Ranko meinte eine Salve zu hören.

Alex legte den Ausdruck auf den Tisch, stand auf und suchte nach der Toilette. Die Kellnerin wies auf eine Treppe an der linken Seite des Lokals. Alex stieg hinauf, waren eigentlich alle Toiletten dieses Landes in der ersten Etage? Vielleicht konnten sie keine Keller graben, weil das Land so tief lag.

Als er zu seinem Tisch zurückkehrte, hatte ein älteres, in rote Daunenjacken gekleidetes Ehepaar am Nebentisch Platz genommen. Es begann dunkel zu werden. Alex roch den Duft eines Zigarillos.

Die Geschichte aus Foča wühlte ihn, den ehemaligen Berufssoldaten, auf. Schießen auf unbewaffnete Zivilisten, unwürdige Haftbedingungen, Strafarbeit und willkürliche Hinrichtung von Verwundeten. Das waren schon genug Kriegsverbrechen, und er hatte erst die Einleitung gelesen. Kern des Strafprozesses waren die Übergriffe gegen Ranko Subašić' einzige Tochter gewesen, die siebzehn Jahre alte Jasmina.

Sie wurde mit einer Gruppe Frauen nach Buk Bijela gefahren, einem Elektrokraftwerk, das die Drina einige Kilometer südlich von Foča staut. Zweihundert bis dreihundert serbische Soldaten hatten dort eine Art Hauptquartier in den alten Baracken der Anlage und in einem Motel eingerichtet.

Jasmina wurde mit fünfzig bis sechzig anderen muslimischen Frauen, Kindern und einigen wenigen alten Männern gefangen gehalten. Sie mussten sich in einer Reihe am Flussufer aufstellen. Eine nach der anderen holte man zum Verhör in die nächstgelegene Baracke.

Jasmina wurde in einen Raum geführt, in dem sie den Mann wiedertraf, der ihren Vater im Wald geschlagen hatte. Verzweifelt erkundigte sie sich nach ihrem Vater und den Brüdern.

»Hier bin ich es, der die Fragen stellt«, erwiderte der Mann und schlug ihr ins Gesicht. Er war wohl so eine Art Kommandant. Die anderen Männer nannten ihn ›Tolja‹ und behandelten ihn mit Respekt.

Jasmina zitterte. Ihr Vater hatte ihr nie gestattet, einen Mann allein zu treffen. Jetzt war sie eine Gefangene und allein mit vier bewaffneten, fremden Männern.

Der Mann, der Tolja genannt wurde, lehnte sich an einen Tisch, über dem Knie hing eine Maschinenpistole. Er sagte, dass Jasmina nur eine einzige Chance bekäme, die Wahrheit zu sagen, und fuhr sich mit der Hand über die Kehle. Was hatten ihr Vater und ihre Brüder während der Kämpfe getan? Hatten sie gekämpft? Munition transportiert? Nachrichten gesammelt und dazu beigetragen, dass gute, tapfere Serben ihr Leben lassen mussten?

Jasmina weinte, riss sich aber zusammen und antwortete wahrheitsgemäß, dass sie nicht wisse, wo Dragan gewesen sei. Ihr kleiner Bruder Osman war zu Hause geblieben. Der Mann hinter dem Tisch fluchte und richtete seine Maschinenpistole auf sie.

Die Stimmung wurde immer erregter, die Männer wechselten Blicke. Der Mann, der Tolja genannt wurde, sprang plötzlich auf, packte Jasmina hart am Arm und stieß sie auf den Boden.

Noch einmal schlug er ihr ins Gesicht und befahl ihr, sich auszuziehen.

Sie zögerte, weinte, hielt sich die Hände vor die Brüste. Er schlug sie erneut und erklärte, dass er sie, ihren Vater und ihre Brüder töten werde, wenn sie nicht tat, was er sagte. Die Tränen liefen ihr, sie war wie versteinert vor Schreck. Tolja brüllte, sie solle sich hinlegen. Er legte die Maschinenpistole beiseite, löste den Gürtel und zog sich die Hose aus.

Jasmina weinte und bat um Gnade. Tolja lachte sie aus und erklärte, er werde mit Vergnügen ihr erster Mann sein. Er zog die Pistole und hielt sie ihr an die Schläfe. Sie schloss die Augen und schluchzte. Er drohte, sie auf der Stelle umzubringen. Sie hatte keine andere Wahl, als ihm zu gehorchen.

Gebrochen vor Scham wurde Jasmina nach dem Verhör zu den anderen Frauen geschleppt. Eine der älteren Frauen versuchte, sie zu trösten, es hätte schlimmer kommen können. Eine Frau war in einem anderen Verhörraum von zehn Männern nacheinander vergewaltigt worden.

Der Albtraum ging weiter, als die Frauen und einige Kinder in die weiterführende Schule von Foča gefahren wurden. Soldaten in Gruppen von drei, vier Mann kamen an den Abenden in die Schule, betrunken und brutal.

Die Frauen weinten sich durch die Nächte. Scham und Schmerzen waren nicht zu ertragen. Als sie keine Tränen mehr hatten, wurden viele apathisch. Eine Frau versuchte, sich das Leben zu nehmen, indem sie sich mit einem Schal auf der Toilette aufhängte. Es misslang, sie wurde von den Wachen verprügelt.

Am 6. Juli wurden Jasmina und drei weitere Frauen aus dem Klassenraum geholt. Man führte sie über den Flur in einen anderen Klassenraum, in dem bereits eine Gruppe Soldaten auf sie wartete. Tolja war dabei. Er entschied, welcher Soldat welche Frau bekam. Jasmina und den drei anderen Frauen wurde befohlen, sich auszuziehen. Eine Frau weigerte sich. Tolja schlug ihr ins Gesicht und richtete die Pistole auf sie. Er drohte damit, sie einhundert Soldaten an der Front zu überlassen. Jasmina schlug die Hände vors Gesicht, aber die Hände wurden ihr weggezogen, sie wurde gezwungen, dabei zuzusehen, wie die anderen Frauen vergewaltigt wurden. Dann war sie an der Reihe.

Herrgott, dachte Alex, wie hatte es bloß zu dieser Entwicklung kommen können in dieser Stadt, Foča? Eigentlich hatte es sich doch um eine militärische Operation gehandelt, sicher, es war Bürgerkrieg, aber trotzdem verstand er es nicht. Dies waren Männer, die mit diesen Frauen vor der Zersplitterung des Landes Seite an Seite gelebt hatten. Waren sie nicht normal, waren sie Kriminelle? Alex blätterte zurück zu den persönlichen Informationen über die Verurteilten. Der Soldat mit dem härtesten Urteil war vor dem Krieg Lehrer gewesen. Ein Lehrer!

Die Kellnerin kam und erkundigte sich, ob er etwas zu essen bestellen wolle? Warum eigentlich nicht, es war fast 19:00 Uhr. Alex ging hinein. An einem der Tische saß eine Familie mit zwei Teenagern. Das Mädchen war ungefähr siebzehn, achtzehn Jahre alt, so alt wie die arme Jasmina.

Alex setzte sich, bestellte Hamburger, Pommes frites und Bier. Er las, dass Jasmina und die beiden anderen Frauen nach einigen Wochen in das Dorf Miljevina westlich von Foča gebracht wurden. Dort sperrte man sie in das Wohnhaus einer muslimischen Familie, die nach Deutschland gezogen war. Im Laufe von einer Woche wurden insgesamt neun junge Frauen in das Haus gebracht, einige von ihnen waren erst zwölf und vierzehn Jahre alt.

Drei serbische Soldaten wohnten mehr oder weniger ständig im Haus. Tolja war auch hier der Anführer, seine Gruppe hatte besondere Rechte. Jasmina und die anderen Frauen bekamen genug zu essen. Vorher hatten sie lediglich jeden dritten Tag eine Mahlzeit erhalten, die bei weitem nicht ausreichte. Die Mädchen bekamen den Befehl, Alarm zu schlagen, wenn Soldaten auftauchten, die keine Erlaubnis zum Betreten des Hauses hatten.

Jasmina war Toljas Frau. Sie musste seine Uniform waschen, kochen und putzen. Aber Tolja überließ sie auch anderen Männern. Eines Abends wurde sie zu einem Haus an der Bushaltestelle gebracht, wo sie ein junger Serbe mit einem Verband am Oberarm vergewaltigte.

Tolja war mehrere Wochen fort gewesen. Als er zurückkam, befahl er Jasmina, in ein Auto zu steigen, und fuhr sie zurück nach Foča. Ihr wurde gesagt, sie sei nun seine Geliebte und würde in seiner Wohnung in dem Wohnkomplex Brena leben. In der Wohnung bemerkte sie, dass dort noch drei andere muslimische Frauen gefangen gehalten wurden. Man hatte sie in der dritten Etage eingeschlossen. An Flucht war unmöglich zu denken.

An einzelnen Tagen hatte Tolja gute Laune und war ›nett‹. An anderen Tagen war er leicht erregbar und drohte, die Frauen umzubringen. Eines Abends wurden Jasmina und die Frauen aufgefordert, sich auszuziehen und sich auf den Wohnzimmertisch zu stellen. Eine halbe Stunde standen sie dort, während Tolja auf dem Sofa lag. Dann trieb er sie aus der Wohnung, die Treppen hinunter, bis zum Fluss. Sie waren noch immer nackt. Am Flussufer schlug er sie und drohte, ihnen die Kehlen durchzuschneiden und sie in den Fluss zu werfen. Jasmina zitterte vor Entsetzen, sie wusste nie, ob er es ernst meinte oder ob es sich nur um psychischen Terror handelte.

Am folgenden Tag wurde Jasmina erneut gezwungen, sich auszuziehen und zu Toljas Lieblingsmusik nackt auf dem Tisch zu tanzen. Er lag auf dem Sofa, trank Bier und zielte mit der Pistole auf sie. Jasmina bereitete sich einmal mehr darauf vor zu sterben.

An Silvester 1993 verzichtete Tolja auf seine Gefangene. Zwei Soldaten aus Montenegro tauchten in der Wohnung auf, sie tranken und feierten mit Tolja. Am darauffolgenden Tag wurde Jasmina mitgeteilt, dass sie mit ihnen nach Montenegro müsse. Sie hatten sie und eine andere Frau für fünfhundert Deutsche Mark gekauft.

In Montenegro lebten Jasmina und die andere Frau zwei Monate wie Gefangene eingesperrt in einem Haus. Die Behandlung war ähnlich wie in Foča, sie mussten kochen, Uniformen waschen und das Haus instand halten – und abends mussten sie sich ausziehen. Nach einem Fest, auf dem der Alkohol reichlich geflossen war, schliefen die beiden neuen Besitzer auf ihren Stühlen ein. Jasmina gelang es zu flüchten.

Sie konnte nicht zurück nach Foča, dort herrschten die Serben. Sie kam über die Grenze und gelangte zum Haus ihres Onkels in einem muslimischen Dorf in Südbosnien. Auf ihrer Flucht war sie meist durch Waldgebiete gelaufen. Sie wagte nicht, die Straßen zu benutzen.

Bei ihrem Onkel erzählte Jasmina niemandem von den zahllosen Vergewaltigungen; sie hatte Angst, von ihrer Familie verstoßen zu werden. Manchmal wurde behauptet, vergewaltigte Frauen hätten sich herausfordernd benommen und wären selbst schuld. Wo ihr Vater und Osman sich aufhielten, wusste niemand, auch der Onkel nicht. Dragan war vermutlich am Leben, es hieß, er hätte aus der Gefangenschaft in Foča fliehen können.

Vier Monate später traf Jasmina ihren großen Bruder wieder. Dragan konnte sie es erzählen, er wusste ohnehin sehr viel. Sie weinte, und er strich ihr übers Haar und sagte, dass die Schuldigen ihre gerechte Strafe bekommen würden.

Er hielt ihr Gesicht in seinen Händen. »Jasmina, der Schuldige bekommt seine Strafe.« Er wiederholte dieses Versprechen jeden Tag in der Woche.

Dragan hatte sich umgehört. Tolja war der Spitzname eines ehemaligen Lehrers und paramilitärischen Offiziers, der sein ganzes Leben in Foča gewohnt hatte, in der Samoborska-Straße. Sein richtiger Name war Franko Novakovitsch.

27 *Den Haag, Donnerstag, 4. März 2010*

»Ausweis?«

Der Sicherheitsbeamte in der dunklen Uniform stand breitbeinig, die Dienstpistole gut sichtbar an der Hüfte. Alex entschuldigte sich. Sein Pass lag im Hotelzimmer.

»Sorry, kein Zugang ohne Legitimation.«

Der Wachtposten hatte eine Körperhaltung, die darauf hindeutete, dass er jederzeit bereit war, seine Worte mit physischer Gewalt durchzusetzen. Ein dunkelhäutiger Kollege stand hinter der Durchleuchtungseinheit und beobachtete sie.

Alex zog aus seiner Brieftasche die Visa-Karte der Sparebanken Nord-Norge mit einem schwarzweißen Jugendfoto.

»So etwas kann doch jeder im Jungenszimmer herstellen«, sagte der Wachmann und lächelte.

Alex verfluchte seine Gedankenlosigkeit. Zu Hause in Norwegen sagte man einfach, wer man ist, man brauchte nicht mal einen Presseausweis, und die Türen öffneten sich. Hier nützte es wenig, wenn man versicherte, man sei nett und umgänglich.

»*Driver's licence*?«

Sie akzeptierten den Führerschein? Alex blätterte sich durch den Jagdschein, den Bibliotheksausweis der Bibliothek von Tromsø, den Reiseversicherungsschein und ein paar Visitenkarten. Glücklicherweise lag sein Führerschein nicht im Volvo. Der Wachmann setzte sich an den Computer und gab

Namen und Adresse ein. Alex bekam seinen Führerschein zurück – sie behielten ihn nicht wie in Lutvann – und ging durch den Metalldetektor, während die Schulter- und die Kameratasche durchleuchtet wurden.

Die Wache zeigte auf eine Reihe von Schließfächern. »Keine Metallgegenstände, keine Mobiltelefone, keine Kameras.«

Alex wollte einwenden, dass er Fotos von Henriette Lerke brauchte, hielt aber inne. Er legte die Kameratasche, sein Handy und seine Uhr in Box Nr. 11, schloss ab und ging auf die Halle zu. Henriette Lerke konnte das Fotografieren sicher genehmigen lassen.

»Einen Augenblick, Sir.«

Der Wachtposten nickte in Richtung Schultertasche. »Nicht zugelassen.«

Alex zog die Tasche von der Schulter, nahm den Notizblock und einen Kugelschreiber heraus und hielt der Wache beides mit einem fragenden Gesichtsausdruck entgegen. Er nickte, gab Alex einen Gästeausweis und trat beiseite, so dass Alex vom Sicherheitsbereich in den eigentlichen Gerichtshof gehen konnte.

Der Ausdruck! Alex achtete darauf, dass er sich nicht zu hektisch bewegte, als er sich noch einmal umdrehte, das Schließfach Nr. 11 öffnete und das Foto von Kiefer und seiner Tochter aus der Schultertasche nahm. Er steckte es in die Jackentasche, schloss die Box wieder ab und ging von der Sicherheitskontrolle durch einen kurzen Gang zum Haupteingang.

In der Halle wartete ein weiterer bewaffneter Wachtposten vor griechischen Säulen, zwei UN-Fahnen und großen Metallbuchstaben an der hinteren Wand. *International Criminal Tribunal for the former Yugoslavia. Tribunal Pénal International pour l'ex-Yougoslavie.* Die Halle strahlte beherrschte Ordnung aus, mit Sesselsitzgruppen, in denen niemand saß.

Der Wachtposten überprüfte den Gästeausweis und den Führerschein und wies auf einen Treppenaufgang mit einem weiteren Metalldetektor. Zwei Mal, war das nicht hysterisch? Nun ja, jemand könnte ja vielleicht eine Waffe auf der Toilette in der Halle versteckt haben. Die Wachen am Treppenaufgang, eine blonde Frau und ein kurzgeschorener Bodybuilder, zeigten ihm den Weg zum Gerichtssaal 3. Ein Stockwerk höher.

Die Publikumsgalerie war vom Gerichtsaal mit kugelsicherem Glas getrennt. Fernsehbildschirme übertrugen Töne und Bilder aus dem Gerichtssaal. Alex setzte sich hinter eine Gruppe Jugendlicher – vielleicht Jurastudenten – und sah Henriette Lerke sofort. Halb von ihm abgewandt blätterte sie in einigen Dokumenten. Das Haar hatte sie zu einem strammen Knoten im Nacken gebunden. Sie trug eine schwarze Robe mit einem weißen Einsatz, es sah aus wie ein breiter Schlips. Die Bekleidung wirkte feierlicher als in norwegischen Gerichtssälen. Drei Richter in roten Roben saßen auf einem erhöhten Podium. Alle im Gerichtssaal hatten einen oder mehrere PC-Schirme vor sich.

Ein Zeuge wurde vernommen, ein beleibter Mann mit kurzen Haaren und einem weißen, offenen Hemd, der mit dem Rücken zu dem kugelsicheren Glas saß. Alex entschied sich bei den Kopfhörern für Englisch. Auf einem der Bildschirme sah er den Zeugen von vorn. Der Blick des Mannes flackerte, er schwitzte. Ständig blickte der Zeuge hinüber zum Angeklagten, der von zwei Männern bewacht, links im Gerichtssaal saß. Der angeklagte Kriegsverbrecher – Axel überprüfte den Namen auf dem Blatt vor sich – versuchte nicht, die Richter durch ordentliche Kleidung zu beeindrucken. Entspannt und betont desinteressiert saß er in einem glänzend roten Jogginganzug mit Adidas-Streifen auf der Anklagebank.

Der Zeuge stotterte, fing die Sätze noch einmal an, machte Pausen. Es war schwierig, den Zusammenhang zu begreifen. Es ging um einen serbischen Kommandanten, der eine Abteilung geleitet hatte, die im Sommer 1992 in ein von Muslimen dominiertes Dorf im nordöstlichen Teil des Landes einmarschiert war.

Henriette Lerke erhob sich. Sie sprach ein elegantes Englisch, gegen Ende der Sätze hob sich die Tonlage, wie so oft bei Leuten aus dem Süden Norwegens.

»Können Sie sich erinnern, welche Befehle die Abteilung in den Tagen vor der Eroberung des Dorfes hatte?« Sie nahm die Lesebrille ab und durchbohrte den Zeugen mit ihren Augen.

»Der Befehl lautete ...« Der Zeuge machte eine lange Pause. » ... die Gegend zu stabilisieren.«

»Zu stabilisieren?« Lerke setzte die Lesebrille wieder auf.

»Ja.«

Henriette Lerke wandte sich einem der PC-Bildschirme zu. »In einer Erklärung vom 2.9.2001 haben Sie gesagt, dass der Befehl lautete, die muslimischen Kräfte niederzukämpfen, die UN-Soldaten festzunehmen und die Stadt zu räumen?«

Das Fernsehbild schaltete auf den Zeugen um. Er trat unruhig von einem Bein aufs andere. »Der Befehl lautete stabilisieren.«

Henriette Lerke nahm es auf. »Was bedeutet dieser Begriff für Sie?«

Alex war überrascht, wie sicher sie in der Rolle der Anklägerin auftrat, forsch, bereit, sofort eine neue Detailfrage zu stellen, wenn ein Thema erschöpft schien. Ihr Ton war höflich und stand in krassem Kontrast zu den erschütternden Details, die hier ans Tageslicht kamen. Dem Zeugen wurde vom Vorsitzenden Richter, einem Asiaten, für sein Erscheinen gedankt, als er den Zeugenstand verlassen durfte.

»*All rise!*«, sagte der Dolmetscher. Hinter dem Glas erhoben sich alle. Die Wache auf der Galerie schnippte mit dem Finger und gab ein Zeichen. Alex und die Jugendlichen mussten ebenfalls aufstehen. Die Richter gingen hintereinander durch den rechten Ausgang hinaus, die Tür schloss sich hinter ihnen.

Mittagspause. Henriette Lerke drehte sich um und nickte Alex zu.

Sie schien sich zu freuen, ihn zu sehen, und bedankte sich für ihr letztes Gespräch. Sie versorgten sich in der Kantine, in der es wegen der europäischen, asiatischen und afrikanischen Angestellten aussah wie bei einer kleinen UN.

»Setzen wir uns draußen hin«, sagte Henriette Lerke und führte ihn auf eine große Terrasse mit Aussicht auf das Nachbargebäude World Forum und ein unglaublich hässliches Novotel. Es erinnerte Alex an die Albträume von Hotels, die er aus Murmansk gewohnt war.

Henriette Lerke hatte mit dem Sicherheitschef gesprochen, die Kamera wurde in den Sicherheitsbereich gebracht. Er machte einige Fotos von ihr, bevor sie sich setzten; er achtete darauf, dass sie nicht im Gegenlicht stand, es war nicht ganz einfach. Am liebsten hätte er sie vor dem Gebäude fotografiert, aber das lehnte sie ab. Sie hätten beide noch einmal durch die Sicherheitskontrollen gehen müssen.

»Gelten die strengen Sicherheitsmaßnahmen auch für diejenigen, die hier arbeiten?«

»Nun ja, sie vertrauen uns schon ein wenig mehr«, lächelte Henriette Lerke. »Wir haben eigene Eingänge. Aber die Sicherheit hat ihre Gründe. Wir richten über Leute, die häufig in ihren Heimatländern über ein großes Netzwerk und über Ressourcen verfügen. Leute mit Waffen und Sprengstoff – alles, was man für einen gewaltsamen Angriff benötigt. Ist Ihnen der Angeklagte heute aufgefallen?«

»Der Jogginganzug?«

»Haben Sie sich den Angeklagten angesehen?«

»Nicht so genau.«

»Zoran Stankovic. Bosnisch-serbischer Polizist. Geboren 1964, Mitglied einer speziellen Einsatzgruppe. Wir beantragen achtzehn Jahre Gefängnis. Er hat fünf muslimische Gefangene erschossen, die er aus einer Turnhalle eines Dorfes im Nordosten des Landes geholt hatte. In Luka, einem Gefangenenlager, befahl er zwei muslimischen Brüdern die gegenseitige Fellatio, wobei sämtliche Gefangene zusehen mussten.«

Eine Pause entstand. Eine warme Frühjahrssonne heizte die Terrasse auf, alle Tische waren besetzt.

»Viele Leute«, bemerkte Alex, während er sein Roastbeef aß.

»Viele Leute und viele Verbrechen. Neunhundert Angestellte.«

»Neunhundert?«

»Ja, inklusive aller unterstützenden Institutionen. Eigentlich hätten wir vor mehreren Jahren schon aufhören sollen, aber wir bekommen ständig neue Fälle. Nicht zuletzt nach dem 18. Juni 2008. Den Tag feiere ich mit einem Glas guten Weißwein, das gebe ich zu.« Sie lächelte und hob ihr Perrier-Glas.

»Was feiern Sie?«

»Radovan Karadžić wurde an dem Tag in Belgrad verhaftet. Er war seit 1997 auf der Flucht, hatte sich einen Bart wachsen lassen und gab sich als Experte für alternative Medizin aus. Es ist eine enorme Strafsache, wir werden ihn für das Massaker in Srebrenica verantwortlich machen. Es ist nicht schwer, wir verfügen über die Direktiven, die von ihm gekommen sind, bereits seit März 1995.«

»Achttausend Muslime zu töten?«

»Der Plan war, die Jungen und die Männer zu töten, Frauen und Kinder sollten vertrieben werden. Ich glaube, die Formulierung seiner Anordnung können alle Juristen hier im ICTY auswendig. *Durch gut geplante und durchdachte Militäroperationen eine unerträgliche Lage völliger Unsicherheit herbeiführen, die den Eingeschlossenen keine Hoffnung auf ein Überleben in der Schutzzone lässt.«*

»Mein Gott!«

»Ja, so kann man es sagen. Das ist es, was wir immer wieder

erleben, es waren keine Nachbarn, die es nicht mehr miteinander aushielten, es war eine gewünschte Politik, planmäßig ausgeführt.«

Sie sah auf die Uhr. »Haben Sie, was Sie brauchen? Und vergessen Sie nicht, mir den Artikel vorab zu schicken.«

Henriette Lerke stellte ihren Teller, die Flasche und das Glas auf das Tablett.

»Eine Sache noch«, sagte Alex.

»Ja?«

»Ich möchte Ihnen gern ein Foto zeigen.«

Alex spürte, wie sein Puls anzog, als er den Ausdruck aus der Tasche zog, auseinanderfaltete und vor sie auf den Tisch legte.

Sie sah sich das Foto an. Außer einem Ausdruck von Neugierde konnte Alex in ihrem Gesicht nichts feststellen.

»Ein Offizier ... Wer ist das?«

»Wir sind ganz sicher, dass es sich um den Kommandanten eines Vernichtungslagers für Jugoslawen in Botn im Nordland handelt. Kiefer, SS.«

Henriette Lerke beugte sich vor und betrachtete das Foto genauer. Eine Pulsader an ihrem Hals trat deutlicher hervor.

»Mit seiner Tochter.«

Ihr Hals flammte rot auf. Sie schob das Bild weg.

»Was hat das mit der Sache zu tun?«

»Wir haben Grund zu der Annahme, dass Sie das Mädchen auf dem Foto sind.«

Sie blickte auf und sah ihm direkt ins Gesicht.

»Und was veranlasst Sie zu dieser Annahme?«

»Einige Leser haben Kiefer wiedererkannt. Der norwegische Geheimdienst ...«

»Ist das bereits irgendwo gedruckt worden?«

»Ja.«

»Sie sagen, dieses Foto wurde in Norwegen bereits gedruckt?«

»Ja, von *Nordlys* und *Avisa Nordland* in Bodø. Wir bekamen es von einer älteren Dame.«

Henriette Lerke stand auf und richtete ihr Kostüm. Die Anklägerin aus dem Gerichtssaal war zurück, sie blickte den Angeklagten eiskalt an.

»Ich denke, hier trennen sich unsere Wege.«

»Sie wollen das also nicht kommentieren …«

»Junger Mann, Sie haben mit falschen Karten gespielt! Ich kommentiere gar nichts. Melden Sie sich bei der Wache in der Halle, dort wird man Sie herauslassen. Wiedersehen!«

Henriette Lerke griff nach ihrer Handtasche und dem Tablett, drehte sich um und ging.

28 *Den Haag, Donnerstag, 4. März 2010*

Nach dem Mittagessen geriet Henriette Lerkes Zeugenbefragung zur Katastrophe. Als der Richter nach einer langen Pause zum zweiten Mal eingreifen musste – *please continue* –, versuchte sie sich ernsthaft zusammenzureißen, hatte aber weiterhin größte Probleme, sich zu konzentrieren.

Dieser norwegische Journalist schien sympathisch und aufrichtig interessiert an ihrer Arbeit, bevor er sie mit diesem Foto überrumpelt hatte. Die Wut, die sie im ersten Moment empfunden hatte, schlug rasch um in Verzweiflung und in das Gefühl, die Kontrolle verloren zu haben.

Glücklicherweise endete die Verhandlung bereits um 16:00 Uhr. Der nächste Prozesstag wurde auf Dienstag, 9. März angesetzt. Der Richter wünschte sich offensichtlich ein langes Wochenende, vielleicht wollte er heim nach Madrid?

Henriette Lerke packte einige Dokumente des Falls zusammen, rief ihren Leibwächter und bestellte ein Taxi. Der Leibwächter war diskret und professionell, und doch war sie froh, dass sie ihn in den Räumen des Gerichtshofs, in denen das Sicherheitsniveau mehr als ausreichend war, nicht benötigte.

Wortlos fuhren sie zur Sophialaan, wo der Leibwächter wie immer als Erster ausstieg und die Umgebung überprüfte, während sie bezahlte und sitzen blieb. Sie sah, wie er den Garten kontrollierte und dann die Haustür aufschloss. Nach ein paar

Minuten erschien er wieder an der Tür, kam auf das Taxi zu und gab ihr ein Zeichen.

Sie öffnete die Wagentür, ging zwischen den Zierkastanien hindurch, überquerte die Straße und betrat das Haus. Der Leibwächter schloss die Tür und befestigte beide Sicherheitsketten.

Jedes Mal zog sich dabei ihr Magen zusammen. Sie hatte erwogen umzuziehen, doch man hatte ihr geraten zu bleiben. Die wenigen, mit denen sie über die Ereignisse gesprochen hatte, meinten, es sei besser, wenn sie weiterhin hier wohnen bliebe. Trotz der Ereignisse.

Es war leichter gesagt als getan. Schon beim Betreten des Hauses überkam sie das Gefühl von Panik. Es hatte zwei Wochen gedauert, bis sie sich wieder allein in der Küche aufhalten konnte. Der Angriff lag jetzt fünf Monate zurück, fünf Monate mit einem Leibwächter und einem konstant unangenehmen Gefühl im Bauch. Die Erinnerungen kamen immer wieder, sie spielten sich wie ein Film in ihrem Kopf ab, wenn sie ihr Gehirn nicht aktiv zwang, an etwas anderes zu denken.

Es geschah an einem Samstag. Samstag, den 17. Oktober 2009. Henriette Lerke war kurz vor sieben von allein aufgewacht. Früher wäre sie ärgerlich gewesen, dass sie an einem freien Tag nicht länger schlafen konnte, aber inzwischen hatte sie sich damit abgefunden, dass es sich mit dem Alter nun einmal so verhielt. Sie wachte immer früh auf.

Henriette Lerke schlüpfte in den Morgenmantel, schob die Schiebetür zum Badezimmer auf, zündete die Duftkerze an und drehte die Hähne der Badewanne auf. Eine Stunde später war sie angezogen, geschminkt und hatte einen herrlich freien Tag vor sich. Sie griff nach ihrer Tasche, nahm das Handy vom Küchentisch – Birgitte hatte ihr mitgeteilt, dass sie sich zehn Minuten verspäten würde –, schaltete die Alarmanlage im Flur ein und schloss die Haustür hinter sich. Sie bog nach links und gelangte zu den Zierkastanien, die die Statue von Wilhelm von Oranien säumten, trat über einen Haufen gelbes Laub und ging an der Alexander Straat in Richtung Stadtzentrum. Im Botschaftsviertel empfand sie ein Gefühl von Ordnung und Ästhetik; die Villen waren exklusiv, die Gärten gepflegt und die Straßen breit. Große Bäume trennten die Bürgersteige von den Fahrbahnen. Es war einfach eine sehr angenehme Wohngegend.

Das Wetter war gut, der Wind fuhr ihr in die Haare, der Himmel war leicht bedeckt, sechs, sieben Grad Celsius. Sie verspürte einen dieser seltenen Glücksmomente, wenn Geist und Körper sich in vollkommener Harmonie befinden, sie fühlte sich ausgeglichen und entspannt.

Nach zehn Minuten änderte sich der Charakter des Straßenbilds, sie hatte die Innenstadt mit Läden, Cafés und Büros auf beiden Straßenseiten erreicht. Henriette Lerke ging durch eine Boutique in den Arkaden am Buitenhof, bevor sie einige Minuten nach zwölf die gemütliche Weinbar an der Ecke Hofweg und Gravenstraat betrat.

Sonia winkte von einem Fenstertisch. Sie hielten zusammen, die Skandinavierinnen am ICTY. Sonia war Dänin, sie hatte diese samstägliche Tradition ins Leben gerufen. Daheim in Norwegen wären es an einem Samstagvormittag Kaffee und Kuchen gewesen, aber davon wollte Sonia nichts hören. Man musste das Leben doch genießen, wenn man frei hatte! Die schwedische Juristin Birgitte, die jetzt ebenfalls zur Tür hereinkam, hielt sich an grünen Tee.

Henriette warf einen Blick aus dem Fenster auf das alte Regierungsviertel Binnenhof und beobachtete die Niederländer, die mit Einkaufstüten vorbeizogen. Wenn sie mit ihren Freundinnen zusammensaß, plauderte und alberte, war die Sehnsucht nach einer eigenen Familie nicht so stark. Dann fand sie sich selbst privilegiert, sie konnte ihr eigenes Leben führen, ohne Rücksicht nehmen zu müssen, beruflich und in der Freizeit. Aber nicht immer dachte sie so. Ihre Eltern waren beide tot. Als Einzelkind ohne eigene Kinder hatte sie häufig das Gefühl, versagt zu haben.

Um halb zwei brachen sie auf. Henriette wollte noch in das Einkaufszentrum Haagske Bluf, um sich eine neue Reithose zu kaufen. Sie fand nichts Passendes, es war alles zu groß. Es hatte auch Nachteile, in dem Land zu leben, in dem die Menschen die höchste Durchschnittsgröße weltweit haben. Die meisten Frauen überragten sie.

Sollte sie nach Hause laufen? Sie schaute zum Himmel, entdeckte ein paar bedrohliche Wolken und hielt ein Taxi an. Sie spürte ein paar Regentropfen, als sie vor ihrem Haus aus dem Auto stieg.

Sie holte den Schlüssel aus der Tasche, schloss auf und drückte die schwere Tür nach innen. Die rechte Hand suchte nach der Alarmanlage, um sie abzustellen. Der Schalter zeigte nach unten. Hatte sie vergessen, die Alarmanlage zu aktivieren? Bei derartigen automatischen Routinehandlungen konnte sie sich bisweilen nicht erinnern, ob sie es tatsächlich getan oder es sich nur eingebildet hatte.

Auf dem Tisch im Flur legte sie die *International Herald Tribune*, die Einkaufstüte und die Post ab, bevor sie die Stiefel auszog und in die Küche ging. Eine Tasse Tee? Oder noch ein Glas Wein? Nein, sie würde nur müde werden und über der Zeitung einschlafen. Tee!

Die Hand, die sich hart auf ihren Mund legte, war mit einem Handschuh bekleidet. Etwas Scharfes, ein Messer, wurde ihr in die Seite gebohrt. Henriette Lerke schrie auf und griff mit beiden Händen nach der Hand, die ihren Kopf nach hinten zog. Es half nichts.

»Wenn du Ärger machst, stirbst du.«

Englisch mit Akzent.

Das Messer bohrte sich tiefer. Es stach zu. Als sie versuchte, sich herauszuwinden, wurde sie auf den Küchentisch geworfen. Die Wasserkaraffe fiel zu Boden. Ihre Arme wurden ihr fest auf den Rücken gedrückt, ein Küchenstuhl herangezogen. Sie wurde gezwungen, sich auf den Stuhl zu setzen.

»Hände nach hinten!«

Noch hatte sie ihn nicht gesehen. Er hielt sich dicht hinter ihr, sie entkam seinem Griff nicht. Er war einfach zu stark. Widerwillig streckte sie die Hände nach hinten aus. Etwas wurde um ihr linkes Handgelenk gebunden. Handschellen? Nein, dünner. Kabelbinder.

Es tat verteufelt weh. Sie schrie.

»Halts Maul!«

Auch das rechte Handgelenk. Ihre Hände waren an der Stuhllehne wie festgeleimt.

»Die Beine, auseinander!«

Sollte sie treten? Sie wagte es nicht. Ein paar Handschuhe aus den Ärmeln einer dunklen Jacke. Er griff an ihren Knöchel. Band sie fest. Stramm. Beide Beine.

Der Stuhl wurde verrückt. Sie blickte direkt auf den Tisch. Der Stuhl wurde nach hinten gekippt. Sie wollte sich vorbeugen, es gelang ihr nicht.

»Wenn ich loslasse, schlägst du dir den Hinterkopf auf dem Steinfußboden ein.«

Henriette Lerke schrie. Dann wurde sie vornübergekippt.

»Aber vielleicht willst du es ja mit dem Gesicht versuchen?«

Eine Weile hielt er sie in dieser Position. Dann ließ er sie wieder zurückfallen.

Diese Stimme! Verhandeln. Sie musste verhandeln.

»Was wollen Sie?«

Er zündete hinter ihr ein Streichholz an. Ein leises Sausen. Der Gasofen! Wieder wurde der Stuhl zurückgekippt. Sie spürte die Hitze am Hinterkopf und schrie auf.

»Psst!« Von hinten ein Schlag auf die Wange.

»Ich kann … so sagen Sie doch, was Sie wollen.«

»Informationen.«

»Ich wüsste nicht, was ich Ihnen …«

»Über deinen Vater.«

»Meinen Vater? Er ist tot.«

Der Stuhl wurde noch einen Zentimeter nach hinten angekippt. Ihr Haar schnurrte zusammen, als würde man Wollfäden verbrennen.

»Deinen biologischen Vater!«

»Seien Sie so freundlich, ich werde …«

Er kippte sie wieder nach vorne. Der Stuhl drohte an den Tisch zu kippen, kam aber noch rechtzeitig ins Gleichgewicht. Ihr Kopf wurde herumgeschleudert. Sie spürte einen intensiven Schmerz im Halsmuskel, wie damals, als sie über den Wassergraben stürzte und das Pferd sie unter sich begrub.

»Wo ist Kiefer?«

»Ich weiß es nicht. Er ist … er ist …«

»Du weißt nicht, was zu deinem eigenen Besten ist.«

Etwas Hartes traf sie an der Schulter. Sie schaute hin. Der Feuerhaken vom Kamin. Das Geräusch von Metall auf Metall hinter ihr. Das Sausen wurde stärker. Handschuhe von hinten, ihre Bluse wurde aufgerissen. Das Messer tauchte hinter ihrem rechten Ohr auf und schnitt vorn den BH auf. Herrgott, er wollte sie verbrennen! Dieses Monster Novakovitsch war zu allem fähig! Sie spürte, wie Panik in ihr aufstieg.

»Warten Sie, ich werde …«

»Wo ist Kiefer?«

Was sollte sie antworten? Und warum war Novakovitsch …

»Wieso?«

»Wo ist er?«

»Woher wissen Sie, dass …«

»Das hat mir deine Familie erzählt.«

Er trat vor sie, vollkommen schwarz gekleidet. Schwarze Jeans, schwarze Jacke, schwarze Sturmhaube. Das Messer in der Scheide auf dem Oberschenkel.

»Die Rollen haben sich vertauscht, Frau Anklägerin.«

Henriette Lerke sah nur die Augen durch die Sturmhaube.

»Wir haben uns mit den Frauen in Foča amüsiert. Und jetzt bist du an der Reihe.«

Er zog das Messer aus der Scheide und richtete es auf sie, hob den zerschnittenen BH mit der Messerspitze an.

»Kiefer ... wir haben keinen Kontakt. Er ist in Deutschland, in einem Altenheim in Heidelberg.«

Die kalte Klinge näherte sich der Brustwarze.

»Er nennt sich Reinhardt Stuckmann. Ich wusste nichts von ihm, bis ... bis er Kontakt mit mir aufgenommen hat.«

Er steckte das Messer zurück in die Scheide und kam ganz nahe. »Anklägerin in Den Haag – Tochter eines SS-Schweins! Du kannst nicht zur Polizei, egal, was ich mit dir mache!«

Die Tränen übermannten sie. Beim ICTY fürchteten alle Angriffe von freigesprochenen Häftlingen oder ihren Mitverschworenen. Und nun hatte der Albtraum ihre Küche erreicht. Sie legte den Kopf zurück und schluchzte. Er schlug ihr mit der flachen Hand ins Gesicht.

»Ich bin in Nordnorwegen gewesen, in Tromsø und Botn. Ich habe die Leiden meines Volks und meiner Familie erforscht. Und die Verbrechen deines Vaters.«

Wieder schlug er sie.

»Die Adresse?«

Sie riss sich zusammen. Nickte.

»Wo?«

»Im Sekretär. Im Wohnzimmer, ein Adressbuch.«

Er verschwand im Wohnzimmer, sie hörte ihn rumoren, dann kam er mit dem Adressbuch zurück in die Küche, ein Geschenk zu ihrem sechzigsten Geburtstag. Er riss das Messingschloss ab und begann zu blättern.

»Wo?«

»Es ist alphabetisch.«

»K?«

»Nein, S.«

Er zog sein Handy heraus und gab die Adresse ein.

»Pflegeheim. Ist er so weit beieinander, dass er weiß, was um ihn herum passiert? Ich würde ihm gern einen ordentlichen Gruß zukommen lassen.«

»Ich habe ihn nicht mehr gesehen seit ... einmal in Oslo, in den Siebzigern. Er hat mir ein paar Karten und Briefe geschickt.«

Wieder zog er das Messer und stach es ihr unter die Nase. Ein jäher Schmerz durchzuckte sie. Sie warf den Kopf zurück und knallte gegen die Stuhllehne. Vor Wut und Schmerz schrie sie laut auf.

»Sorry, das Messer ist mir ausgerutscht.«

Er betrachtete sie.

»Jetzt siehst du aus wie die Mädchen in Foča. Sie heulten und zitterten auch.«

Henriette Lerke drückte den Nacken durch und sah ihn direkt an. Sie spürte Blut über ihre Lippen laufen.

»Du Schwein!«

Der Schlag, der ihr Gesicht traf, war hart. Aber sie hatte ihn erwartet.

»Du hast mir trotz allem einen Dienst erwiesen, obwohl du eine miserable Anklägerin gewesen bist. Durch dich bin ich frei. Und ich zeige meine Dankbarkeit, indem ich dich leben lasse. Du solltest mir danken.«

Er ging zur Tür in den Flur, blieb stehen.

»Finde ich ihn nicht, komme ich zurück. Sei sicher.«

Er öffnete die Tür und ging.

Sie war gefangen, allein in ihrer eigenen Küche. Sie konnte an nichts anderes denken als an Novakovitsch und die Drohung, die Blutrache. Die Vergeltung setzte keine subjektive oder objektive Schuld voraus, wenn der Täter nicht erwischt werden konnte. Die Rache konnte ebenso gut an einer Person gleichen Blutes vollzogen werden. Auf dem Balkan folgten sie dem alten Gesetzbuch, Kanun, in dem es hieß, dass männliche

Personen über sieben Jahren Ziel der Blutrache sein können. Frauen waren keine legitimen Ziele. Aber würde Novakovitsch den Regeln folgen? Nach all dem, was er in Foča getan hatte?

Sie weinte, aus Demütigung, Verzweiflung und wegen der Schmerzen in ihren Händen, dann gelang es ihr, sich loszureißen.

29 *Den Haag, Freitag, 5. März 2010*

›Wenn Sie mit JA antworten, können Sie jetzt für den Flug SK 822 AMS-OSL 06MAR2010 11:00 Uhr einchecken und Ihren Sitzplatz wählen.‹

Alex steckte das Mobiltelefon in die Tasche. Vor sich hatte er ein Meer blauweißer Keramikgegenstände mit altertümlichen Mustern. Ein Schild drohte, dass zerbrochene Gegenstände als gekauft betrachtet würden.

Er hob ein Set mit Sahnekännchen und Zuckerschale an. Würde Vivi es mögen? Er stellte die Delfter Keramik zurück und verließ den Laden. Er ging über die Straße, kaufte an der Ecke ein Heineken und checkte telefonisch ein. Er wählte immer einen Sitz am Mittelgang, eine Reflexhandlung, Aktionsfreiheit. Man wusste ja nie.

Er überprüfte seine Emails. Pressemeldungen, Viagra-Angebote, Erstads Arbeits- und Seitenplan für Freitag und die übliche Suche nach dem Schlüssel für das kleine Redaktionsauto. Alex wunderte sich noch immer, was für ein Chaos bei *Nordlys* mit den Wagen, den Wagenschlüsseln, Benzinkarten, Kameras und Speicherkarten herrschte – eigentlich sämtlichen logistischen Kleinigkeiten. Hätte das Marinejägerkommando so gearbeitet, wären sie im Kampf getötet worden. Mehrere hundert Mal.

Noch ein Tag in Den Haag. Alex sah Erstads betrübtes Gesicht vor sich. Womit kam er eigentlich nach Hause? Mit ein paar blaugefrorenen Jugendlichen, die er in Erstads Badeparadies fotografiert hatte, und einer Den Haager Juristin, die ihm schließlich die Zähne gezeigt hatte. Würde sie den Text überhaupt lesen, wenn er ihn vorab schickte? Er konnte es auch so drucken lassen, natürlich, er hatte Fotos und Aussagen. Hätte er im Grunde eine andere Reaktion erwarten können? Sie war rot geworden und hatte die Fassung verloren, eine spontane und heftige Gefühlsreaktion – nicht nur Irritation und Wut. Seitdem war sie auf ihrem Handy nicht zu erreichen.

Alex wanderte ziellos durch die Straßen Den Haags. Natürlich hätte er ins Strandhotel gehen und schreiben können, aber er fand in Hotelzimmern selten die nötige Ruhe. Er hatte sich die Male, in denen er Tage im Hotel verbringen musste, unsagbar einsam gefühlt.

In einer Fußgängerzone zwischen großen Laubbäumen wurden Skulpturen ausgestellt. ›Werke chinesischer Dissidenten‹ stand auf einem Schild. Alex betrachtete einen zwei Meter hohen Container, der an einem Kran hing; in einer aufgerissenen Ecke waren gefolterte Menschen zu sehen. Ein anderer Dissident protestierte mit einer vier Meter großen Tischlampe gegen das Regime.

Alex seufzte. Es war ihm ein Rätsel, wo die Grenze zwischen moderner Kunst und reinem Bluff verlief. Am Ende der Fußgängerzone stellte ein Künstler Abfall aus, zusammengepresste Autowracks und Stapel alter Zeitungen.

Das Handy klingelte. Eine SMS.

›Vielen Dank für unsere letzte Begegnung. Sind Sie noch in Den Haag? Lerke‹

Vielen Dank? Sie bedankte sich?

›Dank zurück. Fliege morgen früh.‹

Alex blickte auf und schaute auf die Testikel einer kolossalen Metallstatue. Der Riese stand auf allen vieren, um den Mund ein wollüstiger Zug. Alex ging weiter, zu dem Kopf eines buddhistischen Mönchs, dem man einen Holzstab zwischen die Ohren gesteckt hatte. Das war trotz allem noch besser.

›Bedauere übertriebene Reaktion. Wir können reden, wenn Sie Zeit haben.‹

Irgendetwas musste passiert sein.

›Es gibt nichts zu bedauern. Habe Zeit, bin Tourist. Wann und wo?‹

Vielleicht ein weiterer Besuch im *'t Goude Hooft*? Sehr gut.

›Am besten zu Hause bei mir. Sophialaan 8. 10 Min. Taxi vom HBF. 18:00 Uhr?‹

Bei ihr zu Hause. Um Himmels willen.

›Abgemacht.‹

Alex dachte erst, der Fahrer hätte sich verfahren. Das Gebäude sah aus, als beherberge es die saudi-arabische Botschaft. Eine dreistöckige weiße Backsteinvilla, umgeben von einem großen Garten und einem Staketenzaun aus Eisen vor einer sorgfältig gepflegten Hecke. An der Haustür, einer schweren massiven Doppeltür in einem Portal, gab es kein Namensschild. Er bemerkte eine Überwachungskamera und eine Gegensprechanlage. Er drückte die Klingel. Die Gegensprechanlage knisterte, über der Kamera schaltete sich eine LED-Lampe ein und blendete ihn.

»*Yes*?« Eine Männerstimme.

»Alexander Winther, Journalist.«

»*Just a minute!*«

Die Tür wurde von dem Bodybuilder aus dem *'t Goude Hooft* geöffnet. Er schaute mit eingelegter Sicherheitskette durch den Spalt, schloss die Tür, öffnete ganz und ließ Alex hinein. Der Leibwächter bedauerte, dass er ihn einer Leibesvisitation unterziehen müsse, zog Einweghandschuhe an und tastete Alex vorn und hinten ab. Selbst im Schritt wurde er gründlich untersucht.

Alex wurde gebeten, in dem enormen Wohnzimmer zu

warten. Es erinnerte ihn an ein luxuriöses Hotel, in dem er vor vielen Jahren in New York gewohnt hatte. Tiefe Sessel, schwere Gardinen und Teppiche, geblümte Tapeten, große Tischlampen, Vasen und Gemälde. Wie viel verdiente eine Anklägerin eigentlich?

»Willkommen. Schön, dass Sie Zeit haben.«

Er hatte sie nicht kommen hören. Als er sich umdrehte, kam Henriette Lerke lächelnd auf ihn zu, lud ihn ein, auf dem Sofa vor dem Kamin Platz zu nehmen, und fragte, ob sie ihm etwas anbieten könne? Ein Bier? Henriette Lerke verließ kurz das Wohnzimmer und gab einige Anweisungen, bevor sie sich in einen Sessel setzte. Eine dunkelhäutige Frau kam mit einem Bier und einem Glas Weißwein.

»Sie haben hoffentlich noch nicht gegessen?«

»Nein ...«

»Ich hoffe, Sie bleiben zum Abendessen. Sandra macht das beste Cordon bleu in Den Haag. Sie ist eine Künstlerin in der Küche«, sagte Henriette Lerke und lächelte der Frau mit dem Tablett zu, die sich jetzt zurückzog.

»Nun ja, wenn es keine Umstände ...«

»Nein, nein, es passt ausgezeichnet«, erklärte sie und prostete ihm zu.

»Ich bedauere«, fuhr sie fort, »dass unsere Begegnung im ICTY so ... wie soll man es nennen ... unvermittelt endete. Es war dumm von mir. Der Journalist hat natürlich alles Recht, Fragen zu stellen.« Sie lachte wie jemand, der entspannt wirken will.

Alex bedauerte, dass er sie mit dem Foto überrumpelt hatte. Er hätte sie vorbereiten müssen.

Sie sah ihn lange an. »Winther, dies ist kein Interview, sind wir uns darin einig?«

Alex zeigte zwei leere Hände. Kein Notizblock, keine Kamera. Okay.

»Ich habe mir gedacht, Sie ein wenig zu informieren ... nennen wir es ein Hintergrundgespräch. Vermutlich kennen Sie so etwas von Politikern?«

Alex war bisher bei keinem derartigen Gespräch dabei gewesen, dennoch nickte er.

»*Alles muss off the record* bleiben. Verstehen wir uns?«

»Ja, aber ich weiß nicht … Sie wollen mich informieren, aber ich darf nichts schreiben?«

»Hören Sie, wir können uns ganz gemütlich über Den Haag, den holländischen Fußball oder worüber auch immer unterhalten. Aber ich glaube, ich kann Ihnen zu einigen Spuren verhelfen, die Sie später verwenden könnten.«

»Worüber?«

»Über die möglichen Umstände, die zu Franko Novakovitschs Ermordung führten.«

»Der Historiker, in Botn?«

Henriette Lerke sah an die Decke. »Historiker, nun ja, belassen wir es mal dabei.«

»Wissen Sie etwas darüber? Wie haben Sie …?«

»Abendessen um 19:00 Uhr? Ist das in Ordnung?«

»Ja, sicher.«

Henriette Lerke stand auf. Sie kam mit einer neuen Flasche Bier und einem weiteren Glas Weißwein zurück.

Sie setzte sich ganz vorn auf den Sesselrand und beugte sich zu ihm vor. »Verstehen wir uns?«

Alex wusste nicht, was er antworten sollte.

»Alle Familien haben ihre kleinen und großen Geheimnisse, nicht wahr?«

Er wartete.

»Ihre vermutlich auch, was weiß ich?« Sie zögerte. »Ein Bekannter von mir erlebte neulich eine unangenehme Überraschung. Beide Eltern waren tot, erst starb die Mutter, dann der Vater. Sie räumten das Haus auf, begruben den Vater und erledigten all die praktischen Dinge. Sie verteilten die Habseligkeiten unter den beiden Geschwistern, verkauften das Haus und verwendeten das Geld, um ihre eigenen Wohnungen zu renovieren.«

Sie trank einen Schluck Weißwein. Alex griff nach seinem Bierglas.

»Anderthalb Jahre später tauchte eine Person auf, ein Erwachsener, der Anspruch auf seinen Teil des Erbes erhob. Die beiden Geschwister hatten ihn nie gesehen, sie wussten nichts von seiner Existenz, aber er konnte beweisen, dass er der Sohn ihres Vaters war. Es war ein Schock für sie. Hatte die Mutter davon gewusst? Sie hatten keine Ahnung. Was hatte der Vater in all den Jahren über diese Geschichte gedacht? Das Ende vom Lied war, dass sie ihre Häuser verkaufen mussten, um dem Halbbruder seinen Anteil auszahlen zu können.«

»Sind Sie eine der beiden Geschwister?«

Sie schüttelte energisch den Kopf. »Nein, nein, ich versuchte nur zu illustrieren, wie man von seiner eigenen Familie überrascht werden kann. Man selbst kann ohne Kenntnisse, Schuld oder Verantwortung sein, und trotzdem wünscht man sich, dass die Dinge innerhalb der Familie bleiben. Die beiden Geschwister setzten die Geschichte mit ihrem Halbbruder nicht in die Zeitung.«

Jetzt verstand er. Ein Gleichnis.

»Schön, dass Sie es verstehen. Dann halten wir es so.«

»Was halten wir so?«

»Dass die Dinge, die in der Familie bleiben sollten, auch wirklich in der Familie bleiben.«

»Sie könnten sich nicht vorstellen, dass …«

»Was innerhalb der Familie zu bleiben hat, bleibt dort! Selbst wenn man viele Jahre nichts davon wusste, keine Schuld auf sich geladen hat und keine Verantwortung trägt, nicht wahr?«

Alex wand sich.

»Wann erfuhr … man etwas?«

»In den siebziger Jahren. Beim Examensfest an der Universität in Oslo. Der Halbbruder nahm Kontakt auf. Nicht die volle Kenntnis über die ... wie soll ich es sagen ... beruflichen Aktivitäten. Das kam erst später.«

»Ein Schock?«

»Ja, natürlich! Selbst wenn man ohne Schuld und Verantwortung ist, denkt man daran, Buße zu tun. Um büßend mit guten Taten gegen die vielen bösen Taten anzugehen.«

»Wie schädlich wäre es gewesen, wenn die ... äh ... beruflichen Aktivitäten des Halbbruders bekannt geworden wären? Und die verwandtschaftlichen Beziehungen?«

»Es würde die guten Tagen vollkommen zunichtemachen.«

»Zunichtemachen?«

»Ja. Suspendierung, Skandalisierung, Abschied.«

Die Köchin trat in die Tür und kündigte an, dass die Vorspeise in fünf Minuten serviert würde. Lerke erhob sich. Alex nahm sein Bierglas und stand ebenfalls auf.

»Lassen Sie das Glas stehen!«

»Ich trinke gern Bier.«

»Bier zu Cordon bleu! Kommt nicht in Frage.«

Alex fügte sich und folgte ihr ins Esszimmer, das in dem gleichen etwas pompösen Stil eingerichtet war. An einem gediegenen Esstisch war für zwei Personen eingedeckt. Er fühlte sich an eine Gräfin und ihren Hofmeister erinnert, obwohl das Geschirr nicht an den Endseiten des Tisches gedeckt war, sondern in einem akzeptablen Abstand.

Die Köchin servierte Spargel mit Schinken als Vorspeise. Henriette Lerke bestand auf einem Chablis, Alex hatte längst kapituliert. Der Spargel war gut.

»Wir wurden unterbrochen.« Sie wischte sich den Mund mit der Serviette ab und hob ihr Weißweinglas. Alex tat es ihr wiederwillig nach.

»Verständnis ist die Voraussetzung für *goodwill*.«

»Ja, sicher, aber was können Sie mir sagen?«

»Ich sage nichts, bevor wir uns nicht verstehen.«

»Wenn ich nichts über Kiefer schreibe, können Sie mir etwas über Novakovitsch erzählen?«

»Kiefer? Ich weiß nicht, was Sie meinen? Wer ist das?«

Nichts gesagt, nichts bestätigt. Nur die Geschichte des Halbbruders.

»Aber es ist richtig«, fuhr sie fort, »dass ich über Informationen verfüge, von denen ich annehme, dass sie für Sie von Interesse sind. Aber jetzt lassen Sie uns die Aufmerksamkeit auf Sandras wunderbare Mahlzeit richten.«

Henriette Lerke schenkte Rotwein ein, einen Château Palmer, sagte sie. Alex hörte am Tonfall, dass es sich um etwas Besonderes handelte. Seinetwegen hätte es ebenso gut irgendein gewöhnlicher Saft sein können. Das gefüllte Fleisch war vorzüglich.

»Ich verstehe, dass Familiengeheimnisse möglichst heimlich bleiben sollen. Ich verstehe auch, dass Sie nicht die Quelle sein möchten, wenn es darum geht, die Geschichte des ... Halbbruders aufzuklären. Aber wenn mir dies aus anderen Quellen bestätigt wird, kann ich Ihnen nicht versprechen, dass wir die Wahrheit nicht drucken.«

Sie sah ihn mit ihrem Anklägerinnenblick an. »Dann fürchte ich, dass unser gemütliches Beisammensein sich dem Ende nähert. Es war nett, dass Sie sich die Zeit genommen haben, es wird langsam spät.«

Alex sah auf die Uhr, es war 20:30 Uhr.

»Okay. Lassen wir den Halbbruder in Frieden ruhen.«

»Gut! Und das wird er bis in alle Ewigkeit tun?«

»Ja, ich denke, es wird das Beste sein.«

»Heute Abend bin ich bester Laune. Was ist mit Ihnen? Wir können den Kaffee im Wohnzimmer nehmen.«

Henriette Lerke ging voran, goss Kaffee ein und bot *stroopwafels* an, viel zu süße Sirupwaffeln. Sie saßen wieder vor dem Kamin, in dem jetzt eine Gasflamme flackerte.

»Es ist schön, sich mit einem angenehmen Mann zu unterhalten, einem angenehmen Journalisten, meine ich. Cognac?«

Alex bedankte sich. Sie schenkte aus einer Glaskaraffe ein, über deren Gewicht sie sich beklagte. Die Karaffe gehörte ihrem Vater.

»Ihrem Vater?«

»Stiefvater. Dem Staatsanwalt am Obersten Gericht Christian Lerke.«

»Der Ihre Mutter aus Fauske geheiratet hat.«

»Sie waren nicht verheiratet. Sie war seine Haushaltshilfe, aber sie arbeitete sich hoch. Sie lebten zusammen und waren die besten Freunde der Welt, eine wirklich schöne Geschichte über eine immer größer werdende Liebe. Sie starb als Erste, armer Vater.«

Sie unterbrach sich. »Jetzt rede ich aber zu viel. Das bleibt doch unter uns?«

»Ein Hintergrundgespräch.«

Sie lächelte. »Was wissen Sie über diesen toten Historiker?«

»Nicht viel. Hat eine Weile in Tromsø gewohnt, Gastaufenthalt an der Universität. Er hat über das Schicksal der Serben während des Krieges geforscht. Ich muss zugeben, dass ich nicht sehr viel über ihn herausgefunden habe.«

»Sie sollten ihn hier überprüfen, am ICTY.«

»Hier? Hat er im Gefängnis gesessen? Er war doch auf freiem Fuß, als er …«

»Warten Sie. Novakovitsch verteidigte sich sehr energisch vor Gericht. Er servierte Berichte über Verfolgungen und Untaten der muslimischen Seite – die Geschichten entsprachen denen, die die Muslime über die Bosnienserben erzählen. Er präsentierte mehr oder weniger identische Schicksale, nur dass er Namen und Nationalität ausgetauscht hatte. Er war davon überzeugt, dass die westlichen Medien zusammen mit dem ICTY einen Propagandakrieg gegen die Serben führten.«

»War etwas Wahres daran?«

»Die Untaten der Serben stellten die der kroatischen und muslimischen Männer schon ein wenig in den Schatten. Aber das ist irrelevant. Ein Strafprozess nimmt Stellung zu konkreten Beweisen. Der Verteidiger zog vor Gericht eine jämmerliche Show ab und behauptete, das arme Mädchen sei freiwillig bei Novakovitsch geblieben. Eine Postkarte mit einem Herzen, abgeschickt aus Montenegro, sollte beweisen, dass sie ihn eigentlich liebte. Herrgott, hin und wieder wundert man sich, wie weit Juristen bereit sind zu gehen! Normalerweise hätte Novakovitsch erledigt sein müssen, als die Mädchen aussagten.«

»Er wurde nicht verurteilt?«

»Alle im Gerichtssaal, inklusive er selbst, wussten, dass er des schweren Übergriffs und des Mordes schuldig war. Erst hat er alles geleugnet, doch nachdem die Mädchen ausgesagt hatten, bekannte er sich schuldig und präsentierte sich als reuiger Sünder. Und als sein Verteidiger dann formale Fehler anführte, zog er sein Geständnis zurück. Er grinste und winkte, als der Richter erklärte, er sei *free to go*.«

Sie schwieg einen Augenblick.

»Es war ein furchtbarer Moment. Ich hatte die Familie beruhigt und ihr versichert, dass er mindestens zwanzig Jahre bekommen würde.«

»Die Familie?«

»Die Familie eines siebzehn Jahre alten Mädchens, das er acht Monate als Sexsklavin gehalten hatte. Sie hatte Massenvergewaltigungen ertragen müssen, sie war sexueller Allgemeinbesitz. Das Mädchen war traumatisiert, betete nur noch die ganze Zeit, schaukelte apathisch hin und her. Der Bruder schwor Rache und wollte auf Novakovitschs Familie losgehen – Blutrachetradition –, aber ich konnte ihn vom Rechtssystem überzeugen ...«

»Und das System hat versagt?«

»Ich hatte versagt. Das Schwein lächelte und spazierte aus dem Gerichtssaal.«

Es wurde still. Henriette Lerke war in ihren eigenen Gedanken und weit weg.

»Bringing war criminals to justice. Bringing justice to victims.«

Alex fragte, was sie zitierte.

»Unseren Leitspruch. Er erfüllte sich nicht, weder für das Schwein, noch für das arme Mädchen.«

Alex spürte, dass ihr Schutzwall bröckelte, gleichzeitig hatte er aber Angst, etwas zu sagen, wodurch sie sich ihm wieder verschloss.

»Und was bleibt, ist Rache?« Alex machte eine Pause. »Um *justice* zu erreichen?«

Sie seufzte. »Möglicherweise ...«

Alex trank einen Schluck Cognac. Wartete.

»Über Rache reden Juristen nicht gern, wir sprechen lieber über die allgemeinen präventiven Aspekte. Zur Not können wir auf das allgemeine Rechtsempfinden verweisen, wie wir es nennen. Rache ist keine hinreichende Begründung für Strafe, weder bei Gesetzgebern, Anklagebehörden noch Richtern«, erklärte Lerke und sah Alex direkt an.

Dann wandte sie den Blick ab und suchte nach Worten.

»Aber es ist ein verständliches Bedürfnis, rein gefühlsmäßig oder menschlich gesehen, den Täter zu finden. Aber die Familie des Täters anzugehen, wie es die Tradition der Blutrache gebietet, ist eine Ungeheuerlichkeit. Die Sünden der Väter werden auf unschuldige Säuglinge übertragen. Im Übrigen ist es eine christliche Tradition, die bei uns in konservativen Kreisen auch noch aufrechterhalten wird.«

»Es ist also jemandem gelungen, Novakovitsch aufzuspüren?«

»Junger Mann, wieso fragen Sie *mich* das?«

Was sollte er antworten? Er entschied sich, die Frage fallenzulassen, breitete die Arme aus und verzog sein Gesicht zu einer unschuldigen Grimasse.

»Schauen wir uns die Sache unter moralischen Aspekten an. Was hätten Sie getan, wenn Sie erfahren hätten, wo sich das Schwein aufhält? Und wenn Sie gewusst hätten, dass eine zerstörte Familie nur Ruhe finden könne, wenn sie das Gefühl von Gerechtigkeit bekommt?«

»Sie haben doch gerade gesagt, dass Rache keine hinreichende Begründung für Strafe ist?«

»Hören Sie, ich fordere Ihre ganz persönliche Meinung. Was hätten Sie getan, wenn Sie eine derartige Information bekommen hätten? Hätten Sie sie weitergegeben?«

»Und wäre mitschuldig geworden?«

»So wie ich das sehe, ist man nicht zwangsläufig beteiligt, wenn man Informationen weitergibt.«

»Ich hätte wohl ...«

»Ja?«

»Ich hätte ein gewisses Verständnis, wenn man die Weitergabe der Information für richtig hält.«

»Und das wäre kein Mitwirken?«

»Tja ... nein. Vielleicht nicht.«

30 *Den Haag, Samstag, 6. März 2010*

»Ich mag es nicht, wenn du hier anrufst, Dragan.«

»Ich muss mit Ihnen reden.«

»Wie geht es Jasmina?«

»Manche Tage sind besser als andere. Danke für das Geld.«

»Ich habe gern geholfen.«

»Letzte Woche ging es ihr schlechter, und heute komme ich nicht recht an sie heran, wenn Sie verstehen, was ich meine.«

»Es muss schrecklich für dich sein.«

»Glauben Sie, es geht irgendwann vorbei?«

»Wir dürfen die Hoffnung nicht verlieren.«

»Ich kann nur trösten, nicht heilen.«

»Vielleicht stimmt es ja, dass die Zeit alle Wunden heilt.«

»Das glaube ich nicht.«

»Vielleicht wird sie irgendwann gesund und glücklich und verliebt sich.«

»Sie braucht professionelle Hilfe. Glauben Sie, Sie könnten mir noch etwas mehr Geld leihen?«

»Wir finden bestimmt eine Lösung. Und wie geht es dir?«

»Ich habe Ruhe gefunden, große Ruhe. In meinem Kopf spielt sich ein neuer Film ab. Nicht mehr die Bilder von Jasmina ... Das Schwein hat bekommen, was es verdient hat.«

»Dragan!«

»Er hat gebettelt und gebeten.«

»Dragan! Ich will nicht wissen, was du getan hast ... es ist gut jetzt.«

»Ich fand ihn auf dem Friedhof.«

»Ich will es nicht hören!«

»Sie wissen es doch ohnehin.«

»Ich weiß gar nichts.«

Eine Weile sagten beide kein Wort.

»Ich hatte Besuch von einem Journalisten«, erzählte sie dann. »Ich musste ... Er weiß einiges.«

»Ein Journalist? Aus Den Haag?«

»Nein, aus Norwegen. Aus Tromsø, oben im Norden.«

»Was mussten Sie?«

»Ich musste ein bisschen was erzählen, nicht direkt, aber er sollte es verstehen.«

»Was verstehen?«

»Was der Krieg mit Foča gemacht hat, mit Jasmina und den anderen Frauen.«

»Haben Sie etwas von mir gesagt?«

»Nein, nein. Ich habe ihm erzählt, dass uns das Schwein entkommen ist. Dass ich einen Fehler begangen hätte. Verstehst du?«

»Ich begreife nicht, warum Sie ihm überhaupt etwas erzählen mussten. Das ist gefährlich. Warum haben Sie das getan?«

»Eine lange Geschichte.«

»Erzählen Sie!«

»Vielleicht ein andermal.«

»Jasmina hat nur mich.«

»Ist sie jetzt bei dir?«

»Ja. Sie ist endlich eingeschlafen.«

»Gibst du ihr Medikamente?«

»Ja, ich muss. Wer ist dieser Journalist?«

»Ist doch egal.«

»Wie heißt er?«

»Ist nicht wichtig.«

»Wie heißt er?«

»Dragan, ich hätte dir nicht … es tut mir leid.«

»Vielleicht schulden Sie mir … diesen Gefallen?«

»Dragan!«

»Wie heißt er?«

»Winther. Alexander Winther.«

Wieder wurde es still.

»Das Schwein hat behauptet, er hätte eine einzige gute Tat in seinem Leben vollbracht«, fuhr Dragan fort.

Sie schnaubte.

»Er hat gesagt, er hat einem Kriegsverbrecher geholfen zu sterben.«

»Dass in Bosnien ein Schwein einem anderen geholfen hat, ist doch bekannt.«

»Nein, nicht in Bosnien, aus dem Zweiten Weltkrieg. Er hat wirklich viel gequatscht, versuchte, Zeit zu gewinnen. Ihn ängstlich zu sehen, mit Schmerzen, das hat mir gutgetan. Ich habe jede Sekunde genossen, jede Stunde – ich habe es lange hinausgezögert!«

Sie erstarrte, fröstelte plötzlich.

»Er hat gesagt, dass er in einem Pflegeheim in Heidelberg einen Kriegsverbrecher ausfindig gemacht hätte. Einen SS-Offizier, der in Norwegen Mitglieder seiner Familie gefoltert und ermordet hatte, ganz oben im Norden. Sind Sie noch da? Sie sind so still?«

Sie schluckte. »Ja.«

»Der SS-Offizier war halb dement, er betatschte die Pflegerinnen und sagte, er wolle sie heiraten. Und von draußen hörte er sowjetische Panzer angreifen.«

»Novakovitsch hat offenbar versucht, deine Sympathie zu gewinnen. Denk dran, Dragan, was er deiner Schwester und deiner Familie angetan hat.«

»Ich werde es niemals vergessen. Jasminas Zustand erinnert mich jeden einzelnen Tag daran. Aber ich hatte viel Zeit und genoss es, ihn so zu sehen, quatschend, halb wahnsinnig vor Schmerzen. Ich wollte die ganze Geschichte hören.«

Sie protestierte, bat ihn aufzuhören.

»Er hat erzählt, der SS-Offizier im Pflegeheim sei geistig so verwirrt gewesen, dass er im Nachttisch nach seiner Dienstpistole gesucht hat. Ein gerahmtes Foto von ihm und einem jungen, blonden Mädchen im Sommerkleid hätte auf dem Nachttisch gestanden. Er hatte eine Tochter mit einer Norwegerin.«

»Dragan, es wird langsam ...«

»Er sprach davon, seine Giftpille zu nehmen. Er hat geglaubt, der russische Geheimdienst wäre gekommen, um ihn zu einem verschärften Verhör zu holen. *Lunatic.*«

»Dragan, ich denke, wir sollten jetzt aufhören, ich ...«

»Als der Moment der Wahrheit gekommen war und er sich rächen wollte, wurde er gestört, hat er mir erzählt. Eine der Pflegerinnen kam, er musste gehen. Als er am nächsten Tag wiederkam, war der SS-Offizier tot. Sie hatten ihn nachts tot in seinem Bett gefunden.«

»Hat er gesagt ... woran er gestorben ist?«

»Vor Schreck? Oder an seiner Giftpille? Ich weiß es nicht.«

»Dragan. Hör jetzt auf damit. Wir haben unsere Ruhe doch jetzt gefunden, oder? Vergiss, was gewesen ist, schau nach vorn. Du hast hoffentlich nicht vergessen, dass ich dir den Tipp mit Tromsø, Botn und wo das Schwein sich aufhält, gegeben habe?«

»Sie dürfen mich nicht missverstehen, ich bin Ihnen ewig dankbar. Wir müssen wirklich nach vorn schauen. Sie sollten nur wissen, was er mir erzählt hat, bevor ich ihn aufgehängt habe.«

Sie zischte, um ihn zum Schweigen zu bringen.

»Sie haben recht«, lenkte er ein. »Wir müssen nach vorn schauen und an Jasminas Zukunft denken. Schicken Sie uns bald Geld?«

»Ja.«
»Sie hat doch nur mich.«
»Ich weiß.«

31 *Tromsø, Montag, 8. März 2010*

»*Of the record!*« Erstad sah aus, als wäre er vom Himmel gefallen.

»Ich gebe dir eine Woche – eine Eeeewigkeit –, schicke dich auf unsere Kosten ins Ausland, und du kommst ohne eine einzige sprudelnde Quelle nach Hause. *Off the record, kiss my ass!*«

»Ich weiß aber etwas Neues über ...«

»Winther, erinnerst du dich, dass ich dir drei Aufträge gegeben habe?«

Alex nickte und stellte seine Kaffeetasse ab.

»Als Erstes solltest du Quellen beschaffen, die die Unsicherheit über die Identität dieses SS-Schweins aus der Welt schaffen, der dann Nato-Berater wurde. Resultat?«

»Die habe ich noch nicht.«

»Zweitens solltest du überprüfen, ob Lerke weiß, dass sie die Tochter von Heinrich Himmler ist und ob sie es verheimlicht hat. Resultat?«

»Kiefer, er hieß Kiefer. Sie hat es vermutlich gewusst.«

»Vermutlich?«

»Sie hat es gewusst. Aber das kann ich nicht schreiben. Es wurde *off the record* gesagt, im Grunde hat sie es auch nicht deutlich ausgesprochen. Aber trotzdem gesagt. Wenn du verstehst, was ich meine?«

»Ich verstehe nur, dass du das Einzige, was du weißt, nicht zu Papier bringen darfst!«

»Es war ein kompliziertes Gespräch.«

»Und zum Dritten solltest du einen Kommentar von ihr persönlich beibringen.«

»Den habe ich nicht bekommen.«

Erstad blieb stumm, nahezu paralysiert. Ein seltener Moment.

»Aber ich glaube, ich habe etwas Wichtiges über den Mord erfahren«, fügte Alex hinzu.

Erstad seufzte. »Was denn? Dass der Ermordete gestorben ist?«

»Henriette Lerke hat mehr als angedeutet, dass der Mord aus Rache für Übergriffe geschah, die 1992 in Bosnien passiert sind. Ethnische Säuberungen, Mädchen als Sexsklavinnen, Vergewaltigungen, Blutrache.«

»Angedeutet? Kann man sie im Zusammenhang mit irgendetwas Neuem in der Mordsache zitieren?«

»Nicht offen. Es war *off the record.*«

Erstad schüttelte den Kopf.

»Winther, hast du an dieser Journalistenfabrik nicht gelernt, dass du gewaltig vorsichtig sein musst mit Informationen, die du *off the record* bekommst? Smarte Quellen können dich auf diese Weise mundtot machen. Du hast ein Versprechen abgegeben und bist daran gebunden. Später bekommst du dieselbe Information aus einer anderen Quelle. Was tust du?«

»Ich habe genau dasselbe zu ihr gesagt! Sie hat gedroht, das Gespräch umgehend zu beenden.«

»Und?«

»Ich habe versprochen, nicht in ihrem familiären Hintergrund herumzustochern.«

»Herrgott, Winther, es wird ja immer schlimmer! Ich gebe dir einen Auftrag, und du sabotierst ihn, indem du eine Maulkorbvereinbarung mit Himmlers Tochter triffst! Ich mag dich, das weißt du, aber du bist noch immer bloß ein Praktikant.«

»Ich habe damit die Stimmung umdrehen können. Und

ich habe etwas Handfestes für dich. Novakovitsch saß in Den Haag auf der Anklagebank.«

»*Now we are talking*. Warum hast du das nicht gleich gesagt?«

»Ich hab's doch versucht ...«

»Angeklagt als Kriegsverbrecher?«

»Ja, üble Geschichten, Mädchen als Sexsklavinnen, Vergewaltigungen.«

»›MORDOPFER WAR KRIEGSVERBRECHER‹. Hat die Polizei das nicht überprüft? Ist vielleicht auch ein Polizeiskandal, oder?«

»Kann schon sein, dass sie es getan haben, ohne uns darüber zu informieren. Novakovitsch wurde nicht verurteilt.«

»Was meinst du?«

»Er wurde freigesprochen. Wegen eines Formfehlers, wegen irgendwelcher juristischer Abläufe ...«

»Er wurde nicht verurteilt?«

»Nein.«

Erstad griff sich ans Kinn. »Macht das einen Unterschied?«

»Wie gesagt, es ist unbestritten, dass er wegen ziemlich üblen Geschichten angeklagt worden ist.«

»›MORDOPFER WEGEN KRIEGSVERBRECHEN ANGEKLAGT‹. Bisschen zu lang. Das Schlimmste aber ist, Winther, dass du keine Beweise hast. Hast du dies aus einer zuverlässigen Quelle? Schriftlich?«

»Stapelweise. Du kannst selbst in die Datenbank des ICTY schauen.«

»Nein, nein.« Erstad streckte die Hände in die Luft. »Volles Vertrauen. Außerdem habe ich keine Zeit. Und der Strand?«

»Im Kasten. Hübsche Fotos von Jugendlichen, die planschen und lachen.«

Alex erwähnte nicht, dass sie auf den Fotos blaugefroren aussahen.

»Okay, du hast deinen Arsch gerettet. Vorerst. Den Kriegsverbrecher zuerst, wir nehmen ihn ...« Erstad schaute auf die

Seitenübersicht, die er stets mit sich trug. » … auf die Seiten 4 und 5.«

»Bis morgen?«

»Bis morgen, wir arbeiten hier nicht bei einem Wochenblatt. Acht Spalten. Du bekommst den Platz vor der Reportage zum Frauentag. Die Jugendlichen am Strand legen wir als Konserve ins Reisemagazin. Überprüf das richtige Datum mit Terje am Schreibtisch. Und jetzt hau in die Tastatur, Tempo, Tempo, Tempo!«, sagte Erstad und verließ das Konferenzzimmer.

Alex sah Tora im Profil, sie hatte ihren Schreibtisch höher gestellt und stand nun wie eine professionelle Fotografin davor. Sie telefonierte, winkte ihm zu und lächelte. Er hob eine Hand zum Gruß.

Alex ging zu seinem Schreibpult und schrieb ihr eine SMS. ›Nicht dasselbe ohne Fotografin‹.

Es vergingen zwei, drei Minuten. ›Scharfe Fotos?‹

›Ein paar. Blaustich in den Bildern. Kannst du helfen?‹

Er brauchte wirklich Hilfe. Bei Photoshop gab es einfach zu viele Möglichkeiten.

›Vielleicht. Gegen Honorar.‹ Smiley-Gesicht.

Alex startete das Layout-Programm und klickte sich auf die Seiten 4 und 5. Eine hohe zweispaltige Anzeige rechts, ansonsten gehörten die Seiten ihm.

Das Festnetztelefon klingelte. Unterdrückte Nummer.

»Guten Tag. Wir wollten uns unterhalten, wenn Sie wieder zurück sind.«

Johannessen! Alex hatte ihn vergessen.

»Haben Sie über die Sache nachgedacht?«

Es wurde still.

»Entschuldigen Sie, aber beim letzten Mal sagten Sie, Sie hätten gelesen …«

»Ach ja, diese Geschichte! Ich war mit ganz anderen Dingen befasst …«

»Ich glaube, ich verstehe die Journalisten heutzutage nicht mehr. Sie haben einen Tipp über eine bedeutende politische Angelegenheit bekommen, erklären mir aber, dass Sie Wichtigeres zu tun hätten?«

»So war das nicht gemeint, ich ...«

»Viele von uns sind der Ansicht, dass dies eine wichtige politische Nachricht ist. Oder besser eine historische, die aber klare Parallelen zu dem heutigen rot-grünen Schreckenskabinett und dem Abbau der Landesverteidigung aufweist. Das Land hätte keine Feinde, behaupten sie.«

»Es liegt nur daran, dass ich Prioritäten setzen musste ...«

»Sie tun das offenen Auges und mit vollem Bewusstsein. Es ist die Politik der dreißiger Jahre, die Politik des Appeasement.«

»Ich habe beim letzten Mal gefragt, ob Sie noch mehr Material haben, das Evangs Abschied bestätigt.«

»Wenn Sie klug sind, nennen Sie keine Namen. Es gibt keine Dokumente über seine Entlassung, das wurde im Hinterzimmer geregelt. Das verstehen Sie doch? Aber es gibt noch immer Leute, die darüber reden können.«

»Das Problem ist, sie zu finden und dazu zu bringen, offen aufzutreten.«

»Was heißt schon offen. Vielleicht sind Sie näher an den Leuten dran, als Sie denken.«

»Ich verstehe nicht.«

»Sie müssen nicht weit gehen. Denken Sie nach. Auf Wiedersehen.«

Alex hielt den Hörer noch in der Hand, als Tora vor sein Pult trat.

»Du siehst aus, als hättest du mit dem Leibhaftigen persönlich gesprochen.«

»Vielleicht ist es ja auch so.«

»Was?«

»Vergiss es.«

Sie kam auf seine Seite des Tisches, stellte sich dicht neben ihn, blickte auf den Bildschirm und legte ihm eine Hand auf die Schulter. »Wie kann ich einem jungen Mann in Not helfen?«

Alex wechselte das Programm und klickte die Fotos der Jugendlichen am Strand an. »Kannst du mir bei der Farbgebung helfen? Sie sind blau. Eigentlich blaugefroren.«

Sie sah ihn an. »Willst du mitten im Winter eine Reportage über Strände in Holland schreiben?«

»Tja. Erstad bestand darauf, sonst hätte er mich nicht fliegen lassen.«

Tora lachte laut und lange. Ein Kollege, der ein Telefoninterview zu führen versuchte, warf ihr irritierte Blicke zu.

»Unglaublich! Du hast diesen armen Teenagern zu einer Lungenentzündung verholfen!« Wieder lachte sie. Der Kollege riss sich die Kopfhörer herunter und forderte sie auf, leiser zu sein oder das Großraumbüro zu verlassen.

»Okay, okay«, lenkte Tora ein und griff nach der Maus. Sie verschob die Fotos in PhotoStation und justierte eine Unzahl von Werten, von deren unterschiedlichen Funktionen Alex keine Ahnung hatte.

»Schau, jetzt haben sie ihre normale Körpertemperatur wieder. Über das Honorar werden wir uns schon einig«, lächelte sie und ging zurück zu ihrem Schreibtisch.

Sein Handy klingelte. Thomas. Er ließ es klingeln. Vermutlich ging es doch nur um letzte Details der Verpflegung für ihren Jagdausflug. Er hatte jetzt keine Zeit.

Eine SMS. ›Ruf mich an. *Change of plans*. T.‹

Aha? Alex nahm sein Handy und ging in das Sitzungszimmer neben der Toilette. Sein Vater nahm sofort ab.

»Schlechte Neuigkeiten. Ragnar kommt nicht mit. Er ist krank. Kannst du mit seinem Schneescooter umgehen?«

Ärgerlich. Alex mochte seinen Onkel. Jetzt musste er mit seinem Vater allein fahren, eine ganz andere Konstellation.

Aber einen Scooter würde er schon durch die Berge fahren können.

»Haben wir genügend Munition? Erinnerst du dich noch, wie viel letztes Jahr übrig geblieben ist?«

Sie hatten mindestens hundert Kilo verbotene Bleimunition unter den Bodenbrettern der Hütte gelagert. Alle Schneehuhnjäger hatten solche Lager. Niemand redete darüber, aber alle hatten sich reichlich eingedeckt, bevor das Bleiverbot in Kraft trat und der Preis von drei Kronen für die alten Bleipatronen auf dreißig Kronen für Wismut und andere Bleilegierungen stieg.

Alex versicherte seinem Vater, dass sie genügend Munition hätten, um bei einer eventuellen Kontrolle beide ein erkleckliches Bußgeld zahlen zu dürfen. Dazu kam es allerdings nie. Er unterbrach seinen Vater bei dem rentnertypischen Versuch, zu einem längeren Gespräch anzusetzen. Thomas hätte sich gern über den Schneehuhn-Bestand unterhalten, außerdem wollte er Erinnerungen an die letzte Jagd austauschen. Sie verabredeten, dass er ihn am Flugplatz abholte.

Das Abfassen des Artikels Mordopfer in Den Haag angeklagt lief ausgezeichnet. Auf der Homepage des ICTY gab es eine Unzahl von Informationen, und mit der Web-Kamera konnte Alex seinen Blick auch durch den Gerichtssaal 3 schweifen lassen. Henriette Lerke sah er nicht. Es war auch nicht derselbe Angeklagte; der Jogginganzug war verschwunden, ein kurzgeschorener, verbiestert aussehender Mann im Anzug saß auf der Anklagebank.

Vivi wollte am Abend kommen. Alex kaufte auf dem Heimweg Roggenkekse und ein paar Käsesorten, von denen er wusste, dass Vivi sie mochte. Er ließ das Abendessen ausfallen, aß eine halbe Scheibe Brot, zog sich sein Trainingszeug an, holte die Langlaufski aus dem Keller und lief mit den Skiern und Stöcken den Kirkegårdsvei hinauf. An der Sommerlyst-Grundschule fand er eine Skispur, die ihn über Bymyra bis zur eigentlichen, künstlich beleuchteten Loipe führte, die den Höhenzügen der Tromsøya folgte.

Die Saison auf der künstlich beleuchteten Loipe war fast zu Ende, der Schnee fing an, grobkörnig und schmutzig zu werden. Auf den Bergen rund um die Stadt lag er noch meterdick, dort konnten die Eifrigsten die Skisaison bis in den Mai verlängern, jedenfalls an den nördlichen Hängen. Hier war die Spur allerdings hoffnungslos, entweder war sie zu glatt oder sie hatte die Tendenz zu vereisen. Alex brach die Skitour an der Schanze in Grønnåsen ab und lief zurück ins Zentrum. So etwas konnte man nicht Training nennen.

Vivi saß auf dem Sofa, als er aus der Dusche kam; er hatte sie nicht hereinkommen hören. Sie hatte die Kerzen angezündet und Teewasser aufgesetzt. Alex goss sich ein großes Glas Wasser ein und setzte sich. Schlafsack, Provianttasche mit Trockennahrung, Jagdtasche, Schrot und das Kleinkalibergewehr im Futteral lagen bereit.

»Musst du denn auf die Jagd gehen?« Sie zog ihn am Ohrläppchen.

»Es ist eine schöne Tradition, seit zehn Jahren schon. Ein unglaubliches Erlebnis in der Wildnis.«

»Ich mag diese lange Tour über die Felsen nicht.«

»Es sind vier Meilen mit dem Schneescooter und weitere fünfzehn Meilen mit dem Schlitten. Das ist nicht so schlimm.«

»Wieso fahrt ihr nicht die ganze Strecke mit dem Scooter?«

»Ist nicht gestattet. Nationalpark.«

»Und wenn jemand von euch krank wird?«

»Werden wir nicht.«

»Das sagen die auch immer, die wir mit dem Hubschrauber holen müssen.«

Alex stupste sie und erwiderte, sie könne ihn mit dem Hubschrauber gern besuchen kommen.

»Eure Handys haben dort keinen Empfang. Dein Vater oder dein Onkel könnten Herzflimmern bekommen. Es sind ältere Männer. Was willst du dann machen? Sie mit dem Schlitten zurückbringen?«

»Ragnar kommt nicht mit. Und Thomas ist frisch wie ein Fisch.«

»Es könnte einen Jagdunfall geben.«

»Vivi!«

»Es könnte ein Sturm aufziehen.«

»Die Hütte liegt geschützt.«

Sie seufzte, schenkte Tee ein und machte den Fernseher an.

»Und außerdem schießt ihr ja doch keine Schneehühner.«

Damit könnte sie allerdings Recht behalten. Der Bestand an Schneehühnern war nicht mehr so üppig wie früher - als sie das Schrotgewehr mitnahmen, wenn sie im Morgengrauen aufs Plumpsklo gingen.

32 *Nordreisa, 15. März 2010*

Dieses Knistern im Funkgerät. Alex hatte es Klicken gehört, als Thomas die Sprechtaste drückte. Aber was er sagte, war unmöglich zu verstehen. Alex steckte die Skistöcke in den Schnee und holte sein Funkgerät heraus, das unter der Tarnjacke hing.

»Thomas, ich höre dich nicht. Wiederhole!«

Nichts. Alex griff nach den Skistöcken und ging auf den nächsten Hügel zu. Problemlos stieg er den steilen Hang hinauf, er benutzte immer Schneeschuhe, wenn er auf die Jagd ging, um einen Sturz während des Schießens zu vermeiden. Auf dem Gipfel des Hügels fand er frische Schneehuhnspuren zwischen dem niedrigen Birkenunterholz. Kein Vogel flog auf, sie waren im Morgengrauen hier gewesen. Alex blieb stehen und holte das Funkgerät heraus.

»Thomas, kommen!«

Nichts.

»Thomas, kannst du mich hören?«

Für die Jagd benutzten sie ziemlich billige Funkgeräte, deren Reichweite eigentlich zu gering war. Dafür mussten sie nun bezahlen, vielleicht hatten sich die Batterien in der Kälte entladen? War Thomas etwas zugestoßen? Ihm ging Vivis Warnung über Herzanfälle bei älteren Männern durch den Kopf.

Alex hängte seine Schrotflinte an einen Baum, nahm seinen Jagdrucksack ab und holte ein Fernglas heraus, ein Carl Zeiss 8 x 32, ein verdammt teures Gerät mit einem fantastischen

Kontrast und genau der richtigen Größe für die Schneehuhnjagd. Vor drei Stunden hatten sie gemeinsam Pause gemacht, und vor gut einer Stunde hatte er Thomas zuletzt gesehen. Jeder jagte auf seiner Seite des Tals.

Alex ließ das Fernglas über die Landschaft schweifen. Er fand Thomas' Skispur auf dem großen Moor bei der Hütte und folgte ihr, bis sie an der Stelle verschwand, wo der Fluss zu mäandern begann. Könnte er im Eis eingebrochen sein? Es war kalt, sechzehn bis siebzehn Grad minus. Keine gute Temperatur für Unfälle.

Er hörte einen Schuss, sehr weit entfernt. Kleinkaliber. Alex wartete. Es kamen keine weiteren Schüsse. Der Schuss war nicht abgefeuert worden, um ihn zu warnen, dann hätte Thomas mehrere Schüsse rasch hintereinander abgegeben. Alex richtete das Fernglas in Richtung des Geräuschs und entdeckte zwei Schneehühner, die über den Fluss flogen.

Gut. Thomas jagte. Vermutlich hatte er über Funk ankündigen wollen, dass er schießen würde. Jagd setzte Vertrauen voraus, das gleiche Vertrauen, das man brauchte, wenn eine Einheit in den Kampf zog. Man musste sich auf die Kameraden und ihre geladenen Waffen verlassen können. Da sie ohne Hund jagten, mussten sie jederzeit schussbereit sein. Sie entsicherten ihre Schrotflinten und schossen, ohne groß nachzudenken. Die Sicherheitsroutine musste sitzen.

Alex ging weiter auf seiner Seite, sie hatten vereinbart, bis zum Ende des Tages in dem Moorgebiet am Nebenfluss zu jagen. Es begann zu dämmern.

Er folgte einer Biegung des Flusses und hatte den Nebenfluss und das große Moor vor sich. In der Dämmerung sah er mehrere weiße Punkte auf dem Moor. Alex spürte, wie sein Puls sich beschleunigte, es klopfte in den Schläfen. Schneehühner?

Er hielt das Fernglas vor die Augen. Mist, es waren nur Schneehaufen. Nein, Augenblick mal, da waren doch auch

Schneehühner. In ungefähr dreihundert Metern Entfernung sah er eine Gruppe von acht bis zehn Vögeln in den Bäumen sitzen und Birkenknospen knabbern.

Er legte den Rucksack ab, löste das Kleinkalibergewehr vom Karabinerhaken, überprüfte, dass der Lauf schneefrei war, lud durch und sicherte die Waffe. Er hängte sich das Gewehr über die Schulter, setzte den Rucksack wieder auf, überquerte den Fluss und verstieß streng genommen gegen die Sicherheitsregeln. Er betrat Thomas' Sektor, ohne ihn zu warnen. Es würde schon gutgehen, Thomas musste mindestens einen Kilometer entfernt sein.

Noch zweihundert Meter. Er musste bis auf hundert Meter an sie herankommen, bevor er überhaupt ans Schießen denken konnte, besser noch auf fünfundsiebzig. Er sah die Schneehühner, die den Hals nach den Birkenknospen reckten. Er zählte sieben Vögel.

Circa siebzig Meter. Alex blieb stehen, stellte den Rucksack und die Schrotflinte an einen Baum, kniete sich hin, stützte den linken Arm, der den Lauf hielt, aufs Knie und fand das am nächsten sitzende Schneehuhn im Zielfernrohr. Das Kleinkalibergewehr war auf fünfzig Meter eingeschossen, er musste ein wenig darüber halten. Er entsicherte die Waffe, hielt den Atem an und schoss. Das Schneehuhn fiel in den Schnee, leblos. Flogen die anderen durch den Knall auf? Nein, sie blieben sitzen.

Alex fand ein neues Ziel, zehn Meter weiter saß ein Schneehuhn einen Meter von der Krone eines Baumes entfernt. Er fand das Schneehuhn im Zielfernrohr, zielte auf den Hals, weil das Fleisch des Körpers empfindlich war, hielt den Atem an und zog den Abzug langsam zu sich.

Eine Zehntelsekunde bevor seine 22-Long-Rifle-Patrone abgefeuert wurde, sah er durch das Zielfernrohr, wie das Schneehuhn aufflog. Der Zweig, auf dem es gesessen hatte, brach ab. Sein Schuss kam zu spät.

Scheiße, was war das? Ein Schuss von einem anderen Jäger? Hier war doch niemand. Hatte Thomas auf dasselbe Ziel geschossen? In diesem Fall bestand die Gefahr, dass sie sich gegenseitig erschossen.

Alex brüllte aus vollem Hals den Namen seines Vaters.

Nichts. Sein Puls, der bisher nur aufgrund des Jagdfiebers hoch war, raste. Er riss das Fernglas hoch und kontrollierte die Umgebung. Es war nur schwer etwas zu erkennen, ein 32-Millimeter-Fernglas ist in der Dämmerung nicht stark genug. Eine Skispur! War jemand hinter ihm her? Nein, es war seine eigene.

Beruhige dich, beruhige dich! Du bist nicht in Gefahr. Der Körper schlägt ohne Grund Alarm. Du bildest dir die Dinge nur ein.

Alex ging zu dem ersten Schneehuhn, hob es auf, bürstete den Schnee ab, klemmte den Schnabel unter den Flügel und legte es ins Wildnetz. Könnte sein Schuss den Ast getroffen haben, zwanzig Zentimeter neben dem Schneehuhn? Aber brach der Ast nicht, bevor er abgedrückt hatte? Er hatte das Schneehuhn in seinem Fernrohr gesehen, das Zielkreuz war an der Oberkante, dann flog es auf, danach brach der Ast. Es war nahezu undenkbar, dass ein Schuss mit einem Kleinkalibergewehr bei einer Entfernung von siebzig Metern so daneben gehen konnte. Undenkbar, aber nicht unmöglich.

Es war jetzt fast dunkel, kein Mond, kein Polarlicht. Er hätte früher umkehren müssen, er hatte jetzt eine beinahe einstündige Skitour zurück zur Hütte vor sich. Er überquerte den Fluss und lief über die weiten Moore in Richtung Hütte. Nach einer Viertelstunde blieb er stehen, holte seine Kopflampe heraus und stellte sie auf halbe Stärke, um die Batterien zu schonen.

In der Dunkelheit veränderten sich die Proportionen im Gelände. Hin und wieder hatte er Probleme mit seiner Angst vor der Dunkelheit, obwohl er es nie zugegeben hätte. Wenn er sich allein in der Hütte befand und nicht wusste, was draußen hinter den dunklen Fenstern vor sich ging, kam es vor, dass er sich zusammenreißen musste, um nicht zu fantasieren. Horrorfilme sah er sich nie an.

Auf der Jagd ging es ihm normalerweise nicht so, selbst wenn er allein in einem dunklen Wald war. Die Waffe und ein Gefühl der Übersicht beruhigten ihn. Daher erlebte er die Angstanfälle besonders intensiv, wenn sie ihn auf der Jagd überkamen. Mitten auf dem Moor verspürte Alex eine enorme Unruhe und den Drang, sich umzusehen. Irgendetwas in der Dunkelheit bedrohte ihn.

Er fuhr weiter in der Skispur, schaltete aber seine Kopflampe aus. Jemand war hinter ihm! Er hörte nicht nur seine eigenen Geräusche im Schnee. Alex blickte sich unvermittelt um, machte eine Kehrtwende, so dass auch sein Körper sich drehte, und schaltete sofort die Kopflampe ein.

Hinter ihm in der Skispur starrte er in den Reflex zweier Augen. Er zog seine Beretta.

Jetzt waren sie verschwunden. Dann kamen sie wieder. Direkt in seiner Spur. Zwei grüne Augen.

Alex stellte die Kopflampe auf volle Stärke, der Reflex in den Augen verstärkte sich, dann verschwanden sie. Er sah einen Schatten, der in Richtung Fluss sprang.

Er hatte sich von einem Fuchs erschrecken lassen.

Er setzte sich wieder in Bewegung, ließ die Kopflampe aber brennen. Schweiß lief ihm über den Rücken. Erneut überquerte er den Fluss und nahm das letzte lange Stück Moor hinauf zur Hütte in Angriff. Vor dem Wald wirkte der Schnee auf dem Dach wie ein weißes Feld.

Erst dachte er, irgendjemand würde ein Licht im Hüttenfenster abschirmen. Doch dann begriff er, dass gar kein Licht brannte. War Thomas noch nicht zurück? Hatte er die Situation falsch eingeschätzt, den Schuss, die Schneehühner, war Thomas in der Dunkelheit auch auf dem großen Moor gewesen? Der Schuss!

Schweißnass stieg er den letzten steilen Hang hinauf. Alex umrundete die Hütte. Eine Gestalt trat aus der Eingangstür.

»Wo zum Henker bleibst du?« Thomas mit dem Rucksack auf dem Weg nach draußen.

»Wo willst du hin?«

»Ich wollte nach dir suchen! Ich befürchtete einen Unfall bei diesen Temperaturen. Ich habe Schlafsack, Daunenjacke und die Thermoskanne mit heißem Wasser eingepackt.«

»Wieso ist es so dunkel in der Hütte?«

»Ich kann ja wohl kaum die Lampe brennen lassen, wenn ich nach dir suche! Den Primusbrenner habe ich auch abgestellt.«

»Ich dachte, du …«

»Verflucht, Alexander, weißt du, wie spät es ist?«

»Nein.«

»Es ist neun.«

Alex fummelte die Uhr hinter der Schlaufe des Skistocks heraus. Es war Viertel nach acht.

»Wieso hast du über Funk nicht geantwortet?«

»Ich habe gehört, dass du versucht hast zu senden.«

»Und?«

»Ich ging auf einen Hügel. Habe versucht, dich zu erreichen.«

»Aber was hast du so lange getrieben? Ich habe mir Sorgen gemacht.«

»Die Schneehühner saßen so gut in der Dämmerung.«

Thomas seufzte. »Komm rein! Scheiß-Primus, jetzt müssen wir warten, bis er kalt ist, bevor wir ihn wieder anzünden können.«

Alex stellte die Stöcke ab, schnallte die Ski von den Schuhen, hängte die Schrotflinte und das Kleinkalibergewehr an die Wand und ging hinein. Gleich am ersten Deckenbalken stieß er sich den Kopf, die Hütte war für samische Rentiertreiber gebaut, die nicht größer als 1,75 Meter waren.

Alex wechselte die Kleidung und hängte die feuchten Sachen auf. In dem kleinen Hüttenraum sah es aus wie in einer Wäscherei, unter der Decke hingen Tarnjacken, Ponchos, wollene Unterwäsche, Outdoor-Hosen, Schnee-Gamaschen und Skistiefel zum Trocknen.

Alex griff an den Primusbrenner, er hatte sich ausreichend abgekühlt. Er goss hellroten Spiritus zum Vorwärmen ein, ließ es ausbrennen, pumpte und entzündete das Paraffin. In der Hütte war es nie wirklich trocken, deshalb benutzten sie den Primus auf dem Tisch immer als Ergänzung zu dem Ofen in der Ecke. Dreitausend Watt direkt auf dem Tisch, das war etwas anderes als ein Kerzenstumpf.

Das Rauschen des Primus hatte auf beide eine beruhigende Wirkung.

»Hast du was erwischt?«

»Leider nicht«, antwortete Thomas und schenkte sich einen Whisky ein. »Ich habe unten am Fluss an ein paar Schneehühnern vorbeigeschossen.«

»Ich habe eins auf dem großen Moor erwischt. Hast du nur einmal geschossen?«

»Ja, wieso?«

»Ach, nichts.«

»Wir sind doch allein im Tal.«

»Hast du andere Jäger gesehen?«

»Nein.«

»Bist du sicher, dass du nur einmal geschossen hast? Und nicht unten am Moor?«

»Alexander, ich bin noch nicht senil. Ein Schuss. Daneben. Es gibt schlimmere Statistiken.«

Thomas begann, das Abendessen vorzubereiten, getrocknetes Rentierfleisch mit Zwiebeln, Pilzen und Reis. Unter dem Dach hing eine Flasche Rotwein in einer Plastiktüte, sie sollte die richtige Temperatur bekommen. Ein kräftiges Essen brauchte einen Wein von der Rhone, erklärte Thomas.

Das Abendessen machte sie schläfrig, aber fürs Bett war es noch zu früh. Obwohl sie früh schlafen mussten, schließlich mussten sie am nächsten Tag die Hütte aufräumen und den langen Weg zurück gehen. Der Rückweg war anstrengender als der Hinweg, denn sie mussten mit den Schlitten vierhundert bis fünfhundert Meter bis zum Schneescooter aufsteigen.

»Johannessen hat angerufen«, sagte Alex nach einer langen Pause, in der das Rauschen des Primusbrenners das einzige Geräusch gewesen war. »Er meinte, dass die Quellen zu der Geschichte über Evangs Entlassung näher an mir dran sind, als ich es vermutete.«

»Ach ja, und was hat er damit gemeint?«

»Ich weiß es nicht. Ich habe einen Verdacht.«

»Hör nicht so viel auf alte Geheimdienstleute.«

»Ist die Quelle vielleicht auf der Jagd?«

»Der letzte Tag war heute. Die Jagd ist vorbei.«

»Die Quelle ist auf der Jagd gewesen? In Nordreisa?«

Thomas schenkte sich den letzten Schluck Rotwein ein.

»Wir hatten den gleichen Chef, Johannessen und ich.«

»Und?«

»Es gab viele Intrigen. Johannessen könnte auf einem Rachefeldzug sein. Kauf ihm nicht alles ab, was er billig anbietet.«

»Was denn?«

»Zum Beispiel, dass der Skandal mit diesem SS-Offizier erst in den sechziger Jahren bekannt wurde.«

»Ach?«

»Der Chef wusste davon bereits 1949.«

Alex stand von seinem Stuhl auf.

»Ihr wusstet 1949, dass ihr einen Kriegsverbrecher in Oslo habt?«

»Das war vor meiner Zeit.«

»Trotzdem!«

»Was wussten wir denn schon. Sicher, wie er aus dem Land verschwand, das war irgendwie eigenartig.«

»Unglaublich! Mit offenen Augen, ein Kriegsverbrecher als Nato-Berater.«

»Ist das so unglaublich? SS-Schweine versteckten sich in ganz Europa in Uniformen der Wehrmacht. Und wer hatte schon die Kapazitäten, all diesen Geschichten nachzugehen?«

»Ihr!«

»Red keinen Blödsinn! Der Geheimdienst hatte alle Hände voll damit zu tun, den nächsten Krieg vorzubereiten, gegen die Rote Armee. Erinnere dich, die Grenze in Sør-Varanger war total dicht, sie wussten nicht, was sich hinter dem Eisernen Vorhang abspielte. Sechzig Prozent der norwegischen Bevölkerung fürchtete einen Krieg innerhalb der nächsten zehn Jahre. Denk nach! Das war eine reale Kriegsangst – der Wiederaufbau nach dem letzten Krieg war schließlich kaum überstanden.«

»Sind alle Geheimdienstleute so zynisch?«

»Wernher von Braun sage ich nur.«

Alex wusste nicht, was er meinte.

»Der Geheimdienst – inklusive meines Chefs – musste Informationen aus kompetenten Quellen beschaffen. Die Deutschen waren die Einzigen, die im Kampf mit der Roten Armee Erfahrung hatten. Auf Stabsniveau. Es nützte nichts, ein paar verschreckte Frontkämpfer zu befragen. Wernher von Braun, hochdekorierter SS-Sturmbannführer, kannte die deutsche Raketentechnologie und wurde ins IRBM überführt.«

»Ich kann dir nicht folgen.«

»*US Army Intermediate Range Ballistic Missile Program.* Später ging er dann zur NASA.«

»Kann man das vergleichen?«

»Der SS-Sturmbannführer von Braun kannte sich mit Raketen aus. SS-Hauptsturmführer Kiefer kannte die Lyngen-Linie. Dort sollte Stalin gestoppt werden, zwischen dem Lyngenfjord und der schwedischen Grenze. Im Grunde kam es allen zupass, dass er sich in Generalmajor Stuckmann verwandelt hatte.«

»Er war unentbehrlich, er kannte die Lyngen-Linie, da hat man wegen des Massenmords ein Auge zugedrückt?«

»Jetzt bist du aber reichlich spitzfindig.«

»Ist es denn nicht wahr?«

»Es gab einige Zweifel.«

Der Primus sauste immer schwächer. Wenn sie sich beeilten, konnten sie ihn auffüllen und wieder anzünden, bevor der Brennkopf sich zu sehr abgekühlt hatte.

»Sollen wir?«

»Nein, lass ihn ausgehen. Es ist spät«, sagte Thomas.

Die Flamme im Primus wurde immer gelber und ging dann langsam mit einem letzten Seufzer aus. Alex drehte das Sicherheitsventil auf. Es wurde rasch kälter, draußen hatte es angefangen zu wehen, es zog vom Fenster her. Er legte ein Holzscheit in den Ofen.

»Warum ist Johannessen so versessen darauf, dass ich über den Skandal 1949 in Oslo schreibe?«

»Er wurde zum Sündenbock gemacht, als der Skandal bekannt wurde, er kämpft wohl um seine Ehre. Und er will vor der rot-grünen Regierung warnen. Eigentlich ein bisschen altmodisch.«

»Was meinst du?«

»Es waren doch die Roten der Arbeiterpartei, die uns in die Nato gebracht haben und wollten, dass wir dort bleiben. Sie hingen an Onkel Sams Haken.«

Alex hörte an der Wortwahl, dass Thomas einen Whisky zu viel getrunken hatte.

»Evang, weißt du, ob er wegen Kiefer gehen musste?«

»Na ja, auch wegen der U-2, natürlich. Dass die Amerikaner den Flugplatz in Bodø als Ausgangsbasis benutzten, um den sowjetischen Luftraum mit Spionageflügen zu verletzen, ärgerte Gerhardsen gewaltig. Er war ja ein kleiner Moskau-

Freund, unser Ministerpräsident – das erste westliche Staatsoberhaupt, das sich in den fünfziger Jahren im Bolschoi-Theater feiern ließ. Als es knallte und Chruschtschow drohte, eine Atombombe auf Bodø zu werfen, half es dem Geheimdienstchef wenig, dass er das richtige Parteibuch hatte.«

»Kannst du darüber reden?«

»Bist du verrückt? Alte Geheimdienstleute reden nicht. Alte Geheimdienstleute halten die Schnauze. Ein Leben lang. Das weißt du. Dies hier war ... wie heißt das bei euch Journalisten ... *off the record.*«

Im Laufe der Nacht hatte der Wind den Schnee vor die Hüttentür geweht. Alex musste mit der Schulter gegen die Tür drücken, um sie zu öffnen. Er zog den Reißverschluss seiner Fleecejacke zu und trat vor die Tür. Der Himmel war wolkenfrei, zumindest soweit er es im Morgengrauen sehen konnte. Allerdings war die Sicht wegen des Schnees, der über den Hügel trieb, schlecht. Rund um die Hütte waren sämtliche Spuren verwischt, auch die alte Scooterspur der Rentierhalter, die sich im Nationalpark motorisiert fortbewegen durften. Die Schlitten an der Hüttenwand hatten sich in zwei längliche Schneehaufen verwandelt.

Thomas hatte den Primus angezündet und ließ Wasser heiß werden. Es hatte keinen Sinn, noch einmal den Ofen anzuheizen, da sie die Hütte ohnehin bald verließen. Wenn es möglich war.

»Viel Wind, kann oben auf der Ebene brutal werden«, sagte Alex. Er wusste, welche Diskussion jetzt kam. Sie hatten schon häufiger wegen des Wetters festgesessen.

»Wir gehen los und schauen uns das an. Es ist schwierig, das Ganze von hier aus zu beurteilen«, erwiderte Thomas. »Wir können uns hier nicht wie in einer Höhle verkriechen, nur weil es ein bisschen windig ist.«

»Der Wind bläst hier unten mit zehn bis zwölf Meter pro

Sekunde. Oben auf der Ebene wird uns eine steife oder sehr heftige Brise erwarten.«

»Dann müssen wir warten, klar.« Thomas schaute aus dem Fenster.

»Ziemliches Gestöber am Berg. Wir riskieren ein Whiteout.«

»Nicht dort oben.«

»Der Wind kommt direkt von vorn.«

»Alexander, wir packen, gehen rauf und schauen, wie es aussieht. Einverstanden?«

Es half nichts. Aber Alex war ziemlich sicher, wie das Ergebnis ausfallen würde.

Schweigend aßen sie Eier und Bacon. Thomas warf den übrig gebliebenen Speck für die Füchse nach draußen. Ebenso einige Kartoffeln. Alex wies darauf hin, dass sie vielleicht sparsamer mit den Lebensmitteln umgehen sollten, falls sie zurückkehren müssten, aber Thomas schnaubte nur verächtlich.

Alex packte die Schlitten, während Thomas die Hütte fegte und heißes Wasser in die Thermosflaschen füllte. Bald waren sie bereit zum Abmarsch. Thomas erschien an der Tür, erst mit den Thermoskannen, dann mit dem Primus, der in dem eisigen Wind augenblicklich abkühlte. Bei minus fünfzehn Grad und einer steifen Brise direkt ins Gesicht droht Erfrierungsgefahr. Alex achtete darauf, dass die wichtigsten Ausrüstungsgegenstände – Isomatten, Schlafsäcke, Daunenjacken, Spaten, Ponchos – ganz oben auf dem Schlitten lagen. Die Ebene lag in achthundert Meter Höhe und war gnadenlos. Keine Bäume, kein Windschatten, keine Möglichkeit, sich einzugraben – ausgenommen eine Stelle in der Mitte, dort gab es ein Flussbett, das quer zur herrschenden Windrichtung verlief.

»Frisch«, kommentierte Thomas, verriegelte die Tür und griff nach dem Schlittengeschirr. Es war normal, dass er als der Optimistischere voranging. Sie waren noch keine hundert Meter aufgestiegen, als Thomas stehen blieb und das Schlittengeschirr ablegte, um sich weitere Kleidung anzuziehen. Alex tat dasselbe, er zog einen dünnen Fleecepullover über, damit der Wind, der gegen seine Goretex-Jacke schlug, ihn nicht zu schnell auskühlte.

Sie gingen weiter, während der Wind durch den Schnee fegte und Zickzack-Muster zeichnete. Als sie den letzten Hügel erklommen hatten, blieb Thomas erneut stehen und rief Alex etwas zu, das er nicht verstand. Er winkte ihn heran.

»Was glaubst du?« Thomas brüllte Alex ins Ohr, das Gesicht halb abgewendet, um dem Schneetreiben zu entkommen.

»Es geht nicht! Denk dran, dass wir am Scooter die gesamten nassen Klamotten ausziehen und umpacken müssen. Das wird unangenehm.«

»Es ist nicht gefährlich, die Sicht ist hier besser.«

»Nicht unter dem Halti«, schrie Alex und zeigte auf den Berg in der Ferne, wo der Scooter stand. Dunkle Wolken begrenzten den Gipfel.

»Du bekommst deinen Willen! Wir drehen um!«

»Ich bekomme meinen Willen? Wir müssen uns einig sein! Deshalb bin ich doch mit hochgegangen.«

Thomas blieb eine Weile stehen, ohne ein Wort zu sagen. Ein Windstoß drohte ihn umzuwerfen, er musste die Skier in die V-Form bringen.

»Okay. Wir sind einer Meinung. Es ist ziemlich frisch heute!«

Alex nickte, ging in einem großen Bogen um Thomas herum, drehte den Schlitten und führte den Rückweg an.

Thomas stand am Speiseschrank, als Alex hereinkam, nachdem er sechs Birken gefällt und im Windschatten der Hütte zerteilt hatte.

»Branntwein, Bacon und Kartoffeln. Tomatensuppe, davon gibt's genug. Ansonsten sieht's mau aus, ein bisschen alte Hafergrütze«, erklärte er.

Gut, dass sie den Branntwein zum Trost hatten. Vom Wetter festgehalten zu werden schafft immer eine Stimmung von ungeduldiger Willkür und Hilflosigkeit. In Nordnorwegen können Unwetter im Winter lange dauern, drei bis vier Tage. Zu Hause hatten sie hinterlassen, dass erst Alarm geschlagen werden sollte, wenn ein weiterer Tag verstrichen war.

Alex war nach dem Fällen der Bäume verschwitzt und zog sich frische Wollunterwäsche an. Sie hatten nur das Notwendigste ihrer Ausrüstung mit in die Hütte gebracht. Auf dem Primus schnurrten Bacon und Kartoffeln in der Pfanne, der Fuchs hatte sich noch nicht versorgt.

»Wir haben kaum noch Paraffin. Ist der Ofen an?«

Alex öffnete die Ofenklappe und überprüfte es. Es brannte, aber nicht gut. Er riss die Borke von den Holzscheiten in der Holzkiste, stopfte sie in die Brennkammer und öffnete den Zug.

Bacon und Kartoffeln in einer Art Sauce aus Kondensmilch schmeckten gut. Dazu tranken sie Whisky. Thomas stellte den Primuskocher ab, sie brauchten das Paraffin, um am nächsten Tag das Wasser zu erhitzen. Das gemütliche Rauschen verstummte, das Heulen des Windes war das einzige Geräusch, die Hütte schien sofort kälter zu werden.

»Es ist fast genauso erbärmlich wie in der Garnison von Sør-Varanger. Wir müssen anstoßen, um die düsteren Gedanken zu vertreiben«, erklärte Thomas und hob seinen Plastikbecher.

»War es so erbärmlich in Sør-Varanger?«

»Es war harter Winter. Wir froren uns fast zu Tode und waren darüber hinaus auch noch sehr viel schlechter ausgerüstet. Baumwollunterwäsche, kannst du dir das vorstellen? Angeblich leicht zu waschen, aber niemand hat darüber nachgedacht, ob sie auch bei dreißig Grad minus funktioniert.«

Alex lief es bei dem Gedanken kalt den Rücken hinunter.

»Im Sommer Milliarden von Mücken. Im Sommer 1968, da waren wir kurz davor.«

»Dem Aufmarsch?«

»Sie haben eine ganze verdammte motorisierte Division geschickt. Vierzehn-, fünfzehntausend Mann, unterstützt von ein paar hundert Panzern, bis an die Grenzpfosten! Die Russen bauten sich ausgesprochen aggressiv auf, die Kanonenrohre der T-54 verfolgten uns, wenn wir aufs Außenklo gingen. Sie waren so nah, dass wir die Nummern auf dem Stahl lesen konnten. Wir bekamen scharfe Munition, außerdem Handgranaten und panzerbrechende Waffen. Als wir in der Alfa-Stellung lagen, gab es einen Soldaten, aus Haugesund, glaube ich, der holte einen Schleifstein heraus und schliff sein Bajonett. Der Stein wurde weitergereicht, von Mann zu Mann. Wir haben die Bajonette geschliffen, die Finnenmesser, alles, womit wir uns verteidigen konnten. Die russischen Panzer hätten uns natürlich überrollt, aber es galt ja, mit Stil zu sterben. Das waren noch Zeiten!«

Sein Vater hatte diese Episode schon mal erwähnt, allerdings nicht die Details.

»Erst gab es dicken Nebel, wir hörten nur die Dieselmotoren. Das Geräusch eines Zwölfzylinders in einem T-54 trägt weit, es knirscht, wenn sie schalten. Dann hob sich der Nebel, Stück für Stück. Wir sahen sie, einen nach dem anderen. Neun, zehn standen hinter dem Baugebiet von Boris Gleb, der Rest auf dem Höhenzug dahinter. Die Kanonenrohre waren wie schwarze Löcher, und wir sahen direkt hinein.«

»Was ... was ging dir da durch den Kopf?«

»Ich überlegte, ob das der Anfang vom *World War III* war. Auf dem Kraftwerksdamm tauchte ein sowjetischer Jeep auf, der direkt auf unseren Beobachtungsposten zufuhr. Im Grunde war es eine Grenzverletzung, denn der größte Teil des Damms war norwegisches Territorium. Wir sahen zwei Offiziere aus dem Jeep aussteigen. Sie stellten sich breitbeinig auf norwegischen Boden und schauten zu unserem Posten auf. Alle Mann hatten den Finger am Abzug, entsichert. Dann kam der Befehl. ›Abwarten, kein Feuer eröffnen.‹ Es war ja trotz allem kein T-54, sondern nur ein Jeep; offensichtlich ein paar Offiziere der Armee, die die Situation an der Grenze nicht kannten, wo eigentlich der KGB aufpasste. Hätten wir den Befehl bekommen zu schießen …«

Thomas breitete die Arme aus.

»Der Dritte Weltkrieg?«

»Missverständnisse und Bagatellen haben schon häufig zu Kriegen geführt.«

»›WIE ICH DEN DRITTEN WELTKRIEG BEGANN. THOMAS W. ERZÄHLT ALLES.‹«

»Was?«

»Ich blödele nur herum. Hat man je erfahren, warum es zu dem Aufmarsch kam?«

»Möglicherweise eine Reaktion auf die Nato-Truppen. Kanadier, Briten und Italiener hielten ihre Manöver immer weiter östlich ab. Sie provozierten Moskau. Deutsche Truppen waren zum ersten Mal bei einem Nato-Manöver in Nordnorwegen dabei. Es war eine armselige kleine Sanitätskompanie, aber die Russen drehten schier durch.«

»Wenn die gewusst hätten, dass die Nato Kriegsverbrecher wie Kiefer als Ratgeber benutzt hatte!«

»Tja, vielleicht wussten sie es sogar. Sie hatten bestimmt einen Maulwurf bei uns, möglicherweise sogar mehrere.«

»Weißt du das genau?«

»Nein, ich weiß nichts und ich sage nichts. Aber ich weiß, dass der KGB allein in Murmansk zweihundert Leute hatte. Und die Kollegen vom russischen Militärgeheimdienst lagen auch nicht auf der faulen Haut. Sie mussten schließlich auch ihren Sold verdienen.«

Thomas hielt inne und schaute zum Fenster. »Was hältst du vom Wetter?«

Alex schaute hinaus und verzog das Gesicht. Der Schnee wehte vom Dach und leuchtete weiß im Schein der Paraffinlampe, bevor er sich in der Dunkelheit verlor. Der Wind rüttelte an den Wänden. Er ging zum Ofen und legte zwei Holzscheite auf. Es entwickelte sich allmählich eine schöne Glut. Hatten sie zehn Grad hier drinnen? Vielleicht. Alex zog sich die Mütze vom Kopf. Thomas schenkte ihnen Whisky ein.

Lange sagten beide kein Wort. Der Tag hatte bereits eine Ewigkeit gedauert, und die Uhr zeigte erst halb zehn. Sie hatten nicht mehr jagen können, gestern war der letzte Tag, der 15. März, die Schonzeit für Schneehühner hatte begonnen. Keiner von ihnen wollte ein Umweltverbrechen begehen, nur um die Zeit totzuschlagen. Da spielten sie lieber Karten. Oder lasen alte Wochenzeitungen. Sie waren bereits vier Abende zusammen, allmählich ging ihnen der Redestoff aus.

»Geht's dir gut, mein Sohn?« Thomas kippte seinen Stuhl an die Hüttenwand, das Whiskyglas in der Hand.

Alex zuckte zusammen. »Ja, sicher, alles gut.«

»Physisch?«

»Ja, klar, ich laufe und treibe Sport.«

»Mental?«

»*No problem.*« Eine klare Lüge.

»Frauen?«

»Herrje, Thomas, wird das hier ein KGB-Verhör? Mehr als genug.«

»Noch immer Vivi?«

»Ja, sicher. Sie ist okay.«

Alex wand sich, es waren Fragen, die er seinem Vater nicht beantworten wollte. So ein enges Verhältnis hatten sie nicht.

»Legen wir uns hin«, sagte Thomas und kippte von der Wand zurück.

33 *Tromsø, Donnerstag, 18. März 2010*

Das Mädchen am Empfang winkte, um ihn aufzuhalten. Alex lief von den Postfächern zu ihr und wartete, bis sie endlich den Kopfhörer abgesetzt hatte.

»Tut mir leid, aber einer der Zeitungsausträger ist nicht erschienen. Ich habe hier eine Menge wütender Abonnenten in der Leitung. Ich soll dir Bescheid geben. Dein ausländischer Kollege hat angerufen und nach dir gefragt.«

»Ein Kollege?«

»Ja, er hat Englisch geredet.«

»Da klingelt bei mir gar nichts.«

»Er hat gefragt, ob du in der Redaktion bist.«

»Hat er seinen Namen genannt?«

»Nein, er hat nur gesagt, dass er ein Kollege ist.«

»Journalist?«

»So habe ich ihn verstanden.«

»Hat er irgendeine Nachricht hinterlassen?«

»Nein. Er wollte später noch einmal anrufen.«

Alex dankte ihr und ging zum Ausgang. Die Sonne schien ihm ins Gesicht, als er die Tür öffnete. Es wurde allmählich wärmer, ein vorsichtiges Zeichen von Frühling, obwohl man im März und April in Tromsø noch mit Schnee rechnen musste.

Er ging über den Zebrastreifen an der Katholischen Kirche zum Platz vor dem Kulturhaus und stieg die knarrende Treppe zu dem Facharzt für kognitive Therapie hinauf.

Als Alex eintrat, war der Therapeut gerade dabei, die Reste seines Mittagessens vom Schreibtisch zu räumen. Er entschuldigte sich, die Praxis hatte keine Küche. »Kohlehydratarme Diät. Ich hoffe, es hilft«, sagte er und klopfte sich auf seinen runden Bauch. »Willkommen zurück!«

Alex dankte.

»Wie geht es Ihnen?«

»Mal so, mal so.«

»Beim letzten Mal haben wir darüber gesprochen, wie die Kraft der Gedanken zwischen einem Ereignis und den Gefühlen eingesetzt werden kann, und wie sich automatische Gedanken, katastrophische Gedanken steuern lassen. Haben Sie ein bisschen darüber nachgedacht?«

»Eigentlich nicht.«

»Nein, hm …« Der Therapeut suchte nach einer Eröffnung. »Ist seit dem letzten Mal etwas Besonderes vorgefallen? Hatten Sie einen Anfall?«

»Ich hatte letzte Woche einige seltsame Erlebnisse.«

»Darf ich an diesen Erlebnissen teilhaben?«

»Mein Vater und ich sind auf der Jagd gewesen. Es wurde dunkel. Ich hatte das unbedingte Gefühl, dass mir jemand folgte.«

»Und?«

»Ich verspürte eine gewisse Unruhe, mein Puls beschleunigte sich. Ich musste mich umdrehen und in die Dunkelheit hinter mir schauen.«

»Und war jemand hinter Ihnen?«

»Ja.« Alex wies auf die indianische Wanddecke des Therapeuten. »Ein Verwandter von dem da.«

»Ein Adler?«

»Nein, ein Fuchs.« Alex nickte in Richtung Fuchsschwanz.

»Griff er Sie an?«

»Nein, nein, er war scheu, aber er folgte mir. Mehrere Kilometer. Es hat mich beunruhigt.«

»Interpretieren Sie den Fuchs ... als ein Zeichen von Gefahr?«

»Nicht ich – jeder weiß doch, dass ein Fuchs ungefährlich ist –, aber mein Körper.«

»Ihr Körper hat grundlos Alarm geschlagen.«

»Ja. Und das ist verdammt unpraktisch!«

»Hatten Sie Todesgedanken?«

»Nein, ja, nun ja ... anfangs schon. Aber dann habe ich mir gesagt, dass ich mich beruhigen muss.«

»Hat es geholfen?«

»Ja, schon.«

»Sehen Sie! Haben wir hier nicht ein exzellentes Beispiel dafür, dass sich die Kraft des Gedankens, die Rationalität, zwischen ein Ereignis und die Gefühle setzen lässt? Das ist sehr gut! Sie verhalten sich sehr gut!«

»Finden Sie?«

»Sie sind dabei, den Code zu knacken und das Problem zu lösen.« Der Therapeut entließ Alex mit drei Übungen, die er ihm auf einen Post-it-Zettel schrieb:

1. *Schreiben Sie beim nächsten Anfall Ihre Gedanken auf.*
2. *Bewerten Sie den Grad des Anfalls von 1 bis 10.*
3. *Gewöhnen Sie sich an hohen Puls. Laufen Sie schnell Treppen hinauf.*

Alex starrte auf den Zettel und protestierte.

»Ich trainiere regelmäßig und bin hohen Puls gewohnt. Hundertsechzig bis hundertsiebzig, mehrfach in der Woche.«

»Sehr gut«, erwiderte der Arzt, nahm ihm den Zettel ab, strich den letzten Punkt durch und fügte hinzu:

3. *Seien Sie gut zu sich selbst.*

Ausnahmsweise hatte Alex genau um 16:00 Uhr Feierabend. Erstad kürzte seinen Artikel auf einen Zweispalter, nachdem zwei Erdrutsche im Kåfjord einen Linienbus eingeschlossen hatten.

Er ging durch den kleinen Park, in dem das Denkmal König Haakons immer schlanker wurde, je mehr der Schnee schmolz, und lief um die Ecke des Rathauses zur Bibliothek. Hinter den großen Glasfassaden sah er Schüler und Einwanderer zwischen den Regalreihen vor den Publikums-PCs sitzen. Ein alter Volvo 244, Typ *Rent-A-Wreck*, stand mit beschlagenen Scheiben an der Ecke Vestregata und Frederik Langes gate. Eine dunkle Gestalt, ein Mann, saß darin. Wartete er darauf, dass seine Freundin aus dem Kino kam? Nein, dazu war es noch zu früh.

Beobachtete er? Wartete der Mann auf ihn? Alex sah sich den Wagen noch einmal an. Unsinn, beruhige dich, du bist nicht in Gefahr, es ist niemand hinter dir her. Du bildest dir etwas ein.

Alex verließ den beheizten Bürgersteig am Jugendhaus Tvibit und überlegte, wie er am besten den lebensgefährlichen Zebrastreifen ganz oben an der Frederik Langes gate überquerte. Rutschte er hier auf dem Eis aus, wenn ein Auto mit abgefahrenen Winterreifen den Kongsbakken herunterkam, konnte es übel enden. Alex sah sich sorgfältig um, bevor er über die Straße zum Garagentor ging, seinen Briefkasten kontrollierte und mit dem Aufzug in den siebten Stock fuhr.

Die ältere Frau, die neben dem Aufzug wohnte, stand mit Abfalltüten in den Händen auf dem Schwalbengang. Alex erkundigte sich, ob sie Hilfe brauchte. Sie schüttelte energisch den Kopf. Er lächelte und ging an ihr vorbei auf seine eigene Wohnungstür zu.

»Entschuldigen Sie«, sagte sie. Alex drehte sich um.

»Ich will mich ja nicht aufdrängen, aber ...«

»Kein Problem.«

»Ein Mann. Hier war ein Mann.«

»Ein Mann? Ein Unbefugter?« Alex hatte schon früher Drogenabhängige erwischt, die sich irgendwie Einlass ins Haus verschafft hatten.

»Er wohnt nicht hier. Ich habe solche Angst nach all diesen Überfällen und Vergewaltigungen. Ich habe im Fernsehen ...« Sie unterbrach sich und wedelte den Gedanken mit einer dünnen, sehnigen Hand fort.

»Vielleicht war es ja nur jemand, der irgendwen besuchen wollte«, Alex versuchte, sie zu beruhigen.

»Er hat lange vor Ihrer Tür gestanden.«

»Hier?«

»Ich habe ihn durch den Türspalt gesehen. Ich habe ein Sicherheitsschloss.«

»Das ist sehr vernünftig. Was hat er getan?«

»Herumgeschnüffelt.«

»Und wie sah er aus?«

»Wie ein Mann. Groß. Dunkel. Eine Mütze auf dem Kopf.«

»Er war bestimmt nicht gefährlich.«

»Meinen Sie?«

»Ich bin mir ganz sicher«, sagte Alex und wünschte seiner Nachbarin guten Appetit beim Abendessen. Sie hätte längst gegessen, erwiderte sie. Alex schloss auf und betrat seine Wohnung. War jemand bei ihm eingedrungen? Nein, es gab keinerlei Anzeichen.

Es roch nach Paraffin, Essen und altem Schweiß. Er hatte den größten Teil der Jagdausrüstung in den Kellerverschlag gehängt, aber es gab nur begrenzt Platz und außerdem trockneten die Sachen dort nicht besonders gut, deshalb hingen die Sachen jetzt auch im Wohnzimmer und im Bad. Alex tauchte unter der Outdoor-Hose durch und öffnete das große Schiebefenster zum Wintergarten. Für den Durchzug machte er auch die Wohnungstür auf, schloss sie jedoch sofort wieder. Vielleicht war seine Nachbarin noch im Flur.

Sie hatten einen ganzen Tag festgesessen. Der Wind war am darauffolgenden Tag fast noch genauso heftig, aber er hatte auf Südost gedreht, so dass er auf der Ebene von schräg hinten wehte. Alex hatte sich zwei Lagen Wollunterwäsche und die Daunenjacke angezogen. Der Kleidungswechsel und das Umpacken auf den Scooter war eine nervenaufreibende Angelegenheit gewesen, aber Thomas hatte die ganze Zeit erklärt, er hätte schon Schlimmeres erlebt, es sei doch eine wunderbare Expedition für ganze Kerle.

Alex kochte sich Tomatensuppe mit Fleischklößchen zum Abendessen. Der Spätnachmittag verging mit Zeitungslesen, *Verdens Gang, Aftenposten,* eine Verbraucherzeitschrift und das Magazin der Armee. Eigentlich wäre er gern eine Runde gelaufen, aber er war noch immer ein wenig steif nach dem Marsch und der Scooter-Tour. Sollte er es lassen? Er könnte es ruhig angehen lassen, *just do it.* Man bereut es nie. Der Gedanke steuert den Körper.

Alex schaute auf das Thermometer im Wintergarten, exakt null Grad. Er zog einen Wollpullover unter die Laufjacke und nahm zur Sicherheit einen Satz Schuhspikes mit. Sonne am Tag, es schmilzt ein bisschen – und dann Frost. Auf den kleinen Wegen konnte sich eine enorm glatte Eisschicht gebildet haben. Er öffnete die Tür, schaute sich nach beiden Seiten um und trat in das Halbdunkel des Schwalbengangs.

34 *Tromsø, Donnerstag, 18. März 2010*

Der Körper fühlte sich bleischwer an. Dazu kam, dass sich auf der glatten Schicht, die den Asphalt überzog, nur schwer Tritt fassen ließ, er konnte sich nicht abstoßen. Alex blieb am Lehrerseminar stehen und zog die Spikes unter die Schuhe – eine Gummimanschette, die mit einer Reihe kleiner Spitzen an der Sohle den ganzen Schuh umfasste. Es knirschte bei jedem Schritt, den er tat; er umrundete die Südspitze von Tromsøya und bog nach Norden ab, auf dem Kvaløyveien lief er ohne Wind und bei klarem Wetter. Ein schwacher Polarlichtvorhang hing über Kjølen.

Vor dem Lebensmittelgeschäft in Sorgenfri musste er stehen bleiben, weil ein Autofahrer in einem grauen SUV auf den Kvaløyveien bog und über den ungesicherten Bürgersteig fuhr. Alex sah sich sorgfältig nach rechts und links um, bevor er weiterlief. Ein paar hundert Meter hinter ihm fuhr ein Auto extrem langsam. Eine Fahrschule? Er konnte die Marke im Dunkeln nicht erkennen. Der Wagen hatte altmodische runde Scheinwerfer mit gelbem Licht.

Alex schaute auf die Uhr, bevor er auf den Holtveien bog. Genau fünf Kilometer bis hierher, siebenundzwanzig Minuten. Es hätten nur dreiundzwanzig, höchstens vierundzwanzig sein sollen. Er wartete, bis ein silbergrauer Passat vorbeigefahren war, bevor er auf die linke Seite der Straße lief. Tromsø war eine gemütliche Stadt, aber eine Katastrophe, wenn es um die

Sicherheit der Fußgänger und Radfahrer ging. Dass der Holtveien, eine Hauptader der Insel, keinen Bürgersteig oder Fußweg hatte, war nicht zu begreifen.

Alex' Puls war ein wenig zu hoch, als er das flache Stück Straße zwischen den Feldern des biologischen Forschungsinstituts hinter sich gelassen hatte und den Holtbakken in Angriff nahm. Der Hügel wurde zur Inselmitte hin immer steiler. Er nahm die erste Kurve mit gutem Tempo, spürte aber die Milchsäure in den Beinen, als er sich der scharfen Kurve unterhalb des Nonnenklosters näherte. Alex wechselte auf die rechte Seite. Auf der linken Straßenseite zu bleiben, also in der Innenkurve, war bei diesen Straßenzuständen nicht zu verantworten.

Als er aus der Kurve kam und die Lichter des Klosters sah, hörte er das Geräusch eines Automotors hinter sich. Die Scheinwerfer erleuchteten den Hügel um ihn herum. Gelbes Licht, kein Halogen. Der Motorlärm nahm zu, der Hügel wurde heller. Er sah seinen eigenen Schatten immer deutlicher. Er lag waagerecht vor ihm. Der Wagen kam ihm viel zu nah!

Alex wollte gerade in den Schneewall am Straßenrand springen, als ihn etwas brutal Hartes unterhalb der linken Hüfte traf. Er hörte sich selbst »verflucht noch mal!« schreien, bevor er in die Höhe gehoben, herumgeworfen und von der Straße geschleudert wurde. Er landete auf der beleuchteten Langlaufloipe, die den Holtveien kreuzte.

Konnte er gehen? Ein spitzer Schmerz jagte durch sein Bein, als er aufstand. Das Auto stand auf der gegenüberliegenden Straßenseite, nicht in Fahrtrichtung. War es ins Schleudern gekommen? *Rent-A-Wreck.*

Herrgott, was für ein Idiot! Alex hinkte auf den Wagen zu. Die Fahrertür wurde geöffnet. Eine Gestalt versuchte, sich herauszuquetschen. Es war eng zwischen Schneewall und Auto. Der rechte Arm des Fahrers war ungewöhnlich lang. Eine Waffe! Eine Pistole.

Eine Zehntelsekunde blieb Alex wie festgefroren in der Skispur stehen. Dann setzte die Automatik ein. Mach dich selbst zu dem kleinstmöglichen Ziel. Schalte die Bedrohung aus. Feuern und sich bewegen. Feuern, womit? Aus dem Licht heraus. Nein, zum Teufel, lockerer Schnee, du verlierst Geschwindigkeit. Er durfte dem Mistkerl keine freie Schusslinie bieten. Abstand gewinnen, in der Dunkelheit verschwinden.

Alex drehte sich um und lief die Loipe entlang. Den schmerzenden Fuß konnte er kaum kontrollieren. Die Schuhspikes, er hatte einen der Schuhspikes verloren. Er kam zur ersten Kurve, lief an einem Lichtmast vorbei, der kaum noch leuchtete. Eine Ziellinie verhindern. Links vor ihm ein dunkler Bereich. Große Tannen. Schnee spritzte an einer Stelle vor ihm auf. Ein Einschlag! Aber er hatte nichts gehört. Schalldämpfer? Alex sprang aus der beleuchteten Loipe und kroch einen kleinen Hügel hinauf zwischen die Tannen. Der Schnee war hier gefroren. Verharscht.

Er stürzte sich zwischen die herabhängenden Zweige einer großen Tanne. Es war keine wirklich gute Deckung, aber er war außer Sicht. Wer zum Teufel war hinter ihm her?

Er hielt den Atem an. Hörte nur seinen eigenen Puls. Stille. Nein, es knirschte im Schnee. Der Mistkerl kam hinter ihm her. Folgte er den Spuren? Einer Blutspur? Alex schaute an sich herab. Er blutete nicht.

Der Puls hämmerte, der Körper schlug Alarm – aus gutem Grund. Nur dazusitzen und zu warten war das Schlimmste. So hatte er schon oft dagesessen, in Deckung. Doch da konnte er sich auf den Zusammenhalt verlassen, auf seine Kameraden, die Waffen, den Drill, die Disziplin. Aber jetzt! Er hatte nichts, worauf er sich verlassen konnte, abgesehen von seiner eigenen Erfahrung. Er wurde immer ruhig, wenn es knallte, sogar die Furcht vor den Minen verschwand in solchen Momenten.

Gab es Minen? Immer riskant abseits des Asphalts. Unfug! Denk klar!

Gegenangriff? Zu riskant. Flucht.

Knirschen von verharschtem Schnee, ganz nahe. Hinter ihm, rechts oberhalb. Unten links. Wieder oberhalb von ihm. Der Mistkerl durchkämmte das Tannenwäldchen, als wäre er auf der Jagd. Alex war die Beute, er war das Schneehuhn!

Er bewegte sich, wenn der Mistkerl sich bewegte, und er verhielt sich ruhig, wenn der andere stehen blieb. Kein Geräusch sollte ihn verraten. Er näherte sich dem Ende des Tannenwäldchens.

Die smarten Schneehühner hielten sie immer zum Narren. Sie flogen auf, wenn die Jäger im Unterholz waren. Sie hörten nur die Flügelschläge.

Alex flog auf, als er noch zwanzig Meter vor sich hatte. Er ging in die Hocke und rannte hinaus. Auf einen kleinen Hügel. Von dort sah er direkt auf die oberste Station eines Skilifts. ›Nur mit Helm gestattet‹. Der Skilift für Kinder in Bak-Olsens. Eine weite, offene Schneefläche. Scheiße!

Er blieb stehen, im Tannenwäldchen hinter sich hörte er ein Knirschen im Schnee. Wenn der Mistkerl jetzt herauskam, hatte er freie Sicht und ein gutes Schussfeld. Es war nicht wirklich dunkel, die beleuchteten Loipen zogen sich in einem Bogen um den Lift.

Offene Fläche, steiler Hügel, ein paar Hütten am Fuß des Hügels. Er musste die Widrigkeiten zu seinem Vorteil nutzen. Er lief los, es schmerzte im Bein, er warf sich nach vorn. Der Skilift war außer Betrieb. Er rutschte die vereiste Spur unter den T-Bügeln hinunter, mit denen sich die Skiläufer hochziehen lassen konnten, wich einem Pfosten mit einem orangefarbenen Plastiküberzug aus und knallte vor den Häuschen in einen Holzzaun. Er rang nach Atem. Hatte er sich eine Rippe gebrochen?

Ein paar Jugendliche auf Skiern pflaumten ihn an. Es sei nicht gestattet, sich unter dem Skilift aufzuhalten. »Verschwindet!«, fauchte Alex. »Halt doch den Rand«, erwiderte einer der

Jungen und zeigte ihm den Finger. Alex ballte die Faust und drohte, ihn zu verprügeln. Sie griffen zu ihren Stöcken und verschwanden auf der beleuchteten Loipe.

Wo war der Scheißkerl? Hatte er die Stimmen gehört? Alex hatte keine weiteren Einschüsse bemerkt. Er lief hinter den größten Schuppen. Rund um ihn war freies Feld, ein weiteres Waldstück mit Tannen befand sich erst am Fuße der Anlage. Dorthin rennen? Nein. Zu spät. Man würde ihn sehen.

Er hörte es im Schnee knirschen, irgendwo oben auf dem Hügel. Leise. Hundert Meter? Alex entdeckte eine lange Metallstange, die halb aus dem Schnee ragte. Ein T-Bügel. Das Knirschen war jetzt deutlicher zu hören. Er griff nach der Stange, der verharschte Schnee hielt sie mit eisernem Griff fest. Alex rüttelte daran, das Geräusch übertönte die Schritte auf dem Hügel. Konnte der Bursche es hören? Er nahm alle Kraft zusammen und zog die Stange schließlich heraus. Schneereste hingen an dem T-Stück.

Alex hielt die Luft an. Das Knirschen war jetzt sehr nah. An der Ecke! Er konnte nicht warten, bis der andere um die Ecke kam, dann hatte er eine freie Schusslinie. Gegenangriff, die Initiative übernehmen, den Feind überraschen. Mit beiden Händen umfasste er die Stange, hob sie über den Kopf, trat einen Schritt vor und schleuderte sie mit aller Kraft um die Ecke. Er hörte einen Schrei und ein Stöhnen.

Ein paar Schritt vor, in die Schusslinie. Ein Mann lag auf dem Rücken und hielt sich den Kopf. Noch immer hatte er die Pistole in der Hand! Alex warf sich nach vorn, umklammerte mit der linken Hand die Pistole. Es gelang dem Mistkerl, Alex in den Schritt zu treten, er spürte, wie Übelkeit in ihm aufwallte. Er schlug mit der rechten Faust zu.

Im Nahkampf weiß man sofort, wer gewinnen wird. Alex war stärker, besser ausgebildet, er kannte weit mehr Tricks. Er presste dem anderen die Daumen auf die Augen. Der Bursche heulte auf und ließ die Pistole fallen. »Okay, okay.«

Verflucht, nichts war okay. Alex setzte den Griff an, mit dem er dem Burschen das Genick brechen konnte. Er hatte nicht übel Lust dazu.

Beruhige dich! Er hob die Pistole aus dem Schnee, überprüfte, ob sie geladen war, trat zurück und richtete die Waffe auf seinen Angreifer. »Auf den Bauch! Hände auf den Rücken!«

Nichts.

»*English!*«, stöhnte der Mann.

Alex wiederholte den Befehl auf Englisch. Der Mann gehorchte und drehte sich auf den Bauch. Blut floss ihm von der Schläfe und färbte den Schnee rot. Ein Seil? Alex sah sich um. An der Wand hing ein Verlängerungskabel. Er steckte die Pistole hinter den Bund seiner Jogginghose. Dann wickelte er das Kabel um die Handgelenke des Mannes und zerrte es so fest, wie er konnte. Alex zog die Pistole aus der Hose, eine Beretta 92, und setzte sie dem Mann an die Schläfe. Er stieß mit der Mündung hart zu. Der Kerl schrie auf.

»Wer zum Henker bist du?«

Alex redete jetzt Englisch mit dem Mann. Keine Antwort.

»Wer zum Henker bist du?«

Alex fuhr mit der Mündung durch die Wunde. Der Mann jammerte, antwortete aber nicht. Alex griff nach seinem Hinterkopf, in das schwarze Haar, hob den Kopf an und ließ ihn fallen. Es knirschte im Schnee. Noch einmal. Der Bursche stöhnte, hielt aber noch immer den Mund.

»Verflucht, warum bist du hinter mir her?«

Alex setzte wieder den Genickgriff an. »Ich breche dir das Genick, wenn du nicht antwortest.«

Nichts. Ein harter Knochen.

Alex griff nach dem Kabel und schleppte ihn unter den Skilift, warf das Kabel über das Schleppseil und zog an. Der Mann stöhnte, als seine Handgelenke hinter dem Rücken hochgezogen wurden. Alex ließ nicht los.

Er versuchte aufzustehen, um die Schmerzen zu lindern, aber kam nur auf die Knie. Alex ließ nicht nach.

»Warte, warte!«

Alex spürte, dass es ihm guttat, den Mann zu foltern. Er zog an dem Kabel, so fest er konnte. Ein Schmerzensgeheul.

»Wer zum Teufel bist du?«

»Ich werde reden.«

Alex ließ ein wenig nach.

»Dragan!«

»Dragan. Und weiter?«

»Dragan Subašić.«

Irgendetwas Osteuropäisches.

»Russische Mafia?«

»Nein, nein, Bosnien.«

»Bosnien?«

»Ja, Bosnien. Foča.«

»Scheiße, und was machst du hier?«

Keine Antwort. Alex hängte sich wieder ans Kabel. Ein entsetzliches Stöhnen.

»Wer zum Teufel hat dich nach Tromsø geschickt?«

»Die norwegische Frau.«

»Welche norwegische Frau?«

»Henriette.«

»Henriette Lerke hat dich auf mich angesetzt?«

»Sie hat gesagt, du wohnst hier.«

»Du behauptest, Henriette Lerke hat dich geschickt? Um mich zu töten?« Alex wurde schwindlig.

»Sie hat mich nicht geschickt. Sie hat gesagt, du lebst hier. Ich bin von allein gekommen.«

»Warum?« Alex zog an.

»Meine Familie ...« Er begann zu weinen. »Meine Familie überlebt es nicht, wenn ich verschwinde.«

»Scheiße, was meinst du?«

»Meine Schwester, sie hat nur mich.«

Eine ältere Frau in einem roten Anorak war in der beleuchteten Spur unterhalb der Häuschen stehengeblieben. Ihr Hund bellte. »Hallo!«, rief sie, »alles in Ordnung?«

»Ja, sicher, wir überprüfen nur gerade den Lift!«, rief Alex ihr zu. »Haben Sie ein Handy dabei?«

Die Frau schüttelte den Kopf, zögerte, murmelte etwas und ging dann weiter. Er musste die Polizei rufen. Alex ließ das Kabel los, half Dragan Subašić auf die Beine und hieß ihn, auf der beleuchteten Skispur Richtung Holtveien zu marschieren. Im Nonnenkloster hatten sie sicher ein Telefon.

35 *Tromsø, Donnerstag, 18. März 2010*

Alex hörte Vivis Stimme, aber er konnte sie nicht sehen. Auch seinen Kopf konnte er nicht bewegen. Er lag extrem unbequem auf einer viel zu harten Matratze – einen Schraubstock im Nacken, das Gesicht zur Decke gerichtet.

»Ach, hier liegst du?« In Krankenschwesterntracht tauchte Vivi in seinem Blickfeld auf, ihr Blick schien eher prüfend als ängstlich zu sein. »Ich habe gehört, dass sie dich bei uns eingeliefert haben. Geht's denn einigermaßen?«

»Kannst du sie bitten, mir diesen Halskragen abzunehmen? Es ist nicht zu ertragen.«

»Hat man dich geröntgt?« Vivi schaute auf die Tafel mit der Checkliste der Notaufnahme. Es sah nicht so aus, als sei der Punkt abgehakt.

»Sie sagen, ich muss noch warten, bis ich dran bin.«

»Du wirst den Kragen tragen müssen, bis du dort gewesen bist. Zur Sicherheit. Das ist eine Standardprozedur bei Traumata.« Vivi streichelte ihm über die Stirn.

»Ich bin zu Fuß zur Ambulanz gekommen! Und vorher musste ich mich am Skilift in Bak-Olsen mit einem Verrückten herumschlagen, der hinter mir her war.«

»Mein Gott, ja, wer war das eigentlich? Ich habe gehört, dass auch die Polizei im Einsatz war?«

»Kannst du nicht etwas mit diesem Scheißkragen machen?« Alex griff sich in den Nacken.

»Ruhig, du musst ruhig liegen bleiben. Ich sehe zu, dass ich die verantwortliche Krankenschwester finde.«

Vivi verschwand aus seinem Sichtfeld. Wie lange hatte er schon so gelegen? Eine Stunde? Es schien eine Ewigkeit her zu sein, dass er an der Pforte des Karmeliterklosters geläutet hatte. Die Nonnen waren skeptisch gewesen, wer konnte es ihnen verdenken? Wer war er und was wollte er? Es war ihm gelungen, sich in gewisser Weise zu erklären, und schließlich waren sie bereit gewesen, die Polizei zu rufen. Dann hatte er mit dem gefesselten, verrückten Bosnier auf die Polizei gewartet.

Alex hörte, dass jemand die Tür zur Notaufnahme öffnete. Wieder blickte Vivi auf ihn herab. »Stein, die wachhabende Schwester, sagt, wir können ihn abnehmen, aber du musst ganz ruhig liegen bleiben. Versprichst du mir das?«

Mit geübten Griffen löste Vivi den Kragen und zog ihn vorsichtig unter dem Nacken hervor, wobei sie Alex' Hinterkopf leicht anhob. Es war eine unglaubliche Erleichterung ohne den Kragen. Er hatte das Gefühl, nun wieder klar denken und Vivis viele Fragen beantworten zu können. Sie wurden unterbrochen, als ihr Pieper sie rief. Ein neuer Patient.

»Ihn bringt ihr wahrscheinlich auch um den Verstand, wenn ihr ihm so einen Kragen umlegt«, sagte Alex.

»Ein gutes Zeichen, dass du schon wieder Witze machst«, erwiderte Vivi, küsste ihn auf die Stirn und ging.

Alex wurde zur Computertomographie gebracht, um Kopf und Hüfte röntgen zu lassen. Auf den ersten Augenschein sieht es gut aus, sagte ein Radiologe, aber die Fotos müssten noch näher untersucht werden. Er würde Bescheid bekommen.

Nach einer Stunde wurde er von der Ambulanzbahre in ein normales Bett verlegt und auf eine Beobachtungsstation gerollt. Eine Krankenschwester erklärte, dass er noch nichts trinken dürfe. Zur Sicherheit. Sie hatte gerade das Zimmer verlassen, als es an der Tür klopfte. Tora steckte den Kopf herein.

»Hier liegt der Held!«, sagte sie und umarmte ihn. Es war

eine lange Umarmung, Alex spürte ihre Lippen an seinem Hals. Sigurd, der andere Volontär, kam direkt hinter ihr ins Zimmer und grüßte mit erhobener rechter Hand. »Du produzierst jetzt also deine Nachrichten selbst«, sagte er. »Kreativ!«

»Was meinst du?«

»Du hast einen Mordversuch überlebt. Die Polizei hat die Ermittlungen aufgenommen.«

»Seid ihr hier, um …?«

»Klar! Sensationell, dass du den Täter der Polizei fertig verpackt geliefert hast.«

»Ich soll doch wohl nicht … nicht so ein Heldenscheiß! Kommt nicht in Frage!«

Tora legte den Kopf schief und lächelte. »Nur ein winzig kleines Foto, bitte.«

»Mach Fotos von den Polizisten, die zum Kloster gekommen sind.«

»Haben wir schon. Hast du die Nonnen erschreckt?«, erkundigte sich Sigurd.

»Ist das eine Frage? Ein Interview?«

Sigurd zögerte. »Hör mal, es ist doch ein günstiger Zufall, dass du ein Kollege bist. Hin und wieder kommen wir eben an Geschichten, die uns sozusagen direkt in die Arme fliegen. Du würdest doch dasselbe tun, wenn ich an deiner Stelle im Bett läge.«

Alex musste es zugeben. Aber Scheiße, keine Schlagzeile, in der das Wort ›Held‹ vorkam! Okay? Sigurd nickte und murmelte irgendetwas. Alex verstand es nicht.

36 *Tromsø, Freitag, 19. März 2010*

Als Alex in die Redaktion hinkte, wurde er von den Kollegen mit Beifall empfangen. Die Titelseite, mit einem Foto von ihm im Krankenhausbett, lag auf allen Schreibtischen. Erstad versprach Kuchen am Nachmittag und zog ihn in eines der Sitzungszimmer. Die vierundzwanzig Stunden dauernden Untersuchungen im Universitätskrankenhaus von Tromsø hatten ergeben, dass er sich nichts gebrochen hatte. Merkwürdig genug.

»So muss es sein! Guten Stoff beschaffen und die Dinge in die eigenen Hände nehmen, wenn die Nachrichtenlage dünn ist. Wir legen morgen nach mit einer Geschichte, die du selbst schreibst. ›So überlebte ich die Todesjagd. Sekunde für Sekunde‹. *Nice?*«

»Nein, nein, Erstad. Komm mal runter.«

»Denk immer dran, dass ein persönlicher Dreh an den Leser appelliert. Gefühle, *human touch,* Ängste. Du musst doch Angst gehabt haben? Ich hätte Angst gehabt.«

»Ich war eher wütend als ängstlich.«

»Der Marinejäger in dir?«

»Vielleicht. Ich wurde … Ach, vergiss es.«

»Soll ich dir eine Doppelseite geben?«

»Ich muss gleich zur Polizei. Vernehmung.«

»›Alex, der Held, von weiblicher Fan-Post überschüttet‹.« Erstad kicherte.

»Du bist doch bescheuert! Das ist unfair.«

»Na, na, so redet man nicht mit seinem Vorgesetzten. Geh zur Polizei, dann reden wir hinterher noch mal über den Artikel. Übrigens, gut, dich zu sehen – in einem Stück, meine ich.«

Alex dankte für seine Anteilnahme und griff nach seiner Jacke. Vom *Nordlys*-Gebäude bis zum Polizeirevier waren es nur wenige Meter. Er meldete sich und wurde in den zweiten Stock zur Kriminalpolizei gebracht. Ein junger, mit Blue Jeans und einem grauen Pullover bekleideter Ermittler, der eine Zugangskarte um den Hals trug, ließ ihn eintreten und führte ihn in sein Büro. Alex setzte sich auf den Besucherstuhl hinter dem Schreibtisch. Der Kripo-Beamte holte Kaffee in einem Pappbecher und setzte sich ihm gegenüber an den PC.

»Ich schreibe, während Sie berichten, dann lesen wir uns den Bericht am Ende gemeinsam durch. Okay?«

Alex nickte.

»Eine Sache noch. Sie sind betroffen und Sie sind Journalist. Der guten Ordnung halber will ich nur darauf hinweisen, dass Sie aus unserem Gespräch erst zitieren dürfen, wenn es freigegeben wurde.«

»Ich habe mir nicht gedacht ...«

»Nein, versteht sich ja auch eigentlich von selbst. Sie können schlecht über eine Strafsache schreiben, in die Sie selbst verwickelt sind. Ich wollte es nur gesagt haben. Also gut, fangen wir an. Welches Datum haben wir?« Er schaute auf eine Korktafel vor sich. Ein Kalender war daran befestigt, nichts sonst.

Nicht über den Fall schreiben – er hatte es auch nicht vor! Alex starrte auf eine Pappschachtel mit Trainingszeug, die in einer Ecke stand. Die Tastatur klapperte laut. Die Tür ging auf, eine Frau kam mit einem gelben Zettel herein. Der Beamte las ihn, nickte und begann mit den Personalien. Alex gab Auskunft zu Lebenslauf und Ausbildung.

»Wenn Sie eine Pause brauchen oder mal aufs Klo müssen,

sagen Sie es einfach. Haben Sie sich Gedanken darüber gemacht, warum dieser Subašić Sie angegriffen hat?«

Alex zögerte. Sollte er den Namen Henriette Lerke erwähnen? Er wollte nicht glauben, dass sie …

»Sie haben einen militärischen Hintergrund, Sie waren Marinejäger, könnte es mit Ihrer Vergangenheit zu tun haben?«

»Nicht dass ich wüsste.«

»Er hat Sie übrigens wegen Misshandlung angezeigt!«

»Misshandlung!«

»Er behauptet, Sie hätten ihn wiederholt geschlagen und mit auf dem Rücken gefesselten Armen aufgehängt.«

»Und das sagt ein Mistkerl, der mich erst überfahren und dann mit einer Pistole verfolgt hat!«

»Ich verstehe.«

»Ich habe nichts anderes getan, als mich zu verteidigen! Ich war unbewaffnet.«

»Verstehe. Fangen wir noch einmal von vorn an«, sagte der Ermittler und bat Alex zu berichten, wie sein Tagesablauf ausgesehen hatte.

»Schlechte Nachrichten für dich, gewissermaßen«, erklärte Erstad, als Alex zurück in die Redaktion kam. Er stand an der Kaffeemaschine am Eingang.

»Die Polizei beschuldigt den Verrückten aus Bak-Olsen des Mordes an Novakovitsch. Die Pressemeldung kam gerade.«

Alex blieb stehen und ließ die Schultertasche fallen.

»Novakovitsch?«

»*Yes*, wir hätten daran denken müssen. Sie haben die gleiche Nationalität. Hatten. Ja, du verstehst.«

In Alex' Hinterkopf spulte sich das Gespräch bei Henriette Lerke ab. Die Familie. Das Mädchen als Sexsklavin. Hatte sie Namen genannt. Nein. Wie viel wusste sie eigentlich? Stand sie hinter …

Ihn überkam plötzlich ein Gefühl des Ausgeschlossenseins,

wie er es nur aus seiner Kindheit kannte. Die anderen Jungen wussten etwas, er nicht. Und sie wussten es schon lange.

»Die Polizei hat Übereinstimmungen mit DNA-Proben aus dem Stall gefunden. Dieser Spinner sitzt in der Falle. Vorsätzlicher Mord, ausgesprochen erschwerende Umstände«, zählte Erstad auf und verzog das Gesicht, als hinge er an der Decke, »und dann noch der Angriff auf dich.«

Alex versuchte sich zu sortieren, unter Kontrolle zu bekommen. *Off the record*. Er konnte nicht darüber schreiben.

»Winther, hast du verstanden?«

Alex schaute von der Kaffeemaschine herüber auf Erstand.

»Vermutlich hast du es bereits geahnt, aber ich muss dich von der Mordsache abziehen. Sigurd übernimmt.«

»Der Mordsache ...«

»Es ist schließlich derselbe Spinner, der dich überfallen hat.«

»Der mich überfallen hat ...«

»Hier, ich glaube, du brauchst den Kaffee nötiger als ich.« Erstad reichte Alex den Plastikbecher. »Versuch, deine Gedanken zu ordnen. Wir reden noch«, sagte er und ging zum Empfang.

37 *Tromsø, Samstag, 26. März 2010*

Alex fuhr den Volvo auf den Parkplatz bei Tverrforbindelsen. Es war hoffnungslos, auf dem übrigen Universitätsgelände einen Parkplatz finden zu wollen. Alle Mitarbeiter hatten ein Auto, die Studenten ebenfalls, sie fuhren ausrangierte Toyotas oder Saabs. Der öffentliche Nahverkehr von Tromsø war etwas für ältere Damen und Einwanderer. Alle anderen fuhren Auto.

Erstad hatte darauf bestanden. Du kennst die Dame doch gut, hatte er gesagt. Versuch, deine Beziehungen auszubauen, damit wir unsere Investition in Den Haag zu Geld machen können.

Die Investition zu Geld machen ... Alex hatte nicht einmal protestiert, sondern rasch nachgegeben. Weil er ihr selbst einige Fragen stellen wollte. *Off the record* – ganz privat.

Die Vorlesung sollte in einem der Auditorien im Juridicum stattfinden. Auf dem Weg sah er das Ankündigungsplakat. *ICTY-Anklägerin Henriette Lerke: Grenzen und Möglichkeiten des internationalen Strafrechts. 11:15 - 13:00 Uhr.*

Alex sah auf die Uhr, fünf vor elf. Er fasste auf die Türklinke, der Hörsaal war noch nicht aufgeschlossen. Er stellte seine Tasche ab und holte das iPhone heraus. Erstad hatte den Seitenplan per Email geschickt. Nichts von Henriette Lerke, er zweifelte offenbar am Nachrichtenwert.

Ein paar Jurastudenten – Jungen, die ihre Mützen nie abnahmen, und Mädchen mit Perlenketten – erschienen lärmend auf dem Flur. Fünf nach elf. Er sah sich die App von *Aftensposten* an, sie hatten einen interessanten Artikel über Sicherheitsprobleme bei russischen Atom-U-Booten auf der Kola-Halbinsel. Tickende Zeitbomben, hieß es. Vermutlich richtig.

»Guten Tag, schön, Sie wiederzusehen.«

Er hatte sie nicht kommen sehen. Lächelnd stand sie vor ihm, in einem eleganten grauen Wintermantel mit einem orangefarbenen Schal um den Hals.

Sie begrüßten sich.

»Sie wissen ja Bescheid«, sagte sie. »Sie sind inzwischen ja ein wahrer Experte auf dem Gebiet des internationalen Strafrechts. Als einziger Journalist in Norwegen.«

Er dankte für das Kompliment.

»Bleiben Sie hier? Ich würde hinterher gern mit Ihnen reden. Bei einer Tasse Kaffee?«

Sie hatte ihn überrumpelt. Aber es passte ausgezeichnet.

Nach der Vorlesung gingen sie über eine Treppe in die Mensa, die gemeinhin Champagner-Mensa genannt wurde. Es hatte ziemlichen Ärger gegeben, als man entdeckte, dass im Parkett Holz aus dem Regenwald verarbeitet worden war. Sie kauften sich einen Kaffee und setzten sich.

»Gemütlich hier«, sagte sie und nickte in Richtung Kamin. »Fanden Sie die Vorlesung interessant?«

»Aber sicher«, log er. Er hatte nicht folgen können, seine Gedanken waren überall gewesen. Hatte sie Dragan Subašić bewusst auf ihn angesetzt? Das war die Frage, die er am dringendsten beantwortet haben wollte.

Sie schwieg eine Weile, sah an die Decke, suchte nach Worten.

»So ist es also dazu gekommen, dass das Opfer und seine Familie diejenigen sind, die bestraft werden. Ein unmenschlicher Vergewaltiger und Kriegsverbrecher wurde ermordet.

Und sein Opfer sitzt im Gefängnis, ihn erwartet eine lange Haftstrafe«, fuhr sie fort.

Alex erwiderte nichts, er betrachtete sie – genau.

»Ich gehe davon aus, dass Sie sich über einiges gewundert haben. Aber zunächst möchte ich Ihnen Eines sagen: Ich habe mich wirklich gefreut, dass auch Sie der Meinung sind, dass es für alle Beteiligten am besten ist, wenn bestimmte Informationen in der Familie bleiben.«

Sie lächelte, es wirkte echt.

»Ich stehe wirklich sehr in Ihrer Schuld, Winther. Sie sind mir als ein Mitmensch gegenübergetreten, nicht als ein zynischer Reporter. Sie haben verstanden und sich als ein wahrer Mensch erwiesen. Das sind Eigenschaften, auf die Sie stolz sein können«, sagte sie und legte eine Hand auf seinen Jackenärmel.

»Und was habe ich davon? Dass ein Mörder hinter mir her ist?« Er bereute den Satz sofort, er war zu direkt.

Ihre Hand verschwand.

»Es tut mir leid«, sagte sie. »Es tut mir wirklich sehr leid. Ich konnte nicht ahnen, welche katastrophalen Konsequenzen es haben würde, als ich durch eine Unachtsamkeit Ihren Namen erwähnte. Wenn es etwas gibt, worüber ich besonders glücklich bin, dann, dass Sie sich bester Gesundheit erfreuen.«

»Die Polizei will wissen, warum Dragan Subašić auf mich losgegangen ist …«

Henriette Lerke hob ihre Kaffeetasse. Sie schaute ihn über den Rand an.

»Es ist Ihr volles Recht, ja, Ihre Pflicht, der Polizei und der Anklagebehörde alle relevanten Informationen zu liefern. Aber Sie haben ein Problem, formal betrachtet.«

»Was meinen Sie?«

»Dragan hat mir erzählt, dass er Sie wegen Misshandlungen angezeigt hat.«

»Er war doch hinter mir her …«

»Und Sie haben Informationen von ihm erhalten, indem Sie ihm Schmerzen zugefügt haben, unter anderem mit einer strapaziösen Stellung, die man auch als Folter bezeichnen kann.«

Alex machte den Mund auf, schwieg aber. »Sie hatten Kontakt mit ihm, hier im Gefängnis?«

»Hören Sie, Winther«, sagte Henriette Lerke und sah sich in der Mensa um, bevor sie sich zu ihm vorbeugte und die Stimme senkte. »Dragan braucht jede Hilfe, die er bekommen kann. Wenn mildernde Umstände irgendeinen Sinn haben, dann in diesem Fall.«

»Wollen Sie ihn verteidigen?«

»Nein, das kann ich nicht. Aber Sie haben sicher längst erraten, dass es sich bei der Familie, über die ich bei unserer Begegnung sprach, um seine handelt. Jasmina ist jetzt allein, sie ist sehr krank und bekommt in ihrer Heimat keine relevante Hilfe. Ich habe mich bei den Behörden als ihr Vormund angeboten, weil man davon ausgeht, dass sie nicht in der Lage ist, für sich selbst zu sorgen. Vermutlich werden sie mir mein Alter vorhalten, aber ich kann nichts anderes tun, als zu hoffen. Wie auch immer die Sache ausgeht, ich bin bereit, den beiden zu helfen. Ich fühle eine Mitverantwortung dafür, dass alles so gekommen ist.«

»Wieso?«

»Habe ich das nicht bereits erwähnt? Ich habe einen Fehler gemacht, der dazu führte, dass dieses Schwein freigesprochen wurde.«

»Novakovitsch?«

Sie nickte.

»Welchen Fehler haben Sie begangen?«

»Das ist jetzt egal. Ich möchte nicht darüber sprechen, ich schäme mich zu sehr. Darüber und über andere Dinge. Die Beweise wurden vor Gericht für ungültig erklärt, ich hätte die Falle sehen müssen, die der Verteidiger aufgebaut hatte. Novakovitsch zog alle Geständnisse zurück, die ihn hätten belasten können. Der Verteidiger ging in die Offensive und fabrizierte Briefe, die beweisen sollten, dass Jasmina Novakovitsch aus ganzem Herzen liebte und dass er sie eigentlich vor den Übergriffen anderer Soldaten geschützt hatte. Er verließ das Gericht als freier Mann. Lange wussten wir nicht, wo er geblieben war, sie sind verdammt tüchtig, wenn es ums Verstecken geht.«

»Wir?«

»Dragan und ich. Doch dann tauchte er wieder auf, auf der Jagd nach dem Kommandanten.«

»Und da haben Sie Dragan losgeschickt?«

Sie seufzte.

»Als wir uns das letzte Mal unterhielten, hatte ich das Gefühl, wir hätten eine Ebene des Verständnisses erreicht. Wir haben über moralische Dilemmata gesprochen. Manchmal hat man Informationen, die für andere von entscheidender Wichtigkeit sind. Ich habe Sie herausgefordert - was hätten Sie getan?«

Sie wartete nicht auf eine Antwort. »Es ist verständlich, rein gefühlsmäßig und menschlich, dass man den Täter finden will, der Verbrechen begangen hat, die wir uns kaum vorstellen können. Eine zerstörte Familie erhält vielleicht etwas Seelenfrieden, wenn ein Gefühl von Gerechtigkeit wiederhergestellt ist. Sie haben gezweifelt, aber schließlich haben Sie gesagt, dass Sie ein gewisses Verständnis dafür hätten, wenn bestimmte Informationen weitergegeben werden. Erinnern Sie sich?«

Alex nickte. Er wusste nicht, ob er ihr trauen konnte.

»Hören Sie, ein Fehler hinderte eine Familie daran, innerhalb unseres Rechtssystems Gerechtigkeit zu erfahren. Für dieses Dilemma fand sich eine Lösung. Aber – und hier müssen Sie mir glauben – ich hatte keinerlei Kenntnis davon, wie diese Information verwendet wurde. Ich habe nichts gewusst und ich wollte nichts wissen. Ich bin nicht der aktive Part gewesen.«

»Aber das befreit Sie doch nicht von jeglicher Verantwortung?«

Sie blickte zu Boden.

»*Bringing war criminals to justice. Bringing justice to victims.*«

Alex wusste, was sie zitierte. Er erinnerte sich an das Motto des Internationalen Gerichtshofs. Wenn er ihr doch nur vertrauen könnte.

NACHWORT

Dieses Buch ist Fiktion. Aber es basiert auf tatsächlichen historischen Ereignissen.

Die Gefangenenlager für jugoslawische Kriegsgefangene sind eines der dunkelsten Kapitel in der Geschichte der Besetzung Norwegens. 4 200 Jugoslawen wurden nach Norwegen verschleppt. Zwei Drittel verloren im Laufe der Kriegsjahre ihr Leben, eine Prozentrate, die unmittelbar vergleichbar ist mit den schlimmsten Vernichtungslagern in Polen.

Nur die wenigsten der 363 norwegischen Wachtposten aus dem sogenannten Hirdvakt-Bataillon wurden nach dem Krieg bestraft. 21 Norweger wurden für den Mord an insgesamt 25 Häftlingen verurteilt. Außerdem wurden 6 Norweger bestraft, weil sie an Hinrichtungen teilgenommen hatten. 29 Personen verurteilte man wegen Misshandlungen. 32 verantwortliche SS-Offiziere wurden nach dem Krieg vom Militärgericht in Belgrad strafverfolgt. Der Lagerkommandant von Botn erhielt in Nürnberg eine Haftstrafe von zwanzig Jahren, später wurde er in Belgrad zum Tode verurteilt.

Die Geheimoperation in Oslo im Sommer 1949 ist ebenfalls ein historisches Faktum, eine der spektakuläreren Ereignisse in der frühen Phase des Kalten Krieges. Die Geschichte der Leiden in der Bevölkerung von Foča in Bosnien im Sommer 1992 basiert auf tatsächlichen Geschehnissen, die in den

Unterlagen des Internationalen Gerichtshofs dokumentiert sind.

Dieses Buch wäre nicht entstanden ohne die Stilton Literary Agency und Hans Peter Bakketeigs Initiative, aufmunternde Zurufe und umfassende Arbeit an Plot und Manuskript.

Es wäre auch nicht entstanden ohne meine Frau Kari Holthe, die nicht nur unentbehrlich bei der Entwicklung des Plots war, sondern auch eine kreative Erstleserin gewesen ist.

Chefredakteur Per Bangsund im Verlag Vigmostad & Bjørke hat während der Entstehung immer wieder treffsichere Rückmeldungen geliefert.

Ein besonderer Dank an Gunn Sissel Jaklin. Dank auch den Freunden Rolf Almklov, Tor Magne Frederiksen, Marlen Grimstad sowie Chefredakteur Anders Opfahl für den Schreiburlaub und den Kollegen von *Nordlys* für ihre Beiträge.

Tromsø, im Mai 2012 *Asbjørn Jaklin*

Don Winslow
Tage der Toten
Roman
Aus dem Englischen von
Chris Hirte
st 4340. 689 Seiten
(978-3-518-46340-6)
Auch als eBook erhältlich

Mit großem Tatendrang hat sich der US-Drogenfahnder Art Keller darangemacht, in die Strukturen der mexikanischen Drogenmafia einzudringen – mit Erfolg. So viel Erfolg, dass die Drogendepots reihenweise auffliegen und die Narcotraficantes die Jagd auf ihn eröffnen.
Nachdem sein Mitarbeiter von den Gangstern zu Tode gefoltert wurde, schwört Art Keller Rache und startet einen gnadenlosen, blutigen Feldzug gegen die Drogenbarone. Zu spät bemerkt er, dass er sich damit neue Feinde macht – und die sitzen in Washington.
Was als ›Iran-Contra-Affäre‹ in die Geschichte einging, erlebt Keller als gigantisches Drogen-, Geldwäsche- und Waffengeschäft. Vor die Wahl gestellt, seiner Regierung zu dienen oder seinem Gewissen zu folgen, trifft er eine einsame Entscheidung – und stößt dabei auf unverhoffte Verbündete.

»Das Buch des Jahrzehnts.« Lee Child

suhrkamp taschenbuch

Weitere Informationen erhalten Sie unter www.suhrkamp.de
oder in Ihrer Buchhandlung.